リビルドワールド VIII

Author ナフセ
Illustration 吟
Illustration of the world わいっしゅ
Mechanic design cell

*The advanced civilization that once dominated
the world has crumbled away, and a long time has passed.
People rallied the fragments of wisdom and glory scattered
all over the world and spent a long time rebuilding human society.*

「……あなた、誰？」
「シェリル……？」
The advanced civilization that once dominated the world has crumbled away, and a long time has passed. People rallied the fragments of wisdom and glory scattered all over the world and spent a long time rebuilding human society.
Rebuild World

「分かるのか……」
シェリルはアキラの姿を見て、固まっていた。
今のシェリルにアキラと会える精神的な余裕など無い。
その追い詰められた状態で突如アキラが現れたのだ。
シェリルは大きく動揺し、平静を欠き、その思考を著しく鈍らせた。
その結果、本来のシェリルならば決してしない失態をする。
その口から、内心を零してしまう。

>Episode
008
下 偽アキラ
Character

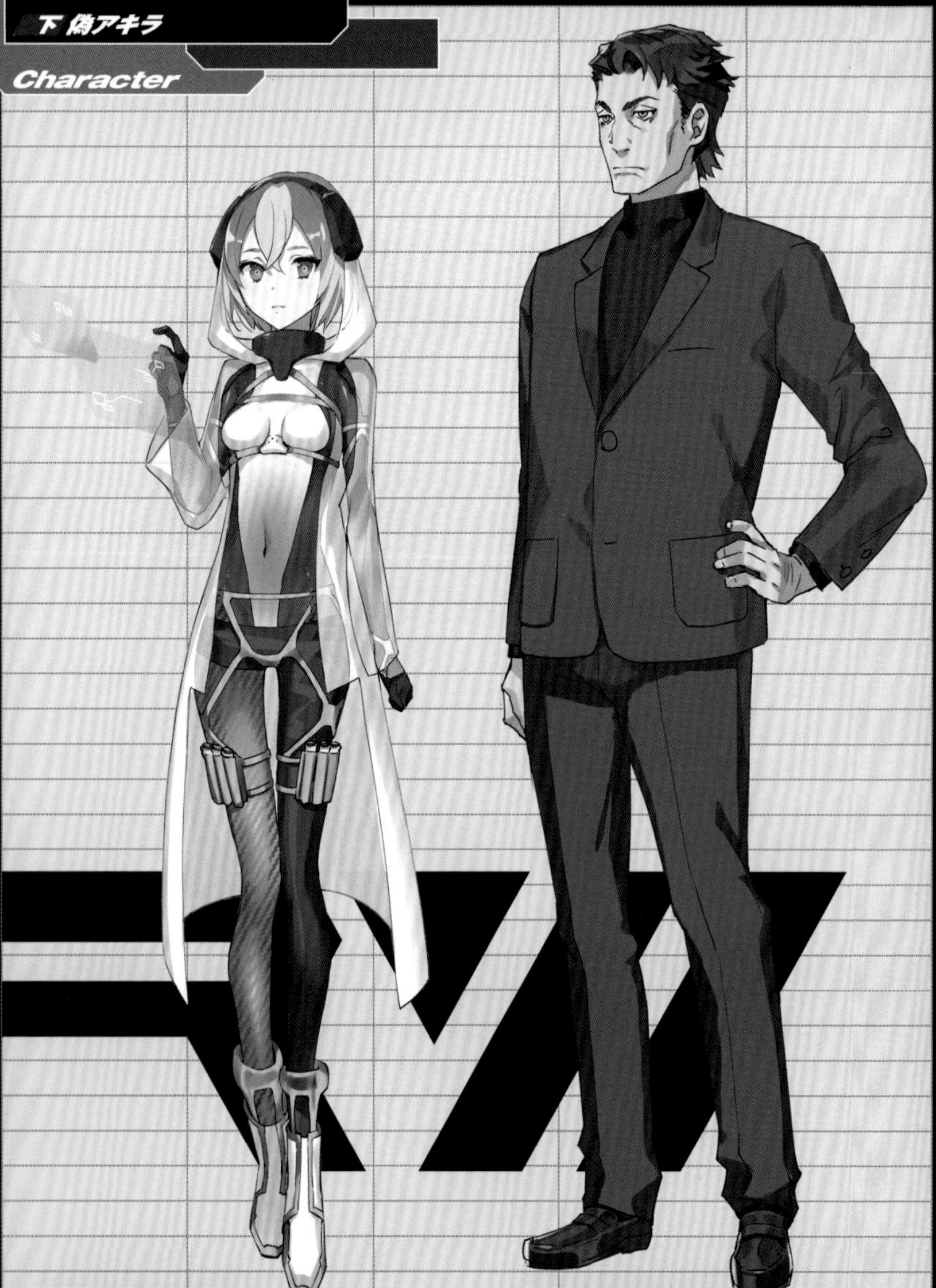

>ハルカ HARUKA

偽アキラに同行していた少女。

>スガドメ SUGADOME

五大企業・坂下重工の重役。

「そうか……じゃあ、死ね」

>Author : nahuse >Illustration : gin >Illustration of the world : yish >Mechanic design : cell

リビルドワールドVIII
Rebuild World
下 偽アキラ

The advanced civilization that once dominated
the world has crumbled away, and a long time has passed.
People rallied the fragments of wisdom and glory scattered
all over the world and spent a long time rebuilding human society.

Author ナフセ Illustration 吟
Illustration of the world わいっしゅ Mechanic design cell

Contents

> 第232話 協力者達 …… 6
> 第233話 状況の把握 …… 21
> 第234話 潜伏場所 …… 38
> 第235話 高価な死体 …… 55
> 第236話 シェリルの不安 …… 71
> 第237話 イナベからの支援 …… 85
> 第238話 護衛の実力 …… 99
> 第239話 裏にいる誰か …… 116
> 第240話 偽アキラ出現 …… 132
> 第241話 ハルカ …… 148
> 第242話 サポートの質の差 …… 163
> 第243話 意外な増援 …… 179
> 第244話 交渉開始 …… 193
> 第245話 命懸け …… 213
> 第246話 ハンターとしての生き方 …… 229
> 第247話 払えるだけ払った …… 247
> 第248話 奇妙な質問 …… 255
> 第249話 旧領域接続者達 …… 275
> 第250話 スガドメの提案 …… 296
> 第251話 5000億オーラムの賞金首 …… 317
> 第252話 ドーラスの覚悟 …… 331
> 第253話 追加の支援 …… 351
> 第254話 第3奥部の激戦 …… 367
> 第255話 怪獣の撃破方法 …… 385
> 第256話 今日はついてる …… 402
> 第257話 歪んだ想い …… 420
> 第258話 騒ぎは続く …… 438

第232話　協力者達

都市間輸送車両の激戦を乗り越えてハンターランク70になり、新たな装備も手に入れたアキラは、キャロル達と一緒にクズスハラ街遺跡の第3奥部に辿《たど》り着《つ》いた。そしてそこで怪獣と遭遇し、シロウの協力を得て何とか生き延びた。

　辛《かろ》うじて死地を脱したアキラだが、騒動はそれで終わりではなかった。建国主義者を名乗るアキラの偽者が再び出現したことで、アキラは賞金首となる。

　その偽者が映像の中で、自身が建国主義者となった動機を語る。

　以前にあった建国主義者討伐戦は、クガマヤマ都市の幹部達の権力争いに利用されていたのだと。自分はその所為《せい》で、他のハンター達と殺し合う羽目になったのだと。その真実を知った以上、許してはおけないと。自分が建国主義者になったのは、その為《ため》だと。

　アキラの偽者は怪獣の頭の上で、憎悪に焦がれた顔と声でそう語り、クガマヤマ都市の幹部達への復《ふく》讐《しゅう》を宣言した。

　アキラは、その映像をじっと見ていた。俺がユミナを殺したのは、あいつらの所為だ。そう語る自分の姿をした者に、能面のような表情で、色さえ見えそうな殺意を向けていた。

◆

　自分を追う都市の防衛隊の部隊から、シロウの協力のおかげで逃げ切ったアキラが、一時的に身を隠した廃屋の中で殺意を滲《にじ》ませている。その視線は拡張視界の中に映る自身の偽者に向けられていた。

　一緒にここまで逃げてきたキャロルは、そのアキラの余りの様子に半分固まっていた。そして困惑もしていた。

　キャロルもアキラが激怒する理由は分かる。この偽者の所為で都市幹部殺害の濡《ぬ》れ衣《ぎぬ》を着せられ、賞金首にされたのだ。怒らない方がおかしい。

しかしだからといって、ここまでの反応を見せるのは少々不自然にも思えた。それほどまでにアキラの感情は、強く、深く、黒く滲んでいた。

（……移動してから見ろってヴィオラが忠告する訳ね。これを先に見て、アキラがこんな状態で都市の部隊に追われていたら危なかったわ……）

その時はアキラも、大人しく逃げに徹するような真似《まね》はしなかっただろう。間違いなく交戦になっていた。そして多大な被害を出していただろう。キャロルはそう思って安堵《あんど》を覚えつつ、ヴィオラの考えを推測する。

（……ヴィオラからの通知は間違いなくアキラを逃がす為のもの。私を逃がす為なら別の内容にしてる……。一応ヴィオラはアキラに命を狙われてるんだし、アキラが死んだ方がヴィオラには好都合な部分もあるはず。それでもヴィオラがアキラを助けたのは……）

あの悪女がアキラの命を気遣う訳が無い。ではなぜヴィオラはアキラを助けたのか。その理由に、キャロルは心当たりが無い訳ではなかった。

（……またデカい騒ぎでも起こそうとしてるのかしらね。まあだとしても、今は私にとっても好都合としておきましょうか）

アキラを起爆剤にした特大の大騒ぎ。それがヴィオラの目的であったとしても、その過程で自分とアキラを助ける必要性が生じたのであれば問題無い。その騒ぎが自分の懸念も纏《まと》めて吹き飛ばしてくれれば更に良い。キャロルはそう考えて、今はヴィオラの行動を黙認することにした。

その時、アキラにシズカから通話要求が届いた。映像の中の自分に囚《とら》われていたアキラが、それで我に返る。

だがすぐに通話に出ることは出来なかった。我に返ったことで、今の自分が甚だしく冷静さを失っていることに気付き、この精神状態でシズカと話すことを躊躇《ためら》ったのだ。

しかしシズカからの連絡を無視することなどアキ

ラには出来ない。シズカを待たせてしまうことで逸《はや》る気持ちを必死に抑えつつ、三度、大きく深呼吸する。その後でシズカからの通話に出る。そしてまず自分から先に言う。

「……シズカさん。すみません。ちょっとだけ待ってください」

「……、分かったわ」

　シズカはアキラの様子を何となく察しながらも、何も聞かずに落ち着いた声でそれだけ答えた。

　しばらくの間、深呼吸を繰り返すアキラの息の音だけが、通信を介してシズカに届けられていく。その間、シズカはアキラが落ち着くのを何も言わずに待っていた。

　そしてアキラがようやくある程度落ち着きを取り戻す。

「……すみません。お待たせしました。シズカさん。もう大丈夫です」

「そう。良かったわ」

　シズカの優しい声を聞いて、アキラは更に落ち着きを取り戻した。完全にいつも通りとまでは言えないが、シズカと話している時の機嫌の良い様子を少しだけ見せている。

「はい。ありがとうございます。お騒がせしました。それでシズカさん。用件は何ですか？」

　そこでシズカが少しだけ真面目な声を出す。

「賞金首速報の件よ。その様子だと、アキラの所にも届いたのよね？」

「……はい」

　アキラも真面目な声を返した。声に震えは無い。しかし賞金首になったことを開き直った訳でもない。それが一般的に宜《よろ》しくない事柄であることぐらいはアキラも分かっている。シズカからの非難を覚悟して、返事を待つ。

　するとシズカがまた優しい声を出す。

「私には詳しい事情は分からないのだけれど、まずは落ち着きなさいとか、そういうことを話そうと思って連絡したの。多分凄《すご》く慌ててると思って心配したんだけど、今は大丈夫みたいね」

叱咤《しった》や非難など欠片《かけら》も感じさせない、自分を気遣うシズカの優しい言葉を、アキラは少々意外に思いながらも、それ以上に嬉《うれ》しく思った。表情を和らげて答える。

「あー、はい。大丈夫です。落ち着いてます」

「それなら良いの。大変な事態になったとは思うけど、ちゃんと落ち着いて行動すること。絶対に自棄《やけ》になったりしないこと。良いわね？」

「はい」

アキラはしっかりとした態度で答えた。それでシズカも安堵する。

「それでアキラ。今はどんな状況なの？　それに何でこんなことになったの？　言いたくないのなら無理には聞かないし、そんなことを話してる場合じゃないなら話さなくて良いけど……」

「あー、それなんですけど、俺も事情を完全に把握してる訳じゃないんですが……」

賞金首速報の後にイナベから連絡が来て、まずは逃げろと言われたこと。ウダジマを殺した件は濡れ衣で、自分の偽者の仕業であること。今は取《と》り敢《あ》えず都市を離れていて、これからどうするかはこれから考えること。アキラはそれらのことをシズカに説明した。

（……まあ俺が殺した訳じゃないんだし、イナベと組んでウダジマを殺す気だったことまでは話さなくて良いか）

アキラがそう思いながら説明を終えると、大まかな状況を把握したシズカが、再び真面目な声を出す。

「そうだったの……。じゃあこれからの予定としては、イナベさんに協力してもらって濡れ衣を晴らす感じになるのかしら？」

「そうですね……、イナベもまた連絡するって言ってましたし、多分そんな感じになると思います」

多少シズカに促された結果ではあったが、アキラは今後の方針を立てた。それはアキラの迷いを減らすのに大きく役立った。突然の事態に混乱し、どうしようと嘆くだけで何も出来なくなる。そのようなことはなくなった。

「分かったわ。それじゃあ……、えーっと……、今話しておかないといけないのはこれぐらいかしら。アキラ。もう切るわね。何かあったらいつでも連絡して。私に出来ることなら協力するから」

　シズカはそう言ってから、軽い冗談のように続ける。

「まあそうは言っても、そこらの店の店長でしかない私に出来ることなんて、アキラの無事を祈るぐらいしかないんだけど」

　それは軽い口調で場を和ませる程度の話だった。

　所詮シズカは、都市の下位区画の小規模な個人経営の店の店長でしかない。何とかしてあげたいのは本心だが、今回の騒ぎに介入できる力など持っていない。

　冗談半分で言ったことではあったが、実際にシズカにはその程度のことしか出来ない。アキラの無事を祈り、願う。出来ることはそれだけだ。

　だがそれは、アキラにとって、とても大切なことだった。アキラが笑って言う。

「それじゃあシズカさん。すみませんが、俺の無事を祈っておいてください。お願いします」

「あら、私に頼むのはそんなことで良いの？」

「はい。心配してくれている人がいるって思えば、俺も自棄になって無茶をするようなことはしないでしょうから」

　アキラも軽い口調でそう答えた。だがそれが本心であることはシズカにもしっかり伝わった。

「分かったわ。ちゃんと心配して無事を祈っておくわね。だからアキラも無理しちゃ駄目よ？」

「はい。分かってます」

「それじゃあアキラ、大変だろうけど頑張って。気を付けてね。じゃあね」

　シズカとの通話はそれで切れた。アキラが心地良い余韻を感じながら小さく息を吐く。

　そこでアキラは自分を見るアルファとキャロルの視線に気付いた。気恥ずかしさを覚えて、それをごまかすように言う。

「…………何だよ」

意外そうな顔を浮かべていたキャロルが、その表情を軽くからかうような笑顔に変える。

「何でもないわ。落ち着いたようで何よりよ」

「……そうだな」

アキラは下手に言い返すと更にからかわれると思い、頑張って硬い笑顔を浮かべるだけに抑えた。

キャロルはそのアキラの様子を楽しげに見ながら、内心の驚愕《きょうがく》を隠し通す。

（……あそこまで荒れていたアキラを、ほんの数分話しただけでここまで落ち着かせるなんて。なるほど。アキラが懐く訳ね）

そして驚きながらも心の中で嘆く。

（……っていうか、アキラに女性扱いされたかったら、ここまで信頼されなきゃ駄目ってことなの？　難儀な性格にも程があるわね。どんな人生送ってきたらこんな人間になるんだか……）

今まで副業で、性格の捻じ曲がった者も数多く相手をしてきたが、これは飛び切りだ。道理であれだけ誘っても自分に手を出さない訳だ。キャロルはそう思って納得しつつ、アキラのこの余りにも高い攻略難度に内心で頭を抱えた。

一方アルファはいつものように微笑《ほほえ》んでいる。

『アキラ。落ち着いた？』

『……ああ』

だがアキラはそのアルファの普段の微笑みに、意味有り気なものを感じずにはいられなかった。

『それならシロウと合流しましょう。彼と一緒の方が、都市から見付かり難《にく》くなるからね』

『そうだな……』

アキラにも、シズカと話したことで途端に落ち着いた自覚はある。自分のことを心配してくれると嬉しい、などという、今思えば少し恥ずかしいことを言ったとも思っている。それを敢《あ》えて指摘しないアルファに、アキラは逆にそれを指摘されているように感じていた。

「キャロル。移動しよう」

「ん？　分かったわ」

アキラ達が再びバイクで荒野を移動する。一応目立たないように今度は地面を走っていく。

　気恥ずかしさが抜け切っていないアキラは、黙って前を見ていた。するとバイクと併走して飛んでいたアルファが、アキラの前に出て笑って言う。

『アキラ。私もアキラのことは、ちゃんと心配しているわよ？』

『……そりゃどうも！』

　下手に反応しないように、アキラは少し歯を食い縛って答えた。それを後ろに乗っているキャロルに気付かれる。

「アキラ？」

「何でもない。飛ばすぞ！」

　アキラが威勢の良い声を出してバイクを加速させる。何もかも有耶無耶《うやむや》にするように、荒野を勢い良く駆けていった。

◆

　アキラ達がシロウに指定された地点に辿り着く。そこには見覚えのある車両が停《と》まっていた。

「キャロル。あれ、キャロルの車じゃないか？」

「ええ。私の車よ。どういうこと？」

　アキラ達は怪訝《けげん》に思いながらキャロルのキャンピングカーに近付いていく。すると車の後部扉が開いた。そしてそこからトガミが現れて、アキラ達を手招きする。アキラ達はこの場にトガミがいることを不思議がりながらも、そのままバイクで車内に入った。

「来たか。アキラ。シロウは向こうだ」

「トガミ。何でシロウと一緒なんだ？」

「あいつが乗り込んできたんだよ」

　トガミは小さく溜《た》め息《いき》を吐いて、自分がここにいる経緯を簡単に話し始めた。

　キャロルの荒野仕様の大型キャンピングカーは、アキラ達がミハゾノ街遺跡に行ってから、そこの駐車場に停まったままだった。

　キャロルはその車を自分で取りにいくのを面倒に

思い、車両の輸送依頼を業者に出していた。そして仲介業者を介してその依頼を受けたドランカムは、トガミを派遣した。

本来ならば、荒野を走る車両の護衛も兼ねているとはいえ、運転代行に近いこの程度の仕事など、ドランカムでも下位のハンターがやることだ。既にハンターとして高い実力を持っているトガミがやることではない。

それでもトガミがやることになったのは、先日トガミがアキラ達と組んで行動していたからだった。ドランカムとしては、アキラが関係しているかもしれない仕事に、下手な者を送って万一の事態を引き起こす訳にはいかないからだ。

トガミもその程度のことは理解している。文句を言わずにミハゾノ街遺跡に向かった。

トガミがキャロルの車をクガマヤマ都市まで運ぶには、二つのセキュリティーを突破する必要がある。一つは駐車場のもの。もう一つは車のものだ。

遺跡の駐車場のセキュリティーは、都市内の駐車場のものに比べれば酷《ひど》く劣っている。そこに停められている車を盗み出すことなど、車自体のセキュリティーを別にすれば、さほど難しいことではない。

だが、簡単に盗める、という点だけでそれを実行した者の末路は悲惨なものになる。駐車場はハンターオフィスが運営している。つまり車の窃盗はハンターオフィスへの敵対行為だ。その意味は途《と》轍《てつ》もなく重い。誤解されるだけでも大変なことになる。

これは窃盗ではなく、正規の依頼を受けたもの。トガミは駐車場の受付でしっかり手続きを済ませてそう示し、まずは駐車場のセキュリティーを突破した。

そしてキャロルの車に仲介業者を介して受け取った認証権限で乗り込む。

このキャンピングカーは豪勢な設備が備わった高級品だけあって、厳重なセキュリティーが施されている。これを不正な手段で回避するのは非常に難しい。もっともこちらはそれを技術的に回避してしまえば、それ以上何かがある訳でもない。車の持ち主から恨まれるぐらいだ。

　駐車場と車自体の二つのセキュリティーを正規の手段で突破したトガミは、そのまますぐにクガマヤマ都市を目指して出発した。

　だが荒野を進んでいたところでシロウに乗り込まれる。車の制御装置に外部から侵入されて停められた後、オリビアと一緒に入り込んできたのだ。

　そこまでのことを簡単に説明したトガミが、少し面倒そうに話を続けていく。

「車を都市まで運ぶのが仕事とはいえ、車両の護衛も兼ねてんだし、俺はあいつらを頑張って撃退しなきゃいけねえんだろうが、あのメイドに勝てる気は欠片もしねえし、車の制御は奪われたし、アキラが賞金首になったって知らせは届くし、シロウはそのアキラに協力するって言ってるし、キャロルはアキラと一緒にこっちに来るって話だし、まあ、それならなーってさ」

　トガミはそう言ってキャロルに視線を向けた。それを受けて、キャロルが笑って言う。

「分かったわ。変則的だけど依頼は達成ってことにしてあげる」

「助かるぜ」

　幾ら相手が悪かったとはいえ、車両の制御を奪われた上にその犯人に乗り込まれ、全く対処できなかったのだ。本来ならば依頼は失敗だ。それが依頼主の判断の下、成功扱いになったことで、トガミは軽い安堵を込めて機嫌良く笑った。

「それにしてもアキラが賞金首になるなんてな。あ、一応言っとくが、俺はアキラに敵対する気は無いからな。個人的に命は惜しいし、それ以前に俺はドランカム所属のハンターだ。仮に俺がアキラより強くても、アキラと敵対は出来ない」

「敵対してくれないのは助かるけど、ドランカム所属って何か関係あるのか？」

「何だ、忘れたのか？　ドランカムはアキラと敵対しないって、ハンターオフィスを通して和平を結んだだろ？　あれはハンターオフィスに対しての契約でもあるんだ。それをたかが一都市から賞金を懸けられた程度のことで破棄なんかしねえよ。っていうか出来ねえよ。そんな真似をすればドランカムはハンターオフィスを、下手すりゃ統企連《とうきれん》をなめてるって思われちまうからな。だから無理なんだよ」

　それを聞いたアキラは納得したように頷《うなず》いた。

　そのアキラの様子を見て、トガミは内心で安堵する。アキラと敵対しないという話は、間違いなくトガミの本心だ。だが同時に、アキラを納得させる為のものでもあったからだ。

　アキラがやる時はやる人間であることは、トガミもよく分かっている。敵であると疑われるのは御免だった。賞金首になったのであれば尚更《なおさら》だ。実は自分を狙っていると疑われないように、疑心暗鬼にならないように、しっかり納得してもらう必要があった。

　その為にハンターオフィスや統企連の名前も出した。それらの名前がアキラに通じるとは断言できないが、自分達には十分に通じることぐらいはアキラも分かっているだろう。そう期待してのことだった。

　そして、その上で軽く探る。

「……それにしても、何で都市の幹部を殺したんだ？　何かあったのか？」

「あー、それは濡れ衣なんだ。あいつを殺したのは俺じゃない。俺の偽者の仕業だ」

「そうなのか？　大変だな」

　トガミはアキラの話をあっさり受け入れた。アキラが少し意外そうな表情を浮かべる。

「……随分あっさり信じるんだな」

「ん？　お前はそういう嘘《うそ》を吐くやつじゃないだろ？」

　アキラが少しだけ表情を緩ませる。誰からも無条件で疑われ、事実とは無関係に罪を押し付けられていたのは過去のこと。それを、アキラは普通に嬉しく思った。

　アキラ達はそのままトガミと一緒にキャンピングカーのリビングルームに向かう。そこではシロウがソファーにだらしなく座ってくつろいでいた。オリビアはシロウから少し離れた位置に綺麗《きれい》な立ち姿で控えている。

「ようアキラ。待ってたぜ」

「シロウ。都市の防衛隊から逃がしてくれたのは礼を言っとくけど、何でキャロルの車に乗り込んでるんだ？」

「何でって、そのまま都市まで運ばれたら、アキラ達がこの車を使えなくなるだろ？　だから途中で停めてやったんだよ」

「ああ、そう」

　アキラがキャロルと一緒に適当な場所に座ると、それを予知でもしていたかのようにオリビアから飲み物を出された。軽く会釈してそれに手を付けたアキラに、シロウが一度姿勢を直してから、少し前のめりの体勢で話し始める。

「それじゃあアキラ。早速貸しの話をしようじゃねえか」

「シロウをあいつに紹介するほどの貸しは、まだ溜《た》まってねえよ」

「だろうな。それで、アキラはこれからどうするんだ？　都市の防衛隊から逃がしてやったが、賞金首になったことに違いはねえんだ。これから大変だぞ？」

　シロウにとってアキラが賞金首になったのは、ある意味で好都合でもあった。アキラが大変な状況になればなるほど、それを自分が解決すれば大きな貸しになるからだ。

「分かってる」

　改めて指摘された状況に、アキラが溜め息を吐く。しかしそこに悲壮感は全く無かった。その余裕すら感じられるアキラの態度に、シロウはアキラが単に図太いだけなのか、それとも既に解決策を持っているのか、判断に迷っていた。

　そこでアキラ宛に複数の通信が入る。それはイナベにキバヤシ、そしてレイナだった。少々予想外の者からも連絡が来たことに驚くアキラに、その通信元を勝手に調べたシロウが提案する。

「このタイミングってことは、用件は全員同じだろ？　それなら全員で話そうぜ」

シロウはそう言って、アキラの返事も聞かずに通信環境を構築した。するとアキラ達の拡張視界にイナベ、キバヤシ、レイナ、シオリ、カナエの姿が現れる。

イナベ達の方も全員の姿が、つまり互いの姿に加えてアキラ達の姿が見えている。アキラ一人を相手に話をしようとしていたところに、全員と通信を勝手に繋《つな》げられたことで、イナベ、レイナ、シオリは少々困惑した様子を見せていた。キバヤシとカナエは少し意外そうな表情をしながらも、楽しげな様子を見せている。

そこでシロウがイナベ達に向けて言う。

「勝手に繋げたけど、一応聞いとくぜ？　この場の全員、アキラに協力する気があるってことで良いんだよな？　あ、違う用件で連絡してきたのなら、悪いけど忙しいんだ。帰ってくれ」

そう問われたことで、イナベは表情から困惑を消した。真面目な顔でその場の空中に座る。

「他の者は知らないが、私はアキラに協力するつもりで連絡した。残らせてもらおう」

イナベ達の姿は各自の視界に、まるでそこに実在するように表示されている。服の皺《しわ》までしっかり描画されている。しかし体の周囲はその空間を切り取ったように白く表示されていた。これは通信先の空間の情報が送られてきていない為だ。イナベが空中に座っているように見えるのは、椅子に座っている体勢だけが反映されているからだった。

その様子をアキラが少し面白そうに見ていると、次はキバヤシが楽しげに答える。

「アキラ。言うまでもねえが、俺もお前に協力する。大丈夫だ。俺に任せておけ」

「…………そうか」

感謝の念は覚えながらも、悪い意味で素直にありがとうとは答えられないものを感じて、アキラはそれだけを何とか答えた。

続いてレイナが真面目な顔でアキラに言う。

「私達もアキラに協力するわ。いえ、もう先に、はっきり言っておくわね。協力するのはアキラに貸しを作る為よ」

「……どんな理由でも協力してもらえるのは助かるけど、貸しを作るのは何の為だ？」

「アキラに頼みたいことがあるの」

「何だ？」

「……まだ言えないわ。頼み事の内容を話すだけでも、先にアキラに大きな貸しを作っておかないと話せないぐらいの頼み事なの。今はそれぐらいしか言えないわ」

アキラがレイナをじっと見る。その目にレイナへの不信は無い。しかし怪訝な思いはあった。その視線を受けてレイナが更に続ける。

「クガマヤマ都市に賞金を懸けられた人間に協力する以上、都市からこちらを敵に回したと判断されても不思議は無いわ。私達はその程度のことは覚悟してアキラに協力しようとしている。それに頼み事の内容が何であれ、私達はアキラにそれを強要させる気は無いし、出来ない。だから今は、頼み事の内容は聞かないでもらえない？」

賞金首になった自分に協力してでも頼みたいことは何なのか。アキラは確かにそれが少し気になっていたのだが、レイナの真剣な態度と比較できるほどでもなかった。笑って答える。

「分かった」

「ありがと。助かるわ」

レイナも笑って答えた。レイナの後ろに控えているシオリとカナエも小さく安堵の息を吐く。

アキラに協力する気が無いのなら帰れ。シロウはそう言った。そして事情は各自で異なるものの、通信先の者達は全員アキラへの協力を表明した。しかしまだこの場の全員ではない。初めからこの場にいた者が、軽く手を上げてアキラに言う。トガミだ。

「あー、アキラ。俺は残った方が良いか？」

この場の全員がアキラに協力する。そういう雰囲気が漂っていたが、厳密にはトガミはキャロルの車を運んでいた途中にシロウに乗り込まれただけで、アキラに協力する為にこの場に来た訳ではない。

アキラもそれに気付いて、トガミに帰って良いと言おうとした。だがその前にトガミが続ける。

「ああ、一応言っとくが、俺が決めて良いなら、俺は残る。その上で聞いてる」

意外そうな表情を浮かべたアキラを見て、トガミが誤解を解くように更に続ける。

「レイナも言ってたが、賞金首に協力するんだ。こっちにもリスクがある分、デカい貸しになるのはアキラも分かるだろう？　だからまあ、そのデカい貸しで、クズスハラ街遺跡での借りを相殺ってことにしてほしい。……駄目か？」

少しだけ下手に出ているような態度で、トガミはそう言った。

地下トンネルで、第3奥部で、そしてそこからの撤退戦で、トガミはアキラに大きな借りを作っている。少なくともトガミはそう認識している。

異形の融合体に加えて怪獣にまで襲われて生還できたのだ。護衛代として金で支払う場合は一体幾らになるのか。はっきり言って見当も付かない。それほどの借りを相殺というのは流石《さすが》に虫が良すぎるかもしれない。トガミはそう思いながらも、他に返済の手段も思い付かないので言うだけ言ってみた。

そしてアキラも理解する。俺は残った方が良いか。そうトガミが聞いてきたのは、自分が残ると借りを返すどころか、更なる貸しを作ることになるのかどうか、ということ。足手纏《あしでまと》いは、いるだけ邪魔だ。そう思われているのであれば、大人しく帰る。そういうことだと。

そしてそういうことであれば、アキラにトガミの助力を断る理由は無かった。むしろ借りを踏み倒そうとしない意思を好意的に捉えていた。笑って答える。

「分かった。それで相殺だ」

「助かるぜ」

トガミも笑って答えて、小さく安堵の息を吐いた。

そしてアキラへの協力を明示していない最後の一人が言う。キャロルだ。

「アキラ。確認の為に言っておくけど、私もアキラに協力するからね。まさか、私が流れで何となく一緒にいるとか思ってないでしょうね？」

「あー、それは……」

　思っていた。アキラは態度と歯切れの悪い返事で半分そう答えていた。それを受けて、キャロルが少々不満気な態度で言う。

「私の協力は要らないなんて言ったら、今すぐこの車から叩《たた》き出《だ》すわ。この車は私のなんだからね？　賞金首になった以上、アキラは都市には戻れないのよ？　私の協力が無ければアキラは荒野で野宿よ？　それは嫌でしょう？」

「そ、そうだな」

　少々たじろぎながらもそう答えたアキラの態度に、キャロルが雰囲気を緩めて笑って言う。

「アキラも言ってたでしょ？　私の護衛代、催促も取り立てもしないけど、払えるだけ払ってくれって。だから、払えるだけ払うわ。協力って形でね？」

　アキラも雰囲気を緩める。

「そうだったな……。分かった。じゃあ、協力してくれ」

「ええ。頑張るわ」

　これで場の全員がアキラへの協力を明示した。そしてその明示すら不要な者が、アキラにしか見えない者が、アキラに向けて微笑む。

『私も言っておきましょうか。アキラ。私も協力するわ』

『ああ。頼んだ』

　そこにはアキラとアルファの、いつも通りの遣《や》り取《と》りがあった。

第233話　状況の把握

　キャロルのキャンピングカーに揃《そろ》った者達がアキラへの協力を示し終えたところで、その一人であるイナベが皆を軽く見渡してから、最後に視線をシロウに向けて言う。

「では本題に入る前に、一度皆で軽く自己紹介をしよう。アキラに協力する意志がある者の集まりとはいえ、相手がどのような者なのか、お互いに知ってから話を進めた方が良いだろう。アキラを助ける手段についても、全員の地位や立場などを事前に把握しておいたほうが、良い案が浮かぶはずだ」

　全員で自己紹介という形式で話をしているが、イナベもアキラの関係者の情報ぐらいは既に摑《つか》んでいる。だが都市幹部の大派閥の長の情報網を以《もっ》てしても、シロウの情報は全く摑めなかった。

　幾らアキラに協力すると言っているとはいえ、そのような得体の知れない者がこの場にいることを、イナベは危険視していた。そして、この場で自身の情報を全く開示できないのであれば、アキラに協力するという言葉も疑わしい、という視線を敢えてシロウに向けていた。

　その視線を受けて、シロウが笑って言う。

「そうだな。じゃあ俺から。俺はシロウだ。坂下《さかした》重工所属の旧領域接続者で、今はちょっと坂下から脱走中なんだ。だから俺がここにいることは、他の人には内緒にしてね？」

　それを聞いたイナベとキャロルが吹き出す。他の者も驚きを顔に出した。表情を変えていないのはアルファとオリビアだけだ。

　イナベが一度大きく息を吐いてから言う。

「……坂下重工がクガマヤマ地方で誰かを熱心に捜索しているという話は聞いていたが、君か。なぜアキラと一緒にいるのだ？」

「その辺はいろいろあってねー」

　はぐらかしているのではなく、答える気が無い。そのシロウの態度に、イナベも下手に追及するのは取りやめた。代わりに難しい表情を浮かべる。

「そうか。まあ無理に聞き出すのはやめておこう。しかし私もクガマヤマ都市の人間だ。聞いてしまった以上、それを坂下重工に対して黙秘するのは難しいのだが？」

なぜ言った。聞いてしまった以上、知らなかったは通じない。それはシロウも分かっているはず。そう非難するのは簡単だが、そもそもそれを聞き出したのはイナベだ。

しかしシロウのことを伝えない場合、坂下重工から脱走した者に協力した、とみなされる恐れがある。下手をすれば坂下重工を敵に回すことになる。イナベも流石にそれは許容できない。

だがシロウはアキラに協力すると言っているのだ。シロウの居場所を坂下重工に教えれば、アキラの協力者を減らすことになる。それはアキラへの敵対となる。

アキラと坂下重工。その二択であればイナベに選択の余地は無い。アキラの為に五大企業を敵に回すなど有り得ない。

だからこそイナベは、難しい、とシロウに言っていた。自身の状況を考え無しに話した無能の極みでなければ、自分が坂下重工にシロウの情報を渡さずに済む理由を寄こせ、と告げていた。

それを受けてシロウが調子良く答える。

「大丈夫だって。俺の自由行動については坂下の幹部も了承済みだよ。まあ極秘の作戦だから下っ端には知らされてないけどな。だから俺の居場所を坂下に下手に教えちゃうと、余計なことしやがってって、逆に睨《にら》まれちゃうぞ？」

「その話を信じろと？」

イナベがそう答えると、シロウから接続コードが送られてきた。

「疑うならそれを使って確かめな。スガドメって幹部に繋がる秘匿回線の接続コードだ。知らない振りも出来ない馬鹿だと思われても責任取れないけどな」

イナベが接続コードを確認する。実際に使用しなければ断言は出来ないが、今調べた限りでは、確かにスガドメに連絡可能なものだった。

五大企業の重役だ。クガマヤマ都市の幹部であろうとも、連絡を取るだけでも覚悟が要る。不興を買えば、イナベの地位など容易《たやす》く消し飛ぶ。

「……分かった。君の情報の扱いは、私が預かろう」

「よろしく」

そう言って調子良く笑うシロウの横で、トガミが安堵の息を吐く。言い出したのはイナベだが、シロウのことを知ってしまったのはこの場の全員だ。しかしイナベがシロウの件を預かったことで、他の者はそれを理由にして、坂下重工にシロウのことを伝えずに済む。その安堵だった。余計なことを言ってしまった責任を、イナベはしっかり取っていた。

シロウの爆弾発言から始まった自己紹介は、その後は穏便に進んでいく。イナベもキバヤシもトガミも無難に話を終えた。キャロルも当たり障りの無いことしか言わなかった。

そしてレイナの番になる。自身の立場をどこまで明かすか。レイナは踏み込んだ。

「私はレイナ・リラルト・ローレンス。リオンズテイル社を創業したローレンス一族の人間よ。その辺りのゴタゴタを抱えていて、最近ミハゾノ街遺跡で身内と交戦したことも先に伝えておくわ」

それを聞いた者達が様々な反応を示す。キバヤシは面白そうに笑った。キャロルとイナベは軽い驚きを示している。

一番大きな反応を示したのはトガミだった。トガミもレイナが訳有りの人物であることは察していた。メイドを二人も連れて防壁内に住んでいるのだ。どこか裕福な家の令嬢が、何らかの事情でハンターをしているのだろうと思っていた。

それでも流石にローレンス一族の者とは思わなかった。そこらの富豪どころの話ではないからだ。動揺しながら、思わず尋ねる。

「レ、レイナ……、それ、本当か？」

「本当よ。そんな下らない嘘は吐かないわ」

「そ、そうか……」

トガミは少し平静を欠いた頭でそれだけ答えた。

どうしようもない身分の差を心のどこかで感じて、それ以上のことは聞けなかった。

　十分に予想できた反応に、レイナがわずかな感傷を覚える。しかし今は、自身を叱咤して話を進めようと考える。そのような感情に振り回されている場合ではない。シオリとカナエの主として、するべきことをしなければならない。そう自分に言い聞かせた。

　そしてアキラの様子を確認する。アキラはいつも通りだった。それは単純にアキラがレイナの出身などに関心が無いからなのだが、レイナはその無関心を今は嬉しく思った。

　トガミはその二人の様子を見て、冷静さを欠いてしまった自身に不甲斐無《ふがいな》さを覚えるのと同時に、レイナとの間に不要な壁を作った自分を笑い飛ばした。

　敢えて軽い調子でレイナに尋ねる。

「レイナ。それならアキラの賞金をレイナの方で取り消せたりしないか？　リオンズテイルがクガマヤマ都市に圧力を掛ければ、それぐらいは出来そうな感じがするんだけど」

　トガミが急に態度を変えた、正確には今まで通りの態度に戻したことに、レイナは少しだけ驚いたような様子を見せた。そして調子を合わせるように笑って答える。

「無理よ。まあ確かにリオンズテイルがその気になれば、それぐらいは出来ると思うわよ？　でも私にそんな力は無いわ。ローレンス一族の人間だってのに、こんな所でハンターやってるのよ？　それぐらいは察してくれない？」

「あ、言われてみればそうだな」

　トガミも完全に元の態度に戻った訳ではない。それでも、そうあろうとしてくれることを、レイナは嬉しく思った。一緒に死線を潜った仲の良い相手が、自分の出身を知って尚《なお》、以前と変わらない態度を取ろうとしてくれることに感謝した。

　そしてアキラに向けて言う。

「ついでに言うと、アキラに頼みたいことってのは、そのリオンズテイル絡みのことなの。だから、こういう言い方も何だけど、クガマヤマ都市の幹部を殺した程度のことで、アキラに協力できなくなるようなことはないわ」

　アキラに協力した所為でクガマヤマ都市と敵対することになっても、その見返りにリオンズテイル社との繋がりを深められるのであれば、十分に利益が上回る。そう言っているのも同然のレイナの言葉は、この場の他の者にも十分な説得力を与えていた。

　アキラもそういうことかと軽く頷いた。その後に思い出したように付け加える。

「そうか。……あ、一応言っとくけど、あのウダジマっていう都市の幹部を殺したのは俺じゃない」

「えっ？　でもその所為で賞金を懸けられたんでしょ？　違うの？」

「違う。あれは俺の偽者の仕業で……」

　そこでイナベが口を挟む。

「その辺りの経緯は私が説明しよう。アキラも都市側の詳しい事情までは知らないだろう。情報共有を兼ねて説明するから一緒に聞いてくれ」

　アキラに賞金が懸けられた経緯。その都市側の裏事情。イナベはそれを話し始めた。

　イナベがアキラ達に、クガマヤマ都市がアキラに賞金を懸けた経緯を話し始める。

「まずはこれを見てくれ。これは都市の監視機器で撮影されたものだ」

　イナベから送られてきた映像がアキラ達の拡張視界に表示される。そこには自身の執務室で仕事をしているウダジマの姿が映っていた。

「技術的な説明は省くが、この映像はＣＧなどではなく実際に撮影されたものであること、場所はウダジマの執務室であること、そしてこの人物がウダジマ本人であることは、埋め込まれた認証情報などから検証済みだ」

　本物そっくりの映像を生成する技術が出回っている現在の東部において、ただの映像が何らかの強い証拠として扱われることはない。その為この映像には、これを撮影した監視機器の情報や、ウダジマの本人認証情報など、多様な情報が埋め込まれている。

勿論《もちろん》、その認証情報の確度にも技術的な限界はある。その上で総合的に検証した結果、この映像情報には十分な精度があるとクガマヤマ都市は判断した、ということをイナベは説明していた。

映像が続く。部屋に突如アキラが侵入し、驚くウダジマに一撃を入れて気絶させ、そのままウダジマを連れ去っていく。

「敢えて第三者の立場として話そう。このアキラは合成ではない。本人認証は無いが、この場所に実在している。最低でも、一般的な画像解析ではアキラ本人と判断できる人物が、ウダジマを攫《さら》っている」

この映像から、このアキラが偽者だと第三者が見抜くのは極めて困難だ。そういう意図を含めてイナベは話していた。

キャロルがそれを理解した上で言う。

「こういう言い方も何だけど、警備は何やってたの？　ここまではっきり映ってるのに、ウダジマが攫われた時、何もしなかったの？」

「犯行時、警備課にはこれを見る権限が無かった。都市幹部の情報は、その所在なども含めて高度な機密として扱われている。しかも自身の執務室で都市の機密を扱っているのだ。防壁内の警備を担当する警備課であろうとも、よほどのことが起きない限り、ウダジマ本人の許可無く閲覧は出来ない」

そのような事情があり、警備課はアキラの偽者がウダジマを攫ったことを、その時点では把握できなかった。イナベがそのように説明してから続ける。

「そしてこれが、そのよほどのことだ」

次にイナベがアキラ達に見せたのは、アキラが怪獣の上で建国主義者への寝返りを宣言して、ウダジマを殺した映像だった。

キャロルが少し険しい表情でアキラの様子を窺《うかが》う。しかし杞憂《きゆう》で済んだ。初見ではないこともあって、アキラはかなり不機嫌な程度に自身を抑えることが出来ていた。

それでも不機嫌なことに違いは無い。イナベはアキラを不要に刺激しないように言葉を選んで説明を続けていく。

　映像は不明な発信元から汎用広域通信で送信されている。その内容から都市はすぐにウダジマの消息の確認を急いだが、失敗。消息不明となった。その時点で緊急事態として、通常は閲覧にウダジマの承認を必要とする機密情報が、執務室の記録なども含めて警備課にも閲覧可能になる。そしてウダジマがアキラに攫われる映像が見付かった。

　映像はすぐに解析に回される。ウダジマが攫われた方の映像は、都市の管理下にあるデータということもあって比較的容易に解析できた。

　しかしウダジマが殺された方の映像は、都市の監視機器により撮影されたものではないので、解析にも限度がある。それでも、映像は合成ではなく撮影されたものである確率が高いことは分かった。そして解析結果からは、そこに映っているアキラとウダジマが偽者であるという確証は得られなかった。

　それらの情報から総合的に判断すると、アキラがウダジマを攫って殺したことに、一定の信憑《しんぴょう》性があることは否定できない。クガマヤマ都市はそう判断していると、イナベはアキラ達に、主にアキラに、慎重に説明した。

　トガミがイナベに、相手が都市の幹部ということもあって一応口調に気を付けながら、軽く手を上げて尋ねる。

「あの、ちょっと良いですか？」

「何だ？」

「その映像の怪獣……、巨大なモンスターなんですけど、クズスハラ街遺跡で俺達を襲ったやつのはずです。あんなのが2匹もいるとは思えないので」

「私も君達がクズスハラ街遺跡の第3奥部と呼称する領域で、このモンスターに襲われたという情報は得ている。君がドランカムに提出した報告内容ならば閲覧済みだ」

「そ、それなら、そのモンスターの頭の上にいるアキラが本物って、無理が無いですか？」

　怪獣はアキラに協力している建国主義者の制御下にある。アキラがわざわざ怪獣の頭の上でウダジマを殺したのは、それを示す為でもある。それならばアキラが怪獣に襲われる訳が無い。よって映像のアキラは偽者となる。

　そう指摘するトガミに、イナベがチラッとアキラを見てから、真面目な態度で答える。

「個人的には君の意見に賛同する。だがここは第三者の視点から敢えて反論しよう。君の疑問を解決できる推測が二つある。一つ目。まず、時系列で解決できる。アキラが建国主義者に寝返ったのが、第3奥部から脱出した後であれば辻褄《つじつま》は合う」

　それも少し無理があるのではないか。仮にあの後すぐにアキラが寝返ったとしても、時系列の辻褄を合わせるには猶予が足りないように思える。トガミはそう思いながらも、不可能ではないとも思ったので、納得はしなかったが反論もしなかった。

　そしてイナベがまたアキラをチラッと見てから、言葉を選んで続ける。

「二つ目。あくまでも、真相など分かる訳の無い他者の視点からの意見であることを前提に、聞いてほしい。君達が第3奥部から脱出できたこと。それ自体が自演であれば辻褄は合う」

　トガミが思わずイナベを睨《にら》み付《つ》ける。

「何だと？」

　あの地獄から死力を尽くして逃げ出した自分達の頑張りを、自演だと疑われたのだ。トガミの憤りは強かった。

　しかしイナベから鋭い視線を返されたことで、相手が都市の幹部であることを思い出し、不満気な様子を残しながらも威勢を落とした。

　イナベもトガミの気持ちは理解できる。その上で視線を、トガミと同じ思いを抱いているであろうアキラに向けて続ける。

「あくまでも第三者視点での話だ。だが君達があれほどの存在に襲われながらも生還できたことは、奇跡的な出来事であることも事実だ。普通に考えれば、どう考えても死んでいる」

　そのことにはアキラ達も同意できた。確かにそれだけの状況だったからだ。

「まあ、私はそうは思わない。君は今まで何度もそのような絶望的な状況から生還している。それを知っているので、他の者ならば死ぬだろうが、君ならば、と、君の生還を不思議には思わない」

　トガミとレイナもそれは理解できる。仮にあの場に自分達がおらず、アキラが第3奥部から脱出したことを後から知ったとしても、アキラがあの状況から生還したことを驚きはしても、不思議には思わなかっただろう。二人はそう考えた。

「しかし君との関わりが浅い者は、そのようには考えられない。君の生還を普通に奇跡的な出来事と解釈する。そして奇跡を信じない者は、そこに偶然ではない何らかの必然性を求める。つまり君が生き残ったのは偶然ではなく、誰かが何らかの理由でそのように装ったのではないか、とな」

　キャロルもその辺りは同意できる。自分があの場にいなければ、あの状況でも諦めずに必死に戦うアキラの姿を間近で見ていなければ、あれは奇跡ではなく何らかの工作の類いではなかったかと疑うだろう。そう思った。

「まあ要するに、君の生還はそれだけ驚くべき出来事だということだ。極めて確率の低い偶然ではなく、何らかの裏があったと考えた方が自然に思えるほどに。その裏には、自演という考えも含まれるということだ」

　そこでシロウが軽く言う。

「そうすると、俺もその自演に加担したことになっちゃうんだけど？」

　シロウは坂下重工の重要人物だ。そのような者が発する言葉は、格下の企業の者に対して、発した言葉が何であれ、強い影響力を持つ。それはイナベでも変わらない。クガマヤマ都市の幹部という強い立場も、五大企業から見れば吹けば飛ぶ弱いものでしかない。その意向に沿わない意見は、時に致命的になり得る。

　だがそれでもイナベはたじろがずに答える。

「そうなるな。ぜひ否定してほしい。君から坂下重工に、決して自演ではないのだと訴えてほしい。クガマヤマ都市も坂下重工の決定には逆らえない。その線でこちらに圧力を掛けてもらえると、非常に助かるのだがね」

「おっと、そうきたか。あー、でも俺は今一応坂下から脱走中って扱いだし、それはちょっと難しいかなー。いや、まあ、絶対無理だ、とは言わないけどさ」

シロウはそう言って、意味有り気にアキラに視線を向けた。その坂下重工への口添えが、アキラにとって自分をツバキに紹介するだけの貸しになるのであれば、やっても良い。視線でそう告げていた。

その視線にアキラが明確な返事をする前に、キャロルがイナベに言う。

「イナベさん。私達だけならともかく、ドラゴンリバーのトップも一緒に戦ったのよ？　それで自演ってのは無理が無い？　あれが自演ならドラゴンリバーも自演に加担したってことになるんだけど？」

ドラゴンリバーにはタツカワやメルシアを始めとして、そこらの都市など個人で脅せる実力者が揃っている。そのようなハンターチームに対して自演を疑う、つまり建国主義者との繋がりを疑うなど、一地方都市の立場で出来る訳が無い。そのような真似をすれば、下手をすれば、クガマヤマ都市にはドラゴンリバーと敵対する意志があるとみなされる。

だから自分達が怪獣に襲われて何とか逃げ出せたことに、クガマヤマ都市が自演の恐れを疑うのは無理がある。都市職員の中にそう疑う者がいたとしても、それを都市全体の意志とすることは出来ないはずだ。キャロルはそういう意図でイナベに尋ねていた。

イナベが溜め息を吐く。そして言う。

「私もその意見には完全に同意する」

「でしょ？」

目論見《もくろみ》通りイナベから同意を取れたことに、キャロルは少し得意気に表情を綻ばせた。しかしその顔も、イナベが続けた言葉を聞いて歪《ゆが》む。

「だが……、実は既にドラゴンリバーからも事情を聞こうとしたのだが、担当した職員が、よりによって事実上ドラゴンリバーの総指揮を執っているメルシアという者に、その自演の懸念を口に出してね。激怒させたのだ。残念ながら、今、都市とドラゴンリバーの関係性は危険域に達している」

　ドラゴンリバーを怒らせない為にも、自演として扱うことは出来ないはずだ。その抑止力は、既にクガマヤマ都市がメルシアを酷く怒らせていることで、その効力を大きく落としていた。むしろ既に友好的な関係は望めないのであれば、都市としてもドラゴンリバーが自演に加担したという立場を取りやすくなっていた。

　キャロルが相手の正気を軽く疑っているような態度で言う。

「……何やってるの？」

「全くだ。何をやっているのだか……」

　イナベは深い溜め息を以て、改めてキャロルの意見に深い賛同の意を示した。

　そこまでの話を黙って聞いていたアキラが、いろいろとややこしいことになっていそうだ、という程度の感覚で、映像の自分の偽者を指差した。

「取り敢えず俺が賞金首になったのは、その辺の理由で、あれが俺の偽者とは言い切れないからってことで良いのか？」

　あれが本物であれ偽者であれ、都市幹部の殺害に加えて建国主義者への寝返りということもあって、賞金は懸けなければならない。そして偽者とは断定できない以上、自分に賞金を懸けるしかなかった。アキラはそう解釈した。

　しかしイナベは首を横に振る。

「いや……、それは違う」

「えっ？　じゃあ何で……」

　思わず怪訝な顔を浮かべたアキラに、イナベが真面目な表情で告げる。

「はっきり言おう。君が賞金を懸けられた理由だが、私には分からないのだ」

「分からないって……」

　アキラがますます怪訝な顔をする。キャロルやトガミ、レイナ達も困惑した様子を見せていた。尚、キバヤシは面白そうな表情のままだ。

　イナベが説明を続ける。

「その分からない理由を今から話す。そもそもこの映像に映っている君の偽者だが、クガマヤマ都市にとっては、もう真偽は別にして偽者であった方が甚だ都合が良い。私が事態解決の指揮を執るのであれば、仮にこの映像の君が本物であろうとも、偽者と決め付けて対処する。それほどにだ。だからこそ、この映像を根拠に君に賞金を懸けるなど、本来有り得ないはずなのだ」

　仮に映像のアキラが本物だった場合、クガマヤマ都市はハンターの扱いを致命的に間違えたことになる。スラム街の出身にもかかわらず、わずか数年でハンターランク70に到達した類い希《まれ》な才能の持ち主を不当に扱い、建国主義者に寝返らせるほど激怒させたのだ。ハンターとの関係が重要な統治企業にとって、体面が悪いなどというどころの話ではない。

　勿論ハンター達も都市が善良な存在などとは思ってはいない。しかし互いに利用し合う存在であろうとも、その関係を維持するのに必要な、最低限の一線というものはある。その閾値《しきいち》を超えれば、ハンターとの利害関係は崩壊する。今回の件は、その事態を招きかねないものだ。

　だからこそ、クガマヤマ都市はこの騒ぎをアキラの偽者の仕業だとする必要がある。アキラの偽者は以前の建国主義者討伐戦の時にも出現している。建国主義者が性懲りも無く同じ手を使ってきたことにすれば何の問題も無い。イナベはそう考えていた。

　その話を聞いたレイナが尋ねる。

「ではなぜアキラに賞金を懸けたのですか？　私には逆効果にしか思えませんが……」

　レイナがローレンス一族の者と分かったこともあって、イナベが少々口調を改めて説明を続けていく。

「賞金を懸けたのは私でも都市の総意でもありません。賞金首の認定は各部署の判断で、その予算の範囲で可能です。アキラに賞金を懸けたのは対外的にはクガマヤマ都市になりますが、実際には防衛隊です。ただ、それでも私には不可解な点が多過ぎるのですが……」

　本物の仕業であれ偽者の仕業であれ、防壁の警備を潜《くぐ》り抜《ぬ》けて内部に侵入され、幹部を拉致された上に殺されたことに違いは無い。大失態だ。防衛隊がその汚名を拭う為に事態の解決に全力を出すのは理解できる。

　しかしそれならば偽者の仕業である可能性を考えて、まずは自分を介して本物のアキラから事情を聞くべきではないか。いきなり人型兵器の部隊を派遣して拘束に動くのは不自然だ。

　逃走の恐れを考慮して確保を優先したのだとしても、それならばアキラを賞金首にするのはおかしい。賞金首認定の手続きの過程で、相手に防衛隊の動きを察知されてしまう確率が高まるだけだ。

　更に賞金首認定の内容にも不自然な点が多過ぎる。イナベはそう説明して視線をアキラに向けた。

「アキラ。自分の賞金額は把握しているな？」

「ああ。5億オーラムだろ？」

「ではその賞金額が有り得ないほど安価であることも理解しているな？」

「……まあ、うん。安過ぎるとは思ってる」

　アキラに懸けられた賞金は5億オーラム。それをアキラは、自身の金銭感覚に加えて自己評価の低さもあって、安いとは感じていない。

　しかし一般的なハンターが、たかが5億オーラムの為にハンターランク70の者と殺し合うか、という常識的な面での考えから、アキラはイナベに同意を示した。

　イナベが頷いて話を続ける。

「そうだ。防壁内への侵入。都市幹部の拉致、殺害。加えて君の実力。それらを考慮すれば最低でも100億は必要だろう。都市の予算を考慮に入れなくて良いのであれば、桁が増えても不思議は無い。それにもかかわらず、君の賞金がたかが5億というのは有り得ない話だ」

　その不自然さをこの説明で初めて理解した者も、説明されるまでもなく分かっていた者も、イナベが明示したことで問題点を頭に入れた。

　イナベが更に続ける。

「賞金首に認定された理由もおかしい。ウダジマ殺害の容疑しか理由に挙げられていない。この映像を根拠にアキラがウダジマを殺害したというのであれば、なぜ建国主義者への寝返りを容疑に含めない？　不自然だ」

　言われてみれば、という表情を浮かべたアキラに向けて、イナベが話の纏めに入る。

「他にも細かい点を挙げれば切りが無いが、要するに、君が賞金首になったことには不可解な部分が多過ぎるということだ。私が君に、防衛隊に大人しく投降するような真似は絶対にするな、と言ったのも、その辺りが理由だ。捕まった場合、何をされるか分からん」

　理由は不明だが、ある者にとっては映像のアキラが本物であった方が都合が良く、本物の方を消すことで、偽者を本物に仕立て上げようとしている恐れすらある。下手をすると以前アキラが自宅で襲われたのも、裏にいたのが防衛隊とまでは言わないが、建国主義者が似たような理由で実行したのかもしれない。

　それらを含めて、自分ですら事態の全容など全く分からない状況にある。イナベはそう話を締めくくった。

　都市幹部の大派閥の長であるイナベですら、状況の把握がほとんど出来ない。それがどれだけ異常なことなのかを、アキラは分かっていない。それでも、非常に厄介で面倒な事態に巻き込まれていることだけは、何となく理解できた。自身の内心を、とても嫌そうで面倒そうな表情を浮かべて表している。

　そしてイナベが本題に入る。

「いろいろ言って、結局何も分からないのか。そう思っているのかもしれないが、状況の把握という点では、分からないことが分かるだけでも大違いだ。そして君はそれを把握した。その前提で聞こう。君はこれからどうする気だ？　まずはそこを確認しておこう。協力するとはいっても、私にも出来ることと出来ないことがあるのだからな」

　しばらく身を隠して様子を見る。ハンターとしての活動場所を、クガマヤマ都市の力が及ばない遠方に移す。賞金首認定の解除を都市と交渉する。シロウに頼んで坂下重工から圧力を掛けてもらう。などなど、イナベが軽く考えただけでも、アキラに選べるものは幾つもある。

　だがアキラはそのいずれも選ばなかった。無意識に声にも気配にも殺意を滲ませて答える。

「俺の偽者を殺す」

　それはイナベにとって、予想外でもあり、予想通りでもある返事だった。

　アキラの偽者は間違いなく怪獣を制御下に置いている。そのような者を殺しにいくなど余りにも無謀だ。普通に考えれば自殺と変わらない。アキラはそれにもかかわらず、一切の躊躇《ちゅうちょ》無く、そうすると宣言した。普通は有り得ない。その点では予想外だ。

　しかしイナベは同時に、アキラならばそうするかもしれないと考えてはいた。アキラが通常の思考の持ち主ではないことは知っている。相手の正気を疑うほどに驚きはしたが、全く予想できないことではなかった。

　他の者も程度の差はあれど、イナベと似たような様子を見せている。しかしキバヤシだけは笑いを堪えていた。キバヤシにとって、アキラの返事は予想通りのものでしかなかったからだ。

　アキラから漏れた殺気混じりの気配に対しても、イナベ達が緊張を示す中、キバヤシだけはむしろ嬉しそうな様子を見せていた。

　アキラがそのイナベ達の様子から、少々平静を欠いた自分に気付く。深呼吸をして落ち着きを取り戻し、黒く染まった気配を緩めた。

　通信越しでも分かる殺気が消えたことで、イナベが安堵の息を吐く。そして話を続ける。

「偽者を殺すことで潔白を証明する訳か。確かに可能であればそれが一番だが……」

　アキラが自分で偽者を殺せば、最低でもアキラの偽者が存在することは証明できる。そうすればウダジマの殺害も、建国主義者への協力も、偽者の仕業だとクガマヤマ都市に説き伏せやすくなる。それはイナベも分かる。

　だが偽者を殺す過程で恐らく怪獣との戦闘になる。それでも出来るのか。可能なのか。ただ死ぬだけではないか。イナベはそう思って迷ったが、すぐに結論を出した。

「……いや、分かった。その方向で協力しよう」

　やめておけ、などと言ったところでやめる訳が無いのだ。余りにも無謀という理由で協力を拒否したところで、自分の協力無しでやるだけだろう。それならば上手《うま》くいく可能性を上げることに尽力した方が良い。イナベはそう判断した。その上でアキラに釘《くぎ》を刺す。

「ただし、一人で勝手に動くような真似はやめてもらう。協力すると言っているのだ。機を窺い、しっかり準備を整えて、慎重に行動してくれ。感情に任せて無策で突撃するようなことは、絶対にしないでくれ。分かったな？」

「……、分かった」

　ここで激情に駆られて突撃するようでは、スラム街の二大徒党の抗争でアルファのサポートも受けずに戦って死にかけた頃から、全く成長していないことになる。アキラはそう自身に言い聞かせて、自分を強く制止した。

　これで今後の方向性は決まった。話は一区切りついたとして、今までは一応自重して黙って話を聞いていたキバヤシが、笑顔で口を開く。

「じゃあその方向で話を進めるか。アキラ。大丈夫だ。お前が大活躍できるように、俺がバッチリ協力してやる」

　アキラが期待と不安を顔に出す。そしてそれらに勝る嫌そうで面倒そうな表情を浮かべて答える。

「……そうだな。期待してるよ。楽しませてやった分、しっかり協力してくれ」

「ああ。俺に任せておけ。だから今度も楽しませてくれよ？　怪獣から逃げるだけでも笑い死ぬところだったんだ。期待してるぜ？」

キバヤシの期待に応えることが出来れば、つまり怪獣を倒すことが出来れば、自分の偽者を殺すことも容易くなる。そしてキバヤシは誰よりも自身が楽しむ為に、本気で惜しげも無く協力してくれるだろう。アキラはそう思いながらも、更に嫌そうな表情を浮かべた。

　そのアキラの機微を分かった上で、キバヤシはとても楽しそうに笑っていた。

第234話　潜伏場所

　クガマヤマ都市に来た高ランクハンター達が寝泊まりしている場所は、大体決まっている。まずは都市内の高級ホテルだ。一泊数十万オーラムもする部屋に、有り余る金を使って平然と長期滞在している。

　次に、都市が高ランクハンター向けに新規開発した郊外の住宅地だ。立地は荒野だが、都市周辺に棲《せい》息《そく》するモンスターなど彼らには何の脅威にもならない。戦車や人型兵器などにも対応できる巨大な設備を備えた邸宅が、危険度さえ度外視できれば幾らでも広がっている土地を活用して、大規模に建造されている。自宅を失ったアキラに引っ越し先として勧められた物件も、この住宅地のものだった。

　そして各ハンターチームが構築した簡易拠点だ。クズスハラ街遺跡の周辺や遺跡の内部に各自の判断で構築している。移動要塞と呼んでも差し支えないほど巨大な荒野仕様車両を、何台も持ち込んでいるチームもいる。

　その一つ、ドラゴンリバーが第1奥部と第2奥部の境目辺りに構築した拠点に向けて、大型トレーラーの車列が、都市の前線基地から遺跡の奥へ続く後方連絡線を進んでいた。

　その車列が、複数の人型兵器や戦車も交じっている都市の部隊に止められた。先頭車両を運転していたドラゴンリバー所属のハンターの男が、通信機器を介して部隊に愛想の悪い声を出す。

「何か用か？」

「積み荷を調べさせてほしいのだが……」

「駄目だ。退《ど》け」

「念入りに調べる訳じゃない。チラッと見るだけだ。5分で終わらせる」

「駄目だ」

「こちらにはその権利がある。そちらもクガマヤマ都市で活動している以上、治安維持の為に多少は協力してほしい。仮に変な物が見付かったとしても大事にする気は無い。ちょっとしたうっかり。些《さ》細《さい》なミス。次から気を付けてくれ。それで済ませる」

高ランクハンターともなると、持ち込み、所持、使用などに、その地域を統治する都市の許可が必要な代物を使うことも多くなる。対滅弾頭など、都市の防壁にも通じる余りにも強力なものは、許可無く所持している者に対し、無警告での完全な無力化を実施する所も珍しくない。

そのうっかりでは済まされない事柄を、些細なミスで処理すると宣言している時点で、部隊の隊長はドラゴンリバーに対して大幅に譲歩を見せている。

だがそれでも男の返事は変わらない。

「駄目だ」

「これでも拒否されると、こちらとしても要らぬ疑いを抱かざるを得なくなる。穏便に済ませないか？」

その部隊の者の発言は、ある意味で最後通牒《つうちょう》だ。

だが男も同じく最後通牒を返す。

「分かってないな。そっちが選べるのは、退くか、やり合うかだけだ。30秒で選べ。選べないなら俺が選んでやる」

退かないのであれば30秒後に交戦開始。男はそう宣言した。相手の本気を悟った部隊長が、仕方無く道を空けるように指示を出す。ここで交戦になれば、下手をすればドラゴンリバーとクガマヤマ都市の全面戦争に発展する。人型兵器まで率いる部隊の隊長とはいえ、現場の人間でしかない者に、場合によっては都市の存亡に関わる決断は出来なかった。

車列の前にいた人型兵器や戦車が退いたのを見て、ドラゴンリバーの男が気持ちは分かると言いたげに、口調を和らげて言う。

「悪いな。俺達を黙って通すと上に怒られるんだろうが、俺もそっちの言うことを聞くと上にぶっ殺されるんだ。上の方で面倒な話が片付くまで、お互い上手く遣《や》り過《す》ごそうぜ」

積み荷の調査を断ったのは、メルシアによるクガマヤマ都市への嫌がらせ。男は暗にそう告げて、再び車列を進ませていった。

通り過ぎていく大型トレーラーを眺めながら、隊長が溜め息を吐く。

「……全く、どこの馬鹿か知らねえが、余計なことを言いやがって。現場の苦労を何だと思ってるんだ」

　壁の内側でぬくぬくしている者の失態の所為で、自分はこんなに苦労している。やってられない。そう思った分だけ、その溜め息は深かった。


　溜め息を吐く隊長の前を進んでいく大型トレーラーの車列、その一台の荷台の中に、荒野仕様のキャンピングカーが積まれていた。キャロルの車両だ。アキラはその中にいた。

「バレなかったか。……いや、もしかして、バレてたけど諦めただけか？」

　そう言って難しい表情を浮かべたアキラに、キャロルが笑って言う。

「どっちでも良いんじゃない？　どこかから情報が漏れてバレてたんだとしても、これで都市も手が出せないってことが確認できたんだしね」

　それを聞いてアキラも表情を緩める。

「……、そうだな」

　下手に気にするよりは、上手くいったと考えよう。アキラはそう思い、都市の部隊に遭遇したことによる緊張を緩めた。


　賞金首になり、都市から人型兵器の部隊まで派遣される身となったアキラには、安全な潜伏場所が必要になった。

　ではどこに隠れるか。広大な荒野ならば、都市が虱潰《しらみつぶ》しに探すのにも限度があるので、そう簡単には見付からないか。アキラ達がそう相談していたところに、キバヤシが他の者には意外に思える案を出す。それはドラゴンリバーの拠点に隠れるというものだった。

　荒野は確かに見付かり難いが、絶対に見付からない訳ではない。弾薬や食料の確保の際に追跡される恐れもある。そしてある程度の範囲内にいるという精度でも見付かってしまえば、都市から大規模な部隊を送り込まれて、圧倒的に不利な状況で抗戦する羽目になる。

しかしドラゴンリバーの拠点ならば、そこにアキラがいると分かっていても、都市も容易には手出しできない。加えてタツカワはアキラを後輩だと思っており、メルシアは都市の対応に激怒している。上手く交渉すれば何とかなるだろうと、キバヤシは考えた。

また、アキラの目的は都市の追跡から逃れることではない。あくまでも自身の偽者を倒すことだ。都市に見付からないことだけを考えて、遠方まで避難する訳にはいかない。機会を見極めて第2奥部、或《ある》いは第3奥部に突入する為にも、クズスハラ街遺跡に近い場所にいる必要がある。

そしてイナベやキバヤシが、アキラへの支援を効率的に行う為にも、アキラは都市の近くにいることが望ましい。怪獣を制御下に置く偽アキラを倒す為に、強力な武装をアキラに提供するとしても、余りに遠い場所にいると、それをアキラに渡すのも難しくなるからだ。輸送の動きを都市側に察知される恐れも高くなる。

その説明を聞いてアキラも納得はした。しかしキバヤシの案は前提としてドラゴンリバーの協力が必要になる。そこでまずはキバヤシに実際にドラゴンリバーと交渉をしてもらい、実現できそうか確かめてもらうことになった。

賞金首を匿《かくま》うのだ。交渉には最低でも数日かかるだろう。そう思っていたアキラ達だったが、キバヤシはその日の内に交渉を成立させた。迎えのトレーラーもアキラ達の所まですぐに到着する。そして少々困惑気味のアキラ達を、キャロルのキャンピングカーごとドラゴンリバーの拠点に運んでいった。

ドラゴンリバーがクズスハラ街遺跡奥部攻略の為に作成した拠点は、巨大な荒野仕様車両を中心に広げられている。車両には複数の人型兵器を同時に整備可能な設備が備わっており、瓦礫《がれき》の山など粉砕して進めるほどの機動力まで持っている。

当然ながら運用にはそこらのハンターが唖然《あぜん》とするほど莫大《ばくだい》な金が掛かる。それだけの金を平然と稼ぎ出すハンターチーム、多数の高ランクハンターを抱えるトップチームの力がそこにはあった。

　アキラ達を乗せたトレーラーがその近くまで来たところで、トガミがアキラに軽く告げる。

「アキラ。そろそろやっておいた方が良いんじゃないか？」

「ん？　そうだな」

　アキラが強化服の迷彩機能を使用して姿を消す。これでキャロルのキャンピングカーの中にいるのは、視覚的にはキャロルとトガミの二人だけになった。シロウ達はアキラ達がトレーラーに乗り込む前に別行動を取っている。

　拠点に着いたトレーラーが停車すると、キャロルは車を外に出して、ドラゴンリバーの案内に従って車を移動させた。そこではメルシアがタツカワとキバヤシを連れて待っていた。

　タツカワ達と一緒にキャロルの車に入ったメルシアが、車内を軽く見渡してから意味深に言う。

「いらっしゃい。アキラは、いないのよね？」

　キャロルとトガミが迷彩状態のアキラを軽く指差しながら、キャロルは笑って、トガミは少し緊張した態度で答える。

「ええ、いないわ」

「はい。いません」

　当然ながらメルシアは、アキラが迷彩状態でそこにいると分かっている。その上でアキラはいないと聞いたのは、お互いの認識に齟齬《そご》が無いことの確認の為だった。

「それじゃあ改めて、ドラゴンリバーにようこそ。初日だし、今日はお客さんで構わないわ。働くのは明日から。今日は英気を養っておいて」

「分かったわ」

「分かりました」

　タツカワが、見えてはいないがアキラに視線を向けて、軽く笑って言う。

「まあここにいれば都市の連中も手は出せねえ。ゆっくり休みな」

　それにアキラが返事をしようとする前に、メルシアが冗談っぽく口を挟む。

「ちょっと、急に虚空と話し始めないでよ。怖いでしょ？」

タツカワは調子を合わせて笑う。

「おっと、疲れてるのかな？　戻って早めに休むか。じゃあな」

アキラはここにはいない。それがドラゴンリバーの立場。タツカワとメルシアはアキラ達にそう示して帰っていった。

残ったキバヤシが機嫌良く笑う。キバヤシにはアキラが見えている。厳密には迷彩を使用していて視認できないアキラの位置に、アキラの姿を自身の拡張視界に表示させていた。

「アキラ。もうしゃべって良いぞ。でも迷彩は解除するなよ？」

「やっぱり車の中でも使ってないとまずいか？」

それは面倒臭い、という表情を浮かべたアキラに、キバヤシが窓を指差しながら答える。

「外から中が見えない場所なら大丈夫だ。でも迷彩をいちいち切り替えると、外に出る時にうっかり使うのを忘れることもあるだろうし、基本的には使いっぱなしの方が良いだろう。車内にいる時でも窓をずっと非透過にしていると、あからさまに誰かが隠れている感じがするからな」

「それもそうか」

「まあ風呂の時でも使ってろとは言わないが、外から見えないように注意はしておけ」

「分かった」

アキラも強化服を着たまま入浴したいとは思わない。しっかり頷いて返した。

キバヤシが楽しげに笑って言う。

「じゃあ、改めて現状について話しておくか。特にアキラはしっかり聞いておけよ？　前よりはましになったとはいえ、お前はまだまだ常識に疎いところがあるからな」

「分かったよ」

キバヤシに釘を刺されたアキラは、苦笑いを浮かべながらも反論はしなかった。

アキラがスラム街の路地裏を飛び出してから、もう随分経《た》っている。既に何も知らなかった子供ではない。多くの知識を、常識を学び、身に付けている。

しかしその上で常識的に行動できるかどうかは別の問題だ。良くも悪くもアキラにそれが出来るのであれば、アキラはハンターランク70にも、賞金首にもなっていない。

何よりも、怪獣を従えている存在を殺しにいこうとはしない。それぐらいはアキラも自覚しており、その非常識な判断で勝手に動こうとするな、と釘を刺されたことも分かっていた。

キャロルとトガミも、キバヤシの話に軽く笑って同意を示している。そしてある意味でアキラ以上に非常識な存在も、同じように笑っていた。アルファだ。

『そうよアキラ。前みたいに一人で勝手に動いちゃ駄目よ？』

『分かってるって。協力してくれるって言ってるんだ。協力してもらうよ。勿論、アルファにもな』

『ええ。任せなさい』

相手への信頼をその表情に映して、アキラはアルファと笑い合った。

アキラは賞金首になり、クガマヤマ都市からも追われる身になった。だが賞金首に認定されたことと、都市から追われていることは別の問題だ。

そもそも賞金首という制度自体は、依頼受諾処理を不要とする簡易依頼の一種にすぎない。モンスターを対象とすることが多いので、対象の撃破、つまり殺すことを前提とした依頼だと勘違いしている者もいるが、捕縛でも構わないという意味での生死不問や、生け捕り前提の条件でも賞金を懸けることは可能だ。

また、賞金首であるという理由だけで、何らかの権利が剥奪されたり、制限を加えられたりすることはない。そして自身が賞金首であることは、自身を狙う者に殺人許可証を与えることを意味しない。

仮にハンターが壁の内側で生死不問の賞金首を殺

したとする。その場合、賞金自体は支払われるが、殺人は殺人として有罪になる。むしろ金銭目的の殺人として扱われ、防壁内の治安を著しく悪化させたとして、通常より罪が重くなる。壁の外であっても、民間警備会社の警備区画などであれば、似たような扱いを受ける。

これはたとえ統企連から賞金を懸けられたとしても変わらない。その時点でハンターの身分を抹消され、ハンターオフィスの口座まで凍結されたとしても、それは統企連にそれだけ敵視されたからであって、賞金首になったからではない。

つまり今のアキラの立場は、一般的なハンターの感覚では、5億オーラムの賞金を懸けられるほどにクガマヤマ都市と揉《も》めている人物、という程度でしかない。そしてその程度のことは、その都市を脅せる高ランクハンターという存在にとっては、大したことでもない。

そのような背景もあり、キバヤシはタツカワ達もアキラをしばらく匿う程度のことなら断らないと判断した。そして実際にメルシアはドラゴンリバーの実質的な運営者として、キバヤシの頼みを受け入れた。

もっともドラゴンリバーもアキラを匿っていることを公言はしない。あくまでも密《ひそ》かに匿う。これはクガマヤマ都市との関係性をある程度は保つ為だ。

ドラゴンリバーには建国主義者への協力の疑いがある、という都市側の失言を契機に、メルシアは都市に非常に厳しい姿勢を取っている。しかし流石に都市との全面戦争を決めたような態度までは取っていない。

だがここで都市に対して、アキラを匿っている、渡す気は欠片も無い、などという態度を取れば、流石にクガマヤマ都市にも統治企業としての立場がある。相手がドラゴンリバーであろうとも全面衝突を覚悟して動かざるを得なくなる。

それはメルシアも望まない。謝れば許してやる、という立場を都市に対して保つ必要がある。その為にもこちらがアキラを匿っていることを、都市側も知らない振りが出来る状況を維持する必要がある。それが頼みを聞く最低条件だ。メルシアはキバヤシにそう話し、その条件を満たす方法を相談した。

その結果、表向きはドラゴンリバーがキャロルを取り込んだという方向で進めることになった。キャロルは諸事情で護衛を必要としており、今まではアキラを雇っていたが、そのアキラが賞金首になってしまった。その所為で護衛を失ったキャロルに、キャロルの抱えている遺跡の情報を欲しがったドラゴンリバーが付け込んだ、ということにした。

もっともドラゴンリバーを護衛に雇うなど、普通に考えればキャロルの支払能力を明確に超えている。そこは遺跡の情報の価値に加えて、護衛期間中はただ護《まも》られて過ごすのではなく、キャロル自身も遺跡での戦闘に参加することで、支払の不足分を補うという形式にする。

そのキャロルにトガミが同行しているのは、クズスハラ街遺跡の地下トンネルや第3奥部で、タツカワに護ってもらった分の支払を、キャロルと一緒に戦うことで働いて返す為、ということになっている。

実際には、トガミはアキラの支援の為に同行している。まずは、うっかり誰かにアキラの姿を見られた時に、それはアキラではなくトガミであるとごまかす為。そしてキバヤシやイナベがアキラに強力な装備などを提供する際に、それはアキラにではなくトガミに対してのものだとする為だ。

尚、装備などを支援する表向きの理由として、トガミがキバヤシの悪癖である無謀な依頼の斡旋《あっせん》に引っ掛かってしまったから、という話を用意してある。

更にイナベもドランカム経由でトガミに依頼を出していた。部外者には内容を教えられない機密性の高い依頼としてあるので、ドランカムには裏の事情など全く分からないようになっている。それでもアキラに高性能な装備類を、トガミを介して提供する手段としては十分だ。

これらにより、アキラはドラゴンリバーの拠点に身を隠して都市の追跡から逃れつつ、自分の偽者がいるであろう遺跡の奥に近い場所で、キバヤシ達から強力な装備などの提供を待ちながら、絶好の機会を窺うことが可能になった。

　キバヤシはその手筈《てはず》を半日にも満たない短期間で整えた。アキラはそのキバヤシの手腕に改めて驚きながら、重要なことを尋ねる。

「それで、俺に提供する装備類って、どんな物がいつ頃に届きそうなんだ？」

「分からん。その辺は今から調整するからな。何、心配するな。俺に任せとけって」

　そう自信たっぷりに答えたキバヤシに、アキラは珍しく不敵な笑みを向けた。

「ああ。任せる。でもたっぷり楽しみたいのなら、それだけの物は用意してくれよ？」

　前回の怪獣との戦いでは、勝ち目など欠片も無かった。逃げるしかなかった。賭けなど成立しない戦いだった。

　次の戦いではそれを覆さなければならない。

　無理、無茶、無謀ではあっても、不可能ではない。可能性は低くとも、賭けが成立する程度の勝機はある。その勝機を、キバヤシは自分に提供する。何よりも、キバヤシ自身が楽しむ為に。

　キバヤシは絶対に勝てない相手に足掻《あが》く姿が見たいのではない。どれだけ可能性が低くとも、そのか細い勝機を手繰り寄せようと死ぬ気で抗《あらが》う姿が見たいはず。キバヤシの悪癖を、アキラはそう理解していた。

　そのアキラに、キバヤシも不敵に笑って返す。

「ああ。分かってる」

　アキラの様子は、少しだけ楽しげに見える。キバヤシは間違いなく楽しんでいる。

　キャロルとトガミはその二人を見て、自分からアキラへの協力を申し出たとはいえ、自分達も恐らくこれから起こるであろう出来事に付き合わされることに、少々たじろいで表情を硬くしている。

　アルファだけは、いつものように微笑んでいた。

　アキラの隣で、変わらずに。

キャロルのキャンピングカーの浴室で、たっぷりの湯に身を浸したアキラが大きな息を吐く。短期間で多くのことがあった。その精神的な疲れの所為もあって、車両の設備とは思えないほどに上質な入浴であっても、アキラに笑顔を浮かべる余力は無かった。

『何か、いろいろあったなー』

いろいろあった、では済まされないことだらけだったのだが、今のアキラの思考力では、その程度の語彙で纏めるのが限界だった。

一緒に入浴しているアルファが笑って言う。

『そうね。いろいろあったわ』

浴槽は二人で入れるほど広くないのだが、そもそもアキラの拡張視界に表示されているだけのアルファには、物理的な制約は無い。アキラの視界に映る浴槽を浴室ごと広げて、同じ湯船に浸《つ》かっていた。

『でもまあ、いろいろあったのは今までもそうでしょう？　そういう意味では大して違いは無いわ』

アキラがわずかに表情を緩める。

『……それもそうだな』

大変なことは今までも何度もあった。それでも何とか乗り越えてきたのだ。今回も大丈夫だろう。

怪獣まで出てきたが、自分との相対的な戦力差という点で考えれば、今回だけが特別という訳でもないだろう。拳銃しか持っていないスラム街の子供が、大型のウェポンドッグを倒したことと、大して違いは無いはずだ。アキラはそう前向きに考えることにした。

そしてふと思う。

『なあアルファ。キバヤシが何か凄い装備を調達してきて、俺でもあの怪獣を倒せるようになったらさ、アルファの依頼の遺跡の攻略だけど、難しいルートでも大丈夫になるか？』

今のアキラの実力では、一番簡単なルートならば可能性がある、という程度でしかない。前にアキラはアルファからそう言われていた。

ではあの怪獣を倒せるほどの力があればどうか。流石に難しいルートでも攻略可能になるだろうか。

アキラはそう思い、軽い気持ちで聞いてみた。

アルファが笑顔で答える。

『そうね。そこそこ難しいルートでも何とかなるようになると思うわ』

『……一番難しいルートだったら？』

『確実に死ぬわね』

『そ、そうか』

そこまで強くなっても駄目なのか。アキラはそう思ってわずかにたじろいだ。そして意識を切り替えると、自分に言い聞かせるように軽く頷いて言う。

『……分かった。一番簡単なルートで頑張ろう』

『ええ。頑張りましょう』

ある意味で今のアキラは、自分の偽者を殺すという私情を優先して、アルファの依頼を先延ばしにしている。

もっともアルファの依頼に関しては、アキラの私情とは無関係に、アルファから実力不足を理由に保留とは言われていた。

それでもアキラも自身の都合を優先していることを、全く気にしていない訳ではなかった。

だが怪獣を倒せるほどの力があっても足りないと言われたことで、意識を切り替える。道理でこの程度では保留と判断される訳だと思い、この機会を利用してもっと強くなろうと考え直して、無駄に気にするのをやめた。

そのままアキラはアルファと一緒にゆっくり入浴を楽しんだ。


既に日も落ちている。入浴を終えたアキラは、今日はさっさと寝ようと思いながら、強化服を着て脱衣所を出た。するとキャロルに声を掛けられる。

「出たの？　じゃあ次は私ね」

「…………ああ」

アキラが返事に少々時間を必要としたのは、キャロルが既に全裸だったからだ。そのことに驚いたのではなく、その魅惑の体に見蕩《みと》れていたのでもなく、呆《あき》れていた。そして何か言おうとして、言うだけ無駄だと思い直した分だけ、返事が遅れていた。

一晩１００億オーラムの裸体を前にしても、アキラの態度は相変わらずだ。しかしそのつれない態度でも、キャロルは少々上機嫌な様子でアキラの横を通り過ぎ、そのまま脱衣所に入っていった。

そのキャロルの様子をアキラが少し不思議に思っていると、キャロルが機嫌を良くしている理由がアキラの目に入る。頬を少々赤くして、それをごまかすかのように顔をしかめているトガミだ。

キャロルはアキラから手を出されない不満を、アキラは例外だから、という理由で抑えていた。だが最近もう一人その例外が、キャロルの体に興味を示さない者が増える。シロウだ。

もっともシロウは坂下重工の工作員として、その手の耐性もしっかり身に付けているからなのだが、それでも反応が無かったことに違いは無い。魅惑の体の持ち主が、尖《とが》った旧世界風のデザインの強化服を着ているのにもかかわらず、シロウはキャロルが不満どころか懸念を覚えるほどに反応が無かった。

もしかして自分の体は、子供には余り魅力を感じさせないものなのだろうか。アキラがあそこまで無反応なのも、別にアキラがそこまで例外という訳でもなく、単純に魅力に欠けているからなのだろうか。

アキラ一人だけならともかく、二人目が現れたことで、キャロルはそう懸念を覚えた。そしてトガミがその確認に付き合わされる羽目になった。

キャロルは過去に一度トガミを誘惑したことがあり、その時の反応から大丈夫だろうと楽観視はしていたが、それだけで懸念が消える訳でもない。しっかり確認した。アキラやシロウが無反応な分の鬱憤を晴らすように、念入りに確認した。

そしてトガミの反応は、キャロルを十分に満足させるものだった。やはりアキラやシロウがおかしいだけだ。キャロルはそう自信を持って自身に言うことが出来た。

アキラがトガミから何か言いたそうな目を向けられていることに気付く。

「何だ？」

「……いや、アキラはキャロルの護衛を引き受けて、最近はずっと一緒だったんだよな？」

「ああ」

「一緒に風呂にも入ってたんだよな？」

「それはキャロルが勝手に入ってくるんだ」

「……お前、やっぱりちょっとおかしいって」

「らしいな。まあ、否定はしないよ」

アキラは苦笑しながらそれだけ答えると、そのまま自分のベッドに向かった。

トガミがまだ顔を赤くしながら大きく息を吐く。キャロルに手を出して、多くの者が破滅したことは知っている。ババロドという男がキャロルに嵌《は》まった所為で、チームの機密情報まで売ったことも聞かされた。

逆に言えば、キャロルはそれほどまでに魅惑的だということだ。一晩１００億オーラムだと言われても、抗えないほどに。

アキラはキャロルに手を出していない。それなら俺だって。トガミはそう決意した。強く強く自身に言い聞かせた。言い聞かせたが、余り自信は無かった。

その後、アキラとキャロルがぐっすり眠る中で、トガミはなかなか寝付けなかった。

◆

シロウが潜伏場所からスガドメに連絡を入れている。報告を聞いたスガドメは、シロウの拡張視界の中で少々鋭い視線を向けていた。

「その話、どこまで本当なのだ？」

「嘘なんか吐いてねーよ」

不満を零《こぼ》したシロウに、スガドメが態度を変えずに続ける。

「嘘だとは言っていない。私も君が私に虚偽の報告をするほど愚かだとは思っていない」

それはシロウが虚偽の報告をした場合、坂下重工を敵に回した愚か者の末路を迎えるという意味でもある。脅しではない。そうなる。スガドメの発言はそのような意図を含んでいる。それを理解しているシロウは、わずかに緊張を覚えた。

「ただ君の報告内容は、君の主観によるものが大きい。そして主観とは曖昧なものだ。あの管理人格、ツバキが好感を示す者を発見した。その者と上手く交渉すればツバキとの交渉ルートを構築できる。今はその者と交渉中。それは素晴らしい報告なのだが、その者がツバキからどの程度の好感を持たれているかで、交渉ルート構築の実現性も変わってくる。君の主観を鵜呑《うの》みには出来ない。そういうことだ」

　疑われているのは真偽ではなく程度。それを理解して、シロウが思わず小さく安堵の息を吐く。その反応を見逃さず、しかし指摘はせずにスガドメが続ける。

「それで、どうなのだ？　その者を籠絡しさえすれば、ツバキとの交渉ルートの構築は確定なのか？」

「……流石に確定とまでは言わないけど、可能性は高いはずだ。少なくとも交渉内容を伝えただけで護衛は全滅、交渉人の首だけしか帰ってこないなんて前回よりは、間違いなく上手くいくと思ってるよ」

「なるほど。それでその者の名前は？」

　そうさらっと聞いてきたスガドメに、シロウは真面目な表情を返した。

「教える訳無いだろ？　名前を知られただけでも、どこの誰かすぐに調べ上げて、ツバキとの交渉ルートの構築への協力を俺抜きで進められちまう。これは俺の成果だ。掻《か》っ攫《さら》われて堪《たま》るか」

「統治系の管理人格にそこまで気に入られた者のことが、少々気になっただけなのだがね」

「でも俺の成果を横取りする気は無いと断言はしないんだろ？　それなら何とでも言えるさ。まあそいつの情報だけで、十分な成果だと認めてくれるのなら教えるけどさ」

　極めて扱いの難しい統治系管理人格から、好感を持たれている者を発見したのだ。それだけでも十分有益な情報ではある。だが坂下重工から脱走したことを不問にした上で、更に長期的な自由を与えるほどの成果ではない。シロウもそれを分かった上で言っていた。

スガドメも同じ認識を返す。

「それだけの成果とは認められん」

「だろう？　だから今はこのまま俺にやらせておけよ。今のところは良い感じに進めてるんだからさ。失敗するか無理だと思って切り上げたら、そいつの情報は渡すって。そっちが頑張るのは俺の後にしてくれ」

　優先権が自分にあるだけで、情報を渡す気が無い訳ではない。シロウはそう告げて、更に自分が交渉する利点を付け加える。

「でもまあ、俺で無理ならそっちでやっても駄目だと思うぞ？　坂下の名前を出して協力を頼んだ時点で、事実上の脅迫だ。つまりツバキの友人を脅したことになる。何とかしてまたツバキを交渉の場に呼べたとしても、次は頭も帰してくれないんじゃないか？」

「君もその坂下の人間のはずだが？」

「それはほら、俺は一応脱走中の身だからさ」

　それで会話は一度止まった。スガドメがじっとシロウを見る。シロウは調子良く笑いながら、自身の緊張を全力で隠していた。

　そしてスガドメが告げる。

「良いだろう。その者との交渉は、そのまま君が続けると良い」

「そう来なくっちゃ。任せとけって」

　安堵の息すら飲み込んで、シロウは得意気にそう答えた。軽い調子を保って続ける。

「あ、それなら俺の捜索も一旦止めてくれない？　交渉の邪魔になるんだけど」

「それは駄目だ」

「えー」

「嫌なら早く成果を出すことだ」

「へいへい。分かったよ。じゃあな」

　シロウは少し不貞腐《ふてくさ》れた態度でそう言い残すと、スガドメとの通信を切った。

　その途端、シロウは大きく息を吐く。演技をやめて、険しい表情を浮かべる。

（……バレてないはずだ）

それは自身にそう言い聞かせて落ち着く為の言葉でしかなかった。

不手際は無かった。見抜かれる材料など何一つ渡していない。そう思いながらも、相手が相手ということもあり、不安は拭えなかった。

そこでオリビアから飲み物を差し出される。白いソーサーに載せられた白いカップに、とても良い香りを漂わせるコーヒーが注がれていた。

「ありがとうございます」

シロウは礼を言ってコーヒーを受け取ると、ゆっくりと口に含んだ。そして落ち着きを取り戻すと、今度は軽く息を吐く。

「……まあ、大丈夫だろう」

仮にスガドメとの遣り取りに何らかの不手際があったとしても、自己採点で満点だった以上、もう気にしても仕方が無い。それよりもアキラに貸しを作る方法を考えよう。シロウはそう意識を切り替えた。


自身の執務室でスガドメが難しい表情を浮かべている。

「……シロウの観光地はあそこではないと思っていたが、読み間違えたか？」

自分の推察に誤りがあるのか、それとも推察自体は正しいのだが、シロウに予定外の事態が発生したことで状況が変わったのか。

スガドメは把握可能な情報を加味して、改めて状況の推察を始めた。

第235話　高価な死体

働くのは明日から。メルシアからそう言われていたアキラ達が、クズスハラ街遺跡の第２奥部でその仕事を続けていた。

アキラは迷彩機能を使用して姿を隠している。キャロルとトガミは普通に姿を見せている。その状態で遺跡内を巡回していたアキラ達が、接近してくるモンスターの一団に気付いた。

「結構多いな。どうする？　俺も手伝うか？」

アキラはそう言って、下げていた銃を軽く上げた。しかしキャロルとトガミは、余裕を感じさせる笑顔をアキラに向ける。

「私達だけで大丈夫よ」

「ああ。俺達二人だとヤバそうって感じじゃないなら、アキラは下がっててくれ」

キャロル達にはアキラが見えている。ただし迷彩を見破っている訳ではない。連携済みの情報収集機器を介して、拡張視界にアキラの姿を表示しているだけだ。つまり他の者からは、この場にいるのはキャロルとトガミの二人だけにしか見えない。

「了解だ」

任せたと言うようにアキラが銃を下ろす。キャロル達はそれに応えるように銃を構えた。

出現したモンスターは球状の警備機械で、直径は２メートルほど。下部から多脚を生やして地面やビルの壁を走るものもいれば、宙を飛ぶものもいる。そしてそのいずれもが、機銃やレーザー砲やミサイルポッドなどで武装していた。

その機械達にアキラの迷彩は見破れない。全機がキャロルとトガミを狙い、各自の武装の照準を合わせる。キャロル達も動く。一瞬でその場から離脱し、機敏な動きで相手の照準を狂わせながら、それぞれの銃を標的へ向ける。そして同時に撃ち放った。

大量の銃弾、レーザー、小型ミサイルが周囲に飛び交い荒れ狂う。その威力は高く、仮にこの戦闘がクズスハラ街遺跡の外周部辺りで行われていれば、ビルなど倒壊するどころかその場で消し飛び、一帯が吹き飛んでいても不思議は無いほどだ。第2奥部に漂う、他の場所より高濃度な色無しの霧と、同じく他の場所より頑丈な旧世界製の建築物が無ければ、この場も同様に消し飛んでいた。

　そして短時間で勝負がつく。勝ったのはキャロル達。自分達だけで倒した敵の残骸の山を見て、キャロルが機嫌良く笑う。

「よーし。また私達だけで倒せたわね」

「ああ。俺達だけで勝てたな」

　トガミも笑う。内心では結構危なかったと思っており、その分だけ浮かべた笑顔も少し硬くなっていたが、それでも勝ちは勝ちだと思った分だけ、その顔には得意気なものも浮かんでいた。

　キャロルは元々第2奥部でも戦えるだけの装備を用意していた。加えてトガミはアキラからＲＬ2複合銃を2挺《ちょう》借りていた。その二人の火力であれば順当な勝利ではあった。

　もっともそれだけの装備があれば誰でも勝てる訳ではない。装備の性能に頼っているとはいえ、それを活《い》かせるキャロル達の実力があっての勝利だ。

「どう？　アキラ。私達も結構やるでしょ？」

「ああ。大したもんだ」

　アキラは本心でそう答えた。戦闘には参加していなかったアキラだが、キャロル達が危ない時にはしっかり援護する用意をしていた。集中し、意識を研ぎ澄ませて、敵味方の射線を全て正確に見切り、キャロル達が被弾しそうな時には、それよりも早く被弾の原因となる個体を破壊するつもりでいた。

　その上でキャロル達は、アキラに援護させない動きを見せていた。ギリギリまで手出ししない見極めを可能にする、アキラの高い実力が前提ではあるが、それでもキャロル達の戦い振りが、アキラに援護は不要だと思わせるものだったのも事実だった。

　そしてアキラは、キャロル達には自分とは違ってアルファのサポートは無い、という感覚もあって、素直にキャロル達の実力を誉《ほ》めていた。

　アキラの言葉が世辞ではないことを感じ取り、トガミも機嫌を良くする。

「だろう？　俺だってこれぐらい出来るんだよ」

「そんなこと言うなら、貸した銃を返してくれても良いんだぞ？」

アキラに冗談っぽくそう言われたトガミが、調子の良い態度で答える。

「お断りだ。それはそれ、これはこれだ」

図々《ずうずう》しく、そして気負いを感じさせないトガミの態度に、アキラとキャロルが揃って笑う。そしてアキラ達はそのまま遺跡内の巡回を続けていった。

その後、何度か機械系モンスターの襲撃を受けて、同様にキャロルとトガミの二人だけで撃破する。多くとも20機程度の小規模なものだったので、アキラもキャロル達に自分が手伝った方が良いかなど、いちいち確認しなかった。

そしてその次の戦闘でも、アキラは確認しなかった。しかしその意図は逆だ。

「後ろから援護してくれ」

危ないから下がっていろ、と同義の指示に、キャロル達は真面目な顔で頷いた。

連携済みの情報収集機器がアキラ達に敵の接近を知らせる。相手は1体。濃い色無しの霧の影響で姿の細かな部分までは不明だが、背中から何かを生やした全長30メートルほどの巨大な獣が、遺跡の奥からアキラ達の方へ駆けてきていた。

アキラはその場にキャロル達を残し、一人で獣へ向けて走り出す。更に跳躍し、壁を蹴り、宙を蹴って獣の頭より高い位置まで飛び、空中で獣を待ち構える。

アキラは迷彩を解いていない。加えて高濃度の色無しの霧がアキラの気配を覆い隠す。しかし獣は驚異的なまでに優れた感覚器で、既にアキラを捕捉していた。

アキラの迷彩は、キャロル達に倒された機械系モンスターには、その存在を欠片も気付かせないほどに高度だ。そのアキラの迷彩を、獣は目視ではその巨体さえ朧《おぼろ》気《げ》にしか見えない位置から見破っていた。

獣がその巨体で駆けながらアキラを攻撃する。背中から生やした異形の人型の、そこから伸びる長い複数の腕を、まだ100メートル以上は離れているアキラへ向けて、しならせ、振るい、繰り出した。

　同時にアキラも獣を銃撃する。両手のRL2複合銃から、エネルギーを大量に注いで威力を高めたC弾《チャージバレット》を、拡張弾倉の弾数で連射する。

　キャロル達も遅れずに攻撃に加わる。アキラは空中にいるので、自分達の射線上にアキラはいない。誤射を気にせず、遠慮無く存分に全力で撃ち放つ。だが獣はその弾幕を真面《まとも》に浴びても、たじろぎもせずに突き進んでくる。そしてアキラ達もそのことに驚きなどしない。経験済みだからだ。

　出現したモンスターは、アキラ達が第3奥部で戦った融合体だ。

　ドラゴンリバーの拠点に潜伏しているアキラが、匿ってもらうのと引き換えにメルシアから頼まれた仕事は、第2奥部の奥から出現する融合体を撃破することだった。

　偽アキラの宣言以降、第2奥部の奥から多数の融合体が出現するようになる。偽アキラが属する建国主義者の管理下にあると考えられるその群れは、その考えを肯定するようにクガマヤマ都市の方へ進み出した。

　都市もすぐに対応する。ツバキの管理区域の警備部隊の一部を、第1奥部と第2奥部の境目付近に回して迎撃体勢を整えた。加えて奥部攻略を進めるハンターチームに、融合体の対処の協力を要請した。これによりクズスハラ街遺跡の奥部攻略と、建国主義者の撃破は同義となった。

　融合体の大半は一直線にクガマヤマ都市を目指して進む。そのルートは都市が遺跡の奥へ伸ばしている後方連絡線と重なるので、主戦場はそこになる。各チームの実力者達が協力して、或いは競い合って、融合体の大規模な群れと戦っている。

　残りの融合体達は、後方連絡線を通らない遠回りなルートで都市を目指すか、第2奥部の中を徘徊《はいかい》している。アキラ達が対応するのはこちらの方だ。他の高ランクハンター達も、主戦場で戦えるほどの実力を持たない者達は、こちらに回されていた。

　今アキラ達が戦っている下部が獣の融合体は、バオレギレと命名されている。呼称がハンター達の間で自然に決まるまで待っている時間は無いので、都市が決めて通達した。尚、怪獣の方はレラグロスと命名された。

　アキラには5億オーラムの賞金が懸けられたが、レラグロスの方には賞金が懸けられていない。ハンター達はこれをアキラの賞金額の低さと合わせて、今のところクガマヤマ都市は建国主義者の討伐をハンターに任せるのではなく、都市の部隊で実施する予定だから、と解釈している。

　バオレギレが繰り出す肉の鞭《むち》を、アキラが両手の銃で迎撃する。被弾の衝撃で異形の腕が千切れ飛ぶ。切断されて遺跡の地面に転がった部位は、アキラ達が第3奥部で戦った時は新たなモンスターに変わったが、ここではただの肉塊のままだった。

　アキラはそのまま銃撃を続け、相手の長い複数の腕を、その根元である異形の上半身ごと無力化する。更に獣の部分にも大量の銃弾を浴びせ続ける。無数の弾丸が獣の鋼より頑丈な体毛を、その下の更に頑丈な肉ごと抉《えぐ》って飛び散らせていく。

　そこにキャロル達の銃撃も加わる。キャロルは今回の仕事の為に、銃を以前のものより更に強力なものに変えている。トガミも2挺のRL2複合銃で撃ち続けている。戦力としてもアキラに協力できるように、二人とも全力を出している。

　だがその三人分の弾幕を浴びても、バオレギレは怯《ひる》まない。欠損部位を再生させながら、30メートルもある巨体とは思えない速度で遺跡を駆け、アキラとの間合いをわずかな時間で詰め切った。

　そして大口を開けて食らいつく。口を限界まで大きく開くどころか、頭部を肥大化させて口そのものを大きくし、牙も追加で生やした巨大な口での一撃だ。

　しかしその口が食い千切れたのは、遺跡のビルの側面だけだった。アキラはバオレギレの一撃を、宙を蹴って素早く回避していた。

　ビルの壁は、キャロル達が機械系モンスターの群れと戦った時に被弾しても、多少ひび割れる程度の損傷しか受けないほど頑丈だ。その壁に大穴が空くほどの攻撃だったが、喰《く》らわなければ問題は無い。そして今のアキラであれば、それぐらいはアルファのサポート無しでも可能だった。

　そのアキラの戦い振りを見てアルファが笑う。

『アキラもこれぐらいは余裕で躱《かわ》せるようになったわね。まあ、この程度の攻撃を必死になって躱さないといけないようなら、アキラの偽者を殺しにいくのは諦めてもらわないといけないのだけれどね』

　アキラも真面目に戦いながら笑顔を返す。

『そうか！　俺も結構強くなった訳だな！』

『ええ。でも油断は禁物よ？』

『分かってる！　俺の偽者を殺しにいく機会がいつあるか分からないんだ！　しっかり訓練して、今の内に強くなっておくさ！』

　そして宙を蹴ってバオレギレの攻撃を回避したアキラは、そのまま相手の背中に着地した。両手の銃を真下に向けて撃ち放つ。数え切れないほどの弾丸が獣の背中へ着弾し、その肉を大きく抉って陥没させるほどに吹き飛ばす。

　それでもバオレギレは倒れない。勢い良く跳ねてアキラを自身の背中から吹き飛ばすと、再びアキラに食らいつこうとする。

　それをアキラは再び躱す。だが今度はわずかな移動に留《とど》めた。相手の動きを見切り、その大口が自分の目の前で閉じるギリギリの回避をした上で、両手の銃の銃口を相手の顔に押し付ける。そして発砲する。密着状態で撃ち出された弾丸が、着弾と同時に獣の体内を蹂躙《じゅうりん》する。その余りの威力に、バオレギレの頭が大きく損壊した。

　後方からアキラを支援しているキャロル達は、ここまで撃っても倒せないバオレギレの生命力に、そしてそれ以上に、アキラの実力に改めて驚いていた。

トガミが感嘆の声を漏らす。

「やっぱり凄《すげ》ーなー」

キャロルも同意を示して笑う。

「ええ。本当に凄いわ。っていうか、ぶっちゃけ、あれ、ちょっとおかしいわよね」

「強さが？　頭が？」

「両方だけど、今は頭の方かしら。何でか分かる？」

キャロルから意味深な顔でそう問われたトガミが、内心で思っていたことを答える。

「そうだな……。こんな状況で訓練してるから、とか？」

「当たり。やっぱりあれ、訓練よね」

「だよな」

その頭のおかしい答えに、キャロル達は少し硬い笑顔を向け合った。

単純に敵を倒すことだけを考えるのなら、アキラの戦い方は非効率だ。アキラ達は全員遠距離からでもバオレギレに通用する武器を持っている。また相手は第３奥部と違ってエネルギーの奔流を放とうとしない。よってアキラ達は離れた位置から有効射程を保って撃ち続けた方が、安全に効率的に戦える。

だがアキラは敢えて一人で突撃している。その理由は何かと考えれば、半分は自分達の安全の為だと分かる。アキラがバオレギレの攻撃を引き付けてくれれば、自分達は襲われなくなるからだ。

だが安全重視であれば全員で下がった方が良い。わざわざアキラが接近戦を挑む必要など無い。残りの理由があるはずだ。キャロル達もそこまではすぐに気付いた。しかし残り半分の理由に気付くのは、大分遅れてからだった。厳密には、あれは訓練なのではないかと薄々気付いていたのだが、それを認めるのに時間が掛かったのだ。

トガミが少し呆れたように言う。

「やっぱりあいつ、おかしいって」

この状況で、アキラは本来不要な危険を冒してまで強くなろうとしている。どう考えても異常だ。だが、だからこそ、あそこまで強くなれるのかもしれない。トガミはそう思っていた。

「そうよねー。やっぱりおかしいわよねー」

キャロルは本心でそう呟《つぶや》いた。

アキラと出会ったばかりの頃も、キャロルはアキラの強さに驚いていた。その頃のキャロルには、アキラの強さの秘密に心当たりがあった。

しかしその理由では、このアキラの強さの理由にはならない。自分の心当たりは間違っていたのではないか。キャロルがそう思うほどに、アキラは強くなっていた。

トガミがキャロルの呟きに、自分の解釈で答える。

「そうだよなー。おかしいよなー。まあ、あれぐらいおかしくなけりゃ、あそこまで強くはなれないんだろうけどさ。道理で、また怪獣と戦うかもしれないってのに、自分の偽者を殺しにいこうとする訳だ」

キャロルがいろいろとごまかす為に、トガミと話を合わせる。

「……そうね。まあ、アキラらしいわ」

「だな」

苦笑を浮かべたキャロル達はそれで雑談を切り上げる。トガミは苦笑の裏に、自分もいつかはあちら側に、と憧れにも似たものを覚えながら、キャロルは自分には無理だと思いながら、二人でアキラの援護を続けた。


アキラとバオレギレの攻防が続く。その間もバオレギレはキャロル達が放つ弾幕を喰らい続けている。だが標的をキャロル達に変更することはない。正確にはそれを何度もアキラに邪魔されて、無理だと理解させられていた。

バオレギレの猛攻を躱したアキラが、再び獣の背中に着地する。そして背中から生える異形の人型を、両手の銃で吹き飛ばした。無数の破片となってなお巨大な肉塊が、再生途中の長い腕と一緒に遺跡内に散らばっていく。

獣の背中、アキラの足下に、長い亀裂が走る。その裂け目から牙が生え、アキラより大きな大口に変わり、アキラに食らいつこうとする。

その大口をアキラは跳躍して躱す。だが大口の下の肉が隆起し、アキラに迫って更に噛《か》みつこうとする。それをアキラは宙を蹴って更に躱し、隆起した部分を銃撃した。

　バオレギレの獣部分は欠損と再生を繰り返し、既に四足歩行の肉食獣とは呼べないほどに変異している。それでもバオレギレの意気は衰えない。奇数の足で巨体を器用に操り、アキラを執拗《しつよう》に襲い続ける。

　それでも限界はある。絶え間無く続く被弾、その負傷を治す為に繰り返される再生に、体内のエネルギーは消費され、枯渇していく。

　その所為で動きが鈍ったところに、相手の限界を察したアキラから苛烈な銃撃を撃ち込まれる。それが止めとなった。バオレギレは背中の人型を中途半端に再生させた状態で崩れ落ち、そのまま絶命した。

　空中にいたアキラが銃撃を止めてバオレギレの側に着地する。そしてバオレギレの死体をじっと見る。動き出す気配は感じられなかった。アキラが息を吐く。

『……大丈夫そうだな。よしっ。倒した』

　アルファがこちらの判断でも死んでいることを教えるのを兼ねて、アキラの頑張りを称《たた》える。

『ええ、倒せたわ。最後まで私のサポート無しで倒せた。良い訓練になったわね』

『ああ。俺も強くなったもんだ……って言いたいところなんだけど……』

　アルファからの称賛に笑顔を返していたアキラが、そこで少し難しい表情を浮かべる。

『こいつ大分弱くなってるよな。光線みたいのも吐かなかったし』

『保有するエネルギーにそれが出来るほどの余裕が無いのでしょうね。放出自体は可能でも、それを行うとエネルギーの枯渇で即死するのかもしれないわ』

『それよりは体の再生にエネルギーを使ったってことか』

　アキラ達が第3奥部で戦った融合体達は、遺跡から大量のエネルギーを常に遠隔で供給されていた。しかし第2奥部ではそのエネルギー供給が無いか低下しており、その所為で大幅に弱体化していた。

『あのレラグロスと名付けられた怪獣が第3奥部から出てこないのも、恐らく同じ理由でしょうね』

あの巨体だ。動くだけでも大量のエネルギーを消費する。その所為で、遠隔での十分なエネルギー供給を受けられない第2奥部では、活動できないのかもしれない。アルファはそう説明した。

『都合が良いのか悪いのか……』

アキラがそう答えながら思う。

準備も出来ていない状態であんなものと戦いたくはない。キャロル達を連れている状態で遭遇したくもない。

しかし怪獣が第2奥部に出てきてくれれば、他の高ランクハンター達が倒してくれるかもしれない。自分は自分の偽者を殺したいだけで、別に怪獣を倒したい訳ではない。怪獣との交戦を避けられるのであれば避けたい。

恐らく自分の偽者は、第3奥部にいる。あの怪獣と一緒に。だから出来ればあの怪獣は、自分が第3奥部に再突入する前に倒されていてほしい。

アキラはそう思って、現状が自分にとって好都合なのか不都合なのか決めかねていた。

そこでアルファが笑って言う。

『私は好都合だと判断するわ』

『理由は？』

『今の内に十分に強くなることが出来るからよ。アキラ。別にレラグロスがいなくても、アキラの偽者に勝てる保証は無いのよ？　もしアキラの偽者が力であの怪獣を従わせていたらどうするの？　今のアキラで勝てるの？』

『……無理だな』

それでもアルファのサポートがあれば、とアキラも思わなくもはない。しかしアルファがそういう聞き方をしている以上、それは不可能か、或いはそこまでのサポートはアルファにとって不都合な状況を招くのだろう。アキラはそう思い、無理だと答えていた。

アルファはそのアキラの思考を完全には読めていない。それでも返答の内容自体は読んでいた。笑って答える。

『だから、今の内に強くなりましょう。私も手伝うわ』

『ああ』

強くなれば大抵のことは解決する。そして今はその為の時間がある。アキラはそう考えて、意識を切り替えた。

そこにキャロル達がやってくる。

「アキラ。怪我《けが》は無い？」

「ああ、大丈夫だ」

「そう。良かったわ。それにしても、またアキラだけで倒しちゃったわね。本当に凄いわ」

トガミも笑って続ける。

「ああ。本当に凄《すげ》え。こいつを一人で倒そうとする訳だな」

一応自力で倒したこともあって、アキラは二人の称賛を素直に受け入れた。その上で答える。

「別に俺だけで倒した訳じゃないだろう。キャロル達が手伝ってくれなかったら、もっと大変だったし倒すのに時間も掛かってたよ。助かった。ありがとう」

苦戦するし、時間も掛かるが、自分一人でも倒せない訳ではない。そうも解釈できる自信に溢《あふ》れたアキラの返事に、キャロル達はアキラらしいと思って軽く笑った。

「それじゃあキャロル。俺はまた一応離れてるから、あとは頼んだ」

「分かったわ」

アキラがキャロル達から距離を取った後、キャロルが連絡を入れる。しばらくすると大型のトレーラーがやってきた。トレーラーから降りてきたハンター達の代表に、キャロルがバオレギレの死体を指差しながら言う。

「これよ。あと近くに機械系モンスターも結構転がってるから、余裕があったらそっちもお願い」

このハンター達はドラゴンリバーに雇われた運び屋だ。アキラ達が倒したモンスターを運びに来たのだ。

旧世界の遺跡から旧世界の遺物を手に入れて稼ぐハンター達だが、その旧世界の遺物にはモンスターも含まれる。製造された機械系モンスターも、繁殖した生物系モンスターも、現代の者達にとっては旧世界の高度な技術の塊であり、遺物としての価値がある。

もっともそこらのありふれた弱いモンスターなどは、使用されている技術も低く、その技術も既に解析済みなので、大した価値など無い。倒したモンスターを持ち帰って売ろうとしても、ただの肉や鉄屑《てつくず》としての値段しかつかない。

その一方で、強力なモンスターは高額で取引される。その強さの実現に必要不可欠な、高度な技術が用いられているからだ。

よってバオレギレの死体は高額で取引される。その強さは高ランクハンターを苦戦させるほど。加えて第3奥部という技術水準が著しく高い領域から出現している。その死体を解析することで、その高度な技術を取得できる可能性は十分にある。

エネルギーパックなど使わなくとも外部から遠隔で大量のエネルギーを常に供給可能で、その尽きないエネルギーで身体を強化し、負傷部位を治癒、再生する。更にはエネルギー系の武装を幾らでも使用可能になる。死体の解析により、そのような身体強化拡張技術が安価で実用可能になれば、その技術を手に入れた企業は業界で一気に浮上する。

バオレギレの死体には、解析に失敗する確率を考慮して尚、企業が大金を出す価値があった。

運び屋の代表の男が、その貴重な遺物であるバオレギレの死体に視線を向けた。そしてその顔に軽い緊張を滲ませてキャロルに尋ねる。

「あれ、ちゃんと死んでるよな？」

「多分ね」

「多分って……」

キャロルの曖昧な返事に男が表情を歪めた。だがキャロルは気にせずに続ける。

「撃っても避けようとしない。近付いても反応しない。負傷箇所が再生したりもしない。つまり死体と変わらない。その程度には無力化したつもりだけど、死んでると断言は出来ないわ。言質を取るつもりで聞いてるなら、多分としか言えないわね」

「……いや、別にそういう意味で聞いた訳じゃ……」

「そう？　じゃあ死んでるわ」

　キャロルも別に、男が万一の場合に備えての言質を取ろうとしたとは思っていない。しかし万一の事態が発生した場合に、言質を取られていると後の交渉で不利になるので、バオレギレの死体が、確実に死体であるという保証はしない、責任を取らない返事をした。

　そして男もキャロルが言った、多分、という言葉の意味を、その程度のものだと理解した。死んでいると判断して作業に入る。

「……分かった。おい！　運ぶぞ！」

　男の指示でバオレギレの死体の運搬作業が始まる。見るからに重そうなその巨体を、ハンター達が強化服の力でトレーラーまで運んでいく。

　その死体になっても強そうな巨体を間近で見て、そしてそれを倒したというキャロル達二人を見て、男がキャロルに尋ねる。

「よく二人だけでこいつを倒せたな」

　男の口調は、そのキャロル達の強さに驚いているというよりは、本当にキャロル達だけでバオレギレを倒したのか疑っているという感じが強かった。

　その男に向けて、キャロルが敢えて得意気に笑う。

「ええ。強いでしょ？　私達」

「ああ」

　男もキャロルの返事をそのまま受け取るほど純粋ではない。しかし自分達の依頼主がドラゴンリバーであることから、キャロル達が裏でチームの実力者に手を貸してもらったか、キャロル達だけでもバオレギレを倒せるほど強力な装備を用意してもらったのだろうと考えて、それ以上は聞かなかった。

　そもそもそこまで知りたい訳でもないのだ。興味本位の素朴な疑問を下手に追求した所為で、ドラゴンリバーを敵に回すような羽目になるのは、男も嫌だった。

運び屋達がバオレギレの死体と機械系モンスターの残骸をトレーラーに積み込んで出発する。キャロルがその去っていく車両を見ていると、念の為に距離を取っていたアキラが戻ってくる。

(本当は私達二人だけどころか、ほとんどアキラ一人だけで倒したと知ったら、あのハンターはどう思うかしらね？)

キャロルはそう思って面白そうな笑みを零した。その様子をアキラが不思議がる。

「キャロル。どうした？」

「何でもないわ。それでどうする？　私達も引き上げる？　私達は大丈夫だからアキラ次第だけど」

トガミもキャロルの意見に合わせる。

「ああ。俺達は大丈夫だ。巡回を続けるかはアキラが決めてくれ」

巡回の続行は、もう一度バオレギレと戦うことが有り得ることを意味している。アキラが自身の消耗具合の見極めを誤り、その所為でアキラが負けた場合、キャロル達は死ぬ。キャロル達はそれを分かった上でアキラに選択を任せていた。

「分かった。じゃあ続けよう」

「分かったわ」

「了解だ」

そのままアキラ達は再び第2奥部を巡回する。流石に奥には進まず、第1奥部に近い場所を回っていく。そして機械系モンスターの集団を何度か撃退した後に、再度バオレギレと遭遇する。前回と同様に負傷者無しで撃退した。アキラ達の今日の仕事は、それで終わった。

◆

今日の仕事を終えたアキラ達が、キャロルのキャンピングカーで休息を取っている。入浴を終えたアキラが車のリビングルームに戻ると、トガミが複雑な表情を浮かべていた。

「トガミ。どうかしたのか？」

「あー、いや、俺のハンターランクを確認してたんだけど……」

「だけど？」

「……50になってた」

それがどうかしたのだろうか。そう不思議に思ったアキラだったが、すぐにトガミの表情の理由に気付いた。そして思わず、気持ちは分かる、という態度を取ろうとして、アルファに注意される。

『アキラ。気持ちは分かる、なんて顔をしては駄目よ』

『おっと』

本日の成果はトガミのハンターランクを驚異的に上げていた。バオレギレを2体も倒したのだ。当然の結果だ。しかしトガミはそれを喜べない。その成果はアキラが稼いだものだからだ。

アキラは表向きはいないことになっている。よってその成果はキャロル達のものとなる。それはトガミも事前に分かっていたことだったが、自分のハンターランクがここまで上がると、事前の納得では消化し切れない気持ちが生まれていた。

アキラにはそのトガミの気持ちがよく分かる。自分の力はアルファのサポートによるもの。自分のものではない。それでも他者からは自分の実力として称賛される。その気持ちをずっと抱えてきたからだ。

もっとも、気持ちは分かる、などと言う訳にもいかない。アルファのことは教えられないからだ。

何て声を掛けるべきか。そう悩むアキラに、キャロルが笑って口を挟む。

「ちなみに私は51になったわ。アキラ。ありがとね」

トガミとは異なり、キャロルは気にした様子を全く見せていない。その軽いキャロルの態度に、アキラも気を楽にした。

「どういたしまして。まあ俺の都合で付き合わせてるんだ。役得だとでも思ってくれ」

「ええ。協力してるんだし、これぐらいの役得は無いとねー」

アキラの気を更に楽にさせる為に、キャロルは冗談っぽく笑ってそう答えた。

アキラが気を切り替えてトガミに声を掛ける。

「まあ、いろいろモヤモヤするのなら、悪いけどそのままモヤモヤしててくれ。俺に借りを返すんだろ？　その分だとでも思っててくれ」

　トガミもそれで意識を切り替えた。軽く笑って答える。

「仕方ねえな。分かったよ」

「悪いな」

「気にするな。ハンターランク50程度の実力ぐらい、すぐに身に付けてやるさ」

　今の自分のハンターランクは過大評価の虚構にすぎない。トガミはそれを分かった上で、その虚構に追い付き追い越してみせると、敢えて自身に言い聞かせた。

　そこでキャロルが口を挟む。

「何言ってるのよ。ハンターランク50じゃ駄目でしょ？」

「何でだ？」

「何でって、明日以降もアキラと一緒に戦うのよ？　当然、ハンターランクはもっと上がるわ。50じゃ全然足りないわ」

　言われてみればその通りだと思いながら、トガミが尋ねる。

「じゃあ幾つぐらいなら良いんだ？」

「そうね。70ぐらい？」

　トガミの顔が引きつる。アキラが稼ぐ成果が流れてくるのだ。それぐらい上がっても不思議は無いかもしれない。そう思ってしまった分だけ、たじろいでしまった。

　それでもトガミは答える。

「や、やってやるさ」

「頑張ってね」

　笑ってそう言ったキャロルに、アキラも合わせて軽く笑って言う。

「そうだな。悪いけど頼んだ」

「あ、ああ。任せとけ」

　トガミも笑って返した。しかし、その笑顔は硬かった。

第236話　シェリルの不安

スラム街には似付かわしくない高層ビルの最上階、仕事上の機能性よりも権力の象徴としての豪華さを重視した無駄に広い部屋で、シェリルが様々な資料や報告書などに目を通している。

拡張視界に表示されているデータは、徒党が手掛ける各種事業、遺物販売店やその関連店、更には徒党の人間で構成された民間警備会社などの業績が、非常に好調であることを示していた。

しかしシェリルの表情は冴《さ》えない。

高価な椅子に座っていたシェリルが立ち上がり、部屋の壁まで移動して外を見る。一面ガラス張り、厳密には透過可能なディスプレイが敷き詰められた壁からは、外の景色がよく見える。

そこから見える遠景は、薄汚れた建物が立ち並ぶありふれたスラム街のものだ。しかし視線を下げてビルの周囲を見ると、都市の防壁に近い位置にある繁華街にも思える光景が広がっていた。

シェリルがいるこのビルはシェリルファミリーの新拠点だ。徒党が手掛ける各種事業が生み出した莫大な金で建設した。ビル周辺の街並みは、遺物販売店でもあるこのビルの経済効果の現れ。そしてその繁栄を支える徒党の力の証明でもある。

少し前まで、スラム街はエゾントファミリーとハーリアスという二大徒党が仕切っており、都市の裏経済が生み出す莫大な利益を巡って争っていた。

だが今はシェリルファミリーによる一強状態になっている。経済的にも、武力的にもだ。

シェリル達は総合支援強化服で武装した武力要員達だけで、他の徒党の戦力を圧倒できる。加えて人型兵器まで所有している。徒党の武力面での後ろ盾であるアキラが現地にいなくとも、もはやスラム街という枠組みにおいてシェリル達に敵はいない。

その圧倒的な武力により保証される安全が、経済面でもシェリル達を後押しする。

シェリル達の遺物販売店には、ツバキの管理区域から流れる遺物がイナベを介して卸されている。その貴重な遺物を求める者は山ほどいる。

　しかしその地域の治安が悪ければ、店まで足を運ぶ者は減る。通常のルートでは手に入らない貴重な遺物が買えるとはいえ、命を失いかねない危険な場所まで護衛をつけて出向く客は、流石に少数派だからだ。

　つまり安全であれば客は増える。しかもその客達は、目当ての品が品である以上、客単価が億を超える者達ばかりだ。彼らにとっては１００万オーラム程度端金《はしたがね》。そのような者達が集まる場所に生まれる商機は計り知れない。

　そして当然ながらその場所はシェリルファミリーの縄張りだ。それらの利益もシェリル達に流れていく。その稼ぎは既にスラム街の範疇《はんちゅう》を超え、その経済規模は小規模な都市に匹敵するほどになっていた。

　通常であればそこまで稼ぐと、流石にクガマヤマ都市も黙認などしない。相対的に、間接的にではあるが、都市の利益を奪っていることになるからだ。介入し、潰しに入る。かつてスラム街の二大徒党が都市の工作により潰されたように。

　しかし今回はそうはならない。シェリル達の遺物販売店には、都市幹部の大派閥の長であるイナベが関わっているからだ。

　シェリル達の事業はイナベ派の利権とみなされており、実際に多額の金をイナベ達にもたらしている。つまりイナベ派を敵に回せるだけの力が無ければ、シェリル達に手出しは出来ない。むしろその逆、都市の多くの企業がその利権に関わって儲《もう》けようと、シェリルに頭を下げていた。

　このビルも、この部屋も、ここからの眺めも、そのシェリルの力を示すもの。スラム街に幾らでもある弱小徒党の、その構成員の一人にすぎなかった少女は、遂《つい》にここまでの力を得た。

　そしてシェリル自身も、それが本来どれだけ有り得ないことなのかは理解している。本当に希有《けう》な成り上がりをしたのだと分かっている。

　それを分かった上で、シェリルの表情は冴えないままだ。笑顔を浮かべる余裕はとても無い。むしろその顔に、不安と焦りを滲ませていた。足下に広がる支配者の景色を眺めながら、呟く。

「足りない……。こんな程度じゃ……」

その言葉の出所は、更なる力を求める際限の無い欲によるものではない。この程度では、アキラに見切られてしまう。その恐れによるものだった。


シェリルは仕事に逃げていた。自分はユミナの死の遠因になっている。それをアキラに知られたらどうなるか。その恐れから、仕事に逃げて目を逸《そ》らしていた。シェリルファミリーの繁栄は、シェリルがそれだけ現実から必死に目を背けていた証拠でもあった。

そして無意識にそこに救いを求めた結果でもあった。

確かに自分はユミナの死の遠因になっているが、所詮は遠因なのだ。直接的な原因ではない。知られても、アキラは案外そこまで気にしないかもしれない。藁《わら》に縋《すが》るように、そう恣意的に楽観視する。

しかし全く気にしないとも思えない。報復の対象にならないだけで、わだかまりから縁を切ろうかと迷うことは十分に考えられる。アキラがそう迷った時に、自分にとても大きな力があれば、縁を切るのは惜しいと思ってくれないか。シェリルはそう考えた。

だがその為にどれだけの力が要るのかは、シェリルには分からない。だからどこまでも力を求める。これだけの力があれば大丈夫だろう、とは決して思えない、絶対に解消しない不安に押し流されて。

そしてその為の努力すら現実逃避でしかないと、シェリルも無意識に理解していた。自分がどれだけの力を得ようとも、アキラに敵と認識されれば終わりなのだと。弱い敵か、強い敵か、その程度の違いしかないのだと。そして敵が強大だからという理由で、アキラが退くことはないのだと。

その事実から、シェリルは必死に、目を逸らしていた。

外を見るシェリルに部下から連絡が入る。それで我に返ったシェリルは、一瞬で自身の様子を取り繕った。先程までの狼狽《ろうばい》振りが嘘のように、強大な力を持つ組織の長の姿が現れる。

「何？」

「ボス。シジマさんが来ました」

「分かったわ。案内して」

数分後、シジマが部屋にやってくる。シジマの部下はいない。いるのは武装したシェリルファミリーの者達だ。それはシェリルとシジマの立場の差を示していた。

「久しぶりだな。シェリル」

「ええ。お久しぶりです。それでシジマさん。直接会って話したいこととは何ですか？」

「言うまでもないだろう。アキラのことだ」

立場が逆転したどころか隔絶した相手に向けて、シジマは疲れた顔を見せていた。

現在、スラム街には大きく分けて二つの勢力がある。シェリルファミリーと、それ以外だ。そしてシジマはその、シェリルファミリー以外の徒党の纏め役となっていた。

かつてスラム街の中堅徒党を率いていたシジマは、自身の拠点にアキラがシェリルを連れて乗り込んできた出来事を切っ掛けにして、シェリルと表向きは友好的な関係を築くことになった。

そしてその関係は、シェリルファミリーがここまで巨大化した今も続いていた。そこから得られる利益によって、シジマの徒党はかつての二大徒党ほどではないにしろ、シェリルファミリーを除けば一、二を争うほどの大徒党になった。

それらの大徒党の連合の纏め役となったシジマだが、別にその上に君臨している訳ではない。実際には連合の調整役としての役割が強かった。

それでも纏め役の立場から得られる利益は大きい。本来であればその利権を、それを得られる地位を巡って揉めに揉めるところだ。

しかし今回はあっさり決まる。その纏め役を決める為に各徒党のボス達が集まった会議の場で、シェリルがシジマを指定したからだ。

シェリルがそう決めたのであれば、他の者は逆らえない。シェリルと他の者達の間には、それだけ隔絶した力関係があった。

それでも本来は不満が残るのだが、今回はそれも解消した。なぜシジマなのか。そう尋ねた者に、シェリルがこう答えたからだ。

もう殺し合いが始まっている状態のアキラと交渉して、引き下がらせて金まで支払わせた人など、私はシジマしか知らない。

それを聞いて他の者達も理解する。連合の纏め役は、自分達がアキラと揉めてしまった場合の交渉役だと。自分ではシジマのように穏便に解決できる自信は無い。まずそう思い、そして何よりも思う。仮に出来たとしても、やりたくないと。

これにより連合の纏め役という立場は、奪い合うものではなく、押し付け合うものになった。そしてシェリルの意向という大義名分の下に、シジマに押し付けられた。

強いられた結果ではあるが、これによってシジマの力は大きく上がった。各徒党のボス達は、自分達はシジマを自分達の纏め役と認めている、とシェリルに示す為に、徒党間で調整が必要な様々な揉《も》め事《ごと》などで、シジマに配慮しなければならなくなったからだ。

それだけの力を得ても、シジマは全く喜べない。その代償として、今この場にいるからだ。その気になれば自分などいつでも殺せる者の前で、その者の精神は非常に危うい状態にあるとすぐに見抜いて、そのシェリルと今から交渉をしなければならないことに、シジマは疲れた顔を見せていた。

シェリルが冷たい目をシジマに向ける。

「アキラのこと？　何ですか？」

シェリルは自分のその目に気付いていない。そしてそれは自覚できているのであれば、装って隠しておかなければならない目だった。

シジマはそのシェリルの目を見て、内心の緊張を強くした。それでも表向きは普通に答えようとする。

「だから、アキラが賞金首になった件だよ」

「ですから、それが何ですか？」

シェリルの顔にわずかに浮かんだいらだちの色を察して、シジマが地雷原を進む気分で慎重に言葉を選ぶ。

「……その件で、俺達の立場が変わることはないことを……、徒党の内外に……、主に下っ端連中に示す為に、直接伝えに来た。それが用件だ」

アキラが賞金首になったので、もうシェリルファミリーとは付き合えない、または一時的にでも距離を置きたい、などと言えば敵対したとみなされる。

だが逆に、この状況でもシェリルファミリーとの関係を崩すつもりは無い、と宣言しても、それはそれで疑われる。そうやって信用を稼がなければならないほどに、信用に欠ける者達だと思われる恐れがある。

よって、これはシェリルに伝えることが目的ではない。徒党の各ボス達は、賞金首になった程度のことでアキラと敵対する気は欠片も無い。それは当然のことなのでわざわざシェリルに伝える必要も無いのだが、下っ端連中にはそれが分からない程度の低い者もいる。これはその分かっていない連中に、連合の考えを分かりやすく教える為のもの。シジマはそうシェリルに告げていた。

今のシェリルに下手なことは言えない。誤解されるだけでも危ない。誤解が解ける保証は無く、そもそも誤解を解く機会を与えられるとも限らない。

また、危うい精神状態では否定的な解釈をする恐れも高まる。嫌がらせとしか思えない解釈をされて、弁明する暇も無く殺される。そういうことも十分に有り得る。

だがこれだけ言葉を選べば、流石にどう解釈されても大丈夫だろう。シジマはそう自身に言い聞かせて、何とか平静を保っていた。

そしてシェリルが答える。

「……そうですか。では用は済みましたね。申し訳無いのですが、これでも忙しい身でして、わざわざ足を運んで頂いた方にこのようなことを言うのは心苦しいのですが、今日はお引き取り願います」

「いや、こっちこそ忙しいのに時間を取らせて悪かったな」

シジマはそう言い残してさっさと帰ろうとした。しかし背を向けたところでシェリルに声を掛けられる。

「あ、シジマさん。一つ良いですか？」

「……な、何だ？」

帰れる。その安堵に気を緩めてしまったところに声を掛けられた所為で、シジマは無駄に焦ってしまい、少々ぎこちない返事をしてしまっていた。

シェリルが壁の表示装置を遠隔で操作する。怪獣の上でウダジマを殺し、建国主義者への寝返りを宣言するアキラの映像が映し出される。

「このアキラが本物か偽者かで都市の意見が割れているようなのですが、シジマさんはどう思います？」

何を聞かれるかと思えばそんなことか。そう思ってシジマは安堵した。気を緩めて軽く笑って答える。

「どう思うって、偽者に決まってるだろ？」

その返事に、シェリルもわずかだが表情を和らげた。

「……そうですよね」

「ああ、間違いなく偽者だ。そんなことも分からねえなんて、壁の内側には馬鹿しかいねえのか……」

勿論シジマも分かっている。都市が何らかの理由で、あのアキラは偽者だと分かった上で賞金を懸けた、ということも懸念として十分に考えられる。しかし今はシェリルの機嫌を損ねない為に、そのことは口に出さずに軽口を続けようとした。

だがそこで第三者の声がする。

「良かった。あれが偽者だって、ちゃんと分かってたんだな」

シジマは反射的に声の方に視線を向けた。すると声の主が迷彩を解除して姿を現す。その途端、シジマはその顔を強く引きつらせた。

「……アキラ。いたのかよ」

そう驚きの声を零しながらも、シジマは内心で安堵する。もし、映像のアキラは本物かもしれないと言っていたらどうなっていたか。そう思い、危ないところだったと息を吐く。

そして思わずシェリルに不満気な表情を向けた。アキラが賞金首になった件をどう思っているのか、アキラの前で試されたと思ったのだ。しかしその表情もすぐに怪訝なものに変わる。

「シェリル……？」

シェリルはアキラの姿を見て、固まっていた。

今のシェリルにアキラと会える精神的な余裕など無い。その追い詰められた状態で突如アキラが現れたのだ。シェリルは大きく動揺し、平静を欠き、その思考を著しく鈍らせた。その結果、本来のシェリルならば決してしない失態をする。その口から、内心を零してしまう。

「……あなた、誰？」

迷彩を解いて姿を現したのは、偽アキラだった。

シェリルの呟きを聞いて、シジマもこのアキラが偽者だと理解した。そしてすかさず状況を把握し、思わずシェリルに罵倒を浴びせる。

「お前……！　馬鹿が……！」

その罵倒の声でシェリルが我に返る。そして自身の失態にすぐに気付いて、その顔を険しく歪めた。

偽アキラは、外見は完全にアキラを模している。そこから見破るのは不可能だ。しかしそれ以外の部分、雰囲気や表情や佇《たたず》まいなどから生じるほんのわずかな違和感、更にはそれ以上のものを感じて即座に偽者だと見破ったことは、シェリルの確かな有能さを示していた。

だがシェリルは悔やむ。

偽者だと気付いたのであれば、そのことを相手に気付かせないようにするべきだった。気付いていない振りをして、調子を合わせて時間を稼ぎ、イナベや本物のアキラや都市の防衛隊などに、ここにアキラの偽者がいることを何とかして密かに伝えるべきだった。

それが出来ていれば、偽アキラの問題はここで解決できていたかもしれなかった。都市の部隊がこの場を包囲し、偽アキラを捕まえるなり殺すなりして、片が付いたかもしれなかった。

しかしもう手遅れだ。自分は相手が偽者だと気付いていると、相手に教えてしまった。千載一遇のものだったかもしれない機会を、自分の手で潰してしまった。シェリルは自身の失態を、そう心から悔やんだ。

だがその悔やみが、シェリルにある意味で平静さを取り戻させる。自分がユミナの死の遠因になっていることをアキラに知られてしまったら、という不安や恐怖を、今はとにかくこの状況に対処しなければならない、という意識から一時的に忘れた。

シェリルが即座に次善の行動に移る。まずは部屋の防衛装置を遠隔で操作する。するとシェリル達と偽アキラの間に、分厚い強化ガラスのような透明な壁が一瞬で出現して部屋を分割した。

壁の向こう側に閉じ込められた偽アキラが、シェリルを無表情で見ながら呟く。

「分かるのか……」

その偽アキラへ、シェリルが敢えて調子良く笑って声を荒らげる。

「残念だったわね！　外見が同じだけで、私が騙《だま》されるとでも思ってたの？」

得意気な笑顔を浮かべて、偽アキラを勢い良く指差す。そうやって、相手の意識を自分に向けさせる。

「私はアキラの恋人なのよ？　すぐに見抜けるわ！　あんな映像に騙されてアキラに賞金を懸けた都市の馬鹿と一緒にしないでもらえる？」

大きく笑いながら、大きな声を出しながら、裏で部屋の部下達に通信を繋ぐ。動くな。銃も構えるな。相手の行動の契機になりそうなことは何もするな。

そう指示を出す。

「まあ確かに見た目はアキラにそっくりだわ！　アキラを見た目だけで判断する人なら騙されるでしょうね！　でも私は違うの！　私がいつからアキラと付き合ってると思ってるの？」

シェリルはとにかく話し続ける。話を続けることで、相手に自分の話を聞く姿勢を維持させる。しかし相手の状況に関すること、捕まえたとか、閉じ込めたとか、もう逃げられないなどということは言わない。それを聞いたことで相手が何らかの行動に移しかねないことは、一切口にしない。

「アキラがスラム街にいた頃からの付き合いなのよ？　年期が違うわ！　アキラがハンターとして大活躍してから、ようやくすり寄ってきた連中とは違うのよ！」

　ひたすら話を続けようとするシェリルの様子から、シジマはこれが時間稼ぎだと理解した。そしてその必要性から、自分達と偽アキラを隔てている壁の強度を不安視する。時間を稼ぐ必要があるほどに脆《もろ》いのではないかと考えたのだ。近くにいたシェリルの部下に、静かにゆっくり慎重に近付き、小声で尋ねる。

「……おい、あの壁はどれぐらい頑丈なんだ？」

「いや、俺に聞かれても分からねえよ。ボスの部屋の設備の詳細なんて、俺達には知らされてねえ」

　使えねえ。シジマはそう思って内心で舌打ちした。

「増援は？　どれぐらいで来る？　もう呼んであるんだよな？」

「多分……。ボスから余計なことするなって指示が来たから、俺達は何もしてないけど……」

　使えねえ。シジマはますますそう思い、実際に舌打ちした。そして一人で逃げようかと思ったところで、シェリルの声が部下の通信機器を介して届けられる。

「シジマさん。余計なことをしないでください。あと、全員合図で伏せて。３、２、１……」

　それがゼロになる直前、３機の黒い人型兵器がビルの外壁をぶち破る。巨大な腕を室内に強引に入れて、両手に持つ特大の銃を偽アキラに向ける。

「……ゼロ！」

　同時にシェリル達が床に伏せようとする。そしてその体が床に着く前に、６挺分《ちょうぶん》の銃口から砲弾のような弾丸が嵐のように放たれる。

その余りの威力に、シェリル達がいた部屋は一瞬で吹き飛ばされた。

シジマの叱咤で我に返ったシェリルは、まずは部屋の防衛装置を操作して偽アキラを閉じ込めた。加えて壁の力場装甲《フォースフィールドアーマー》の出力を限界まで上げる。

そして偽アキラに一方的に話し続けて時間稼ぎをしながら、シェリルファミリーが保有する人型兵器を遠隔で起動し、自動操縦で出撃させた。

出撃させた機体は、吉岡《よしおか》重工の人型兵器である黒《こく》狼《ろう》の強化型だ。ツバキの管理区域から流れる遺物は、どれも貴重で高価な物ばかり。それらを遺物販売店で取り扱う以上、それらの品を強奪されないだけの戦力の保持が必要不可欠。この3機はその為の戦力として調達したものだ。

徒党の格納庫を飛び出した機体は、そのまま全速力でシェリル達がいる部屋を目指した。そしてビルの外壁を破壊し、機体を半ば室内にめり込ませて、偽アキラを銃撃した。

その際シェリルは、壁の表示装置に窓代わりに映していた外の光景を、外の光景の記録に切り替えて機体の姿を隠していた。加えて高出力の力場《フォースフィールド》装甲《アーマー》が情報遮断体の性質を持つことを利用して、室内から機体の接近に気付くのを困難にしていた。

それにより3機の機体は偽アキラへの奇襲を、その性能が許す限りの精度で実現させた。自動操縦では熟練者のような動きは無理だが、人型兵器による戦闘の基準では十分に狭い室内を、拡張弾倉による弾幕で埋め尽くすぐらいのことは可能だ。巨大な弾丸が荒れ狂う。部屋の強固な力場装甲《フォースフィールドアーマー》もその威力には耐え切れず、ほぼ一瞬で限界に達し、シェリル達がいた部屋は吹き飛んだ。

壁も天井もそのほとんどが無くなって、既に室内と呼ぶのは無理がある状態になった元部屋で、床に伏せていたシェリルが身を起こす。シェリルは下に着ていた強化インナーと、防護服並みに頑丈な旧世界製の服のおかげで無事だった。

シェリルの部下達も総合支援強化服のおかげで無

事だ。乗っていた瓦礫を退かして起き上がる。シジマは運良く無事だった。よろけながらも、近くの瓦礫を支えにして何とか立ち上がった。

　シェリルが周囲を見渡して状況を確認しようとする。しかし煙が酷くてよく見えない。険しい表情で、偽アキラがいた方向を注視する。

（……倒せた？）

　あの怪獣の上にいた者なのだ。弱いとは思えない。しかし上手く奇襲できたはず。そう思って、期待を込めて様子を窺った。

　そこに強い風が吹く。壁が吹き飛んだことで、外の強風を遮るものが無くなった所為だ。その風が、周囲の煙を一気に吹き飛ばした。

　シェリルの表情が強張《こわば》る。煙が晴れた先で、偽アキラは平然と立っていた。そして3機の人型兵器がバラバラになって転がっていた。

「そんな……！」

　殺せなかったとしても深手は負わせたはず。その状態ならば、部下の武力要員達を掻《か》き集《あつ》めれば何とかなるかも。シェリルのその甘い期待はあっさり打ち砕かれた。

　偽アキラは欠片の怒気も感じさせない余裕とも解釈できる無表情を浮かべている。そしてその顔のまま、シェリルの方へ歩き出した。

　その動きにシェリルの部下達が反応してしまう。恐怖と焦りに突き動かされて偽アキラを銃撃する。

　しかしあっさり躱される。そして反撃を受ける。偽アキラの銃は強化型黒狼を容易く破壊する威力を持っている。それより遙《はる》かに脆いシェリルの部下達の強化服では、それを防ぐことなど出来ない。偽アキラの銃撃により、シェリルの部下達は瞬く間に皆殺しにされた。

　シェリルは逃げようとした。強化インナーはただの少女であるシェリルに、岩をも砕く力と、その筋力で素早く床を蹴る脚力を与えている。そこらの者では目にも留まらない速さで走り出そうとした。

　しかし偽アキラは一瞬でシェリルの前に回り込む。そして驚くシェリルの腹部に拳を叩《たた》き込む。その一撃は旧世界製の強固な服と強化インナーの防御を軽々と突破した。それで倒れたシェリルに偽アキラが更に攻撃を加える。今度は両足。どちらも折れた。強化インナーの機能も破壊され、シェリルは走って逃げることすら出来なくなった。

倒れたまま苦悶《くもん》の声を漏らすシェリルの口に、偽アキラが回復薬を少々強引に詰め込む。

「回復薬だ。飲んでおけ。殺す気は無い」

シェリルは偽アキラを睨み付けながらも、回復薬を飲み込んだ。

「……あなた、何なの？　何が目的なの？」

「後で教える。今は大人しくしていてくれ」

そう言って偽アキラはシェリルを抱えると、そのままその場を立ち去ろうとする。

シジマはその一連の様子を瓦礫に寄りかかりながら見ていた。そして心の底から安堵する。

（……た、助かった。……クソどもが！　こんなことに俺を巻き込みやがって！）

その安堵から生まれた罵倒を、実際に口に出すほどシジマは愚かではない。しかしまるでその罵倒が届いたかのように、偽アキラが足を止めた。そしてシジマの方に歩いてくる。シジマの顔が一気に強張った。

シジマの前まで来た偽アキラが尋ねる。

「あの映像のアキラは偽者に決まってるって言ってたな。何でだ？」

普通の口調で聞いているが、そこに拒否権は無かった。話すか死ぬか、その二択なのだとシジマは感じた。そしてシジマは死にたくなかった。

「……本物なら、あんな真似はしねえからだよ」

「何でだ？　都市の所為でユミナが死んだんだ。その真相を知って怒り狂ったのなら、あんな真似をしても不思議は無いんじゃないか？」

「逆だ。アキラがあそこまで怒り狂ったのなら、建国主義者と手を組むなんて真似はしねえ。あのウダジマってやつをどうやって攫ったのかは知らねえが、本物のアキラなら、攫うなんて真似はしねえ。その場で殺して、そのまま他のやつらも殺しにいくだけだ」

「……でもそんなことをしたら、自分も殺されるだけじゃないか？」

「そんな賢い判断が出来るやつは、俺の部下を殺した後に、その死体を引《ひ》き摺《ず》って俺の拠点に乗り込んだりはしねえんだよ。二大徒党が殺し合ってる場に乗り込んで、その両方を敵に回したりもな」

偽アキラはそのシジマの話を興味深そうに聞いていた。軽く何度か頷いて言う。

「……そうか。俺はそういうやつなのか……」

「はあ？」

偽アキラの、まるで自分のことを本物のアキラだと思っているようなその言葉に、シジマは思わず怪訝な声を出した。しかしすぐにそれどころではなくなる。

「よし。お前も連れていこう」

「はあ!?」

驚くシジマを偽アキラが捕まえる。そして右にシェリル、左にシジマを抱えた状態でビルの端まで移動すると、二人を空中に放り投げた。シジマの悲鳴が宙に響く。

だがシェリル達が地面に落下して激突することはなかった。代わりに空中に迷彩状態で待機していた人型兵器の操縦室の中に放り込まれていた。

偽アキラが再び迷彩機能を使用して姿を隠す。そしてシェリル達を乗せた機体と一緒にその場から離脱した。


偽アキラが去った後、シェリルファミリーの増援が、破壊された階段の瓦礫を退かして現場に到着する。連絡を受けた都市の部隊も少し遅れてやってくる。しかし全ては手遅れだった。

第237話　イナベからの支援

　アキラは今日もキャロル達と一緒に第２奥部の巡回を続けている。今日はまだ機械系モンスターとしか遭遇しておらず、アキラは姿を隠したまま戦闘をキャロル達に任せていた。

『暇だな。アルファ。別に第３奥部からバオレギレが出てこなくなった訳じゃないんだよな？』

『ええ。他の場所では交戦しているようね。もっと第３奥部に近い場所で戦っているハンター達が、バオレギレとの戦闘に慣れたのかもしれないわね』

『ああ。そういうことか』

　アキラ達は第１奥部に近い場所を巡回している。よってアキラ達が遭遇する個体は、基本的に他の場所で倒されなかったものとなる。

　当初は未知のモンスターだったバオレギレも、既に多数の撃破報告が出ている。性質や弱点の解析も進んでいる。ハンター達がバオレギレとの戦闘に慣れたことで討ち漏らしが減ったのであれば、アキラ達の所まで到達する個体が激減しても不思議は無かった。

『うーん。それなら俺達ももっと奥側で戦った方が良いかな？』

『アキラ。それはやめておきましょう。巡回ルートはドラゴンリバーから指定されたもの。それを勝手に外れるのは良くないわ。アキラ一人で行くのなら構わないけれど、キャロル達を置いていくことになるわよ？』

『あーそうだな。仕方が無い。諦めよう』

　この巡回は、表向きはキャロルとトガミの二人で行っていることになっている。いないことになっているアキラが抜けてもその点では支障は無いのだが、キャロル達しかいない時にバオレギレと遭遇する恐れが無いとは言えないのだ。アキラはすぐに自身の言葉を取り消した。

『……まあ良いか。実戦の方が効率的な訓練になるって思っただけで、暇潰し程度の訓練はやってるんだし』

そう念話で答えたアキラの前では、アキラが両手にブレードを持ってアルファと交戦している。交戦中のアキラはアルファと同じ拡張視界上の存在だ。それをアキラが操作している。

しかし拡張現実の自分を、第三者視点で人形を操るように動かしているのではない。一人称視点でしっかりと体感して自分の体のように動かしていた。

これはアキラが拡張感覚を以前よりしっかり知覚できるようになったことで可能になった訓練だ。拡張現実の自分の五感を拡張感覚で感じることで実現させている。視覚だけでも、拡張現実の自分が見ているものと、その自分を見ている実際の自分の視界の両方を、同時に脳で把握するという非常にややこしいことをしていた。

勿論アキラがこの訓練を自力でするのは不可能だ。高速で振るわれるブレードの衝突判定などは全てアルファが行っている。アキラだけでは幾ら想像しても、格好良く戦う自分の妄想の域を出ない。

そして妄想ではない証拠が反映される。アキラのブレードを掻《か》い潜《くぐ》り、アルファが両手のブレードを振るう。それで拡張現実のアキラは十字に刻まれた。頭部を縦に両断されたことで、拡張感覚の視界が左右で上下にずれていく。

四つに分かれた死体の前で、アルファが現実のアキラに向けて微笑む。

『アキラ。暇潰し程度の訓練でも、真面目にやらないと駄目よ？』

『これでも真面目にやってるんだけどな。やっぱり自分の体を動かした方が良い。今は無理なのは分かってるけどさ』

迷彩機能を使っているとはいえ、高速で動けば他者から見付かりやすくなる。本気で隠れるのであれば、動かずにじっとしているのが一番良い。そういう理由もあって、アキラはこのような訓練をしていた。

そこでトガミから連絡が入る。

「アキラ。一度戻ろう」

「何かあったのか？」

「ドランカム経由で連絡があった。都市のヒカルってやつが、これから俺に会いに来るらしい」

「分かった」

　実際には、ヒカルはトガミにではなくアキラに用がある。それぐらいはアキラも分かっていた。

◆

　一台の荒野仕様輸送車両が、アキラ達がいるドラゴンリバーの拠点に向かって進んでいる。その後部座席で、ヒカルは2割ほど死にかけた浮かない表情を浮かべていた。その表情に似つかわしい疲労と不安の滲んだ声で、運転席の二人に話しかける。

「……エレナさん。……サラさん。……大丈夫だと思いたいんですけど、万一の時は本当にお願いしますね？」

　サラが笑って答える。

「分かってるって。任せといて」

　エレナも笑って答える。

「依頼を受けた以上、仕事はちゃんとするわ」

　エレナ達の仕事はヒカルの護衛だ。そしてその仕事には、ヒカルがアキラと揉めてしまった場合に、その仲裁をすることも含まれていた。というよりも、ヒカルがエレナ達に一番求めているのはそこだった。

　そしてエレナ達もそれぐらいは理解していた。単純に護衛としての戦力を求めるのであれば、自分達よりも適した者は幾らでもいるからだ。

　エレナが早速求められた仕事をする。

「でもヒカルさん。護衛として助言すると、アキラと会う時にその態度はやめた方が良いと思うわよ？　そんなにビクビクしていたら、何かやましいことでもあるんじゃないかって、変に勘繰られるかもしれないわ」

「そ、そうですね」

　エレナの助言に従って、ヒカルが何とか笑ってみる。ヒカルは数多くの折衝の経験から、好感を得られやすい笑顔を浮かべるのには慣れている。しかし今のヒカルが頑張って浮かべたその顔は、まるで交渉事に不慣れな素人のような、不自然なものになっていた。

そのヒカルの顔を見たエレナ達は、悪いとは思いながらも楽しげに笑った。

後方連絡線を進み、都市の検問をヒカルの身分で通過する。更に進み、拠点までもう少しの地点で、今度はドラゴンリバーの見張りに止められる。

エレナが見張りの男に用件を伝えると、男は少し不機嫌そうな顔をヒカルに向けた。

「クガマヤマ都市のやつか……」

ヒカルが軽く震える。そこでエレナが男に軽く言う。

「都市と揉めてるのは聞いてるけど、あんまり虐《いじ》めないであげて。上司の命令で派遣されただけの一職員なんだから。そんな下っ端を睨んでも仕方無いでしょう？」

「……そうだな。悪かった。ああ、一応積み荷を確認させてくれ」

「分かったわ」

エレナと一緒に車両の貨物部に入った男は、積み荷を簡単に確認して問題無しと判断した。

「問題無いな。よし。通って良いぞ」

通行の許可を得たヒカル達は再び拠点に向けて出発した。そこでサラが積み荷の方をチラッと見て言う。

「問題無しか。エレナ。何でだと思う？」

「そうね。上の方で事前に話をつけてあるのか、或いは……」

「或いは？」

「ドラゴンリバーにとっては、あの程度の物を持ち込まれたところで、問題になんかならないんでしょうね」

サラが納得して軽く頷く。

「そういうことかー。都市がわざわざ招来した高ランクハンターチームだけはあるってことね」

「そんな人達と揉めるなんて、都市も何やってるんだか。ヒカルさんも大変ね」

「全くですよ……。本当に、何やってるんだか……」

その心情がありありと籠もったヒカルの言葉に、エレナ達は苦笑を零した。

キャロルのキャンピングカーが停まっている場所に到着すると、キャロルとトガミが待っていた。エレナ達が積み荷の大型ケースを持って車から降りる。ヒカルも続いて車から降りると、トガミに丁寧に頭を下げた。

「トガミ様で御座いますね？　イナベより今回の支援プロジェクトの為に派遣されましたヒカルと申します。現在当都市には遠方より来られた多くの高ランクハンターがいらっしゃいますが、残念ながらそれは一過性のものであり、当都市に定着する可能性は低いと考えております。このプロジェクトは彼らが去った後の当都市のハンター稼業の発展を支える為に、当都市出身の優れたハンターを大きく支援することを目指しております。プロジェクトの性質上融資の形式を取っておりますが、活動場所を他都市に移すようなことをしない限り、返済には……」

長々と続きそうなヒカルの話を、トガミが遮る。

「あー、立ち話も何ですし、車内で話しませんか？　長くなりそうですし……」

「畏《かしこ》まりました」

ヒカル達がトガミ達と一緒にキャンピングカーに入る。車両の扉がしっかり閉まると窓も非透過に変わり、外から車内の様子は分からなくなった。

◆

トガミはヒカル達をキャンピングカーのリビングルームに案内すると、車内が外から見えなくなったことを確認した。

「アキラ。もう良いぞ」

アキラが迷彩機能を解除して姿を現す。車内に隠れていたのではなく、外でトガミ達と一緒に待っていて、一緒に車内に入っていた。そのことにヒカルは全く気付けなかった。

アキラの姿を見たヒカルが内心の緊張を必死に隠

す。ヒカルはイナベの部下であり、その立場ではアキラの味方ではある。しかし同時に、アキラに賞金を懸けたクガマヤマ都市の人間だ。アキラが自分を完全に味方とみなすかどうかには、ヒカルはそこまで自信を持てなかった。

　偽アキラの映像はヒカルも閲覧している。そこで偽アキラが示した都市への憎悪を、本物のアキラが抱いていないとは言い切れない。偽者が語ったこととはいえ、アキラがウダジマとイナベの、つまり都市の幹部の権力争いに巻き込まれたことで、ユミナが死んだことに違いは無いからだ。

　そのヒカルの緊張を察したエレナが、ヒカルより先にアキラに声を掛ける。

「アキラ。久しぶりね。元気そうで良かったわ」

　サラもエレナと一緒にアキラに笑顔を向ける。

「ええ。アキラが賞金首になったって聞いてびっくりしたけど、元気な顔を見れて安心したわ」

　エレナ達の笑顔を見て、アキラも笑顔を返す。

「はい。お久しぶりです。俺なら大丈夫です。心配させてすみません」

「良いのよ。無事で何よりだわ」

　エレナは本心でそう言ってから、ヒカルに視線を送った。それでヒカルもこれなら大丈夫そうだと判断して、気を取り直してアキラに向き合う。

「本当に無事で良かったわ。それじゃあアキラ、いろいろ話があるんだけど……、まずは渡す物を渡しておくわね。トガミ様にも認識を合わせる為に一緒に聞いて頂きたいのですが……」

　そこでトガミが口を出す。

「ああ、悪いけど俺にも普通に話してくれ。その接し方も表向きの工作の一部なんだろうけど、アキラには普通に話してるのに、俺だけ様付けなのはちょっとな」

「そう？　じゃあトガミにも普通に話すわね。私の手腕でそれだけの関係をすぐに築いたってことでよろしく。私のこともヒカルで良いわ」

「分かった」

「じゃあ、まずはトガミの装備から渡すわね」

ヒカルはエレナ達が運んだ大型のケースを開くと、中身の説明をしながらそれをアキラ達に渡していく。

　まずは強化服がトガミに渡される。この強化服はアキラが使用しているＨＣ31Ｒ強化服の下位製品だ。アキラの強化服に比べて基本性能が大分低いのだが、拡張パーツなどに互換性がある。この強化服をトガミに使わせることで、非常に強力な拡張パーツを、トガミに提供する名目でアキラに渡すことが出来る。

　次にアキラも使用しているＲＬ２複合銃がトガミに渡される。これで強力な弾丸などを、同じ名目でアキラに提供できる。

　ここまではアキラを支援する工作としてトガミに渡す物だ。ここからはアキラに渡す物となる。

　まずはＳ弾《ショックバレット》の拡張弾倉。Ｓ弾《ショックバレット》はＣ弾《チャージバレット》の一種で、着弾時の衝撃を標的に強く伝播《でんぱ》することを最優先に設計した弾丸だ。

　モンスターの中には異様なまでの耐久力を持つものがいるが、その理由の一つに、体液に色無しの霧に近い成分が含まれているというものがある。その効果で被弾の衝撃など、ほとんど吸収してしまうのだ。

　通常そこらのモンスターを撃って銃弾を貫通させた場合、その負傷は単純に体に小さな穴を開けたというものではない。弾丸から伝播した衝撃が体に大きく伝わっており、体の一部を綺麗にくり抜かれたのとは訳が違う重傷になる。

　しかし体成分が色無しの霧に近いモンスターの場合には、弾丸の衝撃が弾道の近くで吸収されてしまう所為で、その負傷具合は非常に長く細い針で体を刺した後にすぐに抜いた、という程度になってしまう。その程度の負傷など、モンスターの生命力の前では掠《かす》り傷に等しい。

　また、被弾で派手に損壊させてもすぐに再生して襲ってくるモンスターもいる。その際、驚異的なまでの再生能力を持っているのではなく、見た目ほどの負傷をしていない場合がある。大きく変形することで、被弾の衝撃を逃がしているのだ。

　砂が集まって獣の形になっているモンスターを

撃ったところで、その砂が飛び散るだけ。また集まって元に戻る。そのようなモンスターを倒す場合、獣の形状を壊すのではなく、その砂そのものを破壊しなければならない。

S弾《ショックバレット》ならばその手のモンスターにも高い効果が見込める。伝播する衝撃がモンスターの体全体に、そしてその体の構成要素そのものに、痛烈な痛手を与えるのだ。

第3奥部で、アキラはバオレギレに山ほどの銃弾を撃って、その体を何度も大きく損壊させたのにもかかわらず、なかなか倒せなかった。しかしタツカワの機体はたった2撃でバオレギレを倒した。その違いは、タツカワの機体には衝撃を超高効率で伝播させる機能が備わっていたからだった。

そしてアキラもS弾《ショックバレット》を手に入れたことで、同様の攻撃手段を手に入れた。S弾《ショックバレット》にはC弾《チャージバレット》に比べて貫通力が劣り、有効射程も低い短所があるのだが、バオレギレ相手に接近戦を挑めるアキラにとっては大した欠点でもない。これでアキラの攻撃面は大幅に向上した。

次は防御面。用意されたのは強化服の拡張パーツで、対エネルギー防御に特化した力場障壁《フォースフィールドシールド》生成装置だ。特化しただけあって強力で、レグロスと名付けられた怪獣が放つエネルギーの奔流にも、十分に離れた位置であれば耐えられる可能性がある。

だが余りに特化し過ぎた所為で、エネルギー系以外の攻撃に対しては非常に脆い。それでも一応拳銃弾程度なら弾くのだが、その程度では高ランクハンター向けの武装や、彼らが相手をする強力なモンスターの爪や牙の前には紙切れに等しい。

加えてこの製品はかなり脆い。強化服やその拡張パーツなどは、普通は少々乱暴に扱っても10年ぐらいは保つ耐用年数を持っている。しかしこれは普通に使っても1ヶ月程度しか保たず、手荒に扱えばその日の内に壊れかねない。銃や強化服のような装備品というよりも、拡張弾倉や回復薬のような消耗品に近い製品だ。

それでも、第3奥部でバオレギレのような融合体が放った光の奔流を、回避ではなく防御が可能という意味は大きい。また壊れやすいことが分かっているので同じ物を複数用意してある。これでアキラが第3奥部に再度突入しても、防御面が前回から一気に向上したことで格段に戦いやすくなる。

ヒカルはそれらの説明を済ませると、その提供元についても補足する。

「これを用意したのはイナベさんよ。キバヤシさんの方は別口で何かやってるみたい。つまり支援はこれで終わりじゃないってこと」

ヒカルがアキラに釘を刺す。

「だから、これなら第3奥部でも戦えるって思って、勝手に突撃するような真似はやめてね？」

「分かった」

「よし。それじゃあアキラ。ちょっと本人認証をさせてちょうだい。あ、偽者かもしれないって疑ってる訳じゃないわ。本物が確かにこの場にいたっていう証拠の記録を確保する為よ」

ヒカルが手持ちの装置、個人識別に特化した情報収集機器のようなものでアキラを調べる。それ自体は数秒で済んだ。

「済んだわ。ありがとね。あと悪いんだけど、これから私は定期的にこの本人認証をする為に、基本的にアキラに張り付くことになってるから、よろしくね」

「……何で？」

「アキラの偽者が出現した時に、本物が別の場所にいた証拠を残す為よ」

「あー、そういうことか。でもそうすると、第2奥部にもついてくるのか？」

「そう……なる……わね……」

嫌だ。行きたくない。そう顔に書いてある表情で、ヒカルは心底嫌そうな声で答えた。

「そんなに嫌ならやめれば良いのに……」

「そういう訳にもいかないのよ」

ヒカルはそう言って大きな溜め息を吐いた。そして気を取り直したように真面目な態度を取る。

「アキラ。落ち着いて聞いてね。昨日シェリルがアキラの偽者に攫われたわ」

「何だって……？」

予想外の話に驚くアキラに、ヒカルがアキラを落ち着かせながら説明を続ける。

先日、シェリルの拠点に偽アキラが出現してシェリル達を攫った。都市はその事実を、現地に到着した部隊が拠点の警備システムの記録を解析したことで把握した。

徒党の者達が使用していた総合支援強化服は、現場の状況を総合支援システムに送信していた。着用者が偽アキラに殺された後も、情報収集機器や通信機能の破壊を免れた強化服は、最後まで情報を送り続けていた。そのおかげで都市は、偽アキラが出現したことも、シェリルが攫われたことも知ることが出来た。

もっとも都市がそれを知ったのは、偽アキラが去ってかなりの時間が経った後だった。ビルの警備システムへの完全なアクセス権を持つシェリルはおらず、エリオなど他の幹部も緊急時でなければシェリルの部屋の情報の閲覧は出来ない。その辺りを解決するのに時間が掛かってしまった。

状況を把握したイナベは、このことをアキラにすぐに伝えるのはやめることにした。アキラを刺激しかねないからだ。

尚、エリオ達がアキラに連絡することは出来ない。真面な秘匿回線も持っていない者がアキラに連絡するだけで、アキラの居場所が露見する恐れがある。繋がらないようにイナベが手を回していた。

偽アキラが現地に出現してから去るまで約5分。その間に本物のアキラの所在を証明する記録があれば、アキラの偽者が実在する証拠となった。しかしそのようなものは無い。偽アキラの実在を証明できる貴重な機会だったが、活かせなかった。

次の機会は逃せない。その判断で、イナベは急いでヒカルを派遣する準備を進めた。

「……そういう訳でね？　またアキラの偽者が出現した時に備えて、私は出来る限りアキラの近くにいないといけないのよ」

再び偽者がどこかに出現しても、本物のアキラの記録を取るのが遅れた場合、アキラが二人いるのではなく、その遅れた分の時間で移動しただけだと判断される恐れが高まる。それを防ぐ為にもアキラの側で定期的に、それこそ5分置きに記録を取る必要があった。偽者が他の場所に出現した連絡を受けた場合は即座にだ。

「そういうことか。いや……、でもなあ……」

アキラが非常に難しい表情を浮かべる。そしてどこか躊躇いがちな様子でエレナ達に視線を向けた。

第2奥部にヒカルを連れていくのは、アキラは気が進まなかった。

第2奥部にはバオレギレが出現する。既に何度か戦って撃破しているとはいえ、常に相手は1体だった。複数のバオレギレと同時に戦ったことはない。しかしこれからもそうだとは限らない。もっと前で戦っている高ランクハンター達が少し手を抜いただけでも、バオレギレが群れで第1奥部近くまで来ることは十分に有り得る。

アキラもそれぐらいは分かっている。その上でキャロル達を連れていっている。一緒に第3奥部に行ったこともあり、キャロル達の実力は分かっている。仮にバオレギレの大規模な群れに襲われても、全員でドラゴンリバーの拠点まで逃げるぐらいは出来ると思っている。

しかしヒカルは違う。ハンターではない一般人であり、戦力としては全く計算できない完全な足手纏いだ。その戦力的な不足分どころかマイナス分を補う為に、エレナ達が護衛として雇われているのだが、エレナ達の力でそれを補えるかどうかと考えれば、アキラには難しいように思えた。

エレナ達はクガマヤマ都市の水準では優秀なハンターだが、それでもハンターランクが50に満たない者でしかない。アキラの水準で考えれば、下手をすれば足手纏いが1人どころか3人増える。

そしてアキラも何が起こるか分からないこの現状で、ヒカル達は自分が守るから大丈夫だ、などということは言えなかった。それらの考えが、アキラの難しい表情に滲んでいた。

　もっともアキラがそのような懸念を抱くことなど、エレナ達は始めから分かっている。実際にアキラに会って、その表情を見て、エレナは予想通りと思いながら、それでも笑ってアキラに告げる。

「アキラ。言いたいことは分かるわ。私達の実力だと、第2奥部は危ないって思ってるのよね？」

「あー……、その……、はい。すみません」

　エレナ達に嘘は吐けない。アキラは白状した。

「良いのよ。気にしないで。別に間違ってないしね」

　エレナは本当に気にしていないと伝えるように、あっさりそう答えた。そして意味深に続ける。

「でも、私達もその程度のことは分かってるし、それならどうしてここに来たのかぐらいは、考えてほしかったわね」

「どういうことですか？」

「つまり、ちゃんと準備をしてきたってこと。まあ準備をしたのは私達じゃなくてヒカルさんだけど。ほら、ヒカルさん。ちゃんと説明しないとアキラに同行を断られるわよ？」

　ヒカルが溜め息を吐く。本音を言えば断ってほしいのだ。イナベからの指示であろうと、アキラに断られればどうしようもない。大人しく帰ることが出来る。

　しかしアキラの考えをそう誘導する訳にもいかない。それを見抜けないほどイナベは無能ではない。また、中途半端な準備でアキラに同行した所為で死ぬのも御免だ。そう考えて、ヒカルは自身の保身の為に全力を出していた。

「ええ。アキラ。私も死にたくないからね。しっかり準備したわ。装備だけならアキラ並み、限定条件ならアキラ以上よ。そこは信じてちょうだい」

　そう言われたアキラが、エレナ達の装備を改めて確認する。

　エレナ達は二人とも体の線が強く出る薄手のボディースーツを着用している。エレナはその上に機械化されたドレスとコートを、サラは同じく機械化されたジャケットとズボンを着ていた。

ドレスにはその中を敢えて見せるような深いスリットがあり、ジャケットは胸の格納を放棄していて、ズボンは股上がほぼ無いほど極端に浅い。ボディースーツを含めて、いろいろときわどい旧世界風のデザインだ。

もっともアルファやキャロルの姿に慣れたアキラは、それを着ているのがエレナ達であっても、今更大きな反応はしない。しかしその所為で、エレナ達の強化服が非常に高性能なものであることを、そのデザインなどから気付くことに鈍感になってしまっていた。

だがヒカルの話を聞いてから、改めてエレナ達の強化服を見ると、アキラの目にも確かに非常に高性能そうに見えた。これなら大丈夫か。その考えがアキラの顔に出る。

それを見てサラが続ける。

「まあ私達も、これだけ高性能な装備があれば絶対大丈夫、なんて自惚《うぬぼ》れたことを言う気は無いわ。だから一度私達を連れていって、私達だけでどこまで戦えるか確認してくれない？」

「サラさん達だけでですか？」

「ええ。私達の仕事はヒカルさんの護衛。それをアキラの手を借りないと出来ないようなら、私達もヒカルさんの護衛として、ヒカルさんを第２奥部に行かせる訳にはいかないからね」

エレナも軽く頷いて言う。

「そういうことよ。私達もアキラを助けたいんであって、足を引っ張りたい訳じゃないの。いても邪魔になるだけなら帰るわ。ヒカルさんが何を言っても一緒に連れ帰る。ヒカルさんの護衛を引き受けた以上、そこは譲れないわ。そういう訳で、アキラ、どうかしら？」

エレナ達の笑顔にアキラも表情を和らげる。そしてヒカルに視線を向けた。

「ヒカル。それで良いか？」

良くない。嫌だ。行きたくない。同行を断ってほしい。自分が手配した装備であれば、エレナ達でも何とかなってしまうから。そう言いたいのを堪えて、ヒカルが何とか答える。

「……ええ。それで良いわ」

「分かった。じゃあ行こう。エレナさん。サラさん。よろしくお願いします」

「ええ。よろしくね」

「頑張るわ」

　アキラ達は来客の為に一度巡回から戻っただけで、今日の仕事が終わっていた訳ではない。準備を済ませたアキラ達は、ヒカル達を加えて再び第２奥部に向かう。

　ヒカルの重く深い溜め息が、遺跡に漂う色無しの霧に呑《の》まれて消えた。

第238話　護衛の実力

　ヒカルとその護衛であるエレナとサラを加えて、アキラ達が第2奥部の巡回を再開する。

　アキラは迷彩機能で姿を隠しているが、情報収集機器等の連携を済ませているので、ヒカル達もキャロル達と同じようにアキラの姿が見えている。声も聞こえている。その機能で話しながら遺跡を歩く。

　ヒカルがアキラに念を押す。

「アキラ。シェリルのことだけど、捜索はこっちでやっておくわ。だからアキラは彼女を捜しに行かないでね。どこからか彼女の居場所の情報が入っても、勝手に助けに行くような真似もやめてね」

「ああ、分かってる」

　アキラがやけにあっさりそう答えたことに、ヒカルは逆に懸念を覚えた。指示に大人しく従ってくれるのは助かるのだが、曲がりなりにも恋人が攫われたというのに、落ち着き過ぎているように感じられたのだ。

　そこでアルファが口を出す。

『アキラ。もう少し説明しないと、口だけで本当は分かっていないと疑われるわよ？』

　アキラはそういうものかと思い、アルファの助言に従って補足する。

「攫ったってことは、最悪でもすぐに殺す気は無いんだろう。しばらくは無事だと思う。それに俺の偽者が攫ったんだ。シェリルの居場所は第3奥部かもしれない。シェリルがそこにいる保証も無いのに捜しに行ける場所じゃないし、そこにいるのが確定したとしても、無策で助けに行ったら俺が死ぬだけだ。まだキバヤシからの支援が残ってるんだろ？　シェリルを助けに行くのは、最低でもそれが済んだ後だな」

　ヒカルはアキラの話を黙って聞いていた。ヒカルの返事が無いことに、アキラはまだ疑われているのかもしれないと思い、もう少し補足する。

「シェリルが俺の偽者と一緒に第3奥部にいて、今すぐ助けに行かないと手遅れになるのかもしれないけど、それは無理だ。生きていれば助けるし、死んでたら仇《かたき》ぐらいは取ってやる。俺がシェリルの為に出来るのはそこまでだ。冷たい言い方になるかもしれないけど、シェリルの為には死ねない。だから現状で勝手に助けに行くような真似はしない。これで良いか？」

　ヒカルは恋人が攫われたというのに随分と落ち着いているアキラの様子から、要らぬ疑いを抱いた。しかしアキラが過ごしてきた環境を思って考えを改める。

　スラム街にしろ、ハンター稼業にしろ、友人がいつ死んでも不思議の無い世界で長く生きていると、そういう割り切った生死感になるのかもしれない。死が稀《まれ》な壁の内側で暮らしてきた自分とは違う。ヒカルはそう思って納得した。

「ええ。それで良いわ。悪いけど、お願いね」

「ああ」

　そのアキラ達の話を聞いていた者達が、それぞれ違った感想を抱く。

　キャロルは、アキラらしいと思う。

　アキラはシェリルに借りなど無い。むしろ貸しを山ほど作っている側だ。命懸けでシェリルを助けなければならない義理など無い。

　またアキラは自分の借りは必ず返すように見えるが、他者への貸しの取り立てに執着するようには見えない。死なれたら貸しの取り立てが出来なくなるから、という理由でシェリルを助けにいくとは思えない。

　友人なのだ。生きていれば助けるし、死んでいたら仇ぐらいは取ってやる。その余裕があれば。キャロルには、他者からは良いようにも悪いようにも捉えられるその甘さが、アキラらしいように感じられた。

　エレナ達は、内心で安堵する。

　賞金首になった直後のアキラの精神状態は、非常に危ういものだった。シズカからそう聞かされていたエレナ達は、今日アキラの元気な姿を見て、これなら大丈夫そうだと思って安心した。

シェリルが攫われたと聞いても、アキラは落ち着いていた。可能であれば助けたい考えは示しながらも、精神的に追い詰められた所為で無茶をする様子は無かった。死ぬのを承知でシェリルを助けに行くような、アキラならやりかねない無謀な真似をすることもなかった。

エレナ達はシェリルには悪いとは思いながらも、攫われたシェリルよりもアキラを案じて、アキラが現実的な対応を取ったことに安堵した。

そしてアルファは、嬉しく思う。

アキラは生きて自分の依頼を達成する為に、自分へ借りを返す為に、ユミナさえ殺したのだ。今更シェリルの為に死ぬような真似はしないだろう。アルファはそう判断しており、既にシェリルを警戒するのをやめている。

そしてアルファはその判断の正しさを改めて確認できたことに満足し、自分への借りを返そうとするアキラの意志の強さを好意的に捉えた。


アキラ達の話をモンスターの反応が中断させる。機械系モンスターの一団だ。アキラ達はすぐに意識を切り替える。

サラが意気を上げて銃を構える。

「早速来たわね。それじゃあアキラ。まずは私達に任せてちょうだい。アキラ達は離れてて」

「はい。お願いします」

アキラはそう言って、キャロル達と一緒に離れていく。

エレナがヒカルに指示を出す。

「ヒカルさんは私達の後ろにいて。危ないから勝手に動かないで。指示通りに動いて」

「……あー、はい」

アキラと一緒に離れたいところだが、そういう訳にもいかない。ヒカルは大人しく指示に従った。

モンスターの集団が迫ってくる。エレナは自分の情報収集機器で敵の位置を確認しながら、その情報をサラと共有する。そして自分も銃を構える。

アキラ達の情報収集機器との連携自体は切ってい

ないが、索敵情報の共有などは今はしていない。あくまでもエレナとサラの二人で戦う為だ。

相手が機械系モンスターの場合は、アキラは手を出さずにキャロル達だけで戦う。そこまではキャロル達の時と同じだ。しかしエレナ達は加えてヒカルを護りながら戦わなければならない。

そしてただ勝てば良いというものでもない。護衛として自分達がヒカルの安全を十分に担保できることを示す、圧勝が必要になる。その点でも難易度は高くなる。

また、そもそも第2奥部は、エレナ達の本来の実力では死地も同然の領域だ。その場所での護衛など、エレナ達もアキラ絡みの依頼でなければ、ヒカルからどれだけ頼まれようとも絶対に引き受けなかった。流石にエレナ達も緊張を隠せない。

しかしその緊張はエレナ達に良い効果ももたらす。

エレナ達の装備はヒカルが必死になって調達しただけあって非常に強力だ。それこそ、これほどの装備があればと、油断や慢心を生むほどに。

その油断や慢心を、覚えた緊張が消していく。そして残ったのは、適度な緊張で研ぎ澄まされた精神。動じず、慌てず、驕《おご》らず、侮らず、エレナ達は万全な精神状態で敵を待ち構えていた。

「サラ。来るわよ」

「ええ。やるわよ！」

機械系モンスターの一団が交戦範囲に入る。その瞬間、エレナ達はそれぞれの銃を撃ち放った。大量の銃弾が遺跡の色無しの霧を貫き、すれ違う。

エレナ達が放った特大威力の弾丸が、機械系モンスターの強固な装甲をその中身ごと吹き飛ばす。ヒカルが自分の命を守ってもらう為に必死になって用意した銃と弾は、その労力に見合う効果を発揮した。

しかし機械系モンスターが放った弾丸は、エレナ達にも、その後ろにいるヒカルにも当たらない。エレナが高性能な情報収集機器を用いて敵の射線を正確に把握し、その上で的確な指示を出しているからだ。

機銃を装備した球状の機械が、その銃口をエレナに向けようとする。しかしその動作が終わる前に被弾して吹き飛ぶ。他の機体がサラを狙う。同様に破壊される。ヒカルも狙われる。念入りに吹き飛ばされる。それが繰り返される。

　それでも敵の数は多い。破壊を免れた機体から無数の射線を向けられる。エレナ達は自分を盾にしてヒカルを護り、更に力場装甲《フォースフィールドアーマー》や力場障壁《フォースフィールドシールド》を駆使して自身も護り、加えて敵よりも早く撃って、自分の被弾を最小に、敵の被弾を最大にして応戦する。

　そしてモンスターの一団を撃破した。エレナとサラの二人だけで。

　一瞬で全ての敵を倒すような圧勝ではなかった。しかし安全確実な、多少予想外のことが起ころうとも覆らない安定した勝利であり、圧勝だった。

　自己採点でもほぼ満点。エレナ達がそれを、浮かべた表情で示して銃を下ろす。そして戻ってきたアキラに、エレナが笑顔で尋ねる。

「アキラ。取り敢えず、私達の力は今見せた通りよ。どうかしら？」

　アキラも笑顔で答える。

「凄いです。これならバッチリです。流石ですね」

　サラが笑って言う。

「ありがと。お世辞でも嬉しいわ」

「お世辞じゃないですよ。お世辞だったらヒカルが死んじゃうじゃないですか」

　笑って軽くそう答えたアキラだったが、言っていることは紛れもない本心だ。

　エレナ達はヒカルをビルの陰などの安全な場所に避難させずに、自分達の側にいる状態で交戦した。その上でしっかりと護り切った。その戦い振りは、たとえ敵の規模が十数倍になろうとも、そして隠れる場所が無い状況で襲われたとしても、同じように勝てる、とアキラに思わせるだけの説得力を持っていた。

　しかしヒカルは、軽い冗談のようにも聞こえるアキラの返事に少々焦る。思わず確認する。

「……アキラ。お世辞じゃないのよね？」

「ああ」

「本当ね？　信じるからね？」

アキラがエレナ達に懐いているのは一目瞭然だ。お世辞ぐらい言っても不思議は無い。つまり、世辞ではないという世辞だった場合、自分は死ぬことになる。その思いがヒカルに少々くどい確認を取らせた。

そしてアキラはそのヒカルの機微を読み取れなかった。小さく溜め息を吐いて答える。

「本当だって……。分かった。じゃあもう少し確認しよう。エレナさん。サラさん。ヒカルが納得してないみたいなので、この後もモンスターの相手を続けてもらって構いませんか？」

「分かったわ」

「任せといて」

そのエレナとサラの返事に続けて、ヒカルが短い声を上げる。

「……えっ!?」

そしてエレナは少し意地悪な笑顔をヒカルに向けた。

「それじゃあヒカルさん。次も私達の後ろにいてね？　そうしないと確認にならないから」

「……はい」

エレナ達が盾になるとはいえ、敵の射線がビルなどで遮られない場所にいるのは怖い。大量の弾丸がすぐ近くの空間を貫くのを肌で感じられるのだ。顔は引きつり、足はすくむ。

しかし立場上、嫌だとは言えない。ヒカルは苦笑いを浮かべながら、余計なことを言ってしまったと後悔した。


アキラ達が第2奥部の巡回を続ける。機械系モンスターの襲撃が続いたが、エレナ達が問題無く撃退する。そうするとヒカルも少しずつ慣れてくる。全く緊張しないほどではないが、まあ大丈夫だろうと思うようになる。

自分はこれだけ体を張ったのだとイナベに訴えて自身の成果にする為にも、この確認作業をもう少し続けても良いかもしれない。そう考えるほどに。

警備機械の集団を鉄屑の山に変えてから、サラがアキラに話を振る。

「アキラ。私が身体強化拡張者なのは、元々は私が病気で死にそうなのを延命する為だったってのは覚えてる？」

「はい。覚えてます」

「実はその病気、もう治したの」

「そうなんですか？　おめでとうございます。良かったです。俺も嬉しいです」

世辞ではなく嬉しそうに笑うアキラを見て、サラも嬉しそうに微笑む。

「ありがと。まあ治療費が物凄《ものすご》く掛かって大変だったんだけどね」

　その莫大な治療費を稼ぐことが、エレナ達のハンター稼業の目的だった。そしてその目的を達成したエレナ達は、その過程で得たアキラとの出会いによって、今もハンターを続けている。

　そのようなことは知らないアキラは、サラの病気が治ったことを普通に喜んでいた。

「それでも治ったなら良いと思います。ハンター稼業は体が資本って言いますからね。お金が掛かっても健康なのは良いことですよ。あ、でも病気を治したってことは、もう身体強化拡張者はやめたんですか？」

　エレナもサラも下に着ているのは同じ薄手の強化服のように見える。それならばサラも身体強化拡張者はやめて、強化服を使うことにしたのではないか。そう思ったアキラだったが、何となく視線を向けた先には、サラの豊満な胸があった。

　サラの胸が消費型ナノマシンの補給庫にもなっていることは、アキラも聞いている。その胸がここまで膨らんでいるのであれば、サラは今も身体強化拡張者なのだろう。アキラはそう考え直した。

　そしてそれをアキラが口に出す前に、サラが余計な話を流すように答える。

「いえ、今も続けてるわ。病気の治療費に加えて再拡張処理の費用も必要になっちゃったけど、身体強化拡張者の身体能力が凄く便利なのは、私自身よく分かってるからね」

「そうですか。確かに強化服無しで強いのは便利ですからね」

　生身でも強いことにどれだけ大きな利点があるかは、その利点の究極とも言える超人と戦ったアキラにはよく理解できる。普通に納得した。

　だがそこでエレナが意味深に笑って口を挟む。

「ええ。サラは今も身体強化拡張者よ。凄く高性能だけど、費用の方も凄いことになる拡張処置を頼んだわ。そのおかげで、胸にナノマシンを溜めておかなくても大丈夫になったんだけどね」

「えっ？」

　アキラが再びサラの胸を見る。豊満に膨らんでいる。その上でアキラが視線を上げると、サラは笑ってスッと目を逸らした。

「……良いじゃない。身体強化拡張者なんだから」

　サラは言い訳するようにそう言った。そして今度は、自身の胸を少しアキラに迫らせながら意地悪な笑顔を向ける。

「それともアキラは貧乳の方が好みなの？」

「い、いえ、別にそういう訳じゃ……」

「でしょう？　エレナも大きな胸が良いのなら、一緒に拡張処置を頼めば良かったのに。身体能力も上がるわよ？」

「私は自前の胸があるから良いのよ。身体能力の方は強化服があるし、生身も頑張って鍛えれば良いだけだしね」

　エレナはそう言って、サラと同じように自分の胸をアキラに向けて笑った。

　その大きさに差はあれど、どちらも大きいと称して差し支えない二人の胸に迫られて、アキラが少し顔を赤くしてあたふたする。そしてこのままだと二人掛かりでからかわれる流れになりそうなことに気付いて、少々強引に話を変える。

「あー、そのエレナさん達の強化服なんですけど、ヒカルが装備だけなら俺並みって言ってたってことは、やっぱり１００億オーラムぐらいするやつなんですか？」

アキラが話題を逸らしにきたことぐらいはエレナも気付いている。しかしからかい過ぎてアキラの機嫌を損ねようとは思わない。アキラに合わせて軽く答える。

「ええ。そうよ」

「じゃあ二人で２００億ですよね？　こう言うのも何ですけど、よくそんなの買えましたね」

「その辺りはヒカルさんが頑張ったらしいわ。あと、私達が買った訳じゃないの。これはレンタル品よ。まあそれでも普通は私達程度のハンターに貸してもらえる品じゃないんだけど、その辺も含めてヒカルさんが何とかしたって聞いてるわ」

アキラの視線を受けて、ヒカルが半分得意気に、もう半分はその際の苦労の愚痴を吐くように言う。

「そうよ。大変だったんだから」

そしてヒカルはアキラ達にその苦労の具体的な内容を話し始めた。

エレナ達を護衛に雇ったヒカルだが、第２奥部に行く為だけであれば、その選択は誤りだ。エレナ達の実力は、クガマヤマ都市の水準では上澄みという程度。とても現状の第２奥部で戦える力は無い。

しかし今のアキラは賞金首で、加えて偽者の所為で建国主義者の疑いも掛けられている。連れていく者はしっかり選ばなければならない。下手な者を護衛にして、第２奥部でも戦えるその高い力をアキラに逆に警戒されて、同行を拒否されては意味が無い。

実力は装備で補える。だが信用は補えない。エレナ達が護衛に選ばれたのは、アキラに信用されているという、ヒカルの努力では補えないものを持っているからだった。

だがヒカルも護衛の実力不足の所為で死ぬのは御免だ。エレナ達の装備を必死に用意した。

まずは以前のアキラの装備調達の際に、その競争に負けた企業の営業達に声を掛ける。

アキラの数少ない友人に強力な装備を提供すれば、次の装備調達の際に非常に有利になること。アキラが賞金首になった件は、イナベが全力で事態解決に動いているので問題無いこと。それらを伝えて協力を求め、企業間で競わせた。

　その交渉自体は、アキラが賞金首になってすぐに、イナベからの指示で始めていた。平行してエレナ達にも事情を伝えて護衛依頼を出していた。そして急ぐとはいえ、一週間ぐらい時間を掛けて企業と内容を詰めるつもりだった。

　しかしスラム街に偽アキラが出現したことで、交渉をゆっくり進める時間は無くなった。再び偽アキラがどこかに出現する前に、すぐに装備を調達しなければならなくなった。

　ヒカル側の都合による期間の短縮だ。本来ならばヒカルが足下を見られる立場になる。だがヒカルはその制限を、言葉巧みに相手を焦らせる理由にすり替えた。

　名前は明かせないが、先行して装備を提供してきた企業が出た。何とか決定を止めているが、こちらも急いでいる。及第点の装備が来た以上、このままだとそこに決まってしまう。そう言って焦らせ、更に高性能な装備の迅速な提供を求めた。

　加えて装備は購入ではなく1ヶ月程度の貸出にしてもらう。買えば高くなるのを、借りて安く済ませ、浮いた金を性能の向上に割り当てる。つまり有料での短期試用の形式にすることで、装備の質を可能な限り上げた。

　だがエレナ達でも第2奥部で戦えるようになるほど高性能な装備となると、本来はエレナ達ではハンターランクによる制限に引っ掛かり、購入も貸出も出来ない。そこを、一度都市が借りたものを再度エレナ達に貸す流れにして、貸出の規約に関しては都市内部の問題にしてごまかした。

　その為の各種の書類等を死ぬ気で纏《まと》め上《あ》げた。装備破損時の保険も調整した。物凄く大変だった。ヒカルはその心情を顔に出し、声にも乗せて、自身の苦労をアキラに説明した。

　そのヒカルの雰囲気に、アキラが軽く気圧《けお》される。

「そ、そうか。大変だったんだな。エレナさん達の為にそこまでしてくれたんだな。ありがとう」

　そこまでしなければならないのであれば、別にエレナ達を護衛にしなくとも良かったのではないか。他の者でも良かったのではないか。アキラはそう思ったが、ヒカルの表情を見て、それを口に出すのはやめた。

　ヒカルが気を切り替えるように小さく息を吐いてから答える。

「良いのよ。私の為でもあるしね」

　尚ヒカルも、他の者を護衛にすることを検討はしていた。そしてその上でやめた。

　一応ヒカルはまだアキラの担当であり、加えてツェゲルト都市への往復の時に、アキラを制御した実績もある。他に適任者はいない。イナベがヒカルを派遣するのは理に適《かな》っている。

　そしてヒカルは立場上、嫌ですとは言えない。厳密には、イナベから嫌ならクビにすると脅されている。

　勿論、命を失うより職を失う方がましという考えもある。しかしヒカルの防壁内での生活は、都市の職員という身分が支えている。つまりクビになれば壁の外に追い出される。それはヒカルにとって荒野暮らしと変わらない。

　死ぬのは御免だが、荒野暮らしも御免だ。でも第2奥部にも行きたくない。ヒカルはその思いで、アキラから自分が同行する承諾を得る為に、アキラに信用されているエレナ達を護衛にして、実力不足の問題も装備をしっかり調えて解決した。

　それでもアキラに同行を断られるのであれば、イナベも自分を派遣するのを諦めるだろう。ヒカルはそう考えて、密かにそうなることを期待していた。エレナ達の装備を頑張って調達したのには、そういう理由も含まれていた。

　そしてその頑張り具合は、機械系モンスターの一団をあっさり倒したエレナ達の活躍で証明された。頑張った甲斐《かい》があった。ヒカルはそう考えることにして、小さく溜め息を吐いた。

　そのヒカルの頑張り具合を更に証明できる機会が来る。アキラ達がモンスターの反応を捉える。しかもそれはバオレギレのものだった。

アキラが表情を引き締める。

「出たか。ヒカル。あいつの相手は俺がする」

「ええ。分かったわ」

アキラがエレナ達に求める強さは、ヒカル込みでも自分の足を引っ張らないこと。ヒカルがエレナ達に求める強さは、アキラに同行を断られず、かつアキラの協力込みで自分を守り切れること。

エレナ達にそれだけの実力がある確認は、もう十分に済んだ。アキラもヒカルもそう考えていた。

しかしエレナ達は違った。サラが口を挟む。

「待ってアキラ。まずは私達にやらせてちょうだい」

「えっ？　それは……」

それは流石に危ない。相手はバオレギレだ。エレナ達の力を確かめるのにちょうど良かった機械系モンスターとは訳が違う。エレナ達では厳しい。キャロル達と一緒に下がっていた方が良い。

率直に言えばそうなる内容を、アキラは言葉を選ぼうとして言《い》い淀《よど》んだ。しかし顔には出してしまった。

そしてエレナ達も、アキラが続けようとして止めた返事の内容ぐらいは、その顔を見れば容易に推察できた。しかし機嫌は損ねない。エレナが笑ってアキラに言う。

「アキラ。私達も、私達に任せておいて、なんて言う気は無いわ。でも、まずは私達にやらせてほしいの。私達だけでどこまで戦えるか確認する為にね」

サラも笑って続ける。

「私達の仕事はヒカルさんの護衛だけれど、アキラの援護がある前提で受けた訳じゃないの。守ろうとしてくれるのは嬉しいけど、私達をアキラの護衛対象にさせる気は無いわ。そうなっちゃうなら、私達はヒカルさんを連れて帰る。足手纏いだからね」

「だからアキラ。ちゃんと確かめてちょうだい。私達がここにいて良いのか、しっかりね」

いざとなったらアキラが助けてくれる。そういう甘えを持ってここにいる訳ではない。そのことを、エレナ達は笑顔を浮かべながらも、真面目な態度でアキラに示した。そしてそのことはアキラにもしっかり伝わった。

　サラが少し調子良く笑って付け加える。

「あ、絶対手を出すなって意味じゃないわよ？　私達も死にたくないから、危なかったら助けて。その時はよろしく」

　エレナも敢えて調子の良い態度で続ける。

「そうそう。そういう意味で、まずは私達にやらせてってことでお願いね？」

　アキラも調子を合わせて答える。

「分かりました。じゃあ、まずはお先にどうぞ」

　この会話の間にもバオレギレは近付いてきている。本来ならば、そろそろアキラが動き出さなければいけない距離だ。それでもアキラは、まずはエレナ達に任せた。エレナ達の確認が失敗に終わった場合に、その確認の為に後手に回った責任を、自分が死ぬ気で戦って取ることを含めて、エレナ達に先手を譲った。

　エレナ達もそのアキラの覚悟を受け取り、全力を尽くすと決める。サラが銃を構えて力強く笑う。

「エレナ。切り札使うわよ」

「ええ。使っちゃいましょう」

　サラが構える可変式の複合銃が変形していく。そしてそのまま変形というよりも巨大化していく。それを見て驚くアキラの前で、サラのＯＦＸ複合銃は人型兵器の銃にも見える大型の砲に変わった。

　その巨大な砲を、サラは身体強化拡張者の身体能力と強化服の力の両方でしっかりと支えている。エレナはそのサラの隣で索敵を行い、砲の照準調整やエネルギー調整を担当する。

　取り付けられたエネルギーパックから、砲に大量のエネルギーが供給される。その砲から充填音が響き、砲口から光が漏れていく。その迫力は、これから放たれる光弾の威力を強く物語っていた。

　サラが笑いながらもその顔に汗を滲ませる。

「……これが通じなかったら帰るしかないわね。エレナ！」

「ぶっ放しなさい！」

　二人一組の移動砲台となったエレナ達が、有効射

程に入ったバオレギレへ光弾を撃ち放つ。凝縮されたエネルギーの塊が、遺跡の濃密な色無しの霧を貫いて標的に着弾する。そして爆発し、そのエネルギーを解き放った。

たった一発の射撃の為に、高ランクハンター向けの大容量エネルギーパックを絞り切った一撃は、その対価に見合った破壊を生み出した。

バオレギレの強靭《きょうじん》な体が吹き飛び、破裂した光弾のエネルギーでその肉片が焼け焦げる。その巨体を細胞単位で破壊し、細胞の構成要素を塵《ちり》に変え、その塵すら焼き焦がす。その破壊の衝撃で生まれた暴風が収まった時、そこには何も残っていなかった。

アキラが軽い感嘆の声を漏らす。

「……凄い威力」

装備だけならアキラ並み。限定条件ならアキラ以上。ＯＦＸ複合銃はヒカルがそう言っただけの性能があることを、この場で確かに証明した。

エレナが情報収集機器で周辺を確認する。光弾がバオレギレに直撃していなかった場合、相手を遠くに吹き飛ばしただけに終わる恐れもあった。その懸念をしっかり調べて払拭していく。そして安堵の息を吐く。

「……よし。大丈夫。サラ。倒したわ」

サラもそれで勝利を実感した。まずは大きく息を吐き、次にアキラに向けて得意気に微笑む。

「アキラ。どうかしら？　私達が一緒にいても大丈夫そう？」

アキラが笑ってはっきりと答える。

「はい。大丈夫です。バッチリです」

「ありがと。嬉しいわ」

今度はサラも、お世辞でも嬉しいとは言わない。そしてアキラも、お世辞ではないとわざわざ言わない。その必要が無いからだ。エレナ達は自分達の力だけでアキラに同行できることを、これを以て証明した。

サラが巨大化したＯＦＸ複合銃を仕舞う。その大きさのまま、背中の補助アームで背負った。それをアキラが不思議に思う。

「元の大きさに戻さないんですか？」

「あー、ここじゃ無理なのよ。可変式の複合銃なんだけど、この銃は一度この形状に変えると、整備業者に出さないと元の大きさに戻せないのよ」

「え、それは面倒ですね」

「まあ、そういう面倒な部分を十分に補う威力だから切り札になるんだけど。あと、使い勝手が悪い分、お値段も控えめだしね」

「あー、そういうことですか。でも確かにあれだけの威力なら、多少の欠点は我慢できますね」

そこでエレナも話に加わる。

「ちなみに、さっきの一発で高ランクハンター向けの高いエネルギーパックを使い切ったわ。弾薬費が自己負担だったら破産しそう。依頼元負担で良かったわ」

ヒカルが少しわざとらしく溜め息を吐く。

「それを支払うのはこちらですので、無駄遣いは控えて頂けると助かります」

エレナがあっさり答える。

「分かってます。でも一度使っておかないと、そもそも切り札として通用するかどうかも分からないでしょう？」

「それはそうですが……」

「あの威力ならバオレギレに群れで襲われても、ヒカルさんを連れて逃げる隙ぐらいは作れるわ。それを確認できただけでも、使った価値はあったと思わない？」

そう言われてしまっては、ヒカルも否定できなかった。

「別に使うなとは言っていません。無駄遣いでなければ構いません。アキラ。エレナさん達の実力の確認が済んだのなら、ここから先は基本的にアキラ達だけでお願いね。私達はあくまでも付き添いで、追加戦力じゃないんだから。勿論、アキラ達が危ない時はエレナさん達にも戦ってもらうけど」

「分かった」

アキラ達が巡回を続ける。機械系モンスターの相手はキャロルとトガミが行い、バオレギレが出てきた時はアキラが倒す。既に何度もやっていることだ。

　加えて今は装備や弾薬などの追加支援を受けている。何の問題も無い。S弾《ショックバレット》を手に入れたアキラが以前よりもバオレギレを容易く倒せるようになったこともあって、余裕を持って戦うことが出来た。

　そして今日は来客の為に一度戻った分だけ少々長めに巡回を続けて、日が落ちてからキャンピングカーに戻る。乗員が倍になり、少々賑《にぎ》やかになった車内で、アキラ達はゆっくり休息に入った。

第239話　裏にいる誰か

巡回から戻ったアキラ達がキャロルのキャンピングカーで休息を取っている。今日の残りの主な予定は風呂に入って寝るだけだ。

それでもヒカル達も含めた6人が交代で風呂に入ると、全員が入浴を済ませるのには時間を必要とする。その待ち時間を各自が雑談などで潰している中、トガミがふと思う。

「なあヒカル。ちょっと思ったんだけどさ。アキラは表向きここにいないことになってるだろ？　アキラがいないのに、ヒカルは何しにここに来てることになってるんだ？」

「何しにって、ハンターの支援プロジェクトの為よ。その対象にトガミが選ばれた名目で来てるって言わなかったっけ？」

「いや、言ってたけどさ。その名目で俺に24時間張り付く理由になるか？」

「ああ、そういうこと。なるわ。っていうか、するわ。内容の調整は必要だけどね。取り敢えずトガミの監視ってことにする予定よ」

「監視って……、表向きっていっても、俺が都市に何か疑われてるってことになるのか？」

表向きの理由とはいえ、余り良い気はしない。トガミはそう思い、少し難しい表情を浮かべた。それを見てヒカルが説明を付け足す。

「悪いけどそこは我慢してちょうだい。アキラへの支援には大金が掛かってるんだけど、表向きはトガミへの支援だからね。プロジェクトはイナベさんが主導しているとはいえ、あなたにそこまで支援する価値が本当にあるのかって話も出てくるの。その辺りを納得させる為の、念入りな実力確認って意味での監視よ」

「……そういう理由なら、分からないでもないか？　いや、でもさ、監視は大げさじゃないか？」

「そうでもないわ。そこらのハンターならともかく、第二のアキラになりそうな若手ハンターだからね。

気付いてないの？　その歳《とし》でハンターランク50になったハンターなんて、この辺じゃアキラを除けばあなたぐらいよ？」

言われてみればその通り。そういう表情を浮かべたトガミに、ヒカルが更に続ける。

「才能溢れるハンターに、今後もクガマヤマ都市に残ってもらう為の支援プロジェクト。当然、大金が掛かるわ。その実力は本物か。それだけの優遇をするだけの力を持っているのか。隠れて何か不正でもしてないか。それだけの金を出している以上、24時間付《つ》き纏《まと》ってでも、しっかり確認したい。そう考えても不思議は無いと思わない？」

「そういうことか……。まあ、実際に不正をしてるんだけどな」

「その辺はこっちでごまかすから大丈夫よ。問題無いわ」

「そうか……」

トガミはヒカルの説明に納得したものの、浮かない顔をしていた。自分のハンターランクが、自身の実力に見合わない紛《まが》い物《もの》であることを、改めて指摘されたような気がしたのだ。

そして更に気付く。

（……あ、ハンターランク50ってことは、今のドランカムのトップハンターって、俺か）

ドランカムの上位層であるシカラベ達も、そのハンターランクは50に届いていない。それを超えたトガミは、ドランカムのハンター達の頂点に立っていた。

しかし全く喜べない。自分の実力で上り詰めた訳ではないからだ。その気付きは、トガミの溜め息を一つ増やしただけに終わった。

ヒカルもトガミのその内心ぐらいは読み取れる。一応励ます意味で言う。

「まあいろいろ思うところもあるんでしょうけど、アキラの為だと思って我慢してちょうだい」

「……、ああ。分かってる」

モヤモヤした部分は残っているが、今は割り切る。それでも割り切れない部分は、自分の実力を虚構のハンターランクに追い付かせる糧に変える。トガミはそう考えて自分を納得させた。

雑談の中で、キャロルがヒカルに頼み事をする。

「ねえヒカルさん。エレナ達が使ってる銃なんだけど、1挺《ちょう》私に売ってくれない？」

「あれは借り物なので勝手に売る訳には……」

そう言って断ろうとするヒカルに、キャロルが調子の良い笑顔で続ける。

「まあまあ、どうせあれでしょ？　買う為の試用みたいな扱いで借りてるけど、実際に買う予算は初めから無いんでしょ？　でもあの銃を何とかして借りる為に、営業に買う期待をたっぷり持たせるような交渉をしたんでしょ？　今は予算不足だけど追加予算の交渉中とか言って。それであとで、やっぱり駄目でした、みたいな感じでごまかす気なんでしょ？　それなら、初めから口だけだったように思われない為にも、1挺ぐらいは買った方が良いんじゃない？」

ヒカルが少し驚く。実際にヒカルはキャロルの言う通りのことをしていた。そしてそういうことが分かる相手からの助言ということもあり、少し考えてから答える。

「……あれ、高いですよ？」

「大丈夫よ。私、これでも結構お金は持ってるの」

「……そうでしたね。分かりました」

そういえば一晩で１００億オーラム稼ぐ人物だった。ヒカルはそう思い、キャロルと詳しい話を進めていく。

今エレナ達はＯＦＸ複合銃を2挺持っている。そして巨大化させた物は整備業者に出し、元の大きさに戻す作業が終わるのを待たずに、代わりの銃を用意してもらう予定になっている。

その時に追加でもう1挺持ってきてもらえば、エレナ達の戦力低下も短期間で済むだろう。ヒカルはそう考えて、今エレナ達が持っている2挺の内の、通常状態の方をキャロルに売ることにした。そしてキャロルはその代金をすぐに振り込んだ。

良い取引をした。そう思ってヒカルが機嫌を良くする。

キャロルも笑う。キャロルは金があるだけでは買えない所持制限のある強力な銃を、ヒカルを利用し規制を迂回《うかい》して手に入れていた。

ＯＦＸ複合銃の威力は確認済み。これでアキラに借りを返しやすくなったはず。高い金を支払う価値はある。そう思って、キャロルは笑っていた。


アキラはシロウから話を聞いていた。情報端末による通信を介してアキラの拡張視界に映るシロウが、少し真面目な顔をアキラに向ける。

『……それで俺の方でもシェリルを捜してみたんだけど、残念だけど見付からなかった』

『そうか。まあ捜してくれるだけでも助かるよ』

『貸し追加ってことで良いか？』

『ああ。ツバキにシロウを紹介するのには足りてないけどな』

『そうか。じゃあ追加でもう少し教えておく。アキラの偽者の裏には、ヤバいやつがいるかもしれない』

『それはまあ、俺の偽者がいる建国主義者は、あの怪獣をコントロールできる連中なんだろ？　ヤバいやつらだってのは分かってるよ』

言われなくとも分かっている。アキラはそういう態度を取った。だがシロウは首を横に振る。

『そういう話じゃないんだよ。何か手掛かりでも無いかと思って、シェリルが攫われた時のビルの警備記録を調べたんだけど、そのデータに改竄《かいざん》の跡があったんだ。それも、俺でないと気付けないぐらい高精度なやつが。これ、かなりヤバい』

少し顔を険しくしたアキラに、シロウがその理由を説明する。

偽アキラは迷彩機能を使用して、誰にも気付かれずにシェリルの部屋に忍び込んだ。ビルの警備システムも反応しなかった。

では侵入の痕跡は一切無かったかというと、警備装置の記録などに、調べれば見付かる程度には残っている。しかしそれは念入りに時間を掛けて解析すれば判明する程度のものであり、即時に対応するのは解析能力不足の所為で無理だ。無理矢理対応させたところで、1秒分のデータの解析に1分掛かるようになってしまい、24時間の監視には使えない。

　それでも時間を掛けて調べれば分かるのだ。監視カメラを光学迷彩で遣り過ごして盗みを働いた者が、後でしっかり映像記録を解析されて捕まることは珍しくない。迷彩機能というものが高価ではあるが広まっている以上、警備装置の性能もそれを見抜く為に高くなっている。処理能力の限界の所為でその場で見破るのは無理でも、その記録には解析に十分なデータが残っていることが多い。

　シロウもビルの警備装置のデータを解析して偽アキラの足取りを辿ろうとした。解析に時間が掛かるとはいえ、いつどこにいたのかは分かっているのだ。その日時と場所を起点に解析範囲を広げていけば、効果的に処理できる。

　だがその処理をしている中で、シロウは驚くべきものを発見した。解析を進めても偽アキラの足取りを追えないように、データが非常に巧妙に改竄されていたのだ。それは坂下重工所属の旧領域接続者であり、超一流の情報処理工作員であるシロウが、驚くほどの出来映えだった。

　そこまでの話をシロウは熱弁に近い態度でアキラに説明した。アキラが表向きは分かっているような顔をして、こっそりアルファに尋ねる。

『……アルファ。つまりこれ、どれぐらいヤバいって話なんだ？』

　それを聞いたアルファは、少しだけ呆れた様子を見せた。

『つまり、シロウと同レベルの実力者がアキラの偽者に協力している恐れがあるということよ。シロウはアキラを都市の防衛隊の人型兵器から、機体の索敵機器のデータを改竄して逃がしたり、自分を坂下重工の捜索網から隠したりしているでしょう？　そういう人がアキラの偽者に協力していたら、物凄く大変だと思わない？』

『あー、確かにそうだな』

　ちょうど理解と実感が追い付いたアキラに、シロウが怪訝な目を向ける。

『アキラ。俺が言ってること分かってるよな？』

『分かってる分かってる。シロウみたいな凄いやつが俺の偽者に協力してるってことだろ？　それで、それに対抗する為に俺に協力してやるってことだろ？　俺に貸しを作る為でも助かるよ』

　アキラはそう言ってごまかした。そしてシロウもそれに合わせる。

『……分かってるなら良い。貸しだぞ』

　シロウにはある懸念があった。しかしそれをアキラに話す訳にはいかなかった。代わりに話を流すように別のことを尋ねる。

『ちょっと疑問なんだけどさ。アキラの偽者は何でシジマってやつも攫ったんだ？　実はアキラと凄く仲が良かったりするのか？』

『いや、全然』

『そうか。じゃあ何でだろうな。シェリルを攫ったのは、人質にする為と、されない為なんだろうけど』

『されない為？』

　そう不思議そうに聞き返したアキラに、シロウが話を補足する。

　人質にする為とは、単純にアキラに対する人質だ。そして人質にされない為とは、その裏返し。アキラの偽者が本物を装っている以上、本物らしい行動を取らなければならない。

　スラム街のただの子供だったシェリルは、アキラから多大な支援を受けて、今では都市経済に影響を与えるほどの巨大徒党のボスになった。しかもアキラはその支援の見返りに、シェリルから大金を貰《もら》ったり、巨大徒党の中で好き勝手したりしている訳でもない。

　ではなぜアキラはシェリルにそこまでするのかと考えると、シェリルが公言しているように、恋人だから、ということになる。

　そこまで入れ込んでいる恋人なのだ。クガマヤマ都市にとっても利用価値は高い。建国主義者に寝返ったのが本物のアキラであれば、シェリルの身柄と引き換えに様々な交渉も可能になる。

偽者も本物を装っている以上、無視は出来ない。何しろ都市に友人を殺されたという理由で建国主義者に寝返った設定なのだ。そのような人物が恋人を見捨てるような真似をしては、設定が破綻する。

それを阻止する為に、都市に身柄を確保される前にシェリルを攫った。本物を装う為に。シロウが言った、人質にされない為、とはそういう意味だった。

アキラもその説明を聞いて納得した。そしてシロウと同じ疑問を覚える。

『……じゃあ何でシジマまで攫われたんだ？』

『それが分からないから、実は凄く仲が良かったりするのかって聞いたんだよ。仲が良いなら人質にする価値はあるからな』

『シジマにそんな価値は無いなー。うーん』

アキラはシロウと一緒に唸《うな》ってから、今度はアルファに尋ねる。

『アルファ。シジマが攫われた理由って何か思い付くか？』

『そうね。こういう場合は前提条件を疑うのが良いわ。二人を攫ったのは人質にする為ではないと仮定する。その上でシェリルとシジマの共通点を考える。これでどう？』

『そうすると……、いや、共通点なんかあるか？』

『取り敢えず、二人ともアキラに関わったことでスラム街での地位を劇的に上げた人物ね。シェリルはシェリルファミリーのボスで、シジマはそれ以外の徒党の纏め役よ。要は今のスラム街は、事実上シェリルとシジマの二人が仕切っているということ。その二人がいきなりいなくなれば、スラム街は混乱するでしょうね』

『確かに……。でもスラム街を混乱させて、俺の偽者に何の得があるんだ？』

『それは私にも分からないわ。そもそもこれは仮説の一つ。全然違う理由かもしれないわ。前提条件を疑えばいろいろ考えられる。その一例よ』

『そういうことか』

アキラはそのことをシロウに話して、別の視点からいろいろ一緒に考えてみた。しかしこれといったものは出なかった。

エレナ達は二人で入浴中だ。一人用の浴槽でも、肌が触れ合うほどに詰めれば入れないことはない。また、足を浴槽の外に出すような行儀の悪い入り方であれば、窮屈も多少は解消される。

既に時刻は深夜に近く、そろそろ就寝しないと明日に響く。一人ずつゆっくり入浴する時間は残っていない。加えてエレナ達は、自分達は追加の乗客ということもあって、余裕のある入浴を本来の乗員に譲り、自分達は二人で一緒に入って時間を節約していた。

心地良い湯に浸かるサラが、その心地良さをその表情で示しながら軽く聞く。

「エレナ。そういえばクガマヤマ都市とドラゴンリバーの揉め事ってどうなってるんだっけ。しばらく拗《こじ》れそうなの？　それとも結構あっさり解決しちゃいそう？」

「私が調べた限りだと、関係の改善は当面は無い感じね」

「そうなの。こう言っちゃ何だけど、良かったわ。それならアキラもしばらくは安全か……」

アキラはドラゴンリバーが都市と揉めているのを利用して、この拠点に身を隠している。そう聞いているサラは、アキラの為にも都市にはドラゴンリバーと拗れたままでいてもらいたかった。

「まあその辺は、ドラゴンリバーの出方次第なんだけどね。今回の揉め事は、実はドラゴンリバー側が意図的に引き起こしたのかもしれないって噂《うわさ》もあるし……」

エレナがその噂の内容をサラに話していく。

ハンターは自身のハンター稼業で稼いだもの、主に遺物などを、基本的に活動拠点の都市で売る。他の都市への販路など持っていない下位層のハンターは当然として、複数の都市と繋がりを持つ高ランクハンター達も、基本的にはそうする。これは活動拠点付近の都市、つまり一帯の統治企業と不用意に揉めない為の、暗黙的な取り決めのようなものだ。

　ハンター達が遺物を活動拠点の都市で売れば、その売り先がハンターオフィスの買取所にしろ、非正規の店にしろ、巡り巡って都市経済を大いに潤すことになる。

　だが他の都市で売られてしまえば、得られたはずの利益が他所に流れることになる。活動拠点の都市もそれは容認できない。自都市で全部売れとまでは言わないまでも、容認できるだけの量は売れと、必要ならば、売ったハンターにも、買った他都市にも圧力を掛けてでも、自都市で売らせようとする。

　しかしその揉め事が積み重なれば、都市とハンター達の関係も、他都市との関係も、次第に険悪なものになっていく。行き着く先は経済関係の断絶、或いは戦争だ。それは誰も望まない。

　そこで暗黙的に、明文化はしないが、ハンターは遺物などを活動拠点の都市で売るのが望ましいとされている。買取価格が他都市だと2倍になるのならともかく、少々高い程度であれば活動拠点の都市で売れ。統治企業まで含めた殺し合いに発展しかねない揉め事を増やさない為にも、真っ当なハンターならそのルールを守れ。そのような考えがあった。

　ドラゴンリバーにもこの暗黙の取り決めが適応される。よって本来ならばドラゴンリバーが集めた成果、第2奥部で収集した遺物や倒したモンスターなどは、クガマヤマ都市に売るのが望ましい。

　しかしそれらは貴重な物ばかり。特に融合体の死体などは、その貴重性から桁違いの値がつく。それを他都市の経済圏の企業などに売れば、本来の売り先であるクガマヤマ都市という仲介業者を挟まない分だけ、もっと高く売れる。他の経済圏の企業ではそもそも金があっても買えない場合もあることを考えれば、更に高く売れる。

　しかしだからといって、ドラゴンリバーも安易に他都市に品を流す訳にはいかない。一流のハンターチームとしての品性や良識を示さなければならない。それが出来ないのであれば、常識も良識も無い極めて強力な武力集団として、下手をすれば統企連から討伐対象に指定されるからだ。

もっとも、安易には流せないだけだ。クガマヤマ都市には売れない十分な理由があれば、問題は何も無い。そこでドラゴンリバーは今回のアキラの件を利用した。事情を聞きたい都市側との会合の場に、ドラゴンリバー側の代表として参加したメルシアは、巧みな話術で相手の失言を引き出した。ドラゴンリバーの関与を疑っているとも解釈できる言葉を出させたのだ。

　これによりクガマヤマ都市とドラゴンリバーの関係は険悪なものとなった。それはドラゴンリバーが遺物や融合体の死体などを、クガマヤマ都市に売らなくとも良い理由を手に入れたということでもあった。

　実際にドラゴンリバーはそれを理由にして、それらの貴重な品を他都市に売っており、莫大な利益を得ていた。その利益が、クガマヤマ都市とドラゴンリバーの関係が拗れた件は、ドラゴンリバー側が意図的に引き起こしたもの、という噂の根拠になっていた。

　そうでもなければ、流石にクガマヤマ都市もあれほどの失態はしないだろう。そういう話も噂の信憑性を上げていた。

　エレナがそれらのことを軽く説明してから続ける。

「……まあ所詮は噂なんだけど、もしそうなら、アキラは大丈夫でしょう。何しろアキラを匿ってるドラゴンリバーがやったことなんだから」

　それを聞いたサラが苦笑する。

「それが本当なら、遺物を他所に売る為にわざと都市と揉めるなんて、とんでもないことするわね。流石は名立たるハンターチームってところかしら」

「まああれほどのチームになると、活動資金も巨額になるでしょうから、そういう真似をしてでも稼がないといけないんでしょうね。それってどうなの？　って気もするけれど、アキラの為になってるんだし、私達は目を瞑《つぶ》っておきましょう。第一、私達が気にすることじゃないわ」

「それもそうか」

エレナとサラはそう言って笑い合った。

アキラが話題に出たことで、サラが昼間のアキラの戦い振りを思い返す。

「それにしても、アキラは本当に強かったわね」

エレナも軽く笑って同意を示す。

「ええ。凄かったわ」

一応キャロル達に援護してもらっていたとはいえ、アキラは一人でバオレギレに突撃して、そのままほぼ一人で倒していた。高ランクハンターの実力を見せ付けるかのようなその戦い振りに、エレナ達は圧倒されていた。

「……エレナ。私達、あの強さに追い付けると思う？」

自分達がハンターとしてこれからもアキラと一緒にいる為には、それぐらいの強さは必要だろう。サラはそう思いながらも、自分達がそこまでの強さを得られるとは言い難かった。

それに対してエレナはあっさり答える。

「別に追い付く必要は無いんじゃない？　私達の目的はアキラと疎遠にならないことで、アキラ並みに強くなることじゃないんだから」

そう言われてサラも気付く。アキラと同程度の強さを手に入れれば、一緒に戦いやすくはなる。その為に強くなろうと考えた。しかしその強さは目的の為の手段だ。目的ではない。

「……、それもそうね」

「手段と目的を混同すると大変よ？　まあ、追い付き追い越すぐらいのやる気が無いと、引き離されるだけってのは分かるけどね」

「……そうね。分かったわ。エレナ」

アキラの余りの強さに少し凹《へこ》んでいたサラだったが、エレナの言葉を聞いて気を楽にした。もう大丈夫だと親友に示すように、吹っ切れたように笑った。

「サラ。私も一つ聞きたいんだけど、サラから見てアキラは大丈夫そうだった？　ほら、シズカがアキラの精神状態はかなり危ういように感じたって言ってたでしょう？　吹っ切れたのなら良いんだけど、実は抱えて無理してるような感じとかあった？」

そう問われて、サラが改めて今日のアキラの様子を思い返す。

「……私には大丈夫そうに見えたわ。無理して笑ってるって感じは無かったし。シェリルが攫われたことにも、こういう言い方も何だけど冷静で、必死に堪えたって感じじゃなかったしね」

「それなら……、大丈夫かしら」

「多分ね」

そう言って笑う親友を見て、エレナも気を楽にした。楽観視が常に正しい訳ではないが、こういう心の持ちようは楽観的な方が良いだろう。敢えて悲観的になっても良いことはない。そう考えた。

「じゃあ、そろそろ上がりましょうか」

覚えた懸念は解決し、今日の疲労と一緒に湯に溶けた。エレナ達は湯船から上がり浴室を出る。

魅惑の裸体に滴る水滴を拭き終えたエレナ達が、身に纏うものを選ぶ。一つは強化服の薄手のボディースーツ。もう一つはキャンピングカーの備え付けの寝間着だ。

エレナ達は選んだものを着て、アキラ達がいるリビングルームに戻った。

エレナ達が戻ってきた気配を感じて、アキラがそちらに視線を向ける。そして固まった。

エレナ達は寝間着の方を選んでいた。透けないが非常に薄い布地のもので、ゆったり着ていても体の凹凸がよく分かる。キャロルが使用するものだけはあり、非常に艶《なま》めかしい。

そのエレナ達の姿を見たアキラの頭に様々な思考が生まれて続く。

（刺激が強いので、別のものを着た方が良いって言った方が良い？　いや、俺はキャロルみたいな格好のやつを見ても、全く気にしないって思われてるんだ。エレナさん達に余計なことを言うのはまずいか？　そもそもエレナさん達が何を着てもエレナさん達の自由なんだし、俺が口を出すことじゃ……）

続く思考がアキラを止める中、トガミもエレナ達を見た。そして余計なことを言うのはやめて無反応に徹することにした。

トガミはアキラとは異なり、女性に対する反応がエレナ達とキャロルで変わることはない。加えてトガミもそろそろキャロルの格好に慣れてきた。エレナ達の格好を見ても、動じない振りぐらいは出来る。

また、自分がエレナ達をまじまじと見てしまった場合の、アキラの反応が怖いとも思い、トガミは視線をエレナ達の方に向けないように注意して、気にしない振りをした。

ヒカルも気にしないことにする。エレナ達も高ランクハンターに近付いたことで、そのような格好に無頓着になり始めたのだろう。そう判断した。

キャロルはアキラの様子を見て、自分の判断の正しさを確認する。

やはりアキラは女性に興味を持っている。それなのにアキラが自分を軽くあしらうのは、自分が何らかの条件、恐らくは仲の良さなどを満たしていないからだろう。それならば何とかなるはず。そう思い、キャロルは妖艶に笑った。

そこでエレナが軽く言う。

「そろそろ寝ようと思うんだけど、ソファーを借りて良い？」

キャンピングカーのベッドは既にアキラ達３人で埋まっており、ヒカル達の分は無かった。

そこでアキラが我に返って提案する。

「ああ、それならエレナさん達は俺のベッドを使ってください。ソファーは俺が使いますよ」

そのアキラの提案に、エレナが答える。

「そう？　うーん。そう言ってくれるのは嬉しいんだけど、アキラは疲労をしっかり取る為にも、ちゃんとベッドで寝た方が良いと思うのよねー」

「そうですか？　大丈夫だと思いますけど……」

そこで今度はサラが軽く言う。

「駄目よ。疲れはちゃんと取らないと。あ、それなら一緒に寝ましょうか」

「そうね。そうしましょうか」

「えっ？」

そう軽い戸惑いの言葉を零している間に、アキラは両腕を左右からエレナとサラに掴まれる。

「……えっ？　…………ええっ？」

エレナ達に両側から密着された所為で軽い混乱状態にあるアキラは、そのままエレナ達にアキラのベッドまで連行されていった。

トガミがそのアキラ達を見送ってから言う。

「……俺も寝るか」

そう言い残して自分のベッドに向かおうとしたトガミを、ヒカルが呼び止める。

「あー、その、私もベッドとか……」

「悪いな。俺も明日に備えてゆっくり休みたいんだ。それにヒカルの手腕でも、流石にそこまでの関係は築いてないだろ？　おやすみ」

自分のベッドを貸す気は無いし、一緒に寝る気も無い。トガミはその意志を示して立ち去った。

続いてキャロルも去り際に笑って言う。

「まあ、しっかり休んで万全な状態で戦う為にも、ベッドは戦闘担当優先ってことでね？」

そう言われると、ヒカルは何も反論できない。アキラ達の疲労状態は、ヒカルの安全にも大きく関わるからだ。

ただ、ヒカルも決して楽をしている訳ではない。ヒカルは都市の下位区画に行く時ですら護衛をつけるほど、防壁内での安全な暮らしに慣れてしまっている。そのような人間が、高ランクハンターですら死にかねない第2奥部にいたのだ。その精神的な疲労は計り知れない。

ある意味で、アキラ達の中で一番疲れているヒカルは、大きな溜め息を吐いて寝床のソファーに倒れ込んだ。

エレナ達にベッドまで連れていかれたアキラは、そのまま本当にエレナ達と一緒に寝ることになった。

豪勢なキャンピングカーの設備ということもあってベッドは大きめだ。しかし流石に3人で眠るには少々狭い。比較的密着して寝ることになる。

ベッドの中央に配置されたアキラは、エレナ達に挟まれたことでどちらにも顔を向けることが出来ず、横向きでなく仰向けで寝ている。エレナ達は横向きでどちらも顔を、或いは胸をアキラに向けていた。

流石にアキラも、エレナ達がこれをわざとやっていることぐらいは気付く。アキラにしては珍しく、エレナ達に対して少し不満気な声を出す。

「……エレナさん。サラさん。俺が変なことしたらどうする気なんですか？」

だがサラは軽く答える。

「うーん。優しくしてね？」

それを聞いて固まったアキラの反応に、エレナも少し面白そうに小さく笑って追い打ちする。

「寝不足にならない程度でお願いね？」

「……もう寝ます！　おやすみなさい！」

アキラは少しだけ顔をしかめてそう答えると、本当にそのまま寝ることにした。

「おやすみ。アキラ」

「ゆっくり休んでね」

少々強めにアキラをからかったエレナ達だったが、これは意図的なものだ。

寝ようとすれば人の意識は様々なものに向けられる。シズカが強い懸念を抱いたほどに、アキラの精神状態を悪化させた事柄にも、向けられるかもしれない。だがこうしておけばアキラの意識は自分達に向かう。そのまま余計なことは考えずに眠ってほしい。

まあ本当に手を出されたら、その時はその時だ。

そう思いながら、エレナ達は笑って目を閉じた。

寝ようとして目を閉じたアキラが、視線を感じて目を開ける。するとアルファがアキラの少し上の空中に、横になって浮かんでアキラを見ていた。

『何だよアルファ……。寝かせてくれって……』

また何か言ってからかうつもりなのだろう。アキラはそう思っていた。

アルファが楽しげに微笑む。

『眠れそうにないのなら、エレナ達が寝たら教えてあげようと思っただけよ』

エレナ達が寝た後に、空いているソファーに移れば良い。アキラはそういう意味だと解釈した。

『そりゃどうも。おやすみ』

『おやすみなさい』

アキラがそのまま目を閉じる。そしてしばらくして眠りに就いた。

アルファは別にアキラをからかうつもりは無かった。アキラの偽アキラに対する強い殺意は、アルファの中で新たな懸念になっている。それを解消する為にも、アキラがうなされながら目を覚ますような状況になった時に、すぐに目に入る位置にいただけだった。

夜が更けていく。それぞれがそれぞれの想《おも》いを抱いた夜も、寝静まってしまえばいつもと同じ夜だった。

第240話　偽アキラ出現

アキラ達は今日も第２奥部の巡回を続けていた。いつものように遺跡の警備機械の襲撃を受けたので、トガミとキャロルが相手をする。

ただし今回はトガミが前衛として突出した位置で戦い、キャロルは後衛として援護する形式を取っていた。

これはトガミの要望によるものだ。トガミは強くなる為に、機械系モンスターの群れを自分一人で撃破しようとしていた。

数機程度であれば、今のトガミ一人でも普通に倒せる。イナベがアキラに装備類の支援をする為に、その名目として実施された支援プロジェクトにより、トガミは以前の物より格段に高性能な銃と強化服を手に入れた。それによりトガミ個人の戦力が大幅に上昇したおかげだ。

それでも十数機を一人で相手にするのは厳しい。数十機相手では厳しいどころか無謀になる。トガミはそれを分かった上で、その無謀を死ぬ気で達成しようとしていた。強くなる為に。死地を突破して死ぬほど鍛える為に。アキラの成果を吸って、身に余るほどに上がった虚構のハンターランクに、自身の力を追い付かせる為にだ。

勿論トガミも、実際にはこの戦いが死地と呼ぶには程遠いことは分かっている。本当に危ない時にはアキラが手を貸す。それ以前に、トガミが敵を抑え切れず、モンスターがヒカルまで狙い始めた時点で、エレナ達も戦闘に加わる。この戦いでトガミが死ぬことはない。

それでもトガミは死ぬ気で戦う。自身の生存が保証されている保険付きの戦いであることを分かった上で、ならばと踏み込み、強くなることに死力を尽くす。

死ぬほど鍛えれば強くなれるとはいえ、本当に死ぬほどの訓練をすれば死ぬだけだ。だが今ならば、それに限りなく近いことが死なずに出来る。死地を死なずに駆け続けることが出来る。たとえ恥知らずだろうが、その恩恵を遠慮無く貪って強くなる。トガミはそう決めて、死ぬ気で戦っていた。

　まだ慣れていない強化服を必死に制御して、高速かつ不規則な動きを繰り返す、地を蹴り宙を蹴って敵の照準を狂わせる。無数の射線を常に浴びながら、それが実弾やレーザーに変わる前に離脱し、先に相手を撃破する。

　それを繰り返す。敵を自分だけで全滅させるか、自分がアキラ達に援護されてしまうまで。そして後者にならないように、死力を尽くす。

　そのトガミの戦い振りは、アキラ達を驚かせるほどだった。

　しかしそのままトガミの快進撃が続くとまではいかない。まずはキャロルが援護に入る。それを契機にエレナ達もアキラも援護に加わった。それにより今までトガミ一人で何とか抑えていた機械系モンスターの一団は、あっさり全滅した。

　トガミが溜め息を吐きながらアキラ達の所に戻ってくる。

「駄目だったか？　もう少し俺一人でやれると思ったんだが……」

　その問いに、トガミを初めに援護したキャロルが答える。

「まあ、トガミ一人ならね」

「どういう意味だ？」

「敵の射線が私に向けられそうになったの。足手纏い扱いするのなら、ちゃんと守ってくれない？」

　二人で戦えば簡単に片付くところを、トガミの要望で敢えて手を抜くような真似をしているのだ。アキラの真似事《まねごと》をしたいのであれば、アキラのように、他の者に向けられる射線も全て潰すぐらいはしろ。

　トガミの訓練の為に、自分が敵の射線に身を晒《さら》す義理は無い。キャロルはそう言っており、トガミもそれを理解した。

「そういうことか……。俺もまだまだだな」

　少し項垂《うなだ》れたトガミに、ヒカルが笑って言う。

「でも凄かったわよ？　あそこまで戦えるのなら、

支援プロジェクトも名目だけのものにならなくて済みそうね」

　ヒカルは今までトガミのことを、アキラを支援する名目の為だけにいる者ぐらいにしか思っていなかった。ハンターとしての実力など全く期待していなかった。

　それだけにヒカルはトガミがここまで戦える者だったことに驚き、大きく評価を上げていた。名目の為の支援プロジェクトとはいえ、実際に動いて都市の予算もついているのだ。成功すれば実績になる。その為にもヒカルはトガミの頑張りに期待していた。

　トガミも機嫌を良くする。自分のハンターランクは虚仮《こけ》威《おど》しだと知っている者から、その実力を誉められたのだ。嬉しく思った。

「そうか。じゃあ頑張らないとな」

　まずはこの支援プロジェクトを、アキラとは無関係に成功させる。それだけの実力を手に入れる。強くなる為に、トガミはそう決意した。


　その後の巡回でもトガミは必死に戦った。相手の数が一桁であれば、アキラ達に援護させずに倒し終えたことも多かった。十数機を相手にした場合でもかなりの成果を上げていた。大量の機械系モンスターを相手に、その力を何度も示していた。

　そのトガミの戦い振りを見ながらアキラが思う。

『今日はバオレギレが出てこないな』

　今日アキラ達は遺跡の警備機械としか戦っていない。それによりトガミは自身の活躍を示す場に恵まれ続けていた。

『あと今更だけど、これだけ倒しても追加が来るっておかしいだろ。こいつらを倒してるのは俺達だけじゃないんだぞ？　毎日どこかで大量生産してたとしても、絶対それ以上に壊れてるはずだぞ？』

　そういうものだと思ってしまえば気にならないのだが、一度考えてしまうとアキラは気になってしまった。

　第2奥部で戦っている高ランクハンター達は、今トガミが戦っている機械系モンスター程度など、山ほどいても蹴散らせる者ばかりだ。都市間輸送車両すら余裕で何台も入る巨大な倉庫に、予備の警備機械がぎっしり詰まっていたとしても、絶対に無くなるはずだ。そう思ってアキラは不思議がっていた。

その疑問にアルファが答える。

『その辺りは、毎日それだけ壊されても誤差になるほどに、大量に製造したからでしょうね。ほら、ツバキの管理区域でも、買われも使われもしない品が大量に作られた所為で、倉庫が埋まっていたでしょう？　あれと似たようなものよ。毎日ずっと製造していた分があるのでしょうね』

『……だからって多過ぎないか？　第一そんな量をどこに保管するんだよ。絶対溢れるだろ』

『保管場所の問題は、第3奥部のような倉庫があれば解決するわね』

『……あー、そうか。そういうのがあっても不思議は無いか』

外から見た大きさと内部の広さがまるで一致しない、明らかに物理法則を無視しているような倉庫があれば、幾らでも保管できる。そうなればあとは作るだけ。一日の生産量を大きく上回る数の機体をハンター達に破壊されても、旧世界の時代からずっと作り続けていたのであれば、その総量から考えれば微々たる量しか減っていないのだろう。アキラはそう考えた。

アルファが続ける。

『機械系モンスターしか襲ってこないのも、その辺りが理由でしょうね。繁殖して増えなければならない生物系モンスターの方は、駆逐されてもうほとんど残ってないのよ』

『そういえば、前に第2奥部に来た時はデカい狼みたいなモンスターがいたけど、見てないな。そういうことか。でもそうすると、機械系モンスターが第2奥部を埋め尽くしてないのは何でだ？　高ランクハンターがあれだけいるんだ。倉庫に機体がそれだけあるなら、出し惜しみしてる場合じゃないだろう』

『倉庫の出入口が狭くて、一度に少量しか取り出せないのかもね。或いはシステムが正常に動いていないのかもしれないわ』

そしてアルファが更に続ける。

『アキラ。クガマヤマ都市は元々クズスハラ街遺跡を攻略する為に作られたって話、覚えてる？』

『ああ。そんなこと言ってたな』

『都市の防壁はその時の名残でもあるわ。要するにあそこまで攻め込まれていたってことね。クガマヤマ地方に棲息するモンスター程度なら、あそこまで巨大で頑丈な防壁は必要無いわ』

『確かにそうだな。当時は奥部のモンスターが都市まで来てたってことか』

『あの防壁は遺跡攻略を主導していた坂下重工が、前哨《ぜんしょう》基地防衛の為に作ったものよ。それだけの労力を注《つ》ぎ込んで建造した基地が、基地から都市に変わったとはいえ、まだ残っている。これもシステムが正常に動いていない証拠ね』

『そうなのか？』

『ええ。もしシステムが正常に動作していれば、自国の首都の近くに建造された他勢力の軍事施設を、残しておく訳が無いでしょう？』

『まあそうかも……、あれ、何の話だったたっけ？』

話がずれてきたように感じたアキラがそう聞き返すと、アルファが笑って答える。

『警備機械を幾ら倒しても全然減らなかったり、遺跡の中を埋め尽くしていたりしない理由は、いろいろ考えられるということよ。これで疑問は解決した？』

『あー、そうだった。ああ。何となく分かった。それにしても、今日はバオレギレは全然出てこないな……』

勿論アキラも、アルファの説明はそういう風にも考えられるという程度の話であり、疑問の答えではないことは分かっている。それでも一応納得できる内容だったこともあって満足し、それ以上の興味は持たなかった。

そのアキラを、アルファは微笑んで見ていた。

◆

第2奥部の奥側では、高ランクハンター達と第3奥部から続々と出現する融合体の戦闘が続いていた。バオレギレと命名された下部が獣の融合体と、ドレデマスと命名された魚類と鳥類を混ぜた下部の融合体が、数十どころか数百体の群れを成してハンター達を襲っている。

この融合体達は、アキラ達が巡回で戦ったエネルギー枯渇で弱体化した個体ではない。第3奥部の個体のように空から地上からエネルギーの奔流を放ち、単に両断された程度の負傷であれば接着して治癒、または切断面から片側を再生して戦っていた。

そのような強力なモンスターの群れを相手に、ハンター達は優勢を維持している。

高性能な人型兵器が巨大な銃を連射し、ミサイルを放ち、特大のブレードを振るう。融合体が放ったエネルギーの奔流を、対エネルギー防御に優れた盾や装甲や設置式の簡易防壁で防ぐ。人型兵器などには乗らずに戦っている者も、巧みな連携で標的を追い詰め、チームで敵を撃破する。

ハンター達はクガマヤマ都市から多額の金で招来されるだけの力を、この戦果を以て証明していた。

そしてこの場は、第3奥部にいると予想される建国主義者達を相手にする前線でもあった。この融合体の群れも、怪獣を従えている偽アキラの宣言から、建国主義者による襲撃と判断されている。

それがハンター達を更に奮起させる。自分達の力を坂下重工に示す絶好の機会と捉えて、過剰なまでに戦力を投入していた。

しかしその勢いが前線を押し上げることはなかった。戦力に問題は無い。更に進んで第3奥部に突入し、レラグロスと命名された怪獣と遭遇しても、必ず勝てるとは言わないまでも、撤退ぐらいは可能な戦力は保持している。

それでもハンター達がこの場に留まっているのは、これ以上進むと戻れない恐れがあるからだ。

第２奥部と第３奥部の境目は、はっきりとは分かっていない。勢い余って進んだ者が帰ってくれば、そこは恐らくまだ第２奥部、という程度だ。

ドラゴンリバーはタツカワが第３奥部から生還したことを公表しており、そこでの戦いの光景をその証拠にしている。だが脱出時の状況までは公開していない。第３奥部への再突入も実施していない。

各ハンターチームはそのことから、タツカワが第３奥部から脱出できたのは偶然か、偶然ではないにしても再現性の低い手段を使ったと判断していた。それは第３奥部からの脱出が極めて困難であることを示していた。

これによりクズスハラ街遺跡奥部の攻略争いは、この前線で横並びになった。これ以上前には進めず、現状では融合体の撃破が一番の成果。各チームは主力を前線に派遣してその成果を稼ぎ、実力不足の者達には前線より後ろの範囲で遺物収集や地図作製をさせていた。

前線のハンター達をすり抜ける融合体も出ているが、群れ単位での突破は無い。後方に配置された比較的実力の劣る者達でも十分に倒せる。そちらも安定した状態を維持していた。

そして今日は前線に新たな戦力が加わっていた。ハーマーズだ。

シロウの脱走を防げなかった処罰を兼ねて、休暇の名目でシロウの捜索から外されていたハーマーズだったが、そのまま謹慎紛《まが》いの休暇生活をする気は無く、独自にシロウを捜そうとした。しかしクガマヤマ都市近郊を当ても無く捜し回ったところで、見付かる訳がない。捜索の為の人手が必要だった。

だがシロウの捜索から外されている身では、坂下重工の人員は使えない。かといって適当に外部の者を雇う訳にもいかない。

元々シロウの存在は、シロウが坂下重工の情報処理工作員ということもあって、機密として扱われている。そのシロウが坂下の施設の外にいることは更に高度な機密であり、しかも坂下から現在脱走中であることは、更に更に高度な機密に当たる。よって部外者にシロウの捜索を頼んだ時点で、重大な機密漏洩《ろうえい》になってしまう。

そのような事情もあり、ハーマーズはシロウ捜索の協力者を厳選する必要があった。そして悩んだ末に、ヤナギサワに協力を頼んだ。

ヤナギサワであればその立場から機密情報の取扱にも慣れている。またシロウが現在も脱走中であることを、独自の情報網で既に摑んでいる可能性があるからだ。既に知っていることであれば、情報漏洩には当たらない。少なくとも影響は軽微だ。ハーマーズはそう判断した。

そしてハーマーズはヤナギサワからシロウ捜索の協力への見返りとして、この前線での戦果を求められた。クガマヤマ都市の防衛を考えれば、別に不思議なことではない。ハーマーズはその条件を呑んだ。

バオレギレから放たれたエネルギーの奔流を、ハーマーズが廻《まわ》し受けで受け流す。生体力場装甲《フォースフィールドアーマー》で強化した両腕を高速で振るい、色無しの霧にその力を伝播させて、生体力場障壁《フォースフィールドシールド》とでも呼ぶものを作り出していた。その壁に弾《はじ》かれた巨大な光の束が、光波と化して周囲に飛び散り消えていく。

次の瞬間、ハーマーズは一歩でバオレギレとの間合いを詰め終えた。それはまるで歩くような動きだったが、超人の身体能力を前提とした特殊な移動法で、その移動先にいるものの視界には、ハーマーズが近付いてくるのではなく、突如巨大化したような錯覚を生み出していた。

その敵の虚を衝《つ》く動きでバオレギレの眼前に移動したハーマーズが拳を繰り出す。全長30メートルはある大型モンスターの頭に比べれば、ハーマーズの腕など針のように細い。だがその針は相手に突き刺さるのではなく、その巨体を殴り飛ばした。

人の小さな拳から生まれた衝撃がバオレギレの全身に伝播し、その体を細胞単位で破壊していく。派手に損壊した頭部は勿論、十分に原形を残している体の方も致死の衝撃を喰らっていた。タツカワが自身の赤い人型兵器で行った打撃と同様のことを、ハーマーズは生身の体で再現していた。

　そのハーマーズに、魚類と鳥類の融合体であるドレデマスが、頭上から光の濁流を放とうとする。しかしそれを察知したハーマーズは、ドレデマスよりも早く蹴りを放った。

　ドレデマスは5階建てのビルより高い位置を飛んでいる。到底ハーマーズの足が届く距離ではない。だがハーマーズの攻撃は届いた。

　都市間輸送車両でアキラと戦ったエルデという超人は、蹴りの衝撃を拡張粒子の特性を利用した特殊な蹴り方で、間合いの外まで伝播させていた。それと同じことを、ハーマーズは色無しの霧を介して行った。ドレデマスは砲弾の直撃を喰らったかのように体勢を大きく崩し、光の濁流をあらぬ方向へ吐き出した。

　もっとも流石に蹴りを直《じか》に当てたような威力は無く、その一撃ではドレデマスは倒せない。しかし大きな痛手を与えたことに違いは無い。動きが鈍ったところを人型兵器に撃たれて撃破された。

　ハンター達はバオレギレよりもドレデマスを優先して撃破している。逃した場合に、飛べないモンスターよりも飛べるモンスターの方が危険になるからだ。

　しかし非常に強力な武装をしているハンター達が、地上から空の敵を撃って外した場合、その強力な攻撃が上空領域のモンスターを刺激しかねない。そこで主にドレデマスの相手は、飛行して同じ高さから攻撃可能な人型兵器が行っていた。

　そして基本的に人よりも人型兵器の方が強いので、ドレデマスはしっかり駆除されており、前線を抜けるのはバオレギレの方が多かった。巡回をしていたアキラ達がバオレギレとは何度も交戦したが、ドレデマスには一度も襲われなかったのはこの為だ。

　更に今日はバオレギレの方も、ハーマーズが前線に現れたことでしっかり駆除されていた。ただでさえハーマーズは生身で人型兵器と同等の、或いはそれ以上の活躍を見せている。加えて前線にハーマーズが来たことで、ハンター達もやる気を大幅に上げていた。坂下重工の者が現場に視察に来たのだと判断して、良いところを見せようと奮起したのだ。

　これにより融合体達は徹底的に撃破された。普段なら多少は前線を抜けていた分も、念入りに倒されていた。今日のアキラ達の相手が機械系モンスターだけだったのは、そういう理由だった。

　融合体の群れを粗方殲滅《せんめつ》し終えたところで、ハーマーズが戦闘薬を含んだ飲み物で渇きを癒やし、息を吐く。そして同行しているヤナギサワに視線を向けた。

「これで一段落だ。現状の成果の分の情報を貰いたい」

　ヤナギサワは自前の部隊を連れてハーマーズに同行していた。モンスターを進んで倒してはいないが、襲われれば部下に撃退ぐらいはさせている。これも融合体達が前線を抜けられない理由となっていた。

「残念ながらシロウ君の居場所はいまだ判明していません。しかしアキラというハンターに同行していたことは判明しました」

「アキラ？　あの建国主義者の騒ぎの者か？」

「はい。正確にはシロウ君が同行しているのは、恐らく偽者のあちらではなく、本物の方ですが」

「それで、そのアキラの居場所は？」

「現在行方不明です。クガマヤマ都市から賞金を懸けられたことで身を隠しているようです」

「お前達は何をやってるんだ……」

　クガマヤマ都市の杜撰《ずさん》な対応に、ハーマーズは呆れたような目を向けた。ヤナギサワが軽く頭を下げる。

「申し訳御座いません。殺されたウダジマという者は、落ち目ではありましたが都市幹部の派閥の長でして、そのような者が殺されたことで現場に混乱が生じたようです。その所為でアキラへの対応もいささか粗雑なものになったようでして……」

　ヤナギサワはそう謝罪しつつ言い訳しながら、内心で思う。

（まあ都市の連中に指示してアキラに賞金を懸けさせたのは俺なんだけど）

ヤナギサワは可能であればシロウを取り込みたかった。坂下重工所属の旧領域接続者であり、一流の情報処理工作員であるシロウを取り込むことが出来れば、自身の目的に大きく近付くことが出来るからだ。

坂下重工から脱走するなど普通は考えられない。逆に言えばそれだけの事情があることになる。それがこちらで解決できる類いのものであれば、それを交渉材料にして、こちらに協力してもらうことも可能なはず。

その為にもシロウにはまだ見付かってもらっては困る。シロウがアキラに同行している理由は不明だが、アキラからシロウの居場所が割れるのは避けたい。

そう考えたヤナギサワは、アキラに自主的に身を隠してもらう為に、アキラを賞金首にした。賞金額や賞金首認定の理由が中途半端なのも、その為だ。

巨額の賞金を懸けたり、取り消し不可能な理由で賞金首に認定したりする方法では、アキラが遠方まで逃げてしまう恐れがある。イナベなどに協力してもらえば、冤罪《えんざい》が晴れる可能性は十分にあるので、一時的に身を隠すが、クガマヤマ都市の近場にはいる。アキラがそう考える程度に、ヤナギサワはアキラの賞金額や賞金首認定の理由を意図的に制限していた。

そしてアキラはある意味でそのヤナギサワの思惑通りに、都市から近いドラゴンリバーの拠点に身を隠すことになった。

そのようなことは知らないハーマーズは、単にクガマヤマ都市の不手際だと思いながら続ける。

「それで、アキラの居場所は？　行方不明とはいっても所詮は一介のハンターなのだ。調べればある程度の絞り込みぐらいは出来るのだろう？」

「確証は無いのですが、ドラゴンリバーに匿ってもらっているという情報が入っています。ただ、現在クガマヤマ都市はドラゴンリバーとの関係を著しく悪化させておりまして、調査にも限度があり、ましてや身柄の要求など不可能でして……」

それを聞いたハーマーズが大きな溜め息を吐く。

「本当に、お前達は何をやってるんだ……」

「申し訳御座いません。しかしながら我々と致しましても、知らぬことへの対処は難しいのです。前以《まえもっ》て情報を頂ければ、事前に各部門に配慮するよう指示を出せたのですが……」

そう言われるとハーマーズも反論できない。シロウの脱走について、それを知らずに対処しろというのは無理だ。また、対処してしまえば、シロウの脱走を知っていたことになる。つまり坂下重工の機密情報を密かに収集していたという証拠になってしまう。よって、シロウ脱走の件を知らなくとも知っていても、そのことを坂下重工から教えてもらうまでは、対処など出来る訳が無いのだ。

そしてハーマーズはヤナギサワの返事を後者の意味に捉えた。暗にそれを含めて答える。

「それはすまなかった。では知った以上、今後は頼む」

坂下重工がドラゴンリバーに圧力を掛ければ、アキラの身柄など容易に手に入る。しかしハーマーズはシロウの捜索から外されている。その件で坂下重工の力は使えない。今はヤナギサワの力に頼るしかなかった。

「勿論です」

内心を完全に隠して、ヤナギサワは丁寧に頭を下げた。

ちょうどその時、ヤナギサワに部下から通知が届いた。その内容を確認したヤナギサワは、少し迷ってから、これをハーマーズに隠すのは無理があると判断した。

「早速ですが、今、部下から報告が入りました。本物か偽者かは分かりませんが、ミハゾノ街遺跡にアキラが現れたそうです」

ハーマーズが真面目な表情で尋ねる。

「……シロウは一緒か？」

「同行者が一人いる。それ以上は不明です」

それでハーマーズもヤナギサワも黙る。この情報からどう動くか。それを、どちらも全力で考えていた。

◆

第2奥部の巡回をしていたアキラ達は、キャンピングカーに戻って休憩を取っていた。

トガミは機械系モンスターの群れを自分一人で相手にしようと、全力で戦っていた。当然疲れる。トガミが疲労困憊《ひろうこんぱい》に陥る前に、アキラ達は少し早めに休憩を取ることにした。

勿論トガミが疲れて戦えなくなったところで、アキラもエレナ達もいる。巡回を続ける戦力は十分に残っている。しかし表向きの戦力はキャロルとトガミの二人だけだ。アキラは隠れており、エレナ達はヒカルの護衛であって巡回用の戦力ではない。トガミが倒れれば表向きの戦力は半減する。一度戻って休む理由には十分だった。

1時間ほど休んだら巡回に戻ろう。そう決めて、アキラ達はキャンピングカーでゆっくり休んでいた。

体力も弾薬も一人だけ大きく消費したトガミは、ソファーにだらしなく横たわっている。大して疲れていないアキラ達は、菓子類を摘まみながら歓談していた。

その歓談に加わっていたヒカルが、急に真面目な表情になる。拡張視界上に表示された通知の内容を読んだのだ。

「アキラ。本人認証をさせて」

それでアキラも真面目な顔になる。しかし騒がずに冷静さを保って答える。

「……分かった」

ヒカルがアキラの側にいるのは、アキラの偽者が出現した時に、本物が別の場所にいた証拠を残す為だ。そのヒカルが定期的な確認以外でアキラに本人認証を頼むということは、今、偽アキラがどこかに出現したことを意味している。それぐらいはアキラも分かる。

アキラの偽アキラに対する殺意は全く薄れていない。それでも周囲にドス黒い殺気を滲ませるような真似はしない。良い意味で、アキラは落ち着いていた。

　急いでアキラの本人確認を進めるヒカルに、アキラが一度深呼吸してから尋ねる。

「それでヒカル、状況は？」

「ミハゾノ街遺跡にアキラの偽者が出現したわ」

「ミハゾノ街遺跡か……」

　なぜそこに、という疑問よりも、遠い、という思いがアキラには浮かんでいた。そして別の判断材料をヒカルに尋ねる。

「出たのは俺の偽者だけか？　バオレギレとか、あの怪獣とかも出たのか？」

「そういう報告は無いから、多分出てないと思うわ」

　それを聞いてアキラは決断した。

「そうか。分かった。じゃあ俺はこの本人確認が終わったらミハゾノ街遺跡に行く」

「……えっ？」

　あからさまに嫌そうな表情を浮かべたヒカルを見て、アキラが説明を付け足す。

「別についてこいとは言ってない。っていうか、危ないからついてくるな。エレナさん達と一緒に残ってろ」

　アキラから同行を拒否されたという、ついていかなくとも良い理由を手に入れたヒカルは、表情を思わず少し緩めた。しかしそれはそれとして、一応言う。

「……あー、その、イナベさんからアキラに勝手なことをさせるなって言われてるんだけど……」

「俺が大人しくこの場に残っていれば、俺の偽者をあの怪獣がいない時に殺せる機会を提供できるって言うのなら、止めろ」

　流石にそれは無理だ。ヒカルは即座にそう判断し、そのことを自身の表情でアキラに伝えた。同時にアキラの本人確認作業が終わった音が鳴る。アキラはすぐにミハゾノ街遺跡へ出発しようと、車内に停めてある自分のバイクに向かう。

　そこでアキラが少し驚く。バイクには先にキャロルが乗っていた。

「キャロル。何の真似だ？」

「私も行くわ。無人のバイクが走ってたら目立つでしょ？」

　賞金首のアキラは目立つ訳にはいかない。しかし迷彩機能を使うと、傍目《はため》には無人のバイクが走っているように見えてしまうので、それはそれで目立ってしまう。

　キャロルの後ろに乗ればその問題は解決する。アキラもそれぐらいは分かったが、じゃあ頼む、と即答できないぐらいには迷った。そのアキラの迷いを見抜いて、キャロルが笑って続ける。

「トガミは疲れてるし、エレナさん達はヒカルさんの護衛。私しかいないわよ？」

　そう言われてもアキラは更に迷った。だがそこでアルファから言われる。

『アキラ。急ぐのならまずは出発しなさい。キャロルをどこまで付き合わせるかは、移動しながら考えれば良いわ』

「……分かった。頼む」

　アキラがキャロルの後ろに跨《また》がってバイクに乗ると、キャロルは少し得意気に笑った。

　そこにエレナ達がやってくる。そしてエレナが真面目な表情でアキラに言う。

「アキラ。止めないし、無茶をするなとも言わない。でも、意地にはならないで。ここは一度退いた方が良い。そう思ったら退きなさい。生きていれば、またチャンスはあるわ」

「分かりました」

　アキラは笑ってしっかり頷いた。それでエレナ達も表情を緩める。揃って頷いて返した。

　アキラが迷彩機能を使うのと同時に、車の後部扉が開いていく。

「キャロル。行くぞ」

「了解。飛ばすわ！」

　開いた扉から、アキラ達を乗せたバイクが勢い良く飛び出す。そしてアキラの無事を祈るエレナ達に見送られながら、ミハゾノ街遺跡を目指して宙を駆けていった。

　エレナが大きく息を吐いて意識を切り替える。一緒には行けなかったが、それでも出来る限りのことをしようと、今後の対応を考える。

「ヒカルさん。私達はどうする？　私達も一応ミハゾノ街遺跡に行ってみる？」

「えーっとですね……」

　嫌だ、という内心をその表情で示しながら、立場上そうは言えないヒカルは、返事を濁していた。

　そこでトガミが口を挟む。

「俺は一応ミハゾノ街遺跡に行く。何が起こるか分からねえけど、近くにいた方が手も貸しやすいだろうしな。ああ、この車で行くから、残るのなら悪いけど降りてくれ」

　ヒカルも本音を言えば降りたい。しかし立場がそれを許さない。アキラ達を追ってミハゾノ街遺跡に行ったとしても、遺跡の外で待機するぐらいなら危険は少ないだろう。そう考えて自分をごまかした。

「……分かりました。行きましょう」

「分かった。行くぞ」

　トガミが運転席に向かい、ヒカルは大きな溜め息をついて項垂れ気味にソファーに座った。

　そのヒカルの様子を見て、エレナ達が悪いとは思いながらも苦笑を零す。

　エレナはこうなると分かった上でヒカルにミハゾノ街遺跡行きを提案し、サラも同じく分かった上で止めなかった。アキラを助ける為にヒカルの立場に付け込んだことを心の中で謝罪し、その分だけヒカルをしっかり護ると心に決めた。

第241話　ハルカ

　一台の荒野仕様車両がミハゾノ街遺跡を目指して荒野を進んでいた。乗員は2名。偽アキラと連れの少女だ。少女は外見だけは旧世界風の武装を身に纏っている。偽アキラは外見だけは装備も含めてアキラと同じだ。

　運転席に座っているが、運転自体は自動運転に任せている偽アキラが、助手席の少女に少し怪訝そうな表情で尋ねる。

「なあハルカ。別に正面から行かなくてもさ、また迷彩機能を使って忍び込めば良いんじゃないか？　シェリルファミリーのビルに入った時みたいにさ」

　それに対し、ハルカと呼ばれた少女ははっきりと答える。

「駄目。セランタルビルに迷彩機能なんて使って入ったら、不審者になっちゃうでしょ？　それ以前にミハゾノ街の敷地《しきち》内で許可無く迷彩機能を使う時点で違法よ」

「そんなこと言ったら、武装してる時点で駄目なんじゃないか？」

「そこはほら、自衛の範囲よ。街中で警備機械でも対処できない武装集団が好き勝手やってるんだもの。そいつらに対する自衛の為に、私達もちょっとぐらい武装するのは仕方が無いことでしょ？」

「だったら俺達が迷彩機能を使うのも、自衛の為ってことで良いんじゃないか？」

　疑問の遣り取りがどこまでも続きそうな気配を感じて、ハルカが返答の方向性を変える。

「まあアキラの考えも否定はしないけど、その辺は、結局は街のシステムがどう判断するかだからね。私達は、これぐらいなら多分大丈夫って感じで動くしかないわ。で、その判断をするのは私の仕事。それで納得してくれない？」

「そうだな。分かった」

「ありがと」

　ハルカはこのアキラが偽者だと知っている。その上で、この偽アキラをアキラ扱いしていた。そして偽アキラの方も、その扱いに欠片の違和感も覚えずに、普通に答えていた。

　ミハゾノ街遺跡に到着した偽アキラ達は、そのままセランタルビルに向けて進んでいく。道中、遺跡のハンター達に見られたものの、偽アキラ達の車はありふれた車種であり、ハルカの装備もクガマヤマ都市に多くの高ランクハンターがいる今では、そこまで注目を集めるようなものではない。加えてチラッと見られた程度だ。騒ぎは起こらなかった。

　だがセランタルビルに近付けば、流石に騒ぎは避けられない。ビルの周囲は現在広場になっており、そこにはクガマヤマ都市の部隊が配備されている。更にリオンズテイル社の部隊がその外側に展開しているからだ。勿論偽アキラ達も、それぐらいは分かった上でセランタルビルに向かっている。

「ハルカ。そろそろ降りよう」

　偽アキラ達の車は荒野仕様。そこまで性能が低い訳ではない。だがそれでも二人の装備と比較すれば著しく劣るものでしかない。接敵時に乗車していると、それだけで大きな隙を生みかねない。偽アキラはそう考えてハルカに早めの降車を促した。

「分かったわ。……ん？　アキラ。ちょっと待って」

「何だ？」

「あー、これならリオンズテイルの方は大丈夫そう。このまま進みましょう」

　偽アキラは不思議そうな顔をしたが、ハルカがそう言うのなら大丈夫だろうと思い、軽く頷いた。

　そのまま遺跡内を車で進んだ偽アキラ達が、リオンズテイル社の部隊と遭遇する。しかしその部隊は道の両側に整列していた。執事達とメイド達が交戦の意思は無いと示すように、武器も持たずに左右に並んでいる。そしてクロエからこの部隊の指揮を任されているパメラだけが、偽アキラ達を出迎えるように道の中央に立っていた。

　偽アキラ達は車をパメラの前で停めて車から降りた。丁寧に頭を下げたパメラに、ハルカの方も友好的に微笑む。

「通してくれるってことで良いのよね？」

「はい。お通りください」

「ちなみに、私達が来るって何で分かったの？」

「荒野付近に配置した部下から報告を受けましたので」

「ああ、そういうこと」

ハルカは軽くそう答えながら、内心で思う。

（……そっちも対応してたつもりなんだけど、侮れないわね）

ミハゾノ街遺跡のシステムに侵入すると、そのことを気付かれた場合にミハゾノ街から敵とみなされる恐れがあるので、ハルカは遺跡のシステムに手出しはしていない。

しかしハンター達の情報収集機器や、ハンターオフィスの監視機器などには、手当たり次第に侵入していた。そして他の者には自分達の姿が別人に見えるようにしていたはずだった。

データの改竄を見破られたのか、或いは自分達を偶然肉眼で見た者がいたのか。またはこちらのデータ改竄を見越して、自身の五感で索敵する者を意図的に配置していたのか。そこまではハルカも分からない。

しかしいずれにしても自分達の接近を捉えていたことに変わりはない。ハルカはそう考えて、パメラ達が敵に回った場合を想定し、パメラ達への警戒をわずかに上げた。

パメラはそのハルカの内心を読みつつも、自身の内心は読み取らせない。お客様に向けても失礼にならない微笑みを浮かべている。

そのパメラとハルカの対峙《たいじ》など、偽アキラが全く気にせずにパメラに言う。

「戦う気が無いなら危ないから離れてろ。巻き込む気は無いけど、巻き添えにしない気も無いからな」

既に都市の部隊も偽アキラ達に気付いて動きを見せている。セランタルビルを囲むように展開していた部隊が、偽アキラがいる方向に集結し始めていた。既に何機かの人型兵器は、偽アキラに向けて銃を構えている。

発砲していないのは、上にアキラ発見の報告を済ませた上で、その返事を待っているからだ。アキラの捕縛を優先するのか、それとも殺害を優先するのか。まだ交戦に至っていないので、その判断の優先順位は現場ではなく、遠く離れたクガマヤマ都市の者達にあった。

　また、都市の部隊がこの状況で発砲すると、リオンズテイル社の部隊を巻き込むことになる。

　リオンズテイル社は五大企業には劣るとはいえ、東部全域に支店を持つ大企業だ。一方クガマヤマ都市は、最近極めて羽振りが良いとはいえ、所詮は中堅統治企業の一つにすぎない。

　そのような大企業の部隊を相手に、一都市の一部隊が現場判断で発砲するのは難しい。下手をすればその一発は、クガマヤマ都市とリオンズテイル社の開戦の合図に変わってしまう。その点においても、現場の部隊長の判断ではなく、都市上層部の判断が必要だった。

　もっとも現場の部隊も上からの指示が来るまで絶対戦わないということはない。偽アキラが襲ってくれば当然応戦する。その際にリオンズテイル社の部隊が巻き添えになろうとも、躊躇は無い。

　それぐらいは偽アキラも分かっている。そしてリオンズテイル社の者達を巻き込まない為に交戦しない、という考えも無い。偽アキラがパメラに、巻き添えにしない気も無い、と言ったのはそういう意味であり、同時に、これから交戦するという宣言だった。

　パメラもそれを理解した。部下達に先にこの場から離れるように指示を出し、偽アキラ達に礼をして自分も去ろうとする。

　そこでハルカがパメラに軽く尋ねる。

「一応聞いとくけど、頼んだら手伝ってくれたりする？」

「お断りします」

　パメラは愛想の良い笑顔を欠片も崩さずに、あっさりそう答えた。

　駄目元で聞いただけ。ハルカはそう思いながら小さな溜め息を吐く。

「ま、そうよね。アキラ。適当にサポートするから始めちゃって」

「ああ」

パメラがその場を去っていく。これで都市の部隊は偽アキラ達を狙っても、リオンズテイル社の者に誤射をする恐れが無くなった。更に偽アキラがセランタルビルに向けて駆けていく。これで都市の部隊には事態を静観する猶予も無くなった。

交戦の条件は満たされた。都市の部隊が一斉に攻撃を開始する。

セランタルビルの周辺は、以前は酷く荒廃していた。それはビル防衛用の機械系モンスターがビルに近付くハンター達を排除しようと、他の建築物の被害を一切気にしない戦闘を続けていたからだ。倒壊した建造物も、再建築が終わる前に再度破壊される状況が続いていた。

その状況も、ヤナギサワがビルの管理人格と取引し、代わりに都市の部隊がビル周辺を警備するようになってからは収まった。数多くの高層ビルなどが立ち並ぶ、立派な都市の光景が蘇《よみがえ》っていた。

だがその光景が再び崩れ去ろうとしていく。

以前のミハゾノ街遺跡でセランタルビルに入ろうとしていたハンター達は、ハンターランク40にも満たない者達ばかりだった。ビルを護る機械系モンスターも、そのハンター達を撃退できる程度の強さだった。そしてその戦闘ですら、飛び交う大量の流れ弾で、ビルの周囲が瓦礫の山に変わるほどだったのだ。

建国主義者に協力している偽アキラは、クズスハラ街遺跡の第3奥部で活動していると考えられている。そのような者を相手に、都市の部隊も手加減など出来ない。第3奥部から出現している融合体の群れを撃破する勢いで、各自の武装を偽アキラ達に向けて撃ち放つ。

当然ながらそれらの攻撃は、周囲の被害など全く気にせずに行われている。最低でも第2奥部の奥側、第3奥部に近い位置の水準で行われる戦闘の流れ弾だ。被弾した建築物が次々に倒壊していく。セランタルビルの周囲は、再び瓦礫の山に変わっていった。

都市の部隊は迅速に行動に出ていた。偽アキラが動いたのとほぼ同時に、人型兵器も歩兵も各自の武装で一斉に攻撃する。セランタルビルに続く道の幅は10メートル程度。その幅を埋め尽くすかのように弾幕が張られた。

しかし偽アキラには当たらない。全ての射線を見切っていようと、回避など不可能に思える密度の砲火なのにもかかわらず、避けられる。

偽アキラは一切被弾せずにビルの谷間を進み、そのまま部隊が展開している広場に入り込んだ。

部隊員達が偽アキラのその余りに高い回避力に驚愕する。だが一部の者は驚くよりも疑念を覚えた。偽アキラが強いことは知っている。怪獣の頭に乗っていた者なのだ。弱い訳がない。その前提は共有しながらも、ここまで強いとは、何て強さだ、で終わらせずに、これは流石に不自然だ、と考えたのだ。

しかし疑念を覚えた者も、その解決に思考を割く余裕は無い。狭いビルの谷間では左右に動いて躱すのにも限度があるが、広場にはその制限が無い。より多くの逃げ場を得た偽アキラは、更に回避力を上げていく。部隊員達はその標的を狙うのに意識を取られてしまった。

そして銃弾に砲弾、ミサイルやレーザーまでが標的を狙って荒れ狂う中で、偽アキラも攻撃に転じる。両手それぞれに持った大型の銃を撃ち放った。

被弾した人型兵器が胴体を乗員ごと貫かれて大破する。力場障壁《フォースフィールドシールド》と力場装甲《フォースフィールドアーマー》で二重に護られていた歩兵も、木《こ》っ端《ぱ》微塵《みじん》に吹き飛んでいく。その余りの威力に部隊の者達も動揺を隠せない。

この場に展開している部隊は、クガマヤマ都市がツバキの管理区域を封鎖する為に用意した部隊を、ヤナギサワが流用したものだ。ツバキの管理区域への侵入を試みる高ランクハンター達を撃退できる力を持っている。

それだけの部隊には、当然ながらそれを可能にするだけの装備が提供されている。人型兵器も歩兵の武装も飛び抜けて高性能。第３奥部から出現している融合体の群れとも戦えるほどに強力だ。

それほどまでに強力な人型兵器が一瞬で破壊され、個人武装の防御も紙のように突き破られた。偽アキラがそこまで強力な装備を持っていたとは、部隊の者達は予想すら出来なかった。

それでも部隊員達の戦意は欠片も揺るがない。自身の職務への忠義を以て偽アキラに立ち向かう。高速で接近してくる相手の動きに合わせて部隊を展開し、偽アキラを円形に包囲した。

そしてその円の中心である偽アキラに向けて苛烈な砲火を撃ち放つ。十字砲火どころではない。円の外周から中心へ向けて伸びる射線が、円の内側を塗り潰している。

部隊を円形に展開し、その中心に向けて撃っているのだ。当然ながらその射線は向かい側にいる味方にも伸びており、無策であれば同士討ちになる。

しかしそれを部隊の支援システムが防ぐ。部隊員達は偽アキラの周りを、それぞれが向きも速度もバラバラにして回っている。システムはその全員の位置と射線を常に把握し、誤射が発生しないように発砲を制御していた。

勿論それでも多少の誤射は発生する。しかし歩兵の銃撃であれば人型兵器なら耐えられる。人型兵器の砲撃も、着弾のタイミングが事前に分かっていれば、歩兵でも瞬間的に力場障壁《フォースフィールドシールド》の出力を上げれば逸らすことは出来る。その計算は部隊の情報を把握している支援システムが実施する。

多少の誤射は必要経費。それよりも偽アキラを殺す為に弾幕の濃度を上げることに注力する。その決断により、部隊は包囲円の内側に地獄のような弾幕を作り出していた。

これで殺せないはずがない。部隊の誰もがそう考えた。だがそれが覆される。弾幕の中から偽アキラが銃を連射し、人型兵器を破壊し、歩兵を殺していく。

これには部隊の者達も流石に動揺を見せた。それでも戦意は喪失しない。次々に仲間を失おうとも臆さずに各自が全力を尽くす。しかし戦意があれば状況が改善する訳でもない。不可解なほどに被弾しない偽アキラに、部隊は追い詰められていく。

その時、部隊の司令機である人型兵器が仲間の誤射で被弾した。もっとも被弾そのものは覚悟の上だ。その機体に乗っている隊長も、その誤射自体は気にしない。

だがその被弾により、隊長は機体の中で表情を一気に険しく変える。それは部隊員達の疑念を解決に導いた一発だった。

部隊長はこの部隊を指揮する者として、仲間の銃の威力も機体の防御力も把握している。よって誤射を受ければ機体がどの程度損傷するのかも大体分かっている。

しかし機体はその想定以上に破損していた。それは機体の力場装甲《フォースフィールドアーマー》が、正常に動作していないことを示していた。

部隊長が機体の中で声を張り上げる。他の者達に確実に伝わるように、部隊の支援システムを介してではなく機体の外部スピーカーを使用して、この不可解な事態の回答を叫ぶ。

「支援システムを切り離せ！　各種制御をローカル処理に変更！　システムに介入されている！」

なぜ機体の力場装甲《フォースフィールドアーマー》が正常に動作していないのか。その理由が、部隊長を支援システムの改竄という答えに導いた。

都市部隊の支援システムを改竄していたことに気付かれたハルカが、軽い調子でそのことを称賛する。

「あ、バレた。もう気付くなんて、案外やるわね」

都市の部隊から、物理的に回避不可能なような弾幕を放たれても偽アキラが無事だったのは、ハルカが支援システムを改竄して照準を狂わせていたからだ。部隊員達が情報収集機器等を介して見ていた偽アキラの姿は、実際の位置から少しずれていた。

もっともそれだけであれば、撃った弾が表示上の偽アキラに命中したのにもかかわらず、弾が偽アキラをすり抜け続けることになり、部隊員達も流石に気付く。

　しかし偽アキラが超人的な身体能力で高速かつ不規則な動きを見せたことにより、部隊員達は弾丸がすり抜けたのではなく、躱されたのだと誤認させられていた。そしてハルカもその誤認を強めるようにシステムを巧妙に改竄していた。

　人型兵器が偽アキラに容易く破壊されたのも、支援システムの改竄によるものだ。

　人型兵器の力場装甲《フォースフィールドアーマー》は非常に強力だが、その分だけ消費エネルギーも大きい。常に使用していればあっという間にエネルギーが枯渇する。

　そこで基本的には敵の攻撃を察知してから使用する。高性能な索敵機器等で敵の射線を計算し、被弾する確率が高い場合に力場装甲《フォースフィールドアーマー》の出力を上げる設計になっている。そしてその演算は支援システムが部隊単位で実施する。その方が高精度な計算が可能だからだ。

　しかしハルカにシステムを改竄され、被弾のデータ上の確率を著しく低くされた所為で、人型兵器は力場装甲《フォースフィールドアーマー》の出力を極端に下げてしまっていた。本来ならば容易く弾くはずの、味方の歩兵からの誤射ですら、機体が大きく損傷してしまうほどに。

　これはハルカの不手際でもある。偽アキラの銃撃の場合のみ被弾の確率を下げるように、正確に改竄していれば、システムの改竄を部隊長に気付かれることはなかった。

　だが部隊の攻撃が余りにも激しい所為で、流石にハルカも弾幕の全ての弾道データを正確に改竄することが出来なかった。計算量が多過ぎて、データの修正が間に合わなかったのだ。その結果、部隊長に支援システムの改竄に気付かれてしまった。

　もっとも普通はその程度のことで気付けるものではない。ハルカはシステムをそれだけ巧みに改竄しており、その自負も持っていた。だからこそシステムの改竄を見抜いた相手のことを本心で称賛していた。その上で言う。

「でもまあ、これだけ減らせば十分か」

まだ戦闘開始から5分も経っていない。だがそれだけの時間、偽アキラからの攻撃をほぼ無防備な状態で喰らい続けた部隊は、既に半壊状態に陥っていた。

部隊長がもっと早く支援システムの改竄に気付けていれば、この惨状は避けられた。しかし気付きを遅らせる理由もまたあった。

以前、都市の防衛隊が、賞金首になったアキラを捕まえようと、人型兵器の部隊を派遣したことがあった。だがシロウに索敵情報を改竄されて、データ上にしかいないアキラの幻影を追ってしまい、逃げられてしまった。それにより都市は同じ轍《てつ》は踏まないと、部隊のセキュリティーを大幅に強化していた。

そのことが部隊長の気付きを遅らせた。セキュリティーを強化したから大丈夫。その無意識の思い込みが、不可解な事態に対する疑念を、疑念から気付きに変えるのを遅らせた。

シロウによるシステム改竄すら防ぐはずのセキュリティーを突破されるなど、流石に想定外だった。

偽アキラが人型兵器に銃弾を浴びせる。連射し、全弾命中させた。しかし破壊には至らない。本来の防御力を取り戻した機体は偽アキラの銃撃に耐えていた。

軽く舌打ちした偽アキラへ、人型兵器も反撃する。この機体の索敵機器から取得した情報のみを使い、同じくこの機体の制御装置のみで照準計算を行い、ハルカによるデータ改竄に惑わされずに、偽アキラへ巨大な銃を撃ち放つ。

しかし偽アキラはそれをあっさり躱す。偽アキラにとって、支援システムを切り離したことで命中精度を大きく下げた弾丸など、躱すのは容易かった。無数の銃弾を掻い潜りながら人型兵器との間合いを詰める。

そして両手の武器を銃からブレードに持ち替えると、その漆黒の刃を十字に振るう。対力場装甲《アンチフォースフィールドアーマー》の波動を纏う黒い光刃が、機体の装甲を乗員ごと切り裂いた。

生き残りの部隊員達が、その攻撃の隙を衝《つ》いて偽アキラを狙おうとする。手持ちの武器を残弾など気にせずに撃ち放ち、その弾幕を以て相手を線ではなく面で殺そうとする。

しかしその弾幕も偽アキラはあっさり回避する。

弾丸と砲弾とレーザーとミサイルの集合体である面の弾幕を、その構成要素の射線をそれぞれ見切って線の集まりに分解し、必要なものを躱し、必要なものを迎撃して、被弾無しで切り抜けた。既に半壊状態の部隊が放つ、その濃度を大幅に下げた弾幕であれば、偽アキラにはその程度のことは可能だった。

そして今度は歩兵を狙う。再び銃に持ち替えて、しっかり狙って連射する。

歩兵はその銃撃を力場装甲《フォースフィールドアーマー》と力場障壁《フォースフィールドシールド》で防ごうとした。支援システムを切り離したことで、その防御力はどちらも本来の強固なものに戻っている。今度はそう易々《やすやす》と破られることはない。

しかし強固とはいえ人型兵器ほどではない。数十発被弾しようとも掠り傷一つ負わないが、数百も喰らえば流石に厳しくなる。

そして拡張弾倉を用いた連射の前には、その程度の弾数の差は誤差の範疇。桁違いの銃弾の前に、展開した力場障壁《フォースフィールドシールド》を破壊され、強化服の力場《フォースフィールド》装甲《アーマー》を貫かれる。

本来ならば敵の銃撃に耐えている間に味方の援護が入る。残存エネルギーが尽きる前に別の者が盾になったり、援護射撃で敵を倒したり、相手の銃撃を中断させたりする。

しかし部隊が半壊している状態ではそれも難しい。加えてシステムの支援が無い状態なので難易度が更に上がる。それでは偽アキラは止められない。自分達が放つ弾幕の中から逆に弾幕を放たれ続け、大量の銃弾を浴びた歩兵はそのまま死亡した。

あとはその繰り返しだ。人型兵器も歩兵も順番に倒され殺されていく。そして倒される度に、殺される度に、偽アキラは更に有利になっていく。

この状況に陥り、部隊長もようやく理解する。敵は一人だけ。支援システムの改竄にも気付いた。それならば部隊が半壊していても勝てる。その判断が誤りであったことを認めざるを得なくなった。

　それでも差し違えれば勝てるのであれば続行していた。死ぬのも仕事の内だと覚悟しているからだ。だが勝てないのであれば、これ以上の戦闘は無駄死にを増やすだけとなる。部下達を無駄死にさせない為に、部隊長は撤退の決断を下した。

　非常用の短距離通信回線を介して、部隊に撤退の合図が告げられる。部隊員達は仲間を大勢失ったことに、それでも任務を遂行できなかったことに、悔しそうに顔を歪めた。だが今は意識を切り替えて撤退戦に入る。

　ハルカも都市の部隊が撤退を決めたことに気付いた。クガマヤマ都市の部隊を潰す為に来た訳ではないので、撤退の邪魔をする気は無い。支援システムの改竄もやめて、手早く帰ってもらおうとする。

　だがそこで少し意外そうに顔をしかめた。もう逃がせば良いだけの部隊に対して、偽アキラが戦闘を続行しようとしたのだ。面倒そうな表情で、念話で偽アキラに声を掛ける。

『ちょっとアキラ。何やってるの？　そのまま逃がせば良いでしょ？　それでセランタルビルには入れるわ』

　それに対し、偽アキラから怒気の籠もった声が返ってくる。

『まだだ！　こいつらはクガマヤマ都市の部隊だ！　こいつらの所為でユミナが死んだんだ！　逃がせるか！』

　それを聞いたハルカはますます面倒そうな表情を浮かべた。

『あのねえ、アキラ……』

『俺がお前達に協力してるのは、ユミナの仇を取る為だ！　邪魔するな！』

　そういう設定だった。ハルカがそう思いながら、その設定に合わせて答える。

『だったら尚更そんなしょうもないことはやめなさいよ』

『何だと？』

　更に怒気を強めた偽アキラに、ハルカが窘《たしな》めるように言う。

『建国主義者と手を組むなんて、東部丸ごと敵に回すようなことをしたのは、都市の下っ端を潰して回る為だったの？　そんなみみっちい復讐の為じゃないでしょう？』

　そう指摘されて、偽アキラが顔をしかめて気勢を落とす。その偽アキラにハルカが更に続ける。

『気持ちは分かる。でも落ち着きなさい。怒りで我を忘れては駄目よ。それじゃあ何をやっても上手くいかないわ』

　そう言われて偽アキラも落ち着きを取り戻した。都市の部隊を追うのをやめて、息を吐く。

『……そうだな。分かった。悪かった』

『分かってくれれば良いわ。キツいこと言ってごめんね』

　手間が掛かる。ハルカはそう思いながら、優しい声を返した。


『じゃあ私もそっちに行くから、大丈夫だと思うけど、危ない時は援護してね』

『ああ。任せろ』

　ハルカが偽アキラに合流する。都市の部隊は撤退、厳密には偽アキラ達から大きく距離を取っており、邪魔されることはなかった。


　偽アキラ達がセランタルビルに入る。するとビルの受付を兼ねたフロアに、ビルの管理人格であるセランタルが立体映像で出現した。

「セランタルビルへようこそ。来訪の御予約のハルカ様と……」

　セランタルがそこまで言って偽アキラに視線を向ける。言葉がそこで止まったので、偽アキラが代わりに答える。

「アキラです」

「……アキラ様ですね？　お待ちしておりました。御案内致します。どうぞこちらへ」

　セランタルはこのアキラが偽者だと理解している。

それでも来訪を拒みはしない。アキラと同じ名前で、アキラと同じ姿で、自分のことをアキラだと思っている程度のことで、正式な来訪申請を済ませた者を拒むなど、ビルの管理人格の在り方ではないからだ。

　偽アキラ達はそのままセランタルに案内されて、ビルの奥へ進んでいった。

◆

　パメラは偽アキラ達と都市の部隊の戦闘を離れた位置から見ていた。そして偽アキラ達がセランタルビルに入ったところで、自身の主であるクロエに状況を改めて報告すると、クロエから新たな指示を受ける。

「そう。分かったわ。じゃあちょうど良いからパメラの方も動いてちょうだい。そうね。大勢で押しかけても御迷惑になるでしょうから、行くのはパメラを含めて5人ぐらいにしておきなさい」

「畏まりました」

拡張視界に映る主にパメラは丁寧に頭を下げた。

「頼んだわ」

　そしてその声を最後にクロエとの通信が切れる。主の姿が消えてからパメラは頭を上げた。

　パメラが部下達の中から4人選んでセランタルビルに向かう。すると都市の部隊から通信が入る。

「こちらはクガマヤマ都市防衛隊だ。セランタルビルはクガマヤマ都市により立入禁止区域に指定されている。ビルへのそれ以上の接近は御遠慮願いたい」

　パメラは気にせず歩を進める。

「はい。聞きました」

「……止まれと言っている」

「ですから、聞きましたと言っています。ちゃんと口答で制止した。しかし相手は止まらなかった。そして現状の戦力では実力行使での制止は不可能。自分はこの場で出来る限りのことをした。その証拠作りに協力しましたよ？」

　通信の向こう側から歯を食い縛る無音が伝わってくる。だがパメラはまるで気にしていない。

「やめておきなさい。部下を無駄死にさせない為に退いたのでしょう？　折角死なずに済んだ部下達を、また無駄死にさせるつもりですか？」

　逆上に近い感情の滲んだ無言が伝わってくる。それでもパメラは軽く言う。

「部隊が半壊しても、その時点で相打ち前提で戦わせていれば勝ち目もあったでしょうに。中途半端な判断をするから部下が無駄死にするのです。勤めも果たせずに死ぬとは、気の毒に」

　彼らは上司の優柔不断な判断の所為で無駄死にした。パメラはそう思い、口調はともかく真面目に哀れんでいた。

　それで通信は切れた。パメラの哀れみが本心だと気付いた部隊長に出来ることは、それだけだった。

　パメラ達がセランタルビルに入ると、再びセランタルが現れる。そして来訪申請無しでビルに入ってきた者達に、休館中であることを告げる規定通りの対応をする。

　しかしパメラ達はセランタルに自分達がリオンズテイル社の人間であることを説明し、その証拠も示したことで通行を許された。

　オリビアが所属する旧世界の企業であるリオンズテイル社と、パメラ達が所属する現代の企業であるリオンズテイル社は、別のものだ。セランタルもそれを知っている。

　それでもセランタルはパメラ達を通した。しかし案内まではしなかった。このビルの管理人格として、正しい対応をした。

第242話　サポートの質の差

アキラがミハゾノ街遺跡を目指してキャロルと一緒にバイクで宙を駆けている。出来る限り早く着く為に、地形を無視できるギリギリの高度を全速力で一直線に進んでいた。

それだけの速度を出せば、当然ながら地上のモンスターを大きく刺激する。一帯のモンスターを地平の先からも呼び寄せることになる。

しかしこの付近のモンスターなど、たとえ地を埋め尽くすほどにいたとしても、アキラ達の敵ではない。欠片も気にせずに先を急いでいた。

前方のモンスターの群れを、キャロルが銃撃して吹き飛ばす。その群れの中には、以前の環境であれば賞金首に指定されても不思議の無いほどに巨大な暴食ワニもいた。しかしクズスハラ街遺跡の第２奥部でも戦える者にとっては、その強力な暴食ワニも群れの一部でしかない。何の区別も無く群れごと蹴散らされた。

「アキラ。ミハゾノ街遺跡に着いたらどうする？　いえ、まずはアキラの偽者を捜すんでしょうけど、見付からなかったら、取り敢えずアキラは隠れたままで、表向きは私がこのバイクで遺跡内をうろつく感じで良いの？」

「あー、どうしようか……」

偽アキラが出現したことを知ったアキラは、半分衝動的に飛び出していた。その所為で、ヒカルから偽アキラがミハゾノ街遺跡のどこに出現したかも聞かずに出発していた。

勿論その程度のことは、今からでもヒカルに聞けば済むことだ。問題は別にある。まずはアキラ達がミハゾノ街遺跡に到着する前に、用事を済ませた偽アキラが再びどこかへ消えてしまう恐れがある。その場合、恐らく通常の手段では見付からない。

アキラは無意識に、その場合でもアルファに聞けば良いと考えていた。アルファに聞いて、まだ偽アキラがミハゾノ街遺跡にいるのなら捜せば良い。既にいない場合は諦めて帰れば良い。その程度のことだと考えていた。

　問題は偽アキラがまだ遺跡にいるにしろ、もう遺跡から消えてしまったにしろ、その事実をキャロルにどう伝えるかだ。

　アルファから聞いたとは言えない。言えない以上、偽アキラが既に遺跡にいないとしても、その辻褄を合わせる為に、その事実を知らない振りをしなければならない。要は偽アキラを見付ける為に、もうそこにはいないと知っているのに、遺跡内を隈《くま》無く捜す羽目になる。

　アキラが自分の偽者をどれだけ殺したいかは、キャロルもよく理解している。そしてよく理解しているからこそ、アキラが偽アキラの捜索を簡単にやめてしまえば、不自然に思われる。

　その辺りをどうしようかと考えて、アキラは曖昧な返事をしていた。

「……一応聞くけど、キャロルなら俺の偽者がミハゾノ街遺跡にいたら、すぐに居場所が分かったりする？　ほら、キャロルは地図屋で、ミハゾノ街遺跡の地図も売ってるだろ？　その伝とか技術とかで何とかなったりしない？」

「…………やってみないと何とも言えないわ」

　キャロルは長めの沈黙を挟んでからそう答えた。そしてアキラはキャロルの返事が遅れた理由を、単にキャロルでも偽アキラを捜すのは難しく、出来るかどうか分からないので少し悩んだから、と考えた。

「じゃあミハゾノ街遺跡に着いたら頼んで良いか？」

「……、ええ」

　キャロルがそう短い返事をした後で、調子良く笑う。

「まあアキラの偽者が派手に暴れていれば、その必要も無いかもしれないけどね。あと、もし私がアキラの偽者を見付けたら、ちゃんと感謝してちょうだいよ？　アキラには借りが溜まりに溜まってるから、ここでたっぷり返しておかないとね」

「ああ。その時はたっぷり恩に着るよ」

　アキラもキャロルに合わせて笑って返した。

ちょうどその時、シロウから連絡が来た。しかしアキラがそれに出る前に、アルファが言う。

『アキラ。シロウと話すのはアキラだけにして』

『何で？』

『良いから』

『……分かった』

アキラは少し不思議に思ったものの、アルファに言われたことなので大して気にしなかった。

「キャロル。シロウから連絡が来た。シロウとは俺が話すから、キャロルはそのままモンスターの相手を頼む」

「分かったわ」

そしてシロウと通信を繋ぐ。

『アキラ。今どこにいる？』

『ここだ。俺の偽者がミハゾノ街遺跡に出たって聞いて、今向かってるところだ』

アキラは自分の位置情報を送ってそう答えた。

『……、そうか。アキラ。それなら一度俺と合流しないか？』

『シロウは今どこにいるんだ』

『ここだ。俺も今ミハゾノ街遺跡に向かってる』

シロウから送られてきた位置情報を確認すると、アキラの現在位置の方がミハゾノ街遺跡に近かった。

『俺達の方がミハゾノ街遺跡に近いな。悪いけど待たずに先に行く。急がないと俺の偽者を逃がすかもしれない』

『待て。アキラ。よく考えろ。アキラの偽者はあの怪獣を従えてるんだぞ？　そいつ単体でもどれだけ危険か分からない。こっちにはオリビアさんもいる。一緒に戦えば良い。安全性と確実性を高める為にも、多少時間を消費してでも俺と合流するべきだ。急ぐことと焦ることは違うぞ』

そう言われるとアキラも悩む。

シロウの言うことも一理あると思う。しかしオリビアの戦力を当てにすることは、シロウに更なる借りを作ることになる。

第3奥部からの脱出の手助けや、都市の防衛隊から逃がしてもらったことなど、既にシロウには借りが溜まりに溜まっている。これ以上借りを増やすと、シロウをツバキに友好的に紹介する件を断り切れなくなる。

しかしシロウに借りを作らない為に、自分の偽者を殺すのを諦めるという選択肢は無い。どうするか。アキラは迷い、結論を出した。

『いや、このまま行かせてくれ。俺だけでも俺の偽者を殺せるかもしれないだろ？　まずはやってみて、無理そうならシロウにも手伝ってもらうよ』

シロウが長めの沈黙を返す。それをアキラは、自分に貸しを作る機会が減ったのを残念に思ったから、と考えた。

『……分かった。じゃあアキラ。一つ忠告しておく。こっちの情報だと、アキラの偽者には同行者がいるらしい。そっちは殺すな。可能な限り交戦も控えろ』

『何でだ？』

『何でって、相手は建国主義者だぞ？　普通は生け捕りにして情報を引き出すんだよ。アキラの偽者だって本当は殺さない方が良いんだ。でもそれは無理なんだろ？　だから殺すのは偽者の方だけにしておけ。同行者の方は俺が何とかするよ』

『そういうことか。分かった。一応気を付ける』

『一応って……』

強い不満を示したシロウに、アキラが続ける。

『同行者ってことは、俺の偽者の仲間なんだろ？　生かしておく義理は無いし、そもそも相手が強くて手加減なんてする余裕は無いかもしれない。殺さないって約束は出来ねえよ』

シロウは再び長めの沈黙を返す。それをアキラは、シロウもこれに反論するのは難しいからだと考えた。

『あ、そうだ。シロウ。俺の偽者の現在位置って分かるか？』

『……それを聞くってことは、お前、相手が遺跡のどこにいるかも知らずに向かってたのか？』

『そう言うなよ。俺もちょっと焦ってたんだ。で、分かるのか？』

『俺と合流しないのなら教えない。そう言ったらどうする？』

そのシロウの返事を、アキラは自分への貸しを大きくする為のものと考えた。

『無理には聞かないよ。ヒカルにも聞くし、キャロルも俺の偽者がミハゾノ街遺跡にいるのなら、居場所を調べられるかもしれないって言ってるからな』

『……そうか。お前の偽者はセランタルビルの前にいる。そこを封鎖してる都市の部隊と交戦中だ』

『あそこか。分かった。でも何でそんな所に？』

『さあな。その情報を調べる為にも、生け捕りにした方が良いんだよ。アキラ。もう切るぞ。最後に言っておく。無茶はするな。少しでも危ないと思ったら、一度退いて俺が来るまで待て。その方が絶対に良い。分かったな？　じゃあな』

それでシロウとの通信は切れた。アキラが少し難しい表情を浮かべて唸る。

『うーん。なあアルファ。あいつ、ちょっと変じゃなかったか？』

『ええ。かなり焦っていたわね』

『焦ってた？　ああ、焦ってたのか。うーん。俺の偽者がミハゾノ街遺跡に現れたことと、何か関係があるのかな。あいつも向かってたみたいだし……』

『それは分からないけれど、彼なりの事情があるのでしょうね。でもアキラには関係無いわ。彼には彼の事情があるように、私達には私達の事情がある。アキラ。急ぎましょう』

『そうだな。急ごう』

そのままアキラ達はミハゾノ街遺跡を目指してバイクで宙を走り続けた。


シロウがミハゾノ街遺跡を目指して荒野を駆けている。厳密にはオリビアに運ばれている。

シロウのバイクに空中走行機能はついていない。何よりもオリビアより遅い。だがオリビアはシロウに護衛として雇われている。バイクより速いからといってオリビアに運んでもらうのは、護衛の仕事から逸脱している。よって追加料金が必要になる。

シロウはそれを支払った。一刻も早くミハゾノ街遺跡に辿り着く。その為に10万コロンの追加料金を支払うほど、急いでいた。

（……頼む！　間に合ってくれ！）

　シロウはそう心から願う。この千載一遇の機会を逃がさない為に、その機会を最悪の事態にさせない為に、シロウは出来る限りのことをしていた。

◆

　ミハゾノ街遺跡を目指してバイクで荒野の宙を駆けたアキラ達は、そのまま遺跡に入ると適当なビルの屋上で一度バイクを停めた。

「キャロル。ここからは別行動だ。セランタルビルには俺一人で行く」

「……、分かったわ。気を付けて」

　キャロルは返事にわずかに時間を要したものの、笑顔でそう答えた。

　偽アキラが都市の部隊と交戦していることは、既にキャロルもアキラから教えられて知っている。相手が偽アキラにしろ都市の部隊にしろ、同行して一緒に戦ったところで自分では足手纏いになるだけ。そう冷静に判断し、自身に言い聞かせて、大人しく引き下がった。

　そしてキャロルはバイクから降りようとしたが、先にアキラがバイクから降りた。

「……アキラ？」

　不思議そうな表情を浮かべたキャロルの前で、アキラが両手にＲＬ２複合銃を持って背を向ける。するとバイクの補助アームが動き出し、バイクに取り付けられていた２挺のＲＬ２複合銃を、アキラの強化服の補助アームに付け直した。

　計４挺のＲＬ２複合銃を装備したアキラが、振り返ってキャロルに言う。

「ヤバい時は必死になって逃げてくるから、その時は頼む」

　キャロルをこの場に残すのは、足手纏いだからではなく、安全な逃走手段を確保しておく為。そう笑って告げたアキラに、キャロルもしっかり笑って返した。

「ええ。任せといて」

アキラは頷き、セランタルビルに向けて駆け出した。そして強化服の接地機能の応用で空中に足場を作って宙を駆けながら、真面目な表情で先を急ぐ。

『アルファ。俺の偽者の状況は分かるか？』

『ええ。アキラの偽者は都市の部隊を撃破してセランタルビルに入ったわ』

アキラが顔をしかめる。

『撃破？　包囲を迷彩機能とかで突破したんじゃなくて？』

『撃破よ。都市の部隊は負けて撤退したわ』

『……あの部隊って、ツバキがいる所の封鎖も担当してて、凄く強いんじゃなかったっけ？』

『ええ。第2奥部で戦っている高ランクハンター達でも安易には近付けないぐらい、強力な部隊だったはずよ』

『そんなやつらが負けたのか……。シロウが俺の偽者には同行者がいるって言ってたけど、そっちの部隊の方も随分強いみたいだな。シロウが俺を止める訳だ』

偽アキラは建国主義者で、しかも怪獣を従えるような者達なのだ。それぐらい強力な部隊を率いていても不思議は無い。アキラはそう思った。

しかしそこでアルファが補足する。

『アキラ。違うわ。アキラの偽者の同行者は一人だけ。しかも都市の部隊と直接戦ったのは、アキラの偽者だけよ』

それには流石にアキラも驚いた。思わず顔を険しくする。

『都市の部隊に一人で勝ったのか……？　えっと、物凄く強力な人型兵器にでも乗ってたのか？』

第3奥部でタツカワが乗っていた機体のような、非常に強力な人型兵器であれば、単機でも、つまり一人でも都市の部隊に勝てるかもしれない。アキラはそう考えて辻褄を合わせようとした。しかしアルファに否定される。

『いいえ。安物の車で遺跡に来て、降りて戦ったようね』

『……つまり俺の偽者は、最低でも超人並みの強さってことか。道理で怪獣の頭の上にいた訳だ』

アキラは以前の超人との戦い、都市間輸送車両で戦ったエルデのことを思い出し、大きく溜め息を吐く。

今のアキラはその頃より格段に強力な装備を手に入れている。それでも、仮に今の装備でもう一度エルデと戦ったとしても、楽に勝てるとは欠片も思えなかった。

アキラがアルファをチラッと見る。

『……止めないんだな？』

アキラにそう尋ねられたアルファは、少しからかっているような楽しげな笑顔を浮かべた。

『危ないから帰りましょうって言ったら、帰ってくれるの？』

そのアルファの笑顔に合わせてアキラも笑う。

『帰るよ？　アルファがそう言うってことは、アルファが俺を全力でサポートしても、勝ち目なんか欠片も無いってことだろ？　それじゃあ仕方無い。帰るよ。帰る帰る』

『言ってくれるわね。アキラ。私がサポートするとしても、覚悟は必要よ？』

『それなら大丈夫だ。覚悟は俺の担当だからな』

アキラ達は笑い合い、セランタルビルに向けて宙を駆けていく。今の遣り取りはアキラ達の勝利を保証するものではない。アキラも、アルファも、それを分かった上で前に進んだ。

セランタルビルの前まで来たアキラが、ビルに入る為に入り口のある地上に降りようとする。しかしアルファに止められる。

『アキラ。こっちよ』

アキラはアルファの案内に従ってビルの側面に着地すると、そのまま壁を走って屋上に向かった。

◆

セランタルビルの60階は単一の真っ白なフロアになっている。見上げても見渡しても白い世界がどこまでも続いているかのようなフロア内の光景は、クズスハラ街遺跡の第3奥部の景色によく似ていた。

偽アキラとハルカはそこにいた。暇そうな様子の偽アキラの隣で、ハルカが真剣な表情を浮かべている。そこには二人の他に誰もいないが、二人の拡張視界には旧世界の受付の女性の姿が映っていた。

その女性が偽アキラ達に告げる。

『本人認証に失敗しました。個人認証情報の再確認をお願い致します。利用可能な形式は……』

「これでも駄目か……」

ハルカが溜め息を吐く。無駄に繰り返して試行回数を増やしているのではなく、毎回出来る限りの調整をした上での失敗ということもあり、思わず漏らす溜め息も、深く大きくなっていた。

偽アキラが面倒臭そうに尋ねる。

「……なあハルカ。これ、いつまで続けるんだ？」

「上手くいくまでよ」

「でも何か駄目っぽいんだろ？　そもそも俺達はここで何をやってるんだ？」

ハルカがあからさまに呆れた様子を見せる。

「ちゃんと説明したでしょう？　聞いてなかったの？」

そして少し非難気味の目を偽アキラに向けた。

わずかに間を開けてから、偽アキラが目を逸らす。

「…………いや、聞いたはず……なんだけど、忘れちゃったっていうか……」

確かに話は聞いたはず。偽アキラはそのような感覚は覚えながらも、その内容は全く思い出せなかった。いつ、どこで聞いたのかも分からなかった。

ハルカが大げさに溜め息を吐く。

「全く……。アキラ。後でまた説明してあげるから、今はちゃんと本人認証の作業に集中して」

「はいはい。分かりました」

偽アキラはハルカを宥《なだ》めるようにそう答えると、言われた通り意識を集中する。自分はアキラだと、本人認証システムに強く念じて訴え掛ける。

その偽アキラから発せられる念、旧領域接続者から送信される自己認識情報を、ハルカは一度自分が受け取ってから調整した上でシステムに再送する。この偽アキラは本物だと装って認証を突破しようと、全力でデータを改竄した。

　しかし結果は変わらなかった。受付の女性が同じことを言う。

『本人認証に失敗しました。個人認証情報の再確認をお願い致します。利用可能な形式は……』

「これでも駄目なの……？」

　度重なる失敗にハルカの心にも諦めが生まれてきた。偽アキラをチラッと見ながら思う。

（所詮偽者じゃ本人認証を通すのは無理なのか……、機能不全のシステムならセキュリティーも甘いはずって考えが甘かったのか……）

　そもそも旧世界のシステムを、不正な手段で突破しようとしているのだ。成功する確率は初めから低かった。

　しかしハルカにも自分の技術への自負がある。だからこそ、自分なら何とかなるかも、と思ってここまで来たのだ。初めの内は淡い期待にすぎなかったものを、実際にここまで足を運ぶほどに大きく膨らませて。

　その自身の技術への自信が、ハルカの推測を偏らせる。失敗の原因に、自分の技術以外の理由を求めさせる。

（……そもそも前提が間違ってたのかも。アキラなら認証が通る可能性があるって情報にも、どこまで根拠があったのか……）

　偽者だから駄目なのではなく、本物でも駄目なのであれば、流石にどうしようもない。ハルカはそう考えて、上手くいくまで続けるという前言を撤回して帰ろうかと思い始めた。そしてそのことを偽アキラに告げようとした。

　だがその前に偽アキラが真面目な顔で声を荒らげる。

「ハルカ！　下がってろ！」

「えっ？」

　次の瞬間、天井に斬撃が走った。分厚い天井が切り離されて落下し、床に激突して轟音《ごうおん》を立てる。

その落下物に思わず視線を向けた偽アキラ達の顔が驚きで歪む。二人の視線の先、落ちてきた天井の上には、本物のアキラが立っていた。

◆

セランタルビルの屋上に着いたアキラが、アルファの指示通りにブレードを振るう。黒い刃が旧世界製の頑丈なビルを一瞬で斬り裂き、屋上を大きく切り抜いて、アキラを足場ごと60階に落とした。

60階に入ったアキラは、そこに偽アキラがいたことに驚かなかった。偽アキラ達が巨大なセランタルビルのどこにいるかなど、普通は分からない。それでも、アルファがそこにいると言うのなら、そこにいる。長い付き合いなのだ。今更その程度のことに疑問は覚えない。驚かず、落ち着いたまま、アキラは偽アキラと対峙した。

本来ならばアキラが60階に入った瞬間に戦闘が始まっても不思議は無かった。しかし冷静であろうとした心がアキラに即時の戦闘を抑制させる。そして偽アキラ達は突如アキラが出現した驚きで一瞬動きを止めてしまい、更にアキラがそのまま動かなかったことで戦闘開始の契機を失っていた。

どちらかが動けば始まっていた。だがどちらも動かなかったことで対峙が成立した。アキラも、偽アキラ達も、互いに相手をじっと見る。しかしその表情は異なっている。アキラは非常に冷たい目を偽アキラに向けており、偽アキラは敵意の滲んだ強い警戒を返している。そしてハルカはその顔に驚きと警戒、そして困惑を滲ませていた。

沈黙が場の緊張感を高めていく中、アキラが口を開く。

「邪魔をしないのなら見逃してやる」

アキラはそうハルカに告げてから、今度は偽アキラに告げる。

「そいつを巻き添えにしたくないならついてこい」

アキラは偽アキラ達にそれだけ言うと、跳躍して再び屋上に戻っていく。

残された偽アキラ達が顔を見合わせる。そしてハルカが軽く頷いたことで、偽アキラはアキラを追って一人で屋上へ向かった。

先に屋上に戻ったアキラは偽アキラ達の動きを探っていた。

偽アキラが屋上に来なければ60階に戻って戦闘開始だ。シロウから言われたこともあって、ただの同行者であるハルカを積極的に殺す気は無い。だが巻き込まないように気遣う気も無い。死なずに済む条件を提示した時点で十分に配慮した。アキラはそう判断していた。

偽アキラが屋上に上がってくる。配慮したアキラはその瞬間を狙うようなことはせず、偽アキラの方も情報収集機器で屋上の様子を探りながら飛んだことで、戦闘開始は引き延ばされた。アキラと偽アキラが屋上で距離を取って対峙する。

そしてアキラが口を開く。

「……一応聞いておく。あの映像のやつ、怪獣の頭の上でウダジマを殺して、俺がユミナを殺したのは都市の連中の所為だって言ったのは、お前だな？」

そのアキラの質問に、偽アキラが強い怒りを滲ませて答える。

「ああ、俺だ！　俺は絶対にユミナの仇を取る！　絶対にだ！　その為なら、建国主義者にでも何にでもなってやる！」

「そうか……」

アキラが小さく息を吐いて、わずかに視線を落とす。

合理的に、理性的に考えるならば、アキラには偽アキラに聞かなくてはならないことが他にも山ほどあった。

なぜ自分を陥れようとするのか。この場には自分しかいないのに、なぜまだ本物の振りを続けているのか。攫われたシェリルの居場所。シジマまで攫った理由。協力している建国主義者の情報。セランタルビルに来た目的。聞き出した方が良いことは幾らでもある。

だが一つ目の質問の答えを聞いたことで、それらのことはアキラの中で全て些事《さじ》になった。代わりに今までアキラが抑えていたもの、決して許せないことを言った者への殺意が溢れ出す。

『アルファ。サポートしてくれ』

自身が殺意に塗り潰される前に、アキラはギリギリ残った冷静さでそう頼んだ。

『ええ。分かったわ』

アルファも真面目な表情でそう答える。その表情は敵が強いからではない。アルファがアキラの望みに、誠実に応えたからだった。

アキラが下げていた視線を偽アキラに戻す。

「じゃあ、死ね」

その宣言と同時に、アキラは抑えていたものを止めるのを完全にやめた。その真っ黒な感情が、旧領域接続者から送信される情報となって放出される。

それは、それを視覚的に捉えることが出来る者には、まるで世界がアキラを中心に黒く塗り潰されていくかのように見えた。

次の瞬間、アキラと偽アキラが同時に動く。その場から高速移動して相手の照準を狂わせつつ、下げていた銃口を相手に向ける。そして敵を殺すどころか跡形も残さない勢いで連射する。

放たれた弾幕が空間を埋め尽くした。

偽アキラを経由してアキラの殺気を浴びたハルカが、その余りに濃い殺意にたじろぐ。直に送信されなかった分だけ薄まっていたのにもかかわらず、気を失いかけた。

しかしハルカもそこらの者ではない。すぐに意識を立て直して偽アキラをサポートする。

敵味方の射線を計算し、弾道を教えて弾丸を回避させる。躱せない弾は力場障壁《フォースフィールドシールド》で逸らし、それも難しいものは着弾箇所だけ力場装甲《フォースフィールドアーマー》の出力を上げる。

加えて照準補正も実施して、偽アキラの銃撃の命中率を可能な限り上げる。そうやってアキラに対処しようとする。

だがハルカの顔がすぐに焦りで大きく歪んだ。

（……駄目！　演算が間に合わない……！）

都市の部隊の一斉放火の計算量にさえ対応できたハルカが、たった一人による銃撃に押されていた。

敵の銃はたかが4挺。それも一人で両手と強化服の2本の補助アームを使って撃っているので、発砲元の位置は限定されている。銃の数は都市の部隊の方が圧倒的に多く、また都市部隊との戦闘では全方位から狙われていた。銃弾の総量も、後者の方が桁違いに多い。つまり弾幕の計算量としては、アキラの方が遥かに軽いはずだった。

しかし、そのはずなのに計算が追い付かない。その所為で躱せない弾が増える。力場障壁《フォースフィールドシールド》による弾丸の逸らしも、力場装甲《フォースフィールドアーマー》による防御も難しくなっていく。

（何なのこいつ!?　ちょっと強過ぎじゃない!?　ハンターランク70らしいけど、それは坂下と上手く交渉して、ちょっと多めに盛ったものじゃなかったの!?）

アキラの銃撃がここまで強力なのは、アルファのサポートによるものだ。

アキラも怒りに任せて単に連射している訳ではなく、アキラなりにしっかり狙って撃っている。しかしその程度の精度であれば、ハルカなら問題無く処理できる。

だがそこにアルファによる照準補正が加わる。偽アキラの射線を完全に見切り、拡張弾倉の連射力で放たれる銃弾を迎撃する。更に砕けて宙を舞う弾丸の破片や、迎撃した偽アキラの弾丸まで使って跳弾を起こし、本来ならば躱せるはずの弾を、弾道を曲げて偽アキラに被弾させる。

それらの計算を、アキラと偽アキラの両方が撃ち出した全ての弾に対して正確に実施する。アキラも偽アキラも無風の大気を暴風に感じるどころか、その大気を貫くほどに高速で動く中でだ。その計算量は膨大。ハルカには演算が間に合わない。

だがアルファには、サポートする相手が今のアキラであれば可能だ。

以前のアキラでは駄目だった。幾らアルファに十分な演算能力があろうとも、その計算元の情報はアキラから取得しているのだ。

まだまだ弱かった頃のアキラでは、拡張感覚を介して情報収集機器のデータを取得することも出来ず、体感時間の操作技術も甘く、意識上の現実の解像度の操作も出来ず、自身の五感の把握も荒く、情報収集機器の性能も低かった。

だが今のアキラは違う。装備の性能も、アキラ自身の実力も、桁違いに向上している。そこらの弾丸など目で追える力で世界を認識できる。そしてその認識力で世界を詳細に知覚したデータであれば、アルファは自身の演算力を十分に活かせる。

その結果が、今この場で発揮されていた。

この弾幕は自分の手には負えない。そう判断したハルカは、それならばとアキラの装備のシステムに侵入しようとする。高ランクハンター向けの高級品を使っているようだが、所詮は現代製の既製品。旧世界のシステムにも入り込める自分の技術なら侵入も改竄も容易だ。そう考えて腕を振るう。

（……よし！　入り込んだ！）

そして銃でも強化服でも情報収集機器でも、何でも良いので狂わせて相手の動きを乱そうとする。

上手くいった。ハルカはそう思って笑い、装備の不調で急激に動きを乱すであろうアキラを、偽アキラ越しに見る。

だがアキラの動きは欠片も乱れなかった。銃も強化服も情報収集機器も、ハルカによってシステムを狂わされたはずなのにもかかわらず、全て正常に動いていた。

（……嘘っ!?　どうなってるの!?　ちゃんとやったわよ!?　……デコイを掴まされた!?　私が!?）

自分の腕前に強い自負があるだけに、ハルカの驚きは大きかった。

これもアルファのサポートによるものだ。アキラの装備のセキュリティーは、アルファによって非常に強固に護られていた。しかも外部からの侵入を単に防ぐだけでなく、こちらがそれに気付いていないという偽装まで行っていた。

　この状況に、流石にハルカも焦る。まだ戦闘開始から10秒も経っていない。しかしアキラの高速戦闘に追い付けるほど意識を加速させていたハルカは、既に数時間経ったかのような感覚を覚えていた。

　そしてその長い時間を以て決断する。それを偽アキラに念話で伝える。

『無理！　アキラ！　逃げるわよ！』

『分かった！　こいつは俺が抑えておく！　先に行け！』

『アキラも一緒に逃げるのよ！』

『無茶言うな！　ハルカはともかく、こいつが俺を見逃してくれるとでも思うのか!?』

『そこは私が何とかするわ！』

『どうやって？』

『いいから、あと1秒耐えなさい！』

『わ、分かった！　頼んだぞ！』

　このアキラと偽アキラの戦闘では、1秒は十分に長い。一瞬でも気を抜けば１０００回は死ねる。それでも偽アキラは必死にその1秒を堪えた。

　そしてその偽アキラが何とか稼いだ1秒後、ハルカが用意した脱出手段が偽アキラの背後から出現する。それは迷彩機能でビルの近くに隠れていた３機の人型兵器だった。

第243話　意外な増援

アキラが偽アキラを4挺の銃で連射する。C弾《チャージバレット》を限界まで貫通性能を上げた状態で撃ち、更にそこにS弾《ショックバレット》を交ぜる。

この場合、これを防ぐ側は、C弾《チャージバレット》の方は被弾箇所のみを強化すれば防げるが、その極めて限定された狭い防御範囲は、S弾《ショックバレット》から広がって伝播する衝撃までは防げない。

しかしS弾《ショックバレット》を防ぐ為に力場装甲《フォースフィールドアーマー》や力場障壁《フォースフィールドシールド》の出力を広く分散させると、今度は防御力不足でC弾《チャージバレット》を防げなくなる。かといってどちらも防げるほど全面の出力を上げると、エネルギーの使用量が多過ぎて残存エネルギーがすぐに枯渇する。

これに対応するには、被弾する弾がC弾《チャージバレット》かS弾《ショックバレット》かを着弾前に判別して、的確に防御する必要がある。相手が放つ弾幕を、弾丸単位で、個別にだ。その計算量は膨大で、しかも被弾前に計算結果を反映させる必要がある。偽アキラをサポートしているハルカでは計算が間に合わず、偽アキラは荒い防御を続けることになった。

被弾して体勢を崩し、その所為で更に被弾する。既に偽アキラは全身に被弾している状態だ。それでもまだ戦えている時点で、偽アキラの強さはアキラを驚かせるほどに高い。バオレギレにも通じる銃弾をこれだけ喰らって死んでいない時点で、超人の域に十分に達している。

それでもアキラは、このままなら勝てると思っていた。その判断に間違いは無い。だがアキラは勝機を逃がす。偽アキラの後方から現れた人型兵器によって。

出現した機体は3機。迷彩機能を使用しているが、アキラには見えている。下から飛行してビルの屋上に上がり、そのままアキラの方に高速で迫ってきていた。そして右、左、上に分かれて展開し、各機の武装をアキラに向ける。

流石にアキラもこれを無視は出来ない。今まで全て偽アキラに向けていた４挺の銃を、３機と偽アキラに向け直し、まずは牽制《けんせい》重視で連射する。同時に新手の機体もアキラへの攻撃を開始する。増えた３機の分だけ、場の戦闘は更に激しさを増した。周囲の弾幕に、巨大な銃弾、高出力のレーザー、無数の小型ミサイルまでが加わって、その濃度を上げていく。

しかし偽アキラの周囲だけは、アキラが攻撃を分散させたので弾幕の密度が低下する。偽アキラはその隙にこの場から離脱しようとするが、それをアキラが牽制射撃で妨害する。

更にアキラは偽アキラとの間合いを詰めようとする。逃がさない。その意志でより深く死地に踏み込もうとする。

今までのアキラと偽アキラの戦いは、高速戦闘を続けながらの、間合いを保っての撃ち合いだった。その戦い方は、アキラと偽アキラのどちらにも、相手と差し違える気は無いという考えの表れだ。

近距離で撃ち合えば、流石にどちらも回避は極めて困難になる。至近距離、殴り合えるほどの距離まで間合いを縮めれば逆に躱しやすくもなるが、そこまで間合いを詰め終える前に、恐らく両方死ぬ。どちらもそう思っていた。

だがアキラは偽アキラを逃がさない為に、その間合いを詰める覚悟を決めた。差し違える気は無い。だがその寸前まで、限界まで踏み込もうとしていた。

アルファのサポートを受けてでの、極度の体感時間操作と、現実の解像度の操作。空気に粘性を覚えるほどの高速移動と、その速度に追い付く意識。そして偽アキラから放たれる無数の弾丸を個別に認識可能な力を以て、アキラは敵の銃撃をすり抜ける。偽アキラと人型兵器による銃撃、銃口を敢えてぶれさせることで、線ではなく面での攻撃となった弾幕を、精密に、的確に、ギリギリで回避する。

そしてアキラは、人型兵器にも銃を向けたことで偽アキラに対して４分の１になった銃撃を、間合いを詰めて命中率を上げることで補う。それにより被弾数を増やした偽アキラは、アキラから逃げる為に被弾の衝撃すら利用して後方に飛《と》び退《の》こうとしているが、アキラはそれに追い付こうと更に加速する。

逃げる偽アキラと、追うアキラ。どちらも弾丸のような高速移動を見せている。だが撃ち合っている以上、自身の体を相手側に向ける必要が高まる。そしてその方向が、逃げる為に移動方向とは異なっている者と、追う為に一致している者では、後者の方が速かった。

その速度の差、そして死地に自分から踏み込む覚悟の差を以て、アキラは間合いを詰め終えた。

（……今だ！）

この一瞬だけ４挺の銃全てで、最大火力で偽アキラを銃撃する。それで勝てる。

既に３機の人型兵器の方は、事前にしっかり被弾させて体勢を崩し、数瞬だけなら自分を攻撃できない状態にしてある。加えて、たとえ人型兵器が自分と偽アキラとの間に割り込んで、盾になろうとも問題無い。あの機体は意外に脆い。４分の１の火力でも、その牽制射撃でも、かなり破損していた。４挺分の火力ならば貫ける。盾となった機体ごと偽アキラを殺せる。

これで終わりだ。その思いを乗せて、アキラは４挺のＲＬ２複合銃を偽アキラに向けようとする。

そこにアキラ達の上に展開していた機体が、二人の間に割り込んで偽アキラの盾になる。しかしその盾は脆い。その脆さではアキラの銃撃を防げない。

撃てば、だ。

（……何っ!?）

アキラは、撃てなかった。

割り込んできた機体は、機体の前面から入り込む種類のものだった。そして機体はその前面の扉を開けた状態でアキラの前に割り込んだ。開けたままの扉から操縦室と、機体の乗員の姿が見える。

乗っていたのは、シェリルだった。

その驚きでアキラの思考が一瞬止まる。それはこの戦闘では大きな隙になる。しかしアルファにその隙は無い。強化服を操作してアキラに戦闘を続行させる。

体が勝手に動いたことでアキラも我に返る。そして促されるままに銃を撃つ。4挺の銃が最大火力で弾丸を連射し、機体の四肢をもぎ取った。

この数瞬の間に左右の2機が崩れた体勢を立て直し、再びアキラを攻撃する。それを感じ取ったアキラは全力で飛び退いてその攻撃を躱し、同時に銃を2挺ずつ左右に向けた。

濃密な弾幕が左右の機体に浴びせられる。1挺分での銃撃でもそれなりに破損させることが出来たのだ。その2倍の火力を浴びた機体が大きく破損する。

加えて前の機体は武装を四肢ごと失っており、偽アキラは全力で逃げている。左右の機体は被弾で体勢を大きく崩している。いずれもアキラを攻撃できる状態ではない。今はアキラが一方的に攻撃できる状態だ。

アキラはその優位を活かして左右の機体に銃弾を浴びせ続ける。第3奥部の融合体にも通じる弾幕を、約1秒もの長時間真面に喰らい続けた機体は、その余りの威力に何も出来ずに破壊された。残りは偽アキラと、シェリルを乗せた機体のみとなる。

その時、武装を四肢ごと失った機体が、最大出力で移動を開始した。アキラが乗員であるシェリルに当てないように機体の手足を狙ったことで、胴体部の飛行装置は無事だった。シェリルを乗せたまま高速で前に進み、アキラとすれ違う。そしてそのまま前方向に、逃げる偽アキラとは逆方向に加速していく。

ここでシェリルが声を上げる。常人であるシェリルには、アキラ達のような高速戦闘に意識が追い付かない。だがアキラが左右の機体を攻撃していた間、比較的同じ場所に留まっていたこともあって、前にアキラがいることにようやく何とか気付けたのだ。

「……アキラ！」

もっともその時、シェリルを乗せた機体は既にアキラの背後を進んでいた。シェリルの声が機体の速度の所為で歪んで辺りに響いていく。

アキラの顔が険しく歪む。アキラは自分が二択を迫られていることを理解する。千載一遇の機会かもしれないこの状況で、シェリルと偽アキラのどちらを選ぶのか、だ。

　偽アキラを1秒も自由にさせたことで、既にかなり距離を取られてしまっている。このままでは逃げられる。それでも今すぐに追えば、間に合う可能性は十分にある。

　アキラは偽アキラを殺しにこの場に来た。だが厳密には、偽アキラを怪獣がいない状態で殺せる絶好の機会を逃がさない為に来たのだ。

　ヒカルから偽アキラがミハゾノ街遺跡に出現したと聞いた時、仮にそこに怪獣もいると聞かされていれば、アキラはクズスハラ街遺跡に留まっていた。偽アキラを殺すのは、怪獣にも通じることが期待できるキバヤシの支援を受けてから。そう判断して我慢していた。

　だが今ならば、怪獣のいない状態で偽アキラを殺せる。今はその絶好の機会。次は無いかもしれない、千載一遇の機会だ。

　しかし同時に、今はシェリルを救出できる絶好の機会でもある。居場所も分からない者を助けに行くことは出来ない。居場所を予想して捜しに行くとしても、偽アキラに攫われた以上、シェリルがいる確率が一番高いのは第3奥部になる。流石に本当にそこにいるかどうかも分からない状態で、捜しに行ける場所ではない。

　そのシェリルが、今、そこにいる。今なら助けられる。

　しかし今ここでシェリルを追えば、偽アキラには逃げられる。逆に偽アキラを追えば、もう一度シェリルが見付かる保証は無い。次に見付かった時まで生きている保証も無い。つまり今が、シェリルを確実に救える千載一遇の機会だ。

　この千載一遇の機会を、どちらの為に使うか。偽アキラを殺す為か。シェリルを助ける為か。アキラは選ばなければならなかった。

　アキラが迷う。その迷いは、どちらを選ぶのか、というものではなく、何とかして両方選べないか、というものだった。だが流石に両方は無理だと判断すると、迷い無く片方を選択し、行動する。

　アキラは全力で、シェリルの方へ駆け出した。

『アルファ！』

『任せなさい！』

　アキラがアルファの指示通りに銃を機体に向ける。そのまま撃てば機体は大破。乗っているシェリルもただでは済まない。そこを機体胴体部の飛行装置だけを破壊するように、銃弾の威力をアルファのサポートで絶妙に抑えた上で発砲する。

　放たれた弾丸が標的に狂い無く着弾する。飛行装置を破壊された機体が慣性だけで宙を進み、ビルの屋上に落下して転がった後、残った勢いで屋上を飛び出し地上に向けて落ちていく。

　その機体にアキラは急いで追い付いた。屋上から飛び降り、宙を蹴って自由落下より速く下へ進み、機体の前に辿り着く。

　機体前面の扉は閉められていた。アキラは機体と一緒に落下しながら素早くブレードに持ち替えると、それを勢い良く振るう。強靭な金属が容易く刻まれ、扉はバラバラになって開かれた。

　あとは機体からシェリルを脱出させるだけ。そう考えていたアキラが、刻まれた扉の隙間から見えるシェリルを見て、その表情を驚きに染める。

　シェリルがアキラに銃を向けていた。

　アキラが反射的に回避行動を取る。ほぼ同時にシェリルが、手に持つレーザーガンを撃ち放つ。その銃口から濃密なエネルギーが光の線となって放出される。

　光線を大きく飛び退いて躱したアキラに、機体から飛び出したシェリルが更に銃撃する。無数の光線が宙を貫き焼き焦がすが、アキラには当たらない。すると今度は銃口の放出角を広げて、躱しようの無い広範囲への光波に変えて撃ち放つ。

　閃光《せんこう》が空中のアキラを呑《の》み込む。しかし攻撃範囲を広げたことで威力は大きく下がっている。アキラは対エネルギー力場障壁《フォースフィールドシールド》で全身をしっかり護り、無傷で乗り切った。

しかしアキラの表情は険しい。

『アルファ！　これ、結構高い威力だったよな!?』

『ええ。対エネルギー防御に特化したパーツを手に入れた後で良かったわね』

　実際にシェリルが撃ったレーザーガンは、片手で持てる小型の物なのにもかかわらず、その威力はアキラが以前使用していたＡＦレーザー砲を超えていた。真面に食らえば今のアキラの装備でも危ない。

『……まあ良いか。シェリルは俺の偽者が逃げる為の足止めに使われたんだろうけど、あいつと一緒に襲ってくるよりはましだ』

『そうね。そう考えましょうか』

　アキラがシェリルを放置して偽アキラを殺しにいっていれば、背後からシェリルに襲われて挟み撃ちにされる恐れがあった。そういう意味でも、結果論ではあるが、アキラは正しい選択をしていた。

　空中でアキラに向けてレーザーガンを連射していたシェリルが、一度セランタルビルの側面に着地する。アキラもシェリルを追って同じ場所に立つ。

　混乱した表情を浮かべていたシェリルが、少し離れた位置に着地したアキラを見て、顔面蒼白《そうはく》になる。そして慌てて叫ぶ。

「……ち、違うんです！　い、今のは私じゃ……！　か、体が勝手に動いて……！」

　必死にそう訴え掛けるシェリルに、アキラがあっさり答える。

「分かってる。強化服で体を操作されてるんだろ？」

　アキラはシェリルの攻撃がシェリルの意志によるものではないと、初めから気付いていた。もっともそれは、シェリルが自分を攻撃する訳が無い、というものではなく、シェリルにあれほど鋭い攻撃が出来る訳が無い、という点からの気付きだった。

「しゃべるな。舌を噛むぞ。俺が何とかするから、もうちょっと待ってろ」

「は、はい」

　自分の訴えをアキラがあっさり信じてくれたことで、シェリルもある程度落ち着きを取り戻した。返事をした後は指示通りに口を閉じる。

アキラが改めてシェリルの姿を確認する。着用している強化服は肌の露出こそ無いが、きわどい旧世界風のデザインをしている。性能の方も旧世界に準じている雰囲気があり、自分の強化服より高性能にも見えた。

それでも総合的な戦闘能力は、アルファのサポートを抜きにしても自分の方が上だと判断する。どれだけ高性能な強化服であっても、それを着ているシェリルが素人だからだ。強化服に動かされている時点で、動きの質には限度があると考える。

だが楽には戦えないとも判断する。下手に攻撃するとシェリルが死ぬからだ。偽アキラを相手にするように戦うことは出来ない。

『アルファ。どうすれば良いと思う？』

『シェリルを傷付けずに強化服だけ斬って脱がしましょう』

『了解』

方針は決まった。アキラが両手に黒いブレードを持ってシェリルに向けて突撃する。

そのアキラに、シェリルが放出角を広げてレーザーガンを撃つ。再び閃光がアキラを包み込んだ。

もっともアキラは無傷だ。対エネルギー防御に特化した力場障壁《フォースフィールドシールド》の前には、その高エネルギーの光波も目眩《めくら》まし以上の効果は無い。

そして実際に今の攻撃は、目眩ましを目的としたものだった。強い閃光がアキラの視界を一瞬奪う。その光が晴れた時、アキラの眼前には両手に光刃を持つシェリルの姿があった。シェリルは自分から間合いを詰めてアキラを迎撃しようとしていた。

両者が同時にブレードを振るう。アキラが持つ黒刃とシェリルが持つ光刃が衝突し、衝撃変換光を火花のように激しく飛び散らせた。

シェリルが持つ光刃はいわゆるレーザーブレードというもの。高エネルギーの奔流で物体を焼き切るものであり、実体としての刃物ではないので、本来はアキラのブレードと衝突などしない。

しかし高エネルギーの奔流では、アキラの対エネルギー力場障壁《フォースフィールドシールド》は斬れない。それに対抗する為に、凝縮したエネルギーを力場装甲《フォースフィールドアーマー》技術で纏めて硬化することで、実体があるブレードのように変えていた。その切れ味はアキラの強化服を斬り裂けるほどに鋭い。

巧みに振るわれる光刃を、アキラは躱し、或いはブレードで防御する。その度にシェリルの表情が苦痛で歪んでいく。体を強化服でアキラと戦えるほど高速に、無理矢理動かされる負荷に、シェリルの体が耐えられないのだ。

それでもシェリルはその苦痛に耐えていた。俺が何とかする。そのアキラの言葉を信じて歯を食い縛っていた。しかし限界はある。長くは持たない。このまま戦っているだけで、全身の骨が砕け、肉が千切れて、シェリルは死ぬ。

急がないと危ない。そう考えてアキラが多少斬られるのを覚悟して踏み込む。しかしシェリルの方もそれに合わせる。自分から両断されるように踏み込んで、アキラの太刀筋を逆に鈍らせる。

シェリルの強化服を操作している者は、その明確な実力差を、アキラにはシェリルを殺せないことを利用して埋めていた。

流石にアキラも表情に焦りを見せる。

『アルファ！　このままじゃまずいぞ！』

しかし逆にアルファは笑顔で答える。

『大丈夫。パターンの解析は済んだわ。次で決めるわよ』

そのアルファの指示に、アキラが一気にやる気をみなぎらせる。

『次だな！　了解！』

そして次のシェリルの攻撃に合わせて、アキラはブレードを勢い良く振るった。

光刃と黒刃がぶつかり合う。刃同士の衝突は今まで何度もあり、共に弾かれるか、そのまま刃を押し付け合うかのどちらかになっていた。しかし今回は異なる結果となる。次の光刃がどのように振るわれるか。それを完全に解析し終えた上での一撃により、黒刃が光刃を一方的に弾《はじ》き飛《と》ばした。

それでもシェリルはレーザーブレードを離さな

かった。それによりシェリルの腕も強く弾かれ、大きく体勢を崩す。

アキラはその隙を見逃さず、ブレードを俊敏に幾度も振るう。更に体勢が崩れたままのシェリルの横を駆け抜けて背面に回り、シェリルの強化服を後ろからも斬り刻んだ。

既にシェリルの強化服は破壊されている。高層ビルの上層階の強風にも耐えられない状態だ。その風がシェリルの強化服を吹き飛ばし、その下の裸体を露《あら》わにさせた。

強化服を失ったことで、シェリルはビルの側面に立つ力を失った。そのまま落下する前に、アキラはブレードを片方仕舞ってシェリルを抱き抱える。そしてビルの壁を斬り付けて穴を開けると、シェリルを連れてビルの中に入った。


セランタルビル内の床にシェリルを寝かせたアキラは、まずは回復薬を取り出した。自分でも飲んでからシェリルの口元に運ぶ。

「回復薬だ。飲めるか？」

シェリルは戦闘の負荷で自力では指一本動かせない状態だった。それでも何とか口を開き、回復薬を飲ませてもらう。高ランクハンター向けの高額で高性能な回復薬が、シェリルの体を急速に治していく。

息を吐けるまで回復したシェリルが身を起こすと、アキラが自分の防護コートをシェリルに差し出していた。

「着ろ」

シェリルは防護コートを受け取って立ち上がったものの、それを着るのを躊躇った。これはアキラの防具だからだ。

今のシェリルは破壊された強化服の一部しか着けておらず、手袋とブーツ以外は全裸のような状態だ。シェリルも恥ずかしいとは思う。しかし自分の裸体を隠す程度のことで、アキラの防具を減らしてしまうのもどうかと思い、やっぱり返そうかと口を開く。

「あ、あの……」

アキラがシェリルの考えを何となく察して言う。

「良いから着とけ。それぐらい着ておかないと、流れ弾一発で死ぬからな。頑張って助けたんだから、その程度のことで死なれるのは、俺が嫌なんだ」

　裸体を隠す程度の理由で渡した訳ではない。それが本心にしろ気遣いにしろ、それを着なければならない理由をアキラから渡されたことで、シェリルは笑って防護コートを身に纏った。

「ありがとうございます」

　アキラも軽く頷いて返す。そして言う。

「脱出する前に少し休むか？」

「お任せします。私は大丈夫です」

　体は高性能な回復薬である程度は回復したとはいえ、あれほどの戦闘に巻き込まれた精神的な疲労まではそう簡単には治らない。しかし自分は完全な足手纏いであり、走ってアキラについていくことすら出来ないと理解しているシェリルは、アキラに運ばれる程度であれば今の状態でも問題無いと判断して、大丈夫だと答えた。

「分かった。じゃあ行くか」

　アキラの方も当然のようにシェリルを抱き抱える。開けた穴を通ってビルから脱出するのだ。当然といえば当然だった。

　そして一緒にビルの外に出ようとしたところで、アキラはシェリルを抱えたまま驚きの表情で逆方向に飛び退いた。更に右手と2本の補助アームで、壁の穴へ銃を向けて連射する。

　穴を開けられて脆くなっている壁が無数の弾丸を喰らって崩れ、その穴を更に大きくしていく。計3挺のRL2複合銃の照準が壁の向こう側にいる標的を追い、壁の穴を広げるどころか壁そのものを吹き飛ばしていく。

　しかし仕留め切れない。それどころか相手は壁の一部をブレードで切り取ると、それを力場装甲《フォースフィールドアーマー》で強化した上で盾代わりにして、それで銃弾を防いで中に入ってきた。そして叫ぶ。

「シェリル！　待ってろ！　今助ける！」

　それを聞いたアキラは、思わず銃撃を止めるほどに驚いた。シェリルもアキラと同じく驚きを露わにしている。

　シェリルを助ける。そう言ってこの場に現れたのは、偽アキラだった。

◆

　シェリルを乗せた人型兵器を遠隔で動かしたのはハルカだった。そして目論見通りアキラがシェリルを助けに行ったのを確認すると、屋上に出て偽アキラと合流して脱出しようとした。

（役に立つかもって思って連れてきて、結局大して使わなそうだったけど、役に立ったわね）

　データは十分に取ったので、もう用済み。ハルカはその程度の考えでシェリルを囮《おとり》に使った。

　しかしそこで想定外のことが起こる。シェリルを囮にして先に逃げたはずの偽アキラが、ハルカの方へ戻ってきたのだ。

　待っていれば合流できるのに、わざわざ戻ってこなくても。ハルカも初めはその程度に考えていた。

　だが勢い良く向かってきた偽アキラが、減速せずに自分の横を通り過ぎたことで、流石に慌て出す。

『ちょっと！　アキラ！　何やってるの!?』

　ハルカにそう呼び止められても、偽アキラは止まらない。走りながら答える。

『先に行け！　俺はシェリルを助ける！』

『助けるって……、何言って……!?』

　思わず怪訝な表情を浮かべたハルカだったが、すぐに状況を理解して顔をしかめた。

（あー、そういう設定だったわね！）

　ハルカはシェリルを人型兵器に乗せて連れてきていたことを、偽アキラに教えていなかった。そしてシェリルの大声を聞いてこの場にシェリルがいることを知った偽アキラが、設定通りにシェリルを助けようとしていることを理解すると、その設定に合わせた言葉で偽アキラを止めようとする。

『何言ってるの！　私達の為に残ってくれたシェリルの行為を無駄にする気なの!?　戻りなさい！　逃げるのよ！』

『断る！　シェリルを見捨てられるか！』

『戻りなさい！　判断するのは私の仕事！　そうでしょう!?』

『……嫌だ！』

偽アキラは返事にわずかに時間を要したものの、そう答えてハルカとの念話を切った。

『ちょっと!?　アキラ!?』

ハルカは再度偽アキラに呼びかけた。そしてその反応から、偽アキラに通信を切られたことを理解する。

（……切られた！　やってくれるわね！）

偽アキラの余りに無謀な行動に、ハルカが頭を抱える。

（私のサポート無しで戻ってどうするのよ。そんな状態で勝ち目なんかある訳ないでしょう？）

自分がサポートしても劣勢だったのだ。幾ら何でも無謀が過ぎる。そう思い、ハルカは顔を険しくした。

その上でハルカが更に思う。

（……でもまあ、アキラの言動を模しているって意味では、この態度が正しい訳か……）

傍目からはどう考えても無理無茶無謀なことを平然と行う。そして数少ない友好的な交友関係の者に執着する。ハルカは本物のアキラの人格をそう解釈していた。

ハルカが更に考える。

（……もしかして、いける？）

この場には本物のアキラと、アキラが本物であることを見抜けるシェリルがいる。ハルカはそこに可能性を見出《みいだ》した。そしてわずかに迷った後、来た道を引き返した。

第244話　交渉開始

シェリルの救出後に偽アキラが現れた時、アキラは見えない相手を壁越しに撃っていた時点で、相手が偽アキラであることに気付いていた。

　だからこそ怪訝に思う。自分にシェリルを助けさせて、その隙に逃げたはずの者が、どうして戻ってきたのか。戻ってくるぐらいならシェリルと一緒に襲ってくれれば良かったのに、なぜそうしなかったのか。不可解に思う。

　相手の意図は分からないが、アキラは偽アキラを撃ち続ける。その銃撃はシェリルを片手で抱き抱えていることもあって、偽アキラを殺すことよりも、シェリルを護る為に相手を近付けさせないことを優先していた。

　撃ちながらアキラが思う。相手はわざと自分にシェリルを助けさせたのではないか。シェリルを護らせることで、自分の動きを鈍らせようとしたのではないか。

　あの偽者とシェリルが一緒に襲ってくれれば、自分も仕方が無いと判断してシェリルを撃つだろう。しかし一度助けてしまえば、足手纏いだからと見捨てるのも難しくなる。そう判断してのことではないか。アキラはそう考えて、偽アキラの行動に辻褄を合わせようとした。

　しかしそれでは辻褄が合わなくなる。偽アキラが撃ってこないのだ。

　ビルの外壁の向こうにいるとはいえ、相手の銃もこの程度の壁ぐらい軽く貫くはず。自分の位置も情報収集機器などで把握できるはず。シェリルを抱き抱えている所為で、今の自分は機敏な回避が難しい。それは相手も分かっているはず。なぜ撃ってこない。

　アキラはそう思って軽く困惑しながらも、偽アキラを撃ち続けた。しかしシェリルを庇《かば》っている分だけ銃撃の精度が甘くなっていることに加えて、偽アキラが攻撃を捨てて回避と防御に集中している所為で仕留め切れない。

そうしている内に偽アキラが壁の一部をブレードで切り取り、その瓦礫を盾にしてビル内に入ってくる。

（……まずい！　入り込まれた！）

アキラはそう思って顔を険しくすると、シェリルを連れてビルの更に奥に逃げ込むか、この場で迎え撃つかを迷った。

だがそれどころではなくなる発言が、偽アキラの口から飛び出す。

「シェリル！　待ってろ！　今助ける！」

それを聞いたアキラは、その余りに予想外の言葉に、今自分が迷っていたことを忘れた。

（……は？　何言ってんだこいつ？）

偽アキラの言葉の解釈に思考を割り当て過ぎた所為で、思わず銃撃まで止めてしまったアキラだったが、偽アキラの方もアキラを警戒して、盾代わりの瓦礫の陰で様子を窺っていた。それにより戦闘が一度止まる。

アキラが偽アキラの言葉の意図を考える。そしてまずは、シェリルに自分の方が本物だと思わせて混乱させる為だと判断した。念《ねん》の為《ため》、シェリルに告げておく。

「シェリル。一応言っておくけど、俺が本物だからな？」

「分かってます」

シェリルははっきりそう答えた。それはそれとして、シェリルも偽アキラの意図が分からずに困惑した様子を見せていた。

『アルファ。どう思う？』

『どうやらあれは本気で言っているようね。演技には見えないわ。つまりあのアキラの偽者は、本物のアキラを演じようとしているのではなく、自分が本物のアキラだと思い込んでいるようね』

『……えっと、つまり、あいつは俺の方が偽者だと思っていて、偽者の俺に攫われたシェリルを助けようとしているってことか？』

『そうなるわね』

『どういうことだよ……』

アキラは困惑しながらも部分的に納得する。偽アキラが銃を使わないのは、撃つとシェリルに当たるからだと分かったからだ。それだけ本気でシェリルを助けようとしている。それだけは理解した。

『……それでアルファ。どうすれば良いと思う？』

『どうするって、殺せば良いと思うわ。生かして情報を引き出す気は無いのでしょう？』

『……、それもそうだな』

予想外の事態が起こり過ぎた所為で、変に考え過ぎていた。自分はあの偽者を殺しにここに来たのだ。情報を得る為ではない。偽者の事情など知ったことではない。アキラはそう考えて意識を切り替えた。

3挺の銃を偽アキラに向ける。

瓦礫を力場装甲《フォースフィールドアーマー》で強化して盾にしているようだが、所詮は瓦礫だ。連射すれば破壊できる。そのまま瓦礫ごと偽アキラを粉砕すれば良い。これで終わり。そう思って、アキラが銃を撃ち放とうとする。

しかしそれよりも早く新たな事態が発生する。ビルの館内放送からハルカの声が響く。

「アキラ！　すぐに戻ってきなさい！」

「断る！　戻るのはシェリルを助けてからだ！」

アキラは一瞬、ハルカが自分に向けて話したのかと思ったが、偽アキラが返事をしたことで違うことにすぐに気付いた。

ハルカは偽アキラに念話を切られてしまったので、わざわざビルのシステムに介入して館内放送で偽アキラに呼びかけていた。ハルカと偽アキラの会話が続く。

「子供じゃないんだから、わがまま言わないの！」

「嫌だ！　シェリルは絶対に助ける！　絶対にだ！」

強固な意志の持ち主にも、聞き分けの無い子供のようにも感じられる態度で、偽アキラは撤退を拒絶した。だがその強固な態度も、ハルカの続く言葉で大きく揺らぐ。

「ユミナが死んだのが、シェリルの所為でも？」

「…………えっ？」

そのハルカの発言に、偽アキラだけでなく、アキラも思わずそう声を漏らしていた。

「カツヤはウダジマと取引をしていたのよ。詳細は省くけど、あの建国主義者討伐戦の時、建国主義者の疑いが掛かっていたのはアキラだけじゃなかったの。シェリルにも嫌疑が掛かっていたのよ。そしてカツヤはアキラを倒すのと引き換えに、ウダジマにシェリルの嫌疑を解くか揉《も》み消《け》してもらうことになっていたのよ」

　アキラと偽アキラがハルカの話に耳を傾ける中、その話を既に知っているシェリルは、顔面蒼白になっていた。

　シェリルは自分がユミナの死の遠因になってしまっていると知ったことで、アキラに会うのを怖いとすら思っていた。しかしつい先程までは、強化服で体を操作されてアキラと戦わされるなど、それどころではない事態が続いていたことで、逆にアキラと普通に話すことが出来ていた。

　その状態で、まるで不意打ちのように、自分がユミナの死の遠因になっていることを、ハルカが話し出したのだ。その件から目を逸らすことで、今まで何とか耐えていた恐怖に襲われて、シェリルは震えていた。

　ハルカの話が続く。

「その為にカツヤはアキラの撃破を強行して、ユミナを巻き込んで死なせることになったのよ。つまりユミナが死んだのは、シェリルの所為でもあるってこと。そんな人を頑張って助けてもしょうがないでしょう？　だからアキラ。戻ってきなさい」

　ハルカはこの話を、偽アキラに戻ってきてもらう為にした。ユミナの仇を取ることにあれだけ固執しているのだ。シェリルがユミナの死の遠因になっていることを教えれば、偽アキラはシェリルを助けるのをやめるはずだ。そう考えていた。

　その考えは半分成功し、全体的には失敗した。確かに偽アキラはシェリルを助けるのをやめたのだが、ハルカの下には戻らず、その場に留まった。

　偽アキラが激情を感じさせる声で言う。

「お前の所為か……！」

　ハルカの話で、偽アキラにシェリルを助ける理由は無くなった。しかし代わりに、殺す理由が生まれていた。

「お前の所為でユミナが死んだのか……！」

シェリルが震え上がる。偽アキラの殺気に怯《おび》えたのではない。自分の所為でユミナが死んだ。許さない。そうアキラに思われてしまうという最悪の想像を、アキラの声で再現されたからだ。

あれは偽者。アキラじゃない。そう思っても、怖くて怖くて、体が固まって、アキラもそう思っているのではと思って、シェリルはアキラに視線を向けることすら出来なかった。

だがそこで、シェリルは再びそれどころではなくなる。

「シェリルは関係無いだろうが……」

アキラは小さな声でそう言った。途方も無い殺意を込めて。

それは余りにも濃いものだった。ユミナの死と自分は無関係。アキラがそう言ってくれたのにもかかわらず、そう言ってくれることをどこまでも望んでいたのにもかかわらず、シェリルにそれを喜ぶ余裕すら無くなるほどに。

アキラがシェリルを離す。

「シェリル……」

「……は、はい」

「……下がって防護コートをしっかり着てろ。頭もしっかりかぶれ。流れ弾一発で死ぬぞ」

「……は、はい」

怖い。でも自分を護ろうとしてくれている。そこに縋って、シェリルはアキラの後ろに下がった。

肉眼では瓦礫で遮られて見えない偽アキラの姿も、アルファのサポートを受けているアキラにはしっかりと見えている。相手にも自分の姿が見えていることは、瓦礫越しに見える相手の視線からよく分かる。

その殺意の籠もった視線が自分にではなく、自分の後ろにいるシェリルに向けられていることも。そのことがアキラの憎悪を更に刺激していた。

そこでアルファが少し場違いにも思える明るい顔と声で言う。

『アキラ。ついていたわね』

『ついてる……？』

意味が分からず、アキラは怪訝そうに顔を歪めた。

アルファが笑って続ける。

『ええ。これでシェリルも助けられるし、偽者も殺せる。良かったじゃない』

あっさりそう言われたことで、アキラは逆に虚を衝かれた感覚を覚えた。偽アキラへの殺意を一瞬だけ忘れて、状況を改めて理解する。

シェリルを助けること。偽アキラを殺すこと。それは本来どちらか片方しか選べないはずだった。だが今は両方選べる状況になっている。アキラの運がこの状況にしたというのであれば、幸運にも。

アキラはそれを理解した。そして表情を和らげる。

『……そうだな。珍しくついてた訳か』

偽アキラに対する殺意は欠片も薄れていない。だがその殺意に呑み込まれてしまうこともない。感情に流されず、しかしその感情を無視もせず、アキラはしっかりと自分を立て直した。毒気を抜かれたように軽く笑って言う。

『それじゃあ、このつきを逃がさないようにしないとな。アルファ。手伝ってくれ』

『任せなさい』

アキラは落ち着きを取り戻し、アルファと笑い合って状況に対処する。意識を研ぎ澄ませて、戦闘開始に備える。

そして始まる。偽アキラが、自分が盾代わりにしていた瓦礫をアキラに向けて蹴飛ばした。力場《フォースフィールド》装甲《アーマー》の効果で強靭になっていた瓦礫は、偽アキラに蹴られても砕け散らずに、高速でアキラに向かってくる。

その瓦礫をアキラも蹴りつける。瓦礫に残っていた力場装甲《フォースフィールドアーマー》の効果は、偽アキラに蹴られた直後から急激に減っていた。そこにアキラの蹴りを喰らった瓦礫が粉々に砕け散る。

砕けた瓦礫の向こうには、アキラに向けて銃を構える偽アキラの姿がある。偽アキラは、自分で蹴った瓦礫に追い付く速度で前進し、間合いを詰めていた。

　もっともそれぐらいはアキラにも見えている。アキラも瓦礫を蹴りつけた体勢のまま銃を構えていた。

　そして両者が至近距離で最大火力をぶつけ合う。数メートルも無い空間を、途方も無い数の銃弾が埋め尽くした。

　この撃ち合いに、偽アキラに勝機は無い。そもそも屋上での撃ち合いで負けて一度撤退している。しかも今はハルカのサポートも受けていない。

　その不利を補う為に、偽アキラは間合いを限界まで詰めていた。屋上での戦闘との違いは、今回はアキラがシェリルを護っている点にある。前回の戦闘では、アキラは偽アキラの銃撃を躱すことが出来た。しかし今は出来ない。躱せばシェリルに当たってしまうからだ。

　勿論、絶対に躱せない訳ではない。アキラがシェリルを見捨てない保証など無い。

　しかし偽アキラはむしろそれを望んでいた。

　間合いを限界まで詰めてでの銃撃だ。流石に相手も無傷では済まないだろう。自分は確実に倒されるが、相手も高確率で死ぬ。それを嫌がって相手が退けば、シェリルの命よりも自身の命を選んでくれれば、自分の弾がシェリルに届く。シェリルを殺せる。ユミナの仇を取れる。

　だからそこを退け。その思いで、偽アキラは始めから相打ち前提でシェリルを殺そうとしていた。

　しかしその思いは届かなかった。アキラはその場から一歩も動かずに銃撃を続ける。シェリルへの射線を自分の体で塞いで撃ち続けていた。

　アキラも偽アキラも、力場装甲《フォースフィールドアーマー》と力場障壁《フォースフィールドシールド》の出力を、残存エネルギーなど気にせずに限界まで上げている。そのおかげでこの1秒にも満たない長時間、体感時間では数時間にも感じられる短時間だけ、防御力を飛躍的に向上させて、多少の被弾なら耐えられるようにしていた。

　だがその限界には大きな差があった。アキラにはアルファのサポートがあるからだ。

　加えて銃撃の精度もアキラの方が大幅に上だ。アキラにはアルファのサポートがあるからだ。

　アキラはこの戦いで差し違える気は無い。だが偽アキラは相打ち前提で戦っている。その意識の差は、確かに二人の実力差を大幅に埋めていた。しかしアルファのサポートという決定的な差を埋めるには、まるで足りていなかった。

　偽アキラが放つ銃弾が、アキラが放った銃弾に迎撃される。拡張弾倉を用いた膨大な弾丸全てが撃ち落とされる。弾幕の余りの密度の所為で跳弾が更なる跳弾を生み、弾道計算を更に困難にしているが、アキラには喰らっても問題無いものしか届かない。

　逆に偽アキラには致命的なものが次々に着弾する。それでも偽アキラは最後まで諦めずに撃ち続けた。だが結果は変わらない。この撃ち合いに、偽アキラに勝機は無いからだ。

（……ちくしょう！）

　体勢を崩し、銃を真面に構えることすら出来なくなった偽アキラが、アキラが放った弾幕に呑み込まれる。その余りの弾数に偽アキラは木っ端微塵になるどころか粉微塵《みじん》になり、その粉すら撃ち抜かれて消し飛んだ。

　アキラが銃撃を止める。死体を確認して相手の死を確定しようとしても、そもそもその死体が消し飛んでいる。そのどう考えても確定した状況に、アキラはアルファに確認もしないで勝利を確信した。

　アキラが大きく息を吐く。そして銃を下ろしてからしっかりと言う。

「……よしっ！」

　この戦いはアキラ達の勝利で終わった。いつも通りの勝利に。

『アルファ。助かった。ありがとう』

　礼を言うアキラの顔に、戦いの前にあった黒い感情は欠片も無い。

『どういたしまして』

　そしてアルファもいつものように笑っている。

　強敵を、倒した。ただそれだけ。満足感はあるが、それ以上のことはない。ただそれだけのこととして、アキラはこの戦いに勝利した。

アキラがシェリルの方へ振り返る。

「シェリル。終わった。帰るぞ」

良い意味でいつも通りの様子を見せるアキラに、シェリルも笑って返す。

「……はい！」

自分がユミナの死の遠因になっていることを知っても、アキラが変わらない様子を見せてくれたことを、シェリルは今度こそ喜んだ。

アキラが少し言い難そうに言う。

「あー、その、今更だけど、巻き込んで悪かった」

それに対してシェリルは、本当に微塵も気にしていないように笑って返した。

「大丈夫です。助けてもらいましたから」

多少の恨み言は覚悟していたアキラは、少し意外そうな表情を浮かべた。そしてどこか吹っ切れたように笑う。

「……、そうか。まあ、助けるって言ったからな」

「はい」

連れ去られて死ぬところだったのだ。助ければ良いという話ではない。それでもシェリルはそれで良しとして、アキラはその言葉に甘えることにした。

それは妥協でもある。シェリルの側に常にいることは出来ない以上、アキラは後手に回るしかない。そして未然に防げない以上、アキラの助けが間に合わずにシェリルが死ぬ恐れは否定できない。

だが二人の関係は初めからそういうものだった。

アキラがシェリルの後ろ盾になった頃、シェリルの元の徒党の拠点だった建物を奪おうと、スラム街の者達がシェリルを殺そうとしたことがあった。その者達は敢えて隠れていたアキラに全員殺された。

シェリルから未発見の遺跡の情報を手に入れようとして、シェリルを攫った者達がいた。アキラは攫われたシェリルを救出してから、その者達を皆殺しにした。

ウダジマの手先が、シェリルからアキラが建国主義者である証言を引き出そうとして、シェリルを拷問したこともあった。証言を拒否したシェリルはそのまま殺されそうになったが、ギリギリのところでアキラに助けられた。ウダジマの手先は全員その場でアキラに殺された。

それら全ての事態で、シェリルは運良くアキラの助けが間に合い、アキラも運良くシェリルを助けるのが間に合った。二人の幸運が二人の関係を維持させ、継続させた。

その幸運がこれからも続くことを、アキラもシェリルも期待する。その上で、自分の立場で出来る限りのことをする。助ける者も、助けられる者も、それで良しとした。

偽アキラを倒したとはいえ、そのことはまだクガマヤマ都市には伝わっていない。そしてセランタルビルの周囲には都市の部隊が残っている。見付かると面倒なことになると思ったアキラは、シェリルから防護コートを一度返してもらい、シェリルをコートの中に抱えて移動することにした。

「シェリル。行くぞ」

「はい」

アキラは迷彩機能を有効にして、シェリルを抱えてビルの外に飛び出した。

二人が去った部屋には戦闘の痕跡が残っている。アキラの銃撃で粉微塵になった偽アキラだが、血の一滴まで残さずに消滅した訳ではない。偽アキラだった物の構成要素の一部が少々床に残っている。

その血は、緑色をしていた。

アキラから連絡を受けたキャロルは、セランタルビルから離れた場所にあるビルの屋上で、アキラ達を待っていた。

しばらくするとアキラ達が到着する。アキラがシェリルを降ろしてキャロルに尋ねる。

「キャロル。シェリルの服は？」

「はい。これ」

キャロルが安物の防護服をシェリルに渡す。これはミハゾノ街遺跡で買った物だ。この遺跡には多くのハンターがいるので彼らを相手にする商売人も多い。この程度の品なら手に入る。

「悪いな。助かった。俺が買いに行く訳にはいかないからな」

「どういたしまして。私を連れてきておいて良かったでしょう？」

「ああ」

得意気に笑うキャロルに、アキラも笑って返した。

シェリルが用意された防護服を着用する。アキラもその間にバイクの積み荷から弾薬などの補給を済ませた。これであとは帰るだけになる。

だが全員でバイクに乗って出発というところで、新たな事態が始まった。

セランタルビル60階の外壁の一部が、まるで爆発したかのように吹き飛ぶ。アキラ達が思わずそちらを見ると、ビル内から二人の人物が戦いながら飛び出してくる。それはオリビアとハーマーズだった。

◆

セランタルビル60階に戻ったハルカが偽アキラを呼び戻そうとする。念話を切られているのでビルの館内放送に侵入して説得を試みた。

しかし説得は失敗し、偽アキラを呼び戻すことは出来なかった。ハルカが顔をしかめる。

「……仕方無い！　あいつは無しでやるか！」

初めから、駄目で元々の試みなのだ。偽アキラがいない程度は誤差だ。ハルカは自分にそう言い聞かせて作業を開始した。ハルカの拡張視界に旧世界の受付の女性の姿が再び現れる。

（あいつから取り出したアキラの個人認証情報に、今度はシェリルの認識を混ぜ込んで……）

シェリルの強化服を操作していたのはハルカだった。厳密にはほとんど自動操縦に任せていたのだが、それでもシェリルにアキラを攻撃させたのはハルカだ。そして強化服を介してシェリルのアキラに対する認識データを取得していた。

（偽者への認識と本物への認識の差分を取って、調整して……）

シェリルは外見では見分けることが不可能なはずの偽アキラを、一瞬で偽者だと見抜いていた。その何らかの識別情報、シェリル本人ですら自覚できない認識を、偽アキラの個人認証情報に混ぜ込むことで、本人認証を突破できないか。ハルカはそこに可能性を見出して、セランタルビルの60階に戻っていた。

（……これで、どう？）

ハルカがわずかに緊張した様子で結果を待つ。拡張視界に映る受付の女性がハルカに告げる。

『外区3種特殊編入申請を受領しました。以降の手続きは……』

「……やった！」

ハルカは思わず歓喜の声を上げた。上手くいくかもしれないとは思っていたが、駄目で元々とも思っていたのだ。どうせ失敗するだろうと薄々思っていた分だけ、ハルカの喜びは大きかった。

余りに喜び過ぎた所為で、周囲の警戒を怠ってしまったほどに。

「ハルカ！」

ハルカが驚いて背後を見る。そこにはシロウがいた。

「シロウ……」

ハルカは知らぬ間に背後を取られていた驚きよりも、シロウとの再会に心を奪われていた。そして友人から自分との再会を喜んでいる表情を向けられていることに、喜びも覚えていた。

「……久しぶりね」

ハルカはその胸中を込めた言葉を、どこか寂しげな笑顔と声で言った後、明確な警戒を顔に出す。

「何しに来たの？」

自身の立場とシロウの立場。シロウとの再会で一瞬忘れていたそれを思い出した以上、そしてシロウとの再会が、偶然などということが有り得ない以上、ハルカはシロウを警戒せざるを得なかった。

一方シロウはハルカと会えた喜びを顔に満たしたまま答える。

「助けに来た」

それはハルカには予想外の返事だった。困惑を顔に出して聞き返す。

「……私を助けに？」

「ああ。そうだ。ハルカを助けに来た。ハルカがどういう理由で外に出られたのかは分からないけど、あそこから脱出できたのなら、あとは俺が何とかする。ハルカがいる施設の場所を突き止めて、何とかして乗り込む予定だったんだけど、手間が省けたよ」

シロウはそう言いながらハルカの側まで行くと、ハルカに向けて手を差し出した。

「行こう。大丈夫だ。俺に任せてくれ」

間に合って良かった。シロウは心からそう思った。

ハルカがシロウの手を見る。何も考えずにこの手を掴んでしまいたい。その想いに駆られたが、ハルカはギリギリで踏《ふ》み止《とど》まった。真面目な表情をシロウに向ける。

「……私を助けるって、具体的にはどうやって？」

「そうだな。当面は俺が用意したセーフハウスで暮らしてもらって、その間に俺がハルカの情報を消すなり改竄するなりして、あそこに在籍していた履歴を消去すれば、まずは普通に暮らせるようになる。その後はハルカの腕を生かす仕事をしても良いし、全然違う人生を始めても……」

諸事情で建国主義者であることをやめて、建国主義者からも統企連からも追われる身となった者が、両組織の追跡から逃れて新たな人生を始める。その方法としては、シロウの説明は正しい。

だが、ハルカは首を横に振った。

断られるとは思っていなかったシロウが驚き、わずかだが動揺を見せる。しかし建国主義者と統企連の両方から追われる意味を理解していることもあり、自分の力不足を懸念されていると考えて、敢えて自信に満ちた笑顔を浮かべてハルカを説得しようとする。

「……不安になるのは分かる。でも大丈夫だ。俺なら出来る。これでも俺は本当なら坂下の施設から絶対に外に出されないぐらいには優秀なんだ。俺に好き勝手させたら危ないって坂下が危険視するぐらいにはな。実際に俺にはそれだけの力がある。ハルカの身元を隠すぐらい簡単だ。俺が坂下を脱走したことぐらい、ハルカも知ってるだろ？　でも俺は坂下に追われながらこうやって自由に動いてる。安心してくれ」

　シロウにはそれを可能にする力がある。それはハルカも認められる。信じられる。それでもハルカは首を横に振る。

「……違うの。そういう話じゃないの」

「違う？　それなら脱走防止用に脳に爆弾でも埋め込まれてるのか？　大丈夫だ。その解除も俺なら出来る。そういう仕事は何度もやってる」

　坂下重工には他の組織から抜けたい者が、そのような状態で庇護《ひご》を求めてくることも多く、実際にシロウはその手腕で何度も爆弾の解除などを成功させてきた。自他共に認められる実績があった。

　それでもハルカはやはり首を横に振った。

「……違うのよ。そういう話でもないのよ」

　そのハルカの頑《かたく》なな態度に、流石にシロウも困惑を見せる。

「それならどうして……」

　ハルカが自分の助けを拒む理由を、シロウは必死に考えた。しかしその結論が出る前に事態が更に変化する。

　天井の穴からハーマーズが現れた。

　60階に降り立ったハーマーズが、驚愕の顔で自分を見るシロウを見て凶悪に笑う。

「シロウ！　久しぶりだな！」

　シロウは反射的にハルカを庇う位置に移動した。そして険しい表情をハーマーズに向ける。

「何でここに……。お前はクズスハラ街遺跡にいたはずじゃ……」

「ん？　ああ、お前は俺がそこにいるって思っていたのか。種明かしはしないぞ？　脱走中のお前に教えるようなことじゃない」

　シロウが内心で更に顔を険しくする。

（……この手の情報工作で俺が出し抜かれた？　坂下にそんな凄腕《すごうで》が俺の他にいる訳が……、でもこいつがここにいる以上、そう考えるしか……）

　シロウの調査ではハーマーズは間違いなくクズス

ハラ街遺跡の第2奥部にいたはずだった。そこで融合体の群れと戦っていたはずだった。そのハーマーズがここにいるとなると、シロウでも見破れないほどの高度な情報操作が行われたことになる。

　勿論シロウも、自分を超える者など存在しない、などという自惚れたことを言う気は無い。しかし自分の実力を正しく理解もしている。だからこそ、坂下重工が自分と同程度の実力者を、クガマヤマ地方に密かにもう一人派遣するようなことは、ない、と思っていた。

（……まずいな。連中の位置情報が信用できないとなると、行動が大幅に制限される。いや、それよりも、今はこの場を切り抜けないと……）

　今までシロウがクガマヤマ地方を自由に動けていたのは、ハーマーズに限らず坂下重工の人間の居場所を事前に調べていたからだ。

　しかしこの場にハーマーズが来たことで、取得した位置情報の信憑性は大きく揺らいでしまった。坂下重工の包囲網を、今までのように掻い潜ることは難しくなった。その今後の困難に顔を歪めつつ、シロウは目の前の、最大の困難への対処に思考を割り振った。

　そのハーマーズが思う。

（……俺の接近に気付かれなかったってことは、あの男の情報操作はそこまで上手くいったのか。なるほど。大した手腕だ。スガドメさんから危険視される訳だな）

　シロウにはごまかしたが、ハーマーズは実際にクズスハラ街遺跡にいた。そしてそこからミハゾノ街遺跡に向かったのだが、その前に自分がそこに移動することを隠してもらうように、ヤナギサワに頼んでいた。シロウならば自分の居場所も、自分がここから移動することも、調べられてすぐに分かってしまうと思ったからだ。

　勿論ハーマーズも、それで自分の位置を完全に隠蔽できるとは思っていなかった。相手はシロウなのだ。そこらの者では太刀打ち出来ないと分かっている。それでも多少の時間稼ぎにはなるだろう。そう思って頼んだだけだった。

　それが、シロウの側に辿り着くまで自分の存在を隠し切れるなど、流石に予想外だった。ハーマーズはその余りの手腕に舌を巻きつつ、それ以上にヤナギサワへの警戒を強くした。

　それはそれとして、ハーマーズは今は目の前の状況に思考を割く。そしてハルカを庇うように立つシロウを見て言う。

「……なるほど。お前が坂下から脱走した理由は、彼女か」

　シロウは無言という肯定を返した。ハーマーズが更に言う。

「ネットで出会って、仲を深めて、実際に会おうと誘われる。お前はその手の詐欺には引っ掛からないやつだと思っていたんだがな」

「……詐欺じゃないからな」

　シロウはハーマーズの言葉が、自分に鎌を掛けたものだと分かっていた。それでもそう答えた。まずは、自分は本気でハルカを助けにきたのだとハルカに示す為に。そして、自分の行いは間違っていないのだと、ハーマーズに、ハルカに、何よりも自分自身に示す為に。

　ハーマーズが意外そうな表情を浮かべる。

「……お前、そういうやつだったっけ？」

「知らなかったのか？　あれだけ一緒だったのに」

「そうだな。知らなかった。なるほど。確かにそういうやつなら、気の迷いで坂下から脱走もする訳だ。納得したよ」

　シロウの覚悟の行為を、気の迷いだと一笑に付して、ハーマーズがシロウ達に向けて歩を進める。

「じゃあシロウ。帰ろうか。ついでだ。彼女にも御同行願おう」

　ハーマーズがミハゾノ街遺跡に来たのは、そこにアキラが現れたと聞いたからだ。その時点ではそのアキラが本物か偽者かは不明だったが、偽者だとしても、その情報を基に本物が現れる可能性はあると考えた。そして本物のアキラならば、シロウが同行している可能性もあるとも考えた。

可能性だ。言い換えれば願望であり、都合の良い期待にすぎない。我ながら浅はかなことをしていると、ハーマーズ自身も分かっていた。

　しかし実際にミハゾノ街遺跡に到着して、騒ぎの下に駆け付けてみれば、期待通りシロウがいた。それだけでなく、シロウが坂下重工から脱走した理由まで一緒だった。ハーマーズはこの幸運を逃がす気は無かった。

　シロウを捕らえ、脱走の原因となった人物まで確保する。これだけの成果があれば、シロウの脱走を防げなかった失態を拭うには十分だ。ハーマーズはその思いで意気をみなぎらせ、笑顔を消してシロウ達に近付いていく。

　ハルカもハーマーズの強さは理解できる。しかし今は別のことが気になった。

「シロウ。シロウが坂下重工から脱走したって情報は私も摑んでいたけど、本当に坂下重工から脱走してたの？　表向きはそうなってるっていう作戦行動じゃなくて？」

「ああ。本当だ」

「……自惚れたことを言うわ。私の為？」

　シロウがはっきりと答える。

「ああ。そうだ」

「…………そう」

　ハーマーズが現れた時、ハルカはシロウを疑った。自分との会話は全部嘘で、坂下重工の超人をこの場に呼び寄せて自分を確実に捕らえる為の、時間稼ぎだったのではないか。そう思ってしまった。

　だがシロウは本当に自分を助けようとしてくれていた。しかも坂下重工から脱走してまで。坂下重工に敵対してまでだ。

　それがどれほど重いことなのかは、ハルカもよく分かっている。それほどのことを自分の為にしてくれた者を疑った。ハルカはそのことを恥じた。そしてそれに報いる為に一つ覚悟を決めると、それを実行する最終的な判断の為に、シロウに尋ねる。

「もう一つ聞くわ。この状況、何とかなりそう？」

「勿論だ」

それはハルカにとって予想外の返事だった。シロウは自分と同じで情報技術においては超一流だろうが、直接的な戦闘では無力なはず。違っていたとしても、超人を相手に出来るほどではないはず。そう考えて、思わず怪訝な声で聞き返す。

「……どうやって？」

そしてシロウがその方法を口に出す。

「オリビアさん！　そいつを排除してくれ！」

「畏まりました」

その声と共にオリビアがシロウ達の前に姿を現した。ハーマーズは驚きの表情で足を止め、ハルカも驚きを露わにする。相手が迷彩機能で隠れていたことはすぐに理解したが、ハーマーズもハルカも、自分がこの距離にいた者に気付けなかったことに驚愕していた。

そしてシロウが少し辛《つら》そうに追加の指示を出す。

「……出来れば殺さずに済ませてくれ。逃げたら追わなくて良い。でも、そういう気遣いをすると料金がかさむのなら、この指示は取り消す。殺して良い」

シロウもハーマーズとは長い付き合いだ。それなりに情は感じている。しかしその情は、ハルカより優先するものではなかった。

「畏まりました」

オリビアは再度そう答えると、シロウ達の前から進み、ハーマーズの前に立った。そして愛想の良い笑顔で言う。

「お引き取り願えないでしょうか。それだけで無駄な戦闘を削減できます。どちらにとっても良い選択かと思うのですが」

ハーマーズがオリビアをじっと見る。相手が強いことは、あの距離まで自分に存在を気付かせなかったことからも理解できる。下手をすれば自分と同等の力を持っているとも考える。そこでまずは自分の立場を明示して相手を退《ひ》かせることを試みる。

「私はハーマーズだ。坂下重工の警備部に所属している。そこにいるシロウは坂下重工からの脱走者であり、私はそのシロウを確保する為にここに来た。邪魔をしないで頂きたい」

「リオンズテイル社のオリビアと申します。申し訳御座いません。その御要望は受けかねます。リオンズテイル社のものとして、契約者様であるシロウ様の指示を優先させて頂きます」

「お互い立場を明示しているのだ。その返答、リオンズテイルには当社と敵対する意志があると解釈することになるぞ？　契約に殉じるその姿勢は見事だが、ここは退くべきだ」

「申し訳御座いません」

「そちらが退くのに何らかの条件が必要なら提示してくれ。私も上と可能な限り交渉しよう」

「こちらから提示することは御座いません」

　最後通牒とでもいうように、ハーマーズが鋭い視線をオリビアに向ける。

「交渉は決裂か？」

　それに対してオリビアは笑顔のまま答える。

「交渉は、交渉材料に武力を含めて継続中、として構わないかと」

「なるほど。では全力で提示するとしよう。撤退が可能な間に交渉が纏まることを期待する」

「畏まりました」

　オリビアが丁寧に頭を下げて、それを戻す。ハーマーズは合わせて構えを取る。そしてわずかな対峙を置いて、両者が同時に動く。

　一瞬で間合いを詰め終えた両者が拳を振るう。余りに速い拳が進行方向の空気を圧縮する。超人と、それに対抗できる存在の二人で、色無しの霧を凝縮させる。超高密度の色無しの霧が衝撃の伝播を遮断する見えない壁となるが、どちらもその壁を自身の身体能力で強引に貫いた。

　そしてその拳同士がぶつかり合う。生まれた衝撃が爆発したかのように吹き荒れ、その余波がアキラ達の戦闘で既に脆くなっていた60階の外壁の一部を吹き飛ばした。

　相手が強過ぎたので退くしかなかった。その条件を相手側に満たさせる為の、武力を前面に押し出した交渉が始まった。

第245話　命懸け

ハーマーズとオリビアがセランタルビルの外に飛び出した後、60階に残されたシロウはすぐに次の行動を取った。ハルカに真面目な顔で言う。

「ハルカ。今の内に逃げろ」

ハルカが少し驚いた様子で聞き返す。

「シロウは？」

逃げよう、ではなく、逃げろ、と言われた時点で分かっていたことだったが、それでもハルカはそう聞いた。そして予想通りの返答が返ってくる。

「俺は残る。俺も一緒に行くとハーマーズが追ってくるからな」

ハーマーズはシロウとハルカの両方を捕らえる気だが、二択であればシロウの確保を優先する。よってハルカを確実に逃がす為には、シロウはその場に残らなければならなかった。

シロウが少し寂しげに笑って言う。

「……今の俺じゃ何でハルカを助けられないのかは、また今度教えてくれ。ちゃんと聞くと長くなりそうだからな」

ハルカは何かを言おうとして、それをやめた。代わりに別のことを言う。

「……約束は、出来ないわ」

「……、そうか」

ハルカが迷彩機能を使用して姿を消す。自分の表情ごと隠すように。そして立ち去った。

シロウであればハルカの迷彩機能も見破れる。しかし離れるとそれも難しくなる。ハルカの姿がシロウの探知範囲からも消えた。

再会の約束すら出来ずに、シロウはハルカと別れた。

シロウがわずかに項垂れて、その胸中を吐き出すように長く深い息を吐く。そして顔を上げて、気合いを入れ直した。

「……よし！　次にやることはハルカを助ける方法の調査だ。ハルカも何で駄目かぐらい教えてくれても良いじゃん。まあ、理由があって言えないんだろうけどさ」

　軽い感じで愚痴を交えてシロウは自身にそう言い聞かせると、まずは現状の打開に思考を割り当てる。そして外の様子を確認する。

「……オリビアさん。頑張ってくれよ？」

　ビルの外では超人とそれに類する存在が、ミハゾノ街遺跡の市外区画を巻き添えにして、激戦を続けていた。

　戦闘を開始したハーマーズとオリビアは、申し合わせたように交戦の場をセランタルビルの外に移した。シロウ達を自分達の戦闘の余波に巻き込まない為だ。一撃目で決着がついていればその必要も無かったのだが、相手の強さがその必要性を生じさせた。

　もっともどこまでも離れることはない。ハーマーズはオリビアが一瞬でも隙を見せれば、シロウ達の所に戻って最低でもシロウを、可能であれば一緒にハルカも攫って離脱する。そしてオリビアはそれを防ぐ為にハーマーズに接近戦を強い続けている。ハーマーズとオリビアは、シロウ達を巻き込まないギリギリの距離で戦闘を続けていた。

　地上ではシロウ達から遠過ぎるので、必然的にハーマーズ達の戦いは空中で行われる。どちらも飛行能力など持っていないが、宙を蹴っての跳躍を続けることで自在に移動していた。

　拳を振るい、蹴りを繰り出す。超人の身体能力を以て高速で繰り出されたそれらから、衝撃波が周囲に飛び散っていく。ミハゾノ街遺跡に漂う色無しの霧は、クズスハラ街遺跡奥部のように濃くはなく、衝撃波の減衰にも限度がある。離れた位置にあるビルが巨人に殴打されたかのように陥没し、破壊される。

　手刀が振るわれ、回し蹴りが放たれる。極限の指向性を以て斬性を帯びた衝撃波が、高層ビルを一刀両断し、扇状に広がった衝撃波が、複数のビルを薙《な》ぎ倒《たお》した。倒壊したビルが派手な砂埃《すなぼこり》を周囲に広げていく。たった二人の攻防が、そのたかが余波が、ミハゾノ街遺跡の市街区画の景観を大きく変えようとしていた。

それだけの威力の拳が、蹴りが、その圧倒的な身体能力による力任せではなく、研ぎ澄まされた達人の技量を以て、両者から絶え間無く繰り出される。それを防ぎ、躱し、迎撃し、反撃し、どちらも退かずに戦い続ける。

そしてまずはハーマーズの一撃がオリビアに突き刺さった。余波だけで、それも減衰した衝撃波だけで、離れた位置のビルを粉砕する蹴りが、オリビアの腹部に直撃する。

手応え有り。そう確信できる一撃に、ハーマーズが思わず笑みを零す。

一方、オリビアの表情に変化は無い。能面という意味ではなく、何事も無かったかのように同じ表情のままだった。それはその顔を見たハーマーズに、今の一撃は躱せなかったのではなく、敢えて躱さなかっただけ、と思わせるほどだった。

そしてそれを裏付けるかのようにオリビアが反撃する。蹴りの反動で一瞬動きを止めたハーマーズの足を両手で掴むと、そのまま回転して勢い良く振り回し、シロウ達とは逆の方向に投げ飛ばした。

まずい。ハーマーズはそう思って焦りながら空中で体勢を立て直し、両足に力を込める。力場《フォースフィールド》装甲《アーマー》の応用で空中に足場を生成し、それを踏みつけて自身を減速させた。空中にブレーキ痕のような光の線を残して、ハーマーズが何とか短い距離で停止する。全力で踏ん張っていなければ、遺跡の外まで放り出されるところだった。

仮にハーマーズが十分遠い位置まで投げられていた場合、オリビアはその隙を衝いてシロウ達の所に戻り、二人を連れて姿を消していた。

オリビアの迷彩機能は黙って動かずに隠れていれば、近距離であってもハーマーズにも気付かれないほどに高性能だ。その迷彩機能をシロウ達にも適応できるかどうかは、ハーマーズには分からない。だがシロウ達の捜索が極めて難しくなることは確実であり、それを防げたことにハーマーズがわずかに安堵する。

しかしその安堵もオリビアの姿を見た途端に消し飛ぶ。オリビアがハーマーズに向けて光刃を構えていた。

この光刃は、シェリルがアキラと戦っていた時に生成したレーザーブレードと同種のものだ。相手を物理的に斬ることが出来る。

しかしその性能は別物。オリビアが自身のジェネレーターの出力を以て精製した刃は、シェリルが振るったものなどとは比較にならない切れ味を持っていた。

それほどの切れ味を実現するエネルギー体は、その長さを1ミリ伸ばすだけでも莫大なエネルギーを必要とする。それにもかかわらずオリビアの光刃は10メートルほどの長さがあった。それは桁違いのエネルギーを完全に制御している証拠であり、この光刃が見かけ倒しのものではないことを、ハーマーズに一目で理解させた。

その光の刃が振るわれる。全力で踏ん張った所為で、ハーマーズはその刃の間合いの中にいる。

躱せない。そう悟ったハーマーズは、その斬撃の軌道を読んで、輝く刃を渾身《こんしん》の力で防御した。

オリビアが光刃を振るい終えた時、その刃は砕けて消えていた。輝く破片が振るわれた勢いで飛び散り、その先にあった地面や建造物を切り刻んでいく。

ハーマーズがその光景を見て苦笑する。

（……破片の状態でもあの威力か。道理でな）

光刃を何とか防いだハーマーズの両腕は、骨まで切断されていた。残った筋肉と皮膚で何とか繋がっている腕から鮮血が吹き出す。腕では防ぎ切れなかった部分も斬られており、切断箇所から骨を見せていた。

ハーマーズが着用している背広型の戦闘服は、着用者の生体力場装甲《フォースフィールドアーマー》に反応して強度を増す仕組みになっている。オリビアの光刃は、その戦闘服を斬り、その下の超人の肉を斬り、骨まで斬ったところで、耐久に限界が来て砕けていた。

自身の千切れそうな両腕を、ハーマーズが器用に腕を振って切断面をくっ付ける。すると事前に服用しておいた回復薬の効果で接着する。出血も止まった。両手を閉じたり開いたりして、しっかり繋がったことを確認する。

（彼女が今まであのブレードを使わなかったのは、俺を油断させて確実に斬れる瞬間を狙っていたからか、それとも使用に大量のエネルギーが必要で、そのエネルギーが溜まるまで使えなかっただけなのか、或いは……）

ハーマーズはそこまで思って、既に思い付いていた一番確率の高い理由を、自身に認めさせるように顔をしかめながら続ける。

（……或いは、単に俺がなめられていただけか）

二人の戦いは殺し合いではない。相手に退いてもらう為の、武力を用いての交渉だ。

それを考えれば、オリビアは初めの内は素手で相手を退かせられると判断していたが、予想以上に強かったのでブレードを使うことにした、とも考えられる。要するに、今までは単に手加減していただけ、という解釈だ。

ハーマーズはそれを真っ先に思い付きながらも、言い訳するように他の理由を探してしまった無様な自分を侮蔑した。両腕を斬られた自分に相手が追撃を仕掛けてこなかったことで、ようやくそれを認める気になった自身を恥じた。

そしてハーマーズの解釈を肯定するようにオリビアが告げる。

「如何《いかが》でしょう。そろそろお引き取り願う訳にはいきませんか？　これ以上はこちらと致しましても、シロウ様の御要望に応えるのが難しくなります。撤退が可能な間に交渉を纏めるというそちらの要望も、実現が困難になりますが」

これ以上続けるのであれば、今までのような手加減は出来なくなる。つまり死ぬことになる。オリビアはそう宣言して、ハーマーズに撤退を促した。

しかしハーマーズはそれを拒否する。

「お気遣いどうも。だがお断りしよう。この案件は、この程度のことで引き下がれるほど、軽いものではないのでね」

「左様で御座いますか」

オリビアが刀を構える。先程振るった光刃の本体だ。刀身は1メートルほどの長さで、わずかに発光している。今は光刃を生成していないが、その切断能力に大きな差は無い。ハーマーズを殺せる切れ味を持っている。

ハーマーズも緊張した様子で構えを取った。

「では、お覚悟を」

「来い」

オリビアが宙を蹴って間合いを一気に詰め、ハーマーズはそれを迎え撃つ。交渉材料に武力を含めた二人の交渉は、次の段階に進んだ。その締結に相手の撤退だけではなく、殺害も許容した交渉に。

ハーマーズ達が戦い始めた後、その戦いの余波の被害を目の当たりにしたアキラ達は、急いでその場から離脱していた。バイクにキャロル、シェリル、アキラの順に跨がって、高速で宙を駆けていく。そしてそのままミハゾノ街遺跡を脱出すると、クズスハラ街遺跡から遅れてこちらに向かっているキャンピングカーを目指した。

その移動中、アキラはハーマーズ達の戦いを、アルファのサポートを受けて遠距離から見ていた。そしてその余りの戦い振りに硬い笑顔を浮かべていた。

『アルファ……。あれ、何なんだ？』

それに対してアルファはいつも通りの笑顔で、つまりハーマーズ達の戦い振りに特段の感想を抱かずに答える。

『何なんだと言われてもね。普通に戦っているだけよ。超人の基準での、普通だけれどね』

『あれが普通か……。超人なんて呼ばれる訳だ。俺も超人とは前に戦ったはずなんだけど、認識がまだまだ甘かったか』

『ある水準以上の身体能力の持ち主を、一括《くく》りに超人と呼んでいるだけだからね。超人と呼ばれる人の中にも、超人として普通に強いだけの人と、超人の基準でも桁違いに強い人はいるわ』

『まあ、それもそうか』

『あと、あの戦いの派手さは、二人の実力というよりも環境の影響が大きいわ。ミハゾノ街遺跡の色無しの霧の濃度は、クズスハラ街遺跡の奥部や東部の東側の領域より大分薄いから、衝撃波の減衰にも限度があるのよ。その所為で派手に戦っているように見えているだけね』

『ああ、そういう理由もあるのか』

『ええ。あの戦いがもっと東側の領域で行われていれば、撒《ま》き散《ち》らされる余波もずっと小さくなって、アキラも大して驚かなかったでしょうね』

　常識的な物理法則に従うのであれば、超人は少し気合いを入れて体を動かしただけで四肢の末端が音速を超えることもあり、そこら中に衝撃波を撒き散らす迷惑極まりない存在になる。

　東部でそれが防がれているのは色無しの霧による減衰効果のおかげだ。濃度の差はあれど色無しの霧が東部全域に漂っていることで、世界は超人という存在を許容できるほどに頑丈になっていた。

　そのまま荒野を進んでいたアキラ達だったが、シロウからアキラに通信が入る。その内容はアキラの顔をしかめさせるのに十分なものだった。

「キャロル。シェリルを連れて先に戻っててくれ」

　アキラはそう言い残すと、走行中のバイクから飛び出して一人でミハゾノ街遺跡の方へ戻っていく。

　そのアキラの突然の行動に、キャロルが慌てた声を出す。

「ちょっと!?　アキラ!?　どうしたの!?」

　シェリルも同様に驚いて声を出す。

「アキラ!?　何があったんですか!?」

　バイクの速度に加えてアキラ自身の速さもあり、既にバイクからかなり離れていたアキラは、その二人の慌てた声を通信越しに聞いた。アキラも通信越しに答える。

「用事が出来た。キャロル。シェリルを届けるのは頼んだ。シェリル。落ちないようにちゃんとキャロルに捕まってろ」

ついてくるな。アキラは暗にそう言い残してキャロル達との通信を切ると、そのまま急いでシロウの下に向かう。

　アルファがそのアキラと併走しながら尋ねる。

『……アキラ。本当に行くの？』

『……仕方無いだろう。あいつには借りがあるんだから』

　アキラの表情はこの行動が不本意なものであることをありありと示していた。そしてそれでもシロウの下に行くことが、アキラにとっての借りの重要性を示していた。

『……そうね』

　アルファとしてもアキラにそう言われては、アキラを止めることは出来なかった。アキラに誰よりも貸しを作っているのはアルファだからだ。その借りの返済の為に、アキラに自分の依頼を達成してもらう為にも、アキラのその融通が利かないほど義理堅い部分を、否定する訳にはいかなかった。

　仕方が無い。アキラもアルファもそう思いながら、もう一度ミハゾノ街遺跡へ向かっていく。

　一方キャロルは一瞬判断に迷いながらも、シェリルを連れて先を急ぐ。シェリルはそのことに不満を覚えながらも口には出さない。自分がアキラについていったところで、足手纏いになるだけだと分かっているからだ。

　キャロルもシェリルと大体同じことを思う。異なるのは、足手纏いになるのは自分達なのか、シェリルだけなのか、という点だ。

　自分だけならばアキラと一緒に行けたのではないか。そう思いながらも、今はそれをアキラに聞くのはやめた。シェリルを届けるのを頼まれたからだ。

　まずはキャンピングカーに着いてから。キャロルとシェリルはどちらもそう思いながら、今はアキラとは逆方向に先を急いだ。

◆

　オリビアがまだブレードを使っておらず、ハーマーズと共に格闘戦の余波だけでミハゾノ街遺跡の市外区画を破壊していた頃、シロウはその表情に強い焦りを滲ませていた。

（……これ、まずいぞ）

シロウは遺跡の破壊状況など気にしない。また二人の戦いはシロウの目からもオリビアが優勢に見える。それでもシロウは焦りを募らせる。

（ハーマーズ！　もう帰れよ！　死んだらどうする！　俺の捜索から外されてる以上、これは仕事じゃねえはずだぞ!?　そんなに頑張る必要性はねえだろ!?）

シロウはハーマーズの命をそこまで気遣う気は無い。死んでほしいとは思わないが、死んだら死んだで仕方が無いと考えている。そこにシロウを焦らせる要素は無い。

また、この調子であればオリビアが勝つとも思っている。それでもシロウの焦りはどんどん強くなっていく。

（まずいまずいまずい！　このままだとオリビアさんとの契約期間を使い切るぞ!?）

シロウはオリビアと1ヶ月５００万コロンの基本料金で契約している。また追加料金を支払うことで、基本業務から逸脱した内容の仕事も頼めることになっている。簡単な護衛などは基本業務に含まれているので問題無い。しかし敵が強過ぎる場合は別だ。敵の強さに応じた料金が必要になる。

そしてハーマーズの強さは、間違いなく追加料金が発生するものだ。シロウもそれぐらいは分かっているので、ハーマーズの命を気遣って下手に手加減すると料金がかさむようなら、殺して良いと指示していた。つまり追加料金の支払を許容している。

ではその料金は幾らになるのか。それはオリビアもハーマーズの撃退が終わった後にしか算出できない。よって後払いを認めているのだが、終わった後になってから、そのような大金は支払えない、ということは認められない。

そこで即時の支払の代わりに、追加料金の分だけ雇用期間を縮める契約になっていた。シロウが焦る理由はそこにある。たとえハーマーズを撃退しても、その結果、あと1日で契約が終わるような事態になっては困るのだ。これからも自由に行動する為に、何よりもハルカを助ける為に、シロウはオリビアの力に大いに期待していた。

だが事態はシロウの予想以上に悪化していた。旧領域を介してオリビアから連絡が入る。

『シロウ様。当機との契約期間がまもなく終了致します。契約期間の延長を御希望ですか？』

シロウが思わず吹き出す。

『……も、もう!?』

『はい。如何なさいますか？』

『わ、分かりました。お願いします』

背に腹は代えられない。今オリビアとの契約が終われば、ハーマーズから逃れる術は無い。ハルカの為にもそれは出来ない。シロウはそう考えて、契約更新の為に追加で1ヶ月分の基本料金を支払おうとした。

しかし状況の悪化はそれどころでは済まなかった。

『更新後の基本料金は１０００万コロンとなります。宜しいでしょうか？』

シロウが再び吹き出す。

『１０００万!?　５００万コロンじゃなくて!?』

『はい。１０００万コロンになります』

『ま、前は５００万コロンだったのに、な、何で急にそんなに値上がりするんですか？』

『想定業務内容の更新による基本料金の見直しとなります。前回の契約では、シロウ様が第３奥部と呼称した領域での大型脅威個体との戦闘や、現在交戦中である脅威個体との戦闘を、想定していない料金となっておりました。更新後はそれを想定した契約となりますので、基本料金もそれに準じる金額となります』

怪獣やハーマーズのような存在と戦わせるのであれば、相応の金を支払え。乱暴に要約すればそうなるオリビアの返答に、シロウも流石に反論はできなかった。

『シロウ様。契約期間の延長を御希望の場合は、基本料金の御入金をお願い致します。尚、御入金の確認が出来なかった場合、当機は当機の保全の為に、契約期間終了と同時に現場から離脱致します。御了承下さい。離脱までの暫定時間は、12秒です』

『12秒……！』

シロウは最長でも後12秒で決断しなければならない。それはオリビアがハーマーズを抑える残り時間とも解釈できる。超人の猛攻を12秒も防ぐ時間的な価値を考慮すれば、十分な猶予とも考えられる。

その貴重な時間を、シロウは6秒黙って消費した。その間にハーマーズが退いてくれることを期待した。しかしその儚《はかな》い願いは叶《かな》わず、むしろ逆に、ハーマーズの方がオリビアに痛烈な一撃を入れる。超人の蹴りがオリビアの腹部に直撃した。

それでシロウが決断する。

『……振り込んだぞ！』

『御入金を確認致しました。当社の継続的な御利用、誠に有り難う御座います』

オリビアが即座に反撃する。ハーマーズの足を掴んで投げ飛ばすと、１０００万コロンに増額された基本料金の力を振るう。刀を構え、光刃を生成して、ハーマーズの両腕を斬り裂いた。

流石にこれで退くだろう。そう思ったシロウだったが、ハーマーズは戦闘を続行した。

（続けるのかよ!?　やる気あり過ぎだろ！）

オリビアが刀を使い始めたことで、ハーマーズは更に劣勢になった。

だがシロウの焦りはより強くなる。ハルカを助ける為に用意した虎の子の金は、これで使ってしまった。もうシロウに資金の余裕は無い。今後の行動は資金的に苦しいものになる。

怪獣やハーマーズとの戦闘を想定した契約になった以上、シロウもこの戦いで追加料金は発生しないとは思っている。しかしハーマーズも切り札や奥の手ぐらいは持っている。それを使われた場合でも、基本料金内で済むとは限らない。

そしてその場合、もうシロウに支払能力は無いので、契約期間の延長は出来ない。戦いそのものは劣勢を強いられているとはいえ、ハーマーズの尽力はシロウを確実に追い詰めていた。

　それを何とかする為に、シロウは新たな手を講じる。金は無い。よって金以外のものを消費する。

　シロウはアキラに通信を繋いだ。

『アキラ！　今どこにいる！』

『シロウか。俺ならミハゾノ街遺跡の外だ。もう用事は済んだから帰るところ……』

『俺はセランタルビルにいる！　戻ってこい！』

『えー。いや、だってそこは……』

　ハーマーズとオリビアの激戦を見たアキラは難色を示したが、シロウがそれを遮って断言する。

『断らせねえぞ！　お前は俺に借りがあるはずだ！』

　そう言われてしまっては、アキラは断れなかった。嫌そうな声を出しながらも承諾する。

『……分かった。すぐに行く』

『急げよ！』

　アキラの気が変わらない内に、シロウは通信を切った。

　流石にシロウも、アキラがハーマーズに勝てるとは思っていない。しかしオリビアの援護ぐらいは出来ると考える。そしてそれ以上に、アキラの何か、どう考えても生還は絶望的な状況を今まで何度も覆してきたアキラの、例外としての何かが、この状況を改善してくれることを期待した。

　その為にシロウは、貯《た》めに貯めたアキラへの貸しを、今、ここで使うことにした。

◆

　ミハゾノ街遺跡に戻ったアキラは、オリビアとハーマーズの戦いに巻き込まれないように、大回りをしてシロウの下に辿り着いた。そしてシロウに向けてどこか面倒そうに言う。

「シロウ。それで、俺を呼んだ理由は？　お前を連れて脱出すれば良いのか？」

「違う。オリビアさんを援護してくれ」

「えー……」

アキラは嫌そうな顔でそう言うと、オリビア達に視線を向けて、その激戦の様子を再度確認した。

「……、嫌だ」

あの戦いに参加したら消し飛ばされる。アキラはそう考えて断った。

「そこを何とか、頼むよ」

「断る。っていうか、あの様子なら別に俺が援護しなくてもオリビアさんが勝つんじゃないか？」

微笑すら浮かべて戦っているオリビアとは対照的に、ハーマーズは必死の形相を浮かべている。アキラには戦いの優劣も、二人の表情に準じているように見えた。

実際にハーマーズは、オリビアが刀を使い始めてからずっと劣勢を強いられている。基本的には防戦一方で、反撃の機会はごくわずか。自身を両断可能な刃をギリギリで躱し、相手が十数回も刀を振るってようやく一度生まれるかどうかの、わずかな隙を衝いて攻撃するしかない。

そしてその数少ない機会で拳や蹴りを放っても、相手に必ず当たる訳ではない。オリビアの方もしっかり避けようとする。加えて回避行動の所為で崩れた体勢からでも、オリビアは刀を正確に振るってくる。

本来は、崩れた体勢から繰り出された刃など、超人であるハーマーズには通じない。その身体に力を込めるだけで防ぐことが出来る。

しかしそれもオリビアの刀の前には無力だ。力の入り難い状態で振るった刃でも、刀の異常なまでの切れ味が力も技も補うので、避けなければ斬られてしまう。肉を裂かれ、骨まで達してしまう。

その斬撃を幾度も躱し、分の悪い読み合いに何度も勝って、ようやく攻撃を当てたとしても、オリビアは倒せない。それどころか欠片も表情を変えずに反撃してくる。ハーマーズは圧倒的に劣勢だった。

だが劣勢であろうとも、ハーマーズはいまだ負けずに戦い続けている。仮にハーマーズが、身体能力が超人の水準に達しているだけの、力任せの凡人であれば、既に数え切れないほど死んでいる。まだ生きていることが、まだ戦い続けていることが、ハーマーズの確かな実力を証明していた。

　それはそれとして、劣勢には違いない。アキラには自分がわざわざオリビアを援護する必要は無いように思えた。

　それでもシロウは食い下がる。

「そうだとしても援護は要るんだ。アキラ。頼む」

「無茶言うな。断る」

　何度頼まれても拒否の姿勢を変えないアキラに、シロウは何かを決断したように一度大きく息を吐いた。そして非常に真面目な顔で、この言葉がアキラにとって脅迫に近いことを理解した上で、再度告げる。

「お前は俺に借りがあるはずだぞ」

　そう言われるとアキラも非常に断り難くなる。だがそれでも、少々迷いはしたが、アキラは返答を変えなかった。

「……だとしてもだ。断る」

「アキラ！」

　アキラはシロウの強い非難を、それ以上に強い視線で遮った。そして言う。

「確かに俺にはシロウにデカい借りがある。それは認める。第3奥部ではシロウのおかげで死なずに済んだ。でも、命を助けてやったんだから死んでくれって言われても困る。シロウの為に死んでやる義理は無い」

　そう言われてしまっては、シロウは黙るしかなかった。追加の説得の言葉も見付からず、その顔に苦悩の色を見せている。

　そしてそういう表情を見せられると、アキラも心苦しさを覚える。アキラも別に嫌がらせで断っている訳ではない。大きな借りのある相手なのだ。何とかしてやりたいと思う気持ちは確かにあった。

　アキラがもう一度オリビアとハーマーズの戦闘の様子を確認する。

『……アルファ。流石にあれは無理だよな』

『ええ。流石にね』

『だよなあ……』

アルファはアキラに同意を示しながらも、この流れを少々危険視した。

アルファもアキラに死んでもらっては困る。しかしアキラはある意味でシロウへの借りを踏み倒そうとしている。その傾向は好ましくない。

そこで妥協案を提示する。

『せめてシロウにも協力してもらわないと。シロウはこの状況をアキラに何とかしてほしいのでしょうけれど、貸しがあるとはいえアキラだけにやらせるのは都合が良すぎるわ。やるのであれば、シロウにも命ぐらいは懸けてもらわないとね』

アキラはアルファからその詳細を説明してもらうと、確かにそれならば、と判断を改めた。

「シロウ。どうしてもやってほしいのなら、お前も命ぐらいは懸けろ。俺だけに懸けさせるな。命を助けてもらった借りがあるんだし、俺も命懸けぐらいの頼み事なら聞いてやってもいい。どうする？　それでもやるか？」

それを聞いたシロウは、少し項垂れていた頭を勢い良く上げて即答する。

「やってくれ」

「わ、分かった」

これでシロウが断るのであれば、アキラとしても自分を納得させられた。しかし一瞬の躊躇も無く、詳細も聞かずに即答したシロウの態度に、逆にアキラが戸惑った。

そしてシロウにもその決意と覚悟を示すだけの事情があるのだろうと思い、アキラもやる気を上げる。

「じゃあ始めるぞ」

アキラはそう言ってシロウの背後に回ると、服のうなじ辺りを片手で掴んだ。


劣勢に抗い続けるハーマーズに、更なる苦境が襲いかかる。アキラによる銃撃だ。

もっとも被弾したところで怪我などしない。全身に真面に浴びても致命傷には程遠い。

とはいえ完全に無視できるほど弱い威力でもない。躱すなり生体力場装甲《フォースフィールドアーマー》で防ぐなりしなければ、怪我ぐらいはする。そして黙って喰らい続ければ、ただの掠り傷だったものが軽傷に変わり、いずれは重傷にまで悪化する。対処しなければならない。

　しかしアキラの銃撃に対応することは、その分だけオリビアの攻撃への対処を、わずかではあるがおろそかにするということでもある。オリビアの猛攻にギリギリで抗っているハーマーズには、そのわずかが致命的になりかねなかった。

（……チッ！　面倒だな！）

　仕方が無い。一瞬だけアキラへの対処を優先しよう。拳を振るい、衝撃を伝播させて消し飛ばそう。ハーマーズはそう判断すると、オリビアの攻撃を大きく下がるように避けて、アキラを攻撃する猶予を作る。

　そして拳を勢い良く振るおうとして、それを慌てて止めた。

　アキラがシロウを片手で持って盾にしていた。

（……何だと⁉）

　思わず動きを止めてしまったハーマーズの隙を衝き、オリビアが大きく踏み込んで刀を振るう。それを反射的に回避しようとしたハーマーズだったが、間に合わなかった。振るわれた刃は、ハーマーズが動きを鈍らせた分だけ、その肉を深く斬り裂いた。

第246話　ハンターとしての生き方

　ミハゾノ街遺跡の近郊でアキラと別行動を取ることになったキャロルが、シェリルを連れてアキラのバイクで荒野を駆ける。目指すのはヒカル達を乗せてミハゾノ街遺跡へ進んでいるキャンピングカーだ。自分の車なので位置は分かる。あと少しの距離まで来ていた。

　本来ならばヒカル達に事前に連絡ぐらい入れるべきなのだが、キャロルは状況の説明に時間を取られるのを嫌がり、連絡無しでキャンピングカーに向かっていた。その所為でヒカル達はキャロルが突然戻ってきたことに驚き、車を止めると全員で外に出てキャロルを待つ。

　そしてキャロル達がヒカル達の前に到着する。バイクにアキラが乗っていないこと、代わりにシェリルが乗っていることに、ヒカル達は困惑した様子を見せた。エレナが皆の気持ちを代表して尋ねる。

「キャロル。アキラは？」

　そう問われたキャロルが、バイクからシェリルを降ろしながら軽く笑って答える。

「ごめんなさい。急いでるの。詳しいことは彼女に聞いて」

　キャロルはそう言い残し、再びバイクを走らせる。限界まで速度を上げてミハゾノ街遺跡へ向かった。

　そのキャロルを半ば唖然としながら見送ったヒカル達の視線がシェリルに集まる。そしてまたエレナが代表して尋ねる。

「……えーっと、じゃあ、話を聞かせてもらえる？」

「あー、はい。分かりました」

　そう聞かれても、詳しい事情などシェリルにも分からない。それでもシェリルは分かる範囲で事の経緯を話し始めた。

◆

　アキラがシロウを盾にしながら、ハーマーズを銃撃してオリビアを支援する。アルファのサポートを受けたアキラの精密射撃は、ハーマーズの動きを先読みした上で、その行動を的確に阻害する非常に高度なもの。一見見当違いの方向へ放たれた弾丸すら、後続の弾丸に弾かれて跳弾となり、アキラのいない方向からの銃撃となってハーマーズを惑わしていた。

　そしてハーマーズは胸に深手を負ったままそれに対処する。アキラにシロウを盾にされて、慌てて攻撃を止めた隙を衝かれてオリビアから受けた負傷は、まだ治っていない。

　ハーマーズはクズスハラ街遺跡奥部から全速力でこの場に向かった際に、その負荷を軽減する為に回復薬を事前に過剰なまでに服用していた。その治療効果はまだ十分に残っている。本来はこの程度の負傷など数秒で完治する。だがそれは安静にしていればの話だ。オリビアの猛攻に抗いながらでは傷口も広がってしまい、治癒の速度も遅くなる。

　その上でアキラの銃撃だ。無視は出来ない。そこまで弱い威力ではない。防ぐなり躱すなりしなければならない。しかしそちらに意識を取られ過ぎると、オリビアの攻撃を躱せなくなる。どちらにも的確に対応しなければならない。

　振るわれる斬撃を紙一重で回避する。避ける方向も、その都度正確に判断しなければならない。後方へ躱した時にオリビアが光刃を生成していれば、そのまま斬られることになる。

　光刃の生成速度はオリビアが刀を振るう速度より遅いので、振るわれる前に一応確認できる。だがそれも一瞬、しかも超人の動きに対応できる体感時間での、一瞬の猶予しかない。その決して間違ってはいけない一瞬の判断を、ハーマーズは無数の斬撃の度に繰り返す。

　その動きを、その判断を、アキラの銃撃が邪魔をする。被弾でハーマーズの体勢をわずかではあるが崩し、動きを鈍らせ、回避行動を取らせて傷の回復を遅らせる。更には跳弾までがその傷口に入り込もうとする。

　アキラはシロウを片手に持って飛び回りながら、

もう片方の手と強化服の2本の補助アームで、計3挺のRL2複合銃を連射する。空中戦を続けるハーマーズとオリビアに合わせて、自身もセランタルビルから飛び出し、空中を駆けて的確な位置から銃撃を繰り返す。

　そのアキラにハーマーズが衝撃波を飛ばす。オリビアの斬撃を躱した動作に混ぜて拳を繰り出し、正確にアキラ達を狙った。シロウを盾にされているので加減しているが、それでもアキラが真面に喰らえば危険な威力だ。

　そのハーマーズの回避行動の一部に擬態した非常に分かり難い攻撃を、アキラはしっかりと捉えていた。アルファのサポートを受けた極度の体感時間捜査と現実解像度操作が、それを可能にさせた。すぐにその場から全力で離脱する。

　直撃こそ避けたが、その余波までは避けられない。アキラは風速だけなら竜巻を超える暴風を浴びながらも、シロウを離さずに摑み続ける。この盾があるからこそ、ハーマーズはこの程度の威力で済ませている。手放す訳にはいかない。

　その上で暴風で遠くまで吹き飛ばされないように、力場装甲《フォースフィールドアーマー》機能を応用した空中歩行を用いて、両足を踏ん張って堪える。宙に摩擦の痕を長く強く残して、アキラは何とか短距離で停止した。

「シロウ。大丈夫か？」

「大丈夫じゃない！　ヤバいぐらいキツい！」

　シロウはアキラに振り回されるだけで身体に多大な負荷が掛かっている。加えて今の一撃だ。それなりに高性能な強化インナーなどを着用しているとはいえ、回復薬を事前に服用しておかなければ、下手をすれば死んでいた。

「我慢しろ。死ぬよりはましだろ？」

「分かってる！　好きにしろ！」

　それでもシロウの意志は欠片も揺らがない。アキラもシロウも、命を懸けてこの場にいた。

　シロウを死なせない程度に加減したとはいえ、今の攻撃でシロウをアキラから引き剝がせなかったことに、加えてアキラがこの攻撃を受けた後でも距離も取らずに銃撃を再開してきたことに、ハーマーズが舌打ちする。

　そしてアキラへ汎用短距離通信で告げる。

「俺は坂下重工警備部所属のハーマーズだ！　直ちに攻撃を中止しろ！　止めない場合、坂下重工に敵対したとみなす！」

　五大企業の一社と敵対する恐れがある。それは東部の東端、最前線で活動する超一流のハンター達にも通じる脅し文句だ。そのような者達は基本的に他の五大企業とも繋がりがあるので、その脅しの効果も軽減されるのだが、それでも一定の効力があることに違いは無い。

　つまりアキラ程度の者、多少実力のある高ランクハンター程度の者にとって、この脅迫は非常に強力だ。事実上の死刑宣告にも等しい。

　その重さを実感できているかどうかは別にして、アキラが答える。

「それはシロウに言ってくれ。俺はシロウに頼まれてやってるだけだ。よく分かんないけどシロウも坂下重工の人間で、しかも凄く偉いやつなんだろ？　俺に言われても困る」

　アキラもこれが言い訳だと分かって言っている。それでも言い訳になる程度には効力があることを期待した。

　一方それを聞いたハーマーズは、その反応から相手が本物のアキラであり、シロウを人質に取られた訳でもないことを確認した。その上で反論する。

「シロウは坂下重工から脱走中の身だ！　坂下重工の身分は適用されない！」

「シロウ。そうなのか？」

　シロウがあからさまにわざとらしく答える。

「いやいやいや！　そんなことないって。俺が坂下から脱走中ってのは、他社に向けた偽装工作だ。俺は坂下重工の人間としていつも通り活動中だよ。何だ、ハーマーズは知らされてなかったの？」

「嘘を吐くな！」

「嘘じゃないって。スガドメさんとは話をしたし、その際に他の仕事もいろいろ頼まれてる。疑うなら一度戻って、スガドメさんに直接確認しろよ」

ハーマーズが顔を歪める。絶対に無いとは言い切れないからだ。シロウは極めて秘匿性の高い任務に就くこともある。その際に、自分には上からその詳細を伝えられないことも珍しくない。

もっとも、話をしたと話を通したでは、その意味は大きく異なる。しかし追い詰められているハーマーズに、その違いを正確に読み解くのは難しい。また仮にその違いに気付いたとしても、どちらにしろその正否をこの状況で断定するのは困難だ。

退くべきか、続けるべきか。ハーマーズがそれを悩み迷う間にも、オリビアの猛攻は止まらず、アキラもその援護を続行する。ハーマーズはそれを防戦に徹して何とか凌《しの》ぎ続けていた。

その状況で、シロウが更にハーマーズを惑わせる。

「第一、あんたは今、俺の捜索から外されてるはずだろ？　つまりあんたの行動は業務じゃない。あんたが勝手にやってることだ。その業務外の行動で社名を出すのはまずいんじゃないか？　怒られても知らないぞ？」

ハーマーズが更に顔を歪ませる。思わずそうしてしまう程度には、シロウの言葉は正しかった。

そしてまるで、そのシロウの言葉への返答であるかのように、ハーマーズが新たな行動を取る。今までは自分達の戦闘の余波にシロウを巻き込まない為に、アキラ達とは距離を取っていたのだが、それをやめて近付いてきたのだ。

ただし憤りに任せた行動を取ったのではない。ハーマーズは現在防戦一方で、アキラ達を攻撃する余裕がほとんど無い。それを補う為に、アキラ達に敢えて近付くことで、自分達の戦いの余波をアキラ達への攻撃の代わりにすることにしたのだ。

余波とはいえ、アキラ達を狙って加減した攻撃より数段上の威力となる。真面に巻き込めばシロウを殺しかねない。ハーマーズはその危険性を分かった上で、アキラ達との距離を詰めていく。その危険性からアキラが大きく距離を取ること。そしてその余波にシロウを巻き込まない為に、オリビアの攻撃が制限されることを期待してのことだ。

アキラもそれに気付いてハーマーズ達から距離を取ろうとする。しかし単に離れれば良いものではない。離れ過ぎればオリビアの援護が出来なくなる。逆に近過ぎればハーマーズ達の激戦に巻き込まれる。超人がその身体能力を用いて高速で接近してくる中、絶妙な位置取りを維持しなければならない。

一方ハーマーズもアキラ達を単に追えば良い訳ではない。追うのを優先し過ぎるとオリビアの攻撃を躱せなくなる。回避行動に混ぜ込んでアキラ達へ近付いていく。

一定の距離を取ろうとするアキラと、それを縮めようとするハーマーズ。盾としてアキラに振り回されるシロウと、ハーマーズとの接近戦を続けるオリビア。各々の激戦が続く。

そして離れようとする者と、それを追う者の所為で、交戦の場も大きく動いていく。その戦いに巻き込まれる範囲も広がっていく。

ミハゾノ街遺跡の市外区画は、たった４人の戦いの所為で、以前の大規模な騒ぎにも匹敵しかねないほどに破壊されようとしていた。

そしてそこに５人目が加わる。それはキャロルだった。

ミハゾノ街遺跡に到着したキャロルは、バイクを停めたビルの屋上からアキラ達の戦いを見て、まずは唖然とした。オリビアとハーマーズの戦いも常軌を逸していたが、オリビアを支援するアキラの動きも十分に驚異的だった。

道理でシェリルを先に戻らせる訳だ。キャロルはそう考えて、アキラが自分を同行させなかった理由にする。そしてその上で迷う。

キャロルが一人で戻ってきたのは、アキラを援護して恩に着せる為だ。借りを返し、貸しを作る為であり、その機会を独り占めにする為だった。

単純な支援が目的であれば、エレナ達もバイクに乗せて連れてくれば良かった。二人の実力はクズスハラ街遺跡奥部の戦いで証明されている。単純な計算で最低でも自分3人分にはなると、キャロルも分かっていた。

　その辺りを後でアキラに指摘された場合は、シェリルの安全の為だとする。エレナ達を連れていくと戦力として残るのはトガミだけになる。それは流石に心許《こころもと》無《な》いのでエレナ達は置いてきた。まずはそう説明することにしていた。

　それでアキラが納得しなかった場合は、こう続ける。アキラが離脱した時、ミハゾノ街遺跡ではオリビアとハーマーズが遺跡内を派手に壊しながら戦っていた。そのような危険な場所にエレナ達を連れていくのは、アキラは好まないかもしれない。自分の判断で巻き込めるのは自分だけ。だから自分だけで来た。

　これなら自分一人で戻ってきても、アキラを納得させられるだろう。キャロルはそう考えて、アキラに貸しを作る機会を独占しようとした。したのだが、現場の戦いを目の当たりにして、迷った。

（……私が狙われたら……）

　ハーマーズはオリビア達の対処に忙しく、遠距離にいる自分には気付いていないように見える。狙撃する絶好の機会のように思える。

　しかし撃てば流石に気付かれる。そして自分が狙われればどうなるかは、そこら中に見える倒壊した高層ビルが物語っている。

　その結果を思うと、このまま黙って見ているという考えも浮かぶ。この危険な場所に頼まれてもいないのに戻ってきたのだ。それだけでそれなりの貸しにはなる。バイクもあるので、アキラが撤退を選択した時に乗せて逃げることも出来る。欲張らず、下手に手を出さずに事態の推移を見守っていた方が良いのではないか。

　そうすれば、自分は死なずに済む。

　そう思い、キャロルは、迷った。

（アキラも、払えるだけ払ってくれれば良いって言ってたし……）

　キャロルはアキラと、第3奥部で怪獣から自分を護ってくれたことへの報酬の話をした時、その自分の支払能力を完全に超えた件に関して、アキラからそう言われていた。

それはその巨額の支払をキャロルが自分の体で、副業の方で払うと言っても、アキラが受け取らなかったからでもあった。キャロルにはその支払方法であれば幾らでも返済できる自信があったのだが、アキラには通じなかった。

そして今更ながらに思う。自分は物事の解決を、随分とその方法に頼るようになっていたと。

加えてドーラスから言われたことも思い出す。副業の客の一人で、高ランクハンターで、ハンター稼業を手段ではなく生き方とする者。その上で、その矜持《きょうじ》を捨ててでも自分を真面目に口説いてきた者。

そのような者から言われたことを。

キャロルはハンターとして成り上がる気は無いのだろうと。副業で稼いでいるが、それはハンター稼業を補うものではないのだろうと。

その指摘はキャロルも認めざるを得ない。少なくとも稼いだ金額から本業を考えれば、キャロルにとってはハンター稼業の方が副業だ。

しかしキャロル自身はそれを認めていなかった。稼いだ額がどうであれ、そちらの方が副業だと思っていた。

だがそれが願望でしかなかったことを、キャロルはこの場で、自分の命を惜しんだ自身を客観視したことで気付かされた。ドーラスの口説き方があのようなものであったのも、それを見抜かれていたからだと、今更ながら理解した。

そして苦笑し、決断する。威勢良く、力強く笑って、キャロルはハンターであった頃の自分を取り戻そうと、ヒカルから買ったＯＦＸ複合銃を構えた。

次の瞬間、ハーマーズから放たれた衝撃波がキャロルを襲う。直撃ではない余波でさえビルを倒壊させる威力なのだ。正確に狙ったその一撃は、キャロルが足場にしていたビルを軽々と吹き飛ばした。

キャロルは大量の瓦礫に呑み込まれ、その姿を消した。

ハーマーズはキャロルの存在にとっくに気付いていた。だがオリビアやアキラの対処に手一杯なこともあって、遠方から観戦する分には放置していた。しかしキャロルが銃を構えた時点で交戦の意志があると判断し、手早く処理した。

エレナ達を連れてきていれば、巻き込んでいれば、アキラはきっと怒るだろう。その判断の正しさを、キャロルは身を以て証明した。

ハーマーズがキャロルを狙ったことで、アキラがようやくキャロルの存在に気付く。

「キャロル!?」

アキラが思わずそう声を上げた時、既にキャロルは瓦礫に呑み込まれていた。

アルファが冷静に告げる。

『アキラ。今は戦闘に集中しなさい』

反論できないその言葉に、アキラが険しい顔をしながらも指示通りにする。

『……アルファ。キャロルがいたことに気付いてたのか?』

『ええ』

『何で教えなかった』

『それを教えないことが、一番キャロルの為になるからよ』

キャロルのことを教えて、アキラが思わずそちらを見てしまった場合、その時点でハーマーズにキャロルのことを気付かれる。そしてアキラが無意識にでもキャロルを援護するような動きをしてしまった場合、ハーマーズはアキラにキャロルを助けさせてオリビアの援護をおろそかにさせる為に、キャロルを執拗に狙う。

つまりアキラが今、キャロルに出来る一番の援護は、何もしないこと。意識すらしないことだ。しかしキャロルがこの場にいることを知った上で、敢えて何もしないのは、視線すら向けないことは、恐らくアキラには難しい。だから教えなかった。アルファはそう説明した。

アキラはその説明に、理性の方は納得した。そして感情の方は納得させた。考え無しに動くことが、一番キャロルの為にならない。そう自分に言い聞かせた。

『アキラ。キャロルを助けたいのなら、まだ彼女が生きていることを期待して、手遅れになる前に、この戦闘を出来る限り早く終わらせなさい。その為に頑張りなさい』

アキラはその説明に、今度は理性でも感情でも納得する。

『……そうだな。分かった！』

そしてわずかな動揺を消し去って、引き続き全力で戦った。

ハーマーズがアキラの様子をチラッと確認する。

（助けに行く様子は無し。死んだと判断したか、単に見捨てただけか……。まあいずれにしろ、これならあちらは無視で良いな）

アキラがキャロルを助けに行く気配を欠片でも見せていれば、ハーマーズはアルファの予想通り、キャロルに追撃を入れていた。しかしアキラがキャロルを無視しているので中止した。オリビアとアキラの猛攻を何とか凌いでいる今のハーマーズには、一応無力化したと判断した相手に、わざわざ駄目押しの一撃を入れる余裕は無かった。

キャロルは生きていた。瓦礫に呑まれて埋もれていたが、高ランクハンター向けの強化服を着ていれば、その程度で圧死することはなかった。またハーマーズの一撃も、反射的に避けようとしたおかげで直撃は免れていた。

それでも深手を負ったことに違いは無い。この状態で追撃を受けていれば死んでいた。それを何とか逃れたキャロルが、瓦礫に埋もれながら吐血する。

（……あーやっちゃったー。やらかしたわ。全く、どんだけ杜撰な判断してるのよ）

ハーマーズに向けてＯＦＸ複合銃を構えたキャロルだったが、その時点で悪手だった。

通常形態のＯＦＸ複合銃ではハーマーズには通じ

ない。よって切り札である大型の砲の形態に変形させる必要がある。だがそれを、ハーマーズに向けて銃を構えてから実施しようとした時点で、非常に考えが甘かった。せめて一度十分に離れてから、展開済みのOFX複合銃を担いで再度近付き、射程ギリギリの位置から狙うべきだった。

　これだけ離れていれば大丈夫だろう。その杜撰な判断がキャロルを殺しかけた。

（こういうところで装備に頼りっぱなしだったツケが回ってくるのよねー。まあ、自業自得か）

　高性能な装備があれば何とかなるほどハンター稼業は甘くない。しかし装備の質が十分に優れていれば、ある程度は何とかなってしまうのも事実だ。

　実際にキャロルはそれで何とかしてきた。ハンター稼業の稼ぎではとても買えない桁外れに強力な装備を、副業で荒稼ぎした大金で買って身に纏い、その装備の力でそこらのモンスターなど蹴散らしてきた。

　もっともそれではギリギリの判断が生死を分ける場面での、的確な判断力は身に付かない。高性能な装備という安全圏で適当な判断を繰り返しても、身に付くのは適当な判断力だけだ。

　そしてハーマーズという、高性能な装備では対処できない敵を前にして、キャロルは今までおろそかにしてきた判断力を露呈させてしまった。

　その自身の不甲斐無さを嘆いたキャロルだったが、事態はそこまで悪くはない。キャロルはまだ生きている。

　死から逃れる判断力を磨く為に、敢えて粗末な装備で荒野に出て、それで死んでは本末転倒だ。高性能な装備でその事態を免れたのであれば、そちらの方が正解となる。

　そして装備のおかげにしろ、ただの幸運だったにしろ、キャロルは死という淘汰《とうた》を乗り越えた。まだ死んでいない以上、キャロルには次がある。その次をどうするか。その選択が、ハンター稼業を手段にするか、生き方にするかの違いになる。

　キャロルは身体強化拡張者だ。その体には大金を掛けている。そしてその力がこの危機的な状況で存分に発揮される。体内に蓄えている消費型ナノマシンを消費して、体の負傷を急速に治していく。

戦える状態に戻ったキャロルは、自分がＯＦＸ複合銃を手放していないことを再確認した。

（……よし。壊れてないわね。じゃあ、もう一回行けるか）

キャロルが握るＯＦＸ複合銃が、瓦礫に埋もれたまま巨大な砲に変形していく。そして切り札の形状になると、その上で更に巨大に変形していく。

ハンター稼業が生き延びる為の手段であれば、キャロルはそのままじっとしているべきだった。

だがキャロルは生き方の方を選んだ。折角助かった命を、その理由が何であれ更に次の賭け金に上乗せする、ハンターとしての生き方に。

必死の防戦で時間を稼いだことで、ハーマーズの胸の傷の治療がようやく終わる。

これで戦況を立て直せる。ハーマーズがそう思った時だった。キャロルがいる辺りの瓦礫が、内側からの衝撃で吹き飛んだ。

ハーマーズが反射的にそちらに意識を向ける。そこには特大の砲に変形し終えたＯＦＸ複合銃を、ハーマーズに向けているキャロルの姿があった。

ＯＦＸ複合銃には、整備業者に持ち込まなければ元の大きさに戻せなくなる代わりに、その威力を格段に向上させる切り札がある。そしてそれだけでなく、更に奥の手を持っていた。

整備業者に持ち込んでも元の形状には二度と戻せず、加えて銃撃時の過負荷の所為で一度撃つだけで確実に大破する、１回限りの攻撃。１挺20億オーラムの銃を使い捨てにする、それでも死ぬよりはましという状況でしか使えない、奥の手。それをキャロルは使った。

瓦礫の中でもキャロルにはハーマーズの姿が見えていた。これはアキラの情報収集機器と連携しているおかげだ。ミハゾノ街遺跡まで戻ってきたことで再接続していた。

そして瓦礫に埋もれた状態で、銃を強化服の力で無理矢理動かして構えた。その所為で瓦礫が多少動いたが、外からは不安定な瓦礫が崩れた程度にしか思われず、ハーマーズには気付かれなかった。

瓦礫を吹き飛ばしてキャロルの姿を露わにさせたのは、過負荷で自壊寸前の銃から発砲直前に生じた衝撃波であり、漏れ出したわずかな余波にすぎない。その余波でさえ、高ランクハンター向けの強化服と、大金を注ぎ込んだ身体強化拡張者の力が無ければ、キャロルは銃を支えきれずに吹き飛ばされていた。

そしてキャロルがその奥の手を撃ち放つ。荒れ狂うエネルギーを凝縮した光の柱が、大気を貫いて一瞬でハーマーズに到達した。

その一瞬で、ハーマーズは全力で防御を試みる。躱せないと悟った時点で即座に両腕に力を込めると、前にバオレギレから放たれたエネルギーの奔流を受け流したように、その光柱を弾こうとする。

だがこの場の色無しの霧は、クズスハラ街遺跡奥部ほど濃密ではない。色無しの霧を利用した防御を用いても、その効力は半減どころではないほど低くなる。

しかしハーマーズはそれを自身の生体力場《フォースフィールド》装甲《アーマー》で補い、自身の技術で更に補い、超人の身体能力で更に更に補って、キャロルが放った光の柱をへし折った。軌道を曲げられた膨大なエネルギーが、その先にあったビル群を吹き飛ばす。

キャロルは宙を飛んでいた。発砲の負荷により銃が大破した際の衝撃で、吹き飛ばされていた。そして瓦礫の上に激突すると、そのまま動かなくなった。

キャロルの奥の手でも、ハーマーズを倒すことは出来なかった。

だが、隙を生ませることは出来た。

これの直撃を受けるのはまずい。ハーマーズにそう判断させたほどの一撃は、それを防がせる為に、ハーマーズにその対処を強いた。つまりその時のハーマーズは、他のことに対処する余力を失っていた。

当然ながらその隙を衝かれる。オリビアの鋭い一撃が、ハーマーズの腕を斬り飛ばした。

避けようとしたが間に合わず、片腕を失ったハーマーズが、宙を飛ぶ自身の腕、追撃を入れようとするオリビア、援護を続けようとするアキラ、発砲の衝撃で吹き飛ばされている最中のキャロルに、順に意識を向ける。そして決断した。

「待て！」

その宣言でオリビアが攻撃を止める。ハーマーズが落ちてきた自分の腕を摑んで言う。

「分かった。こちらが退く」

オリビアが丁寧に頭を下げる。

「有り難う御座います」

殺し合いではなく、武力を用いての交渉であったことが、この時点での戦闘終了を二人に許容させた。

斬り飛ばされた腕の切断面をくっ付けながら、ハーマーズが大きな溜め息を吐く。

戦おうと思えばまだ戦えた。シロウの推測通り、ハーマーズは切り札や奥の手を持っている。それを使えば片腕を一時的に失った程度の劣勢は問題無く補える。

勿論気軽に使えるものではない。切り札を使えば当面は入院生活を強いられる。奥の手の方は、使えば高確率で死ぬことになる。

それでも使うと決めれば躊躇は無い。死ぬのも仕事の内。その程度の覚悟は持っている。

ただ、そこでシロウの指摘が関わってくる。この戦いは業務に該当するのか、という点だ。

ハーマーズは社命でここに来たのではない。独自の判断で、つまり勝手にここに来て、勝手に戦っているのだ。その上で切り札や奥の手まで使ってしまい、入院や死亡により今後の業務に支障を来してしまえば、流石に社への忠義に反する。

死ぬのも仕事の内。つまり死ぬとしても、業務で死ななければならない。その考えが、まずはハーマーズを躊躇させた。

加えてキャロルの存在だ。増援はこの一人だけなのか。それとも他にも隠れているのか。ハーマーズには分からない。分からない以上、警戒しなければならない。

少なくとも一人はいたのだ。もういない、と考えるよりも、他にもいるかも、と考える方が妥当だ。そして今のような奇襲をもう一度受けて、また大きな隙を衝かれるようなことになれば、流石にハーマーズも切り札や奥の手無しでの戦闘続行は厳しい。

それらの総合的な判断から、ハーマーズは仕方無く撤退を決断した。

それでも不承不承の決断には違いない。その胸中から、ハーマーズが言葉を続ける。

「こちらが退くといっても、そちらが当社の行動を妨害したことに違いは無い。後で正式に抗議させてもらう。いろいろ検討することになるだろう。我が社との契約が、今まで通りに続くとは思わないことだ」

リオンズテイル社は顧客である富裕層にメイドや執事などを派遣している。その中には坂下重工の者も含まれる。個人で雇っている者もいるが、業務などの兼ね合いで雇用契約を坂下重工に委任している者も多い。

今回の件はその契約継続に差し障る。そう告げたハーマーズだったが、厳密には業務外の出来事での揉め事だ。実際には大した影響は無い。ハーマーズ自身もそれを分かっており、半分嫌がらせで言っていた。

しかしオリビアから予想外の返事が来る。

「当社は現時点で御社と契約を結んでおりません。恐らく同業他社と誤認されているかと」

「何？」

「当機の性能は十分に御理解頂けたかと思います。当社との契約を御検討で御座いましたら、是非とも御連絡を」

オリビアはそう言って白いカードを取り出すと、ハーマーズに投げ渡した。それを受け取ったハーマーズは、白いカードを見て、オリビアを見て、また白いカードを見て、ようやく気付いて驚きを露わにする。

「旧世界の方か……！」

ハーマーズはオリビアのことを、現代のリオンズテイル社の者だと思っていた。その間違いに気付いたことで、いろいろと納得する。

「道理で……」

道理で坂下重工の名前を出しても欠片も退かない訳だ。旧世界の企業に、現代の企業の名前で圧力を掛けたところで、通じる訳が無い。まずはそう思う。

そしてオリビアが旧世界の存在である以上、自分が切り札や奥の手を使ったとしても、確実に勝てるとは限らない。下手をすれば無駄死にしていた。死は許容できるが、無駄死には許容できない。そう思い、経緯はどうであれオリビアとの戦闘を切り上げた自分の判断を自賛した。

「一つ伺いたい。シロウはどうやって貴方《あなた》と契約を結んだのですか？　非常に難しいはずですが……」

「申し訳御座いません。他のお客様の事柄に関してはお答えできません」

「そうですか……。分かりました」

他の者ならばともかく、シロウならば出来ても不思議は無い。ハーマーズはそう考えて、取り敢えず自身を納得させた。そしてカードを見せながら尋ねる。

「もう一つ。私は旧領域接続者ではありませんのでこれを使えないのですが、そちらに連絡する際にはどうすれば？」

「対応した通信補助器具の御使用をお勧め致します」

「分かりました」

一昔前ならともかく、最近では技術の進歩により旧領域対応の情報端末なども、まだまだ高価な品ではあるが存在している。また、ツバキとクガマヤマ都市の取引によりもたらされる遺物の中にも、同様の品を確認できる。それらの品を使えば、ハーマーズでもこのカードを使えない訳ではなかった。

ハーマーズが言う。

「それでは、私はこれで失礼します。……次は、またこのような事態が起こればですが、事が起こる前にそちらの身元を正しく教えて頂けると助かります」

オリビアが旧世界側の存在であると初めから分

かっていれば、こちらの対応も変わっていた。ハーマーズはそう思ってそう告げた。

　オリビアが丁寧に頭を下げて答える。

「貴重な御意見、誠に有り難う御座います。今後の業務の参考にさせて頂きます」

　これは対応しないやつだ。ハーマーズはそう思って小さく溜め息を吐くと、その場から立ち去った。

◆

　ミハゾノ街遺跡の外に出たハーマーズに、スガドメから連絡が入る。

「休暇中のところをすまないが、仕事を頼みたい。可能かね？」

「勿論で御座います」

「では迎えを手配する。詳細は私と合流した後に話そう」

「了解致しました」

　ハーマーズはつい先程の激戦など欠片も感じさせない普段の口調で、普通に答えていた。

　スガドメもまるでそれに合わせるように普通に告げる。

「ああ、休暇中に君が何をしようと、それは業務外のことだ。咎《とが》める気は無い。しかし長期休暇ではないのだ。復帰後の業務に支障が出ない程度にしてもらえると、とても助かるのだが」

　まだ何も報告していないのにもかかわらず、全てを見透かしているかのような上司に、ハーマーズが非常に緊張した様子で、何とか答える。

「……、はい」

「では、また後で」

　それでスガドメとの通信は切れた。

　ハーマーズが胸中を吐き出すように大きく息を吐く。

「あ、危なかった……」

　ハーマーズはオリビアとの戦闘を中止した自分の判断を、前よりも強く強く自賛した。

第247話　払えるだけ払った

　アキラはオリビアがハーマーズへの攻撃を止めた時点で、自分も銃撃を止めていた。そして戦闘終了の気配を察すると、シロウを掴んだまま急いでキャロルの下に向かった。

　キャロルは生きていた。OFX複合銃が爆発して吹き飛ばされ、瓦礫の上に転がって動かなくなっていたが、一時的に気を失っていただけだった。

「キャロル！」

　アキラの呼びかけでキャロルが目を覚ます。

「……アキラ？」

　昏倒《こんとう》していた所為で状況の認識が追い付かず、キャロルが一度アキラに不思議そうな目を向ける。しかしすぐに我に返ると、慌てて周囲を見渡した。

「アキラ！　状況は!?」

「多分大丈夫だ。戦闘は終わったはずだ」

　アキラはそう言ってオリビア達の方に視線を向けた。キャロルもそちらを見る。確かに戦闘は終わったように見えるのだが、キャロルにはハーマーズが無傷に見えた。

「……外した？」

　そこにシロウが口を出す。

「いや、当たったけど防がれた」

　そしてキャロルの拡張視界にその時の様子を映し出す。身を起こしながらそれを見たキャロルは、その顔に驚きよりも呆れを強く出した。

「……ちょっと、あれを防いだの？」

「まあ、俺の護衛だからな。あれぐらいは出来る」

「護衛ね……。撃っちゃったけど、良かったのよね？」

「ああ。おかげで助かった」

　アキラがキャロルを気遣って声を掛ける。

「キャロル。大丈夫か？」

「大丈夫よ。ちょっとクラクラするだけ。死ぬような怪我はしてないわ」

　キャロルは笑ってそう答えた。その様子を見てアキラも本当に大丈夫そうだと思い、安堵の息を吐く。

「そうか……。良かった」

そして落ち着いたところで、アキラは少し真面目な態度で言う。

「それにしても無茶したな……。下手すりゃ死んでたぞ？　それにあいつは坂下重工のやつだったんだぞ？」

それに対してキャロルは軽い感じで答える。

「仕方無いじゃない。他に方法は無かったし……」

「そういう話じゃなくて……」

アキラは自分はともかく、キャロルがシロウの為にそこまでする必要は無かったのではないか、と考えていた。

確かにキャロルもシロウのおかげで第3奥部から生還できた身だ。しかしその時は自分がキャロルの護衛を請け負っていたのだ。シロウへの借りは自分が返せば良く、キャロルが返す必要は無いのではないか。そう思っていた。

しかしキャロルが軽い感じで続けた話を聞いて、アキラはそれが誤解だと理解する。

「……アキラへの借りを金で返せるほどのお金は無いし、アキラは私の体に興味が無いからそっちで支払うことも出来ないし、私はアキラみたいに強くもないし……」

そう前置きして、キャロルが軽く笑って言う。

「金も力も無いのなら、出せるものは義理と命ぐらいでしょ？」

キャロルがしたことは、シロウへの借りではなく、アキラへの借りを返す為だった。

相手が坂下重工の者だと知った上で、坂下重工と敵対することの意味を知った上で、その上でアキラへの義理を優先してハーマーズを撃った。一目で分かる相手の強さを見て尚、それでも命を懸けた。アキラに借りを返す為に、キャロルは今の自分で出せるものを出していた。

義理と、命を。

それを理解したアキラが驚きでわずかに固まる。

そしてその理解の実感と共に、抑え切れなかったかのように笑い出した。

　そのアキラの様子に、キャロルが少しだけ不満そうな表情を浮かべる。

「……ちょっと、笑わなくても良いじゃない。まあ確かに、私も柄でもないことを言ったとは思ってるけど」

　アキラが謝りながら、笑った理由を説明する。

「いや、悪かった。そうじゃないんだ。前に俺も似たようなことを言ったなって思ってさ」

　それを聞いてキャロルも機嫌を戻した。少し得意気に、調子良く言う。

「あ、そうなの？　気が合うわね」

「ああ。そうだな」

　アキラとキャロルが笑い合う。同じことを言い、同じことをした二人が、その価値観を共有して笑っていた。

「以前にアキラは私に、払えるだけ払ってくれれば良いって言ってたでしょ？　だからまあ、払えるだけ、払ったわ」

「ああ。しっかり返してもらった」

　アキラとキャロル。相手は違えど山ほど借りを溜めていた二人だったが、キャロルは一足先に一括返済した。

　アルファの前で気の合う様子を見せるアキラとキャロルだが、アルファはこの状況を問題視していなかった。

　以前のアルファであれば、キャロルのことを強く危険視していた。しかしユミナの件があった後では、この程度のことなど大きな問題ではなかった。

　オリビアとの話を終えたハーマーズが宙を蹴って去っていく。アキラがそれを見て言う。

「行ったか……。シロウ。俺達はどうする？」

「そうだな……」

　当面の危機は去ったシロウだったが、前途多難な状態は変わっていない。むしろ悪化している。それを含めてどうするかを考えていると、オリビアがやってくる。

「シロウ様。恐れ入りますが、御契約について御相談したいことが御座います」

「な、何でしょう？」

まさか新たな契約期間をもう消費してしまったのか。そう思って戦々恐々としたシロウだったが、別の話だった。

「当機は現在破損により、シロウ様との御契約を十全に果たすには心許無い状態にあります。その対応方法について幾つか御提案致します」

まずは機体を修理している間、一時的に契約を中断する選択。これにより残りの契約期間を、十分な性能を維持した機体で消費できる。

しかしそうするとシロウが一時的に無防備になる。護衛が必要な状況だからこそオリビアを雇っているのだ。その間に護衛がいないのは許容できないと言われても仕方が無い。

そこで次に、修理中はリオンズテイル社の施設に滞在するという選択。これにより一定の安全が保たれる。また、これは契約期間の消費無しで可能だ。

しかしそうするとシロウは自由に動けなくなる。危険な状況の中を、護衛をつけて自由に行動する為の契約であるならば、無意味とも考えられる。

最後に、現状のまま契約を続行するという選択。破損状態であっても、そこらのモンスター程度なら蹴散らせる性能は維持している。もう一度ハーマーズと戦うような事態さえなければ、このまま続行しても問題無い。

シロウが一定の危険性を理解した上で、それでも即時の自由行動を求めるのであれば、リオンズテイル社としても、破損状態の機体の使用を許容する。

オリビアはそれらの選択肢をシロウに提示した。

シロウが少し考えてから尋ねる。

「機体の修理にはどのぐらい掛かりますか？」

「3日ほど頂きます」

「……、分かりました。それならそちらの施設に御厄介になります」

行動を制限されるのは痛いが、これからのことをしっかり考える時間が欲しいところでもあったので、シロウはその選択を選んだ。

「畏まりました。では、御案内致します」

「アキラ達も来てくれ。話すこともあるし、アキラ達もゆっくり休みたいだろ？」

「そうだな。分かった。あ、ちょっと待ってくれ」

『アルファ。俺のバイクってどうなった？』

『瓦礫に埋もれているわ。今動かすわね』

　アルファが遠隔でバイクを操縦する。アキラのバイクがその高い性能を発揮して瓦礫の中から無理矢理姿を現した。そしてアキラの前にやってくる。

『おー。無事だったか。良かった良かった』

「よし。行こう」

　先導するオリビアに、アキラ達三人はバイクでついていった。


　アキラ達がオリビアに案内されたのはセランタルビルだった。外でバイクから降りて、自動運転にして一緒に1階の受付に入る。来客によりビルの管理人格であるセランタルが姿を現したが、その対応はオリビアがした。アキラ達はそのまま奥に通される。

　その際、アキラはセランタルから非常に意味有り気な目を向けられたが、黙って目を逸らした。

　その後、乗用車も余裕で入る大型のエレベーターで、バイクごとビルの上階に向かう。停まったのは57階。旧世界のリオンズテイル社の支店がある階だ。

　57階のフロアに入ったアキラ達を、５人のメイドが出迎える。パメラ達だ。

　丁寧に頭を下げるパメラ達を見ても、アキラは戸惑わなかった。オリビアに案内された場所なのだ。他にメイドがいても不思議には思わなかった。

　しかしシロウは警戒を示す。更にオリビアがパメラ達を無視してアキラ達に告げる。

「気にせずお進み下さい。こちらです」

　パメラ達がスッと左右に分かれた。オリビアがその間を通っていく。流石に怪訝に思い始めたアキラに、シロウが軽く言う。

「アキラ。こいつらはオリビアさんの同僚じゃない。現代の方のリオンズテイル社の連中だ」

「……どういうことだ？」

「分からない。まあここにいるんだ。ビルの管理人格にここまで通されるぐらいには関係者で、支店の中に入れてもらえないぐらいには部外者なんだろう」

「……だから、どういうことなんだ？」

「だから分からない。分からないことがあった。それだけ覚えておこうぜ」

　シロウに促されてアキラも先に進む。確かに少し気になったものの、この場に留まってパメラ達から詳しく事情を聞き出したいほどではなかった。

　パメラはアキラ達が店内に入って姿を消すまで、ずっとアキラ達を見ていた。そしてその後に、クロエに連絡を入れた。


　オリビアに案内された接客用の部屋は、アキラ達が入った時には中に何も無かった。壁も床も天井も白い、広い部屋にすぎなかった。

　しかしその床に変化が起こる。まるで自在に形作る液体のように動き出し、変形してテーブルとソファーを作り出す。更に部屋全体に立体映像が表示され、一面ガラス張りのようになった壁からは外の景色が見えるようになった。

　オリビアに促されて、アキラ達がソファーに座る。非常に座り心地の良い柔らかさだった。一方テーブルはしっかりと固い。そしてどちらも簡易ではあるが洗練されたデザインをしていた。

　アキラがその旧世界の高級店の様子を興味深く見ていると、オリビアが飲み物と菓子類を持ってきてアキラ達に丁寧に提供する。そしてそのままアキラ達の側に控えた。

「何か御座いましたら、お気軽にお申し付け下さい」

　そう告げたオリビアに、アキラが不思議そうに尋ねる。

「機体の修理をするんじゃなかったんですか？」

「この機体は店舗用の備品で御座います。シロウ様に同行する機体は修理中です」

　そういうことかと納得したアキラに、アルファが笑って言う。

『ちなみに彼女の姿は立体映像よ。解除するとこうなるわ』

アルファがアキラの拡張視界を操作して、オリビアの現実の姿を表示させる。するとそこには白い人形が立っていた。服を着ておらず、目も鼻も口も耳も髪も無い、非常に簡素な外見をしていた。

『へー。もしかして今までもそうだったのか？』

『いいえ。今までは見た目通りの姿だったわ。店舗用の機体がこういう形状なのは、客に様々な姿を立体映像で上書きして見せる為でしょうね』

『ああ、なるほど』

『客先に出す機体が見た目通りの姿なのは、その方が便利だからだと思うわ。警備上の都合とかで、外見を完全に書き換える立体映像の使用が、禁じられている場所もあるからね。そういう所で白い人形の姿にいちいち戻るぐらいなら、初めから見た目通りの姿をしていた方が良いのでしょう』

アキラはその説明に納得して、ふと思う。

『そういうアルファはいろいろ姿を変えてるけど、大丈夫なのか？』

『私は立体映像ではなくて、アキラの拡張視界に映っているだけだからね。アキラの許可さえあれば大丈夫よ』

『そうか』

別に咎めるつもりは無く、好きなだけ映っていてもらって構わないのだが、それはそれとして、アキラは思う。アルファと初めて会った時、そのような許可の話は無かったと。アルファは勝手に自分の視界に映っていたと。

今更だと思い、アキラは気にしないことにした。気を取り直して飲み物を飲む。そして目を見開いた。

「……美味《うま》い」

キャロルも同じ物を飲んで驚きを顔に出す。

「これは、美味《おい》しいわね……」

シュテリアーナの料理にもそろそろ耐性がついてきたアキラ。副業の客である高ランクハンターとの付き合いにより、その稼ぎに見合った料理を食べる機会が増えたことで、舌が肥えているキャロル。その二人を唸らせる美味がそこにあった。

　菓子類にも手を伸ばす。同水準の素晴らしい味が口の中に広がり、二人の表情に更なる喜びを足していく。旧世界の高級店が出す旧世界製の飲み物と菓子類は、流石は旧世界製だ、というだけの味をアキラとキャロルに示していた。

　その二人を見ながらシロウも同じ物を口にした。そして感想を言う。

「うん。悪くないな」

　アキラが思わずシロウを見る。これほどの味に対してその程度の評価しか出さない者に、驚きを隠せなかった。

「これで悪くないって……、お前、普段何食べてるんだ？」

　シロウが得意気に答える。

「この程度のものなら坂下の施設で毎日食べてたよ。逃げ出したら、もうこれを食べられなくなるっていう、脱走防止の意味も兼ねた贅沢《ぜいたく》だけどな」

　そしてアキラに意味有り気な視線を向けて笑う。

「アキラ。俺はその食生活を捨ててここにいるんだぜ？　生半可な覚悟じゃないってことは、分かってほしいな」

　人は贅沢に慣れる。そして一度上げた生活水準は、そう簡単には下げられない。自由を制限されていたとはいえ、それ以外の部分は富豪の生活を送っており、その極めて高い生活水準に慣れ切っていたシロウにとって、施設の外での食生活は、草を食《は》み、泥水をすすっているのと大して変わらない。

　坂下重工に敵対する意味を実感できていないアキラでも、この味は実感できる。それを失う覚悟も。

　なるほど。命ぐらい懸ける訳だ。アキラはそう思い、シロウの覚悟の強さを改めて理解した。

　その後、アキラ達はそのまま少し休んでからヒカル達に連絡を入れた。

第248話　奇妙な質問

　ヒカル達はシェリルから話を聞いたものの、急に別行動を取ったアキラの用事など、事態の詳細は分からなかった。それでも、アキラもキャロルも恐らくミハゾノ街遺跡に戻ったのだろうと推測することは出来た。

　その上で自分達はどうするか。それを相談したヒカル達は、取り敢えずその場に留まってアキラ達からの連絡を待つことにした。

　ヒカルとしては、現地では超人のような者達が派手に暴れている、などという話を聞いた以上、都市に戻りたかった。しかしエレナもサラもシェリルもトガミも難色を示した。

　トガミは逆にギリギリまで近付くことを提案した。だがエレナ達はそちらの案にも難色を示す。エレナ達はヒカルの護衛だ。そのヒカルがこれ以上現地に近付くことを望んでいない以上、その逆の行動は選べなかった。シェリルという護衛対象が増えたことも、その考えを後押しした。

　それらの妥協案として、ヒカル達はその場に留まることになった。

　ただ待つようなことはせず、情報収集ぐらいはする。するとセランタルビルを護っていた都市の部隊が壊滅したという情報や、多くのハンターがミハゾノ街遺跡から逃げ出したという話、オリビアがメイド服を着ていることから、最近遺跡に現れたリオンズテイル社と何か関係があるのではないか、という推測などが集まった。

　アキラの安否が分かる情報は今のところ入っていない。偽アキラの件もあって、アキラの出現情報などは出回りやすくなっている。それでも情報が出てこない以上、アキラはどこかで隠れていて無事なのかもしれないが、そうと決まった訳でもない。ヒカル達は心配の程度や方向性に多少の違いはあれど、皆、アキラの無事を願っていた。

　そこにアキラから連絡が入る。すぐに通信を繋ぐと、車両の通信機器を介してアキラの声がする。

「えっと、アキラです。エレナさん。そっちは今どうなってます？　キャロルからシェリルをそっちに置いてきたって聞かされたんですが……」

「ええ。彼女なら私達と一緒よ。アキラの方はどうなの？　大丈夫なの？」

「はい。俺なら大丈夫です。キャロルも無事です」

　それを聞いて、車内に安堵の息が響いた。

「そう。良かったわ」

　アキラの無事を確認したことで、エレナも気を緩めた。サラと軽く笑い合ってから、気を取り直して話を続ける。

「それじゃあアキラ。取り敢えず情報の共有をさせてもらえる？　こっちは何が起こったのかさっぱりなのよ」

「分かりました。じゃあ一度通信を繋ぎ直して、全員で話しましょう」

　その後、アキラ側から通信設定を切り替える。拡張視界に互いの様子を映し出し、離れている相手とまるで同じ場所にいるような感覚で、アキラ達は落ち着いて話を始めた。

　一通りの情報共有を済ませたアキラ達だったが、その反応には大きな違いがあった。

　一番大きな反応を見せたのはヒカルだ。目眩を起こしてソファーに倒れ込み、虚《うつ》ろな声を零している。

「お、終わった……」

　担当しているハンターが坂下重工に喧嘩《けんか》を売ったのだ。どう考えても致命的。出世に響くどころの話ではない。きっと責任を追及されて壁の外に追い出される。そして殺人など日常茶飯事の劣悪な世界で、日々怯えながら暮らすことになるのだ。そう思い、絶望的な顔をしていた。

　そのヒカルの様子を見て、アキラも自分がしたことへの理解を深める。坂下重工に間接的に敵対してしまった者ですらこうなるのだ。では坂下重工の人間を直接撃った者はどうなるのか。具体的なことは分からなくとも、事の深刻さは実感できた。

もっとも、その実感を事前に得ていれば、アキラがシロウを助けるのをやめていたかといえば、それはない。そこが変わることはない。ただ、自分とは違ってその深刻さを分かっていた上で、それでも自分を助けてくれたキャロルへの感謝は強くなった。

　アキラがチラッとキャロルを見る。するとキャロルが笑って答える。

「私はいざとなったら、他の五大企業の地域に移るから大丈夫よ。アキラも一緒に行く？」

「俺？　あー、俺は……」

　アキラはアルファの依頼を完遂する為に、クガマヤマ地方に留まる必要がある。キャロルと一緒に行く訳にはいかなかった。それをごまかす為にシロウに話を振る。

「……その辺は後で考える。その心配をしなくちゃならなくなるかどうかは、シロウ次第だしな。そうだろ？　シロウ」

「分かってるって。何とかするよ」

　それを聞いたヒカルが勢い良く身を起こす。

「何とかなるんですか!?」

「ああ。これでも俺は坂下じゃ結構偉い方なんだ。その程度のことは揉み消せる。まあ、今はちょっと無理だけど、用事を済ませて坂下に戻った後なら何とかなるって」

「そうなんですか！　お願いします！」

「ああ。任せとけって」

　ヒカルには少し上から目線のシロウに対して、そもそもお前の所為だろう、と言わないだけの自制心があった。シロウが今は脱走中の身とはいえ、圧倒的に立場が上である坂下重工の人間であるという点も、所詮は一地方都市の職員にすぎないヒカルに、ここで声を荒らげて折角の助けを台無しにしない冷静さを与えていた。

　しかしアキラはあっさり言う。

「いや、何でそんな貸しを作ったみたいな感じなんだよ。そもそもお前の所為だからな？」

　少々非難気味の視線を向けられて、シロウがスッと目を逸らす。

「俺はシロウに借りがあったから仕方無いけど、ヒカルもキャロルもお前に借りは無いだろう。借りはちゃんと返せよ？」

「分かってるって……。迷惑を掛けた分は、ちゃんと利子つけて返すよ」

それを聞いてアキラも視線を緩めた。そしてそのアキラの態度を受けて、エレナ達もシロウに少しキツい視線を向けていたのをやめた。

貸し借りの話になったことで、シロウがアキラに尋ねる。

「アキラ。その辺、今、俺の貸しはどうなってる？」

「そうだな……。まだ俺の借りは、借りから貸しにはなってないってところだな。あとはシロウが坂下の件を実際に何とかした後で考える」

シロウの頼みでハーマーズと交戦したとはいえ、シロウにも命懸けで協力させたこともあり、アキラはまだシロウに、貸しではなく借りがある状態だと判断していた。

もっともそれも、坂下重工に敵対した件をシロウが後で何とかするのを期待しての話だ。何とか出来なかった場合には、貸しになるとも思っていた。

「そ、そうか……」

シロウもそれを理解する。もう借りは返した、と言われなかっただけ義理堅いとは思ったが、今後アキラを自分の貸しで動かすのが難しくなったことに変わりはない。何とかしてまた大きな貸しを作らなければならない。そう思って少し表情を硬くした。

今度はエレナが話を振る。

「それでアキラはこれからどうするの？　アキラの偽者は倒したんでしょう？」

「考え中です。取り敢えず都市から賞金を懸けられてる件は、俺が偽者を殺した戦闘データをヒカルに渡して、イナベに何とかしてもらおうかと思ってます」

「そうね。それが良いわ。ヒカルさん。お願いできますか？」

「分かりました。じゃあその為にも一度戻りましょう」

帰りたい。とにかく帰りたい。理由は何でも良いから帰りたい。危険な荒野から早く安全な防壁内に戻りたい。ヒカルはその胸中を思わず顔に出していた。

　トガミが軽く尋ねる。

「アキラ達はどうするんだ？　置いてくのか？」

「えっと……、それは……」

　はい、とは言えず、ヒカルは口ごもった。そこにキャロルが答える。

「私とアキラは当面別行動よ。私達がそっちに合流したら、坂下重工絡みの面倒事がそっちにも広がりかねないからね」

「……それもそうだな」

　トガミは自分を納得させる意味を含めてそう答えた。アキラとキャロルは暫定的ではあるが坂下重工と敵対中の身だ。そのアキラ達がこちらに戻ってくれば、下手をすれば自分達も坂下重工に敵視されることになる。

　それでも良いから戻ってこい。そう言えるだけの力は自分には無い。最低でも、一緒にいても足手纏いにならない力が無ければ、言うことは出来ない。トガミはそう自分に言い聞かせた。

　そこにキャロルが軽く付け加える。

「それで悪いんだけど、弾薬類の調達ぐらいはお願いさせて。今の私達だと、こっそり買いに行くのも難しいからね。代わりに買って荒野のどこかにでも置いておいて。取りに行くから」

「……分かった。やっておく」

　その程度の頼み事も、坂下重工の敵対者に間接的に協力することに違いは無い。しかしその程度のことであれば自分でも出来ると思い、トガミは笑って答えた。

　アキラがエレナ達に頭を下げる。

「すみません。そういう理由で俺は戻れないので、出来ればシェリルのことをお願いします」

　エレナとサラが笑って答える。

「ええ。分かったわ」

「任せておいて」

「ありがとうございます」

笑顔で礼を言うアキラを見て、エレナ達は自分達の不甲斐無さを気にするのをやめた。

側で一緒に戦うことは出来なくとも、こうやってアキラを助けることは出来る。頼れる先輩である為にも頑張ろう。エレナ達はそう思い、親友と笑い合った。

ヒカル達を乗せたキャンピングカーが、アキラ達を置いてクガマヤマ都市へ戻っていく。

それぞれが、それぞれのことをする為に。

都市に戻る途中の車内でも、アキラ達の話は続いていた。

「シェリル。俺の偽者に攫われた後、どこにいたんだ？　あとシジマも一緒に攫われたって聞いたけど、あいつはどうなったんだ？」

シェリルの拡張視界の中で、シロウが興味深そうに身を乗り出す。

「あ、それ、俺も知りたいなー。教えてほしいなー」

「すみません。私も詳しいことは分からないんです」

「まあまあ、分かる範囲で良いって」

シェリルを攫った偽アキラにハルカが協力していた以上、ハルカに繋がる何らかの情報が手に入るかもしれない。そう思い、シロウは表面上の態度とは裏腹に、シェリルからありとあらゆる情報を根刮《こそ》ぎ手に入れるつもりだった。

シェリルが自分が攫われた後のことを思い返しながら答える。

「分かる範囲ですと……、あ、私とシジマだけじゃなくて、ヴィオラも攫われてました」

「えっ？」

思わずそう怪訝な声を出したアキラに、シェリルはその時のことを話し始めた。

◆

偽アキラに攫われたシェリルは、人型兵器の中に閉じ込められてから、そのまま巨大な倉庫の中のような場所に運ばれた。

そこがどこなのかはシェリルには分からない。ただし荒野やスラム街のような印象は感じられない。機体の扉が開いた後、警戒しながら顔を出したシェリルが見たものは、簡素ではあるが現代より数段上の技術を感じさせる建物の内部だった。

そして偽アキラの姿は無かった。

困惑するシェリルとシジマの前に、執事服の男が現れる。現代のリオンズテイル社の者で、クロエの部下であるラティスだ。機体の出入口と同じ高さの空中に、足場も無しに立っている。そしてシェリル達に礼儀正しく手を伸ばす。

「こちらへどうぞ」

そう促された先には、宙に浮かぶタラップがあった。シェリルは少し迷ったものの、ラティスの手を取って機体からタラップに移る。シジマもその後に続いた。

シェリル達を乗せたタラップと、宙に立っていたラティスが床に降りる。そしてシェリル達はラティスの案内で建物の中を進んでいく。

通路を歩きながら、シェリルは警戒と興味の両方を顔に出して周囲を見渡していた。窓の外から見える景色。すれ違った人の特徴。案内板や標識。それらを全て記憶して、あらゆる情報を得ようとしていた。

しかしその努力も大して実を結ばない。周囲に窓は無く、他の人影も無く、文字や図形の一つも見当たらない。壁も床も天井も白い通路は非常に綺麗で、研究所のような過度な清潔感がある。それ以上の情報は無い。

卓越した洞察力の持ち主であれば、些細な汚れからも様々な情報を読み取ることが出来る。しかしこの場はその潔癖のような綺麗さを以て、それすら拒否していた。

これは無理だ。シェリルはそう判断すると、この場で一番情報を読み取れそうなラティスを見て、思考をそちらに偏らせた。

その思考も目的地の部屋に通されたことで中断さ

せられる。シェリルはそこにいた先客の姿を見て、シジマと一緒に驚いた。

「あ、シェリルも来たのね」

そこにいたのはヴィオラだった。シェリルに余裕の笑顔を向けた後、シジマを見て、からかうように笑う。

「っていうか、あなたも来たの？」

ヴィオラはシジマに、あなたにそんな価値があったとは驚いた、とでも言いたげな、どこか小馬鹿にしている笑顔を向けていた。その所為で、シジマはヴィオラがこの場にいることを警戒するよりも、憤りを覚えてしまった。その気持ちに流されて不愉快そうに尋ねる。

「ヴィオラ。何でてめえがここにいるんだ？」

「何でって、そんなの決まってるでしょ？　私も攫われたのよ」

「お前もか」

シジマは納得しながらも、改めて怪訝にも思う。偽アキラがシェリルを攫うのは一応理解できる。シェリルはアキラの恋人だ。利用価値は幾らでもある。しかし自分とヴィオラを攫う理由は、やはり分からなかった。

ラティスがシェリルとシジマに薄手の強化服を渡す。

「これにお着替え下さい。必要であれば、お手伝い致します」

大人しく着ないと力尽くで着せることになる。シェリル達はそう解釈して、仕方無く着替えることにする。シェリルが大人しく着替え始めるのを見て、ラティスはシェリルに背を向けた。

シジマが渡された強化服を見て思う。

(強化服か……。まあ拘束衣の代わりなんだろうが、これ、もしかして旧世界製か……？)

シジマに渡された物は、いわゆる旧世界風のきわどいものではなかった。それでもシジマはそのデザインや質感から恐らく旧世界製だと判断した。そしてそのような高価で貴重な物を自分達に渡す、得体の知れない者達への警戒を強める。

（何なんだこいつら……）
アキラの偽者や、目の前にいる執事服の男だけではない。人型兵器の運用をしており、このような施設まで持っていることから、他にも多数の協力者がいるのは確実。そしてその者達は、旧世界製の強化服を拘束衣代わりに使えるほどの力を持っている。本当に得体が知れない。シジマはそう思い、その恐怖をごまかすかのようにヴィオラに話を振る。

「おいヴィオラ。何でてめえはこれを着てねえんだ？」

「着ないで済むように交渉したからよ。流石にこの歳であれを着るのはちょっと……って思ってね？　頑張って交渉したわ。あ、どんな交渉をしたかは秘密よ？　まあ聞いたところで、あなたじゃそんな交渉は無理だけど」

「ああそうかよ」

シジマは吐き捨てるようにそう答えながらも、一定の交渉は通じる相手だと知って、内心で少し安堵した。

シェリル達が着替え終えたところで、ラティスが告げる。

「ではシェリル様。御案内致します。シジマ様はお残り下さい」

ラティスの案内で部屋を出ようとするシェリルに、ヴィオラが笑顔で軽く言う。

「黙秘はしない方が良いわよー。黙秘はね」

その声を聞きながらシェリルは部屋を出た。

黙秘はするな。シェリルはヴィオラのその言葉を、大人しく正直に話せ、ではないと解釈した。

シェリルが案内されたのは、近い場所にある別室だった。着席を勧められたシェリルがそこにあったテーブルに着くと、ラティスがシェリルに飲み物と菓子類を用意した上で向かいに座る。飲み物も菓子類も、そのカップや皿も含めて高級品だ。

「ではシェリル様。お聞きしたいことがありますので、お答え下さい」

あくまでも丁寧に接するラティスに、シェリルが冷たい視線を返す。

「何を聞きたいのかしらないけど、話すとでも思ってるの？」

　黙秘はするな。その助言に従って、シェリルは返事はすることにした。

　ラティスが動じずに答える。

「はい。思っております。あなたはアキラ様が助けに来るまで、生きていなければなりません。その為にも、延命を不要に拒むような真似はしないと考えております」

　ユミナの件で参っていたシェリルに、その言葉は効いた。自分はもうアキラが助けにくるような存在ではない。むしろ殺しに来るかもしれない。その不安に押し潰されそうになっていた心が、ラティスの言葉を否定させなかった。

「それではお聞きします。分からないことは推測してお答え下さい」

　何を聞かれるのか。そう戦々恐々とするシェリルに、ラティスが尋ねる。

「アキラ様はコーヒー派ですか？　紅茶派ですか？」

「…………は？」

　余りに予想外の質問に、シェリルは一瞬胸中の不安を忘れた。代わりに湧き出て溢れた困惑が、改めて声として漏れ出した。

「…………えっ？」

「お答え下さい」

「た、多分、コーヒー……」

「アキラ様は犬派ですか？　猫派ですか？」

「……それ、聞いてどうするの？」

「申し訳御座いません。お答えできません」

　それだけ答えて返事を待つラティスに、シェリルが困惑しながらも答える。

「どっちかといえば猫派だと思う……」

　以前にアキラから、ウェポンドッグというモンスターに襲われて大変だった、という話を聞いたことがあった。だからアキラは、犬は余り好きではないかもしれない。その程度の考えでシェリルは答えた。

「アキラ様の好物は何でしょうか？　たとえば、カレーなどはお好みですか？」

「嫌いじゃないとは思うけど……」

その後もアキラに関する質問が続く。その全てが、シェリルにはどうでも良いと思えるものだった。少なくともアキラの弱みなど、シェリルが命を懸けてでも黙秘しなければならない質問は、一つも無かった。

アキラの女性の好みも聞かれたので、自分だと答えた。自分がいかにアキラに好かれているのかを、黙秘はするなという言葉を半分口実にして、願望や妄想の域で延々と語った。

その後、3時間ほど話をした後で、シェリルはヴィオラがいた部屋に戻された。代わりにシジマが連れられていく。そしてシジマも3時間ほどで戻ってきた。何を聞かれたのか尋ねると、自分と似たような質問をされていたことを答えた。

勿論、シジマには自分とは異なり、アキラの弱点などを聞いていたかもしれなかった。そしてシジマもそれに正直に答えた恐れもあった。しかしシジマの様子を見る限りは、シェリルにはそうは思えなかった。

それからもシェリルは似たような日々を過ごした。アキラのことをいろいろ聞かれて、それに答える。その繰り返しだ。

これは同じ質問を何度も執拗に繰り返した上で、その返答を強要する拷問なのかもしれない。そうも疑ったが、そのようなこともなかった。

そしてある日、シェリルは体を強化服の外部操作で勝手に動かされて、人型兵器に乗り込まされた。機体は勝手に出撃し、シェリルは外の様子も分からないまま、ミハゾノ街遺跡まで運ばれた。

それがシェリルが偽アキラに攫われていた間の出来事だった。

◆

シェリルから自身が攫われた後の話を聞いたアキラは、その時のシェリルと同じように困惑していた。

「俺がコーヒー派か紅茶派か、犬派か猫派かなんて知ってどうするんだよ……」

「ですよね……」

シェリルも気持ちは分かると言うようにそう答えた。

『アルファ。何か分かるか？』

『私にも正確なことは分からないわ』

『だよなあ……』

流石にアルファもこれは分からないか。アキラはそう思ってそれ以上は聞かなかった。

だが厳密には、正確なことが分からないだけであって、アルファには一定の予測が出来ていた。

そしてアルファほどではないにしろ、シロウもまた一定の仮説を立てられる程度の情報を得ていた。内心を隠して軽い感じでアキラに尋ねる。

「アキラ。話は変わるんだけどさ、アキラの偽者がセランタルビルに来た理由って、何だと思う？」

「さあ、何だろ」

「心当たりは無い感じ？」

「無いな」

「ふーん」

アキラはそのシロウの態度に意味有り気なものを感じた。そして自分なりに解釈して答える。

「言いたいことは分かるぞ？　そういうのをちゃんと聞き出してから殺せば良かったのに、って言いたいんだろ？　そんな余裕は無かったんだよ」

シロウが笑って言い訳する。

「いや、そうじゃないって。ほら、あいつはシェリルも連れてセランタルビルに現れただろ？　わざわざ連れてきたんだ。アキラとシェリルに何か関係があるのかなって思ってさ」

「……そういえばそうだな。あいつら、何でシェリルを連れてきたんだろ。シェリル。シェリルには何か心当たりはあるか？」

「すみません。私にも心当たりは無いです」

「そうか……」

アキラが首をかしげる。改めて考えると不可解なことだらけだ。そう思う。

ただ今のアキラにとって、偽アキラは、もう殺したこともあって、自分のことをアキラだと思い込んでいる頭のおかしい者でしかなかった。よって、訳の分からない者が訳の分からないことをしただけであり、これ以上気にしたところで意味は無いとも思い始めていた。

それを察してシロウが話題を変える。

「まあ俺達には分からない話を続けても仕方ねえよ。これからのことを話そうぜ。アキラ。俺は今回の件でアキラへの貸しをたっぷり使ったとはいえ、一応まだ貸しは残ってるんだろ？　それならもうしばらく俺に付き合ってもらえると助かるんだけど」

「そうだな……」

『アルファ。どう思う？』

『アキラの好きにして構わないわ。今アキラの周りは随分とゴタゴタしていて、状況の推移を確認する時間も必要だからね』

『分かった』

アルファの依頼については、今は優先度を下げても構わない。アキラはそう解釈して、その上で考える。

「……まあ、殺そうと思ってたウダジマは死んだし、俺の偽者も殺したし、残った貸しの分ぐらいなら付き合っても……」

クガマヤマ都市に懸けられた賞金も、まだ取り下げられると決まった訳ではないので、今は都市には戻れない。坂下重工の件をシロウに何とかしてもらう必要もある。それを考えれば、しばらくシロウに同行するのも悪くないかもしれない。そう考えたアキラに、シロウがさらっと言う。

「あ、そうだ。情報提供ってことで、一応貸しだと思って聞いてくれ。そのウダジマだけど、多分生きてる」

「……は？」

「俺もちょっと調べたんだ」

シロウが各自の拡張視界に、ウダジマが自身の執務室で偽アキラに攫われた映像を表示する。

「これ、アキラも見ただろ？　この映像自体は俺も確認した限り本物なんだけどさ、そもそもアキラの偽者は、どうやってこの部屋まで来たんだって話があるだろ？」

　ウダジマの執務室は都市の上位区画にある。当然ながら警備は厳しい。加えて今、防壁内には坂下重工の人間もいる。都市の内外を隔てる壁には通常より厳格な警備態勢が敷かれている。

　では偽アキラはどうやってその警備を突破したのか。シロウはそこに疑問を持った。

「力尽くで突破したっていうならまだ分かるんだ。でもこいつは誰にもバレずにここまで来て、そのまま帰ってる。物凄く難しい。いや、俺みたいに凄いハッカーがこいつに協力してて、警備システムを完全にごまかしたってことも考えられるぜ？　でもそれで済ませれば何でもありになっちゃうし、そうだったとしても限度はあるんだよねー」

　警備装置を外部から操作して無効化したとしても、非常に高性能な迷彩機能で潜り抜けたとしても、その痕跡は残る。加えて高ランクハンターのような実力者の中には、驚異的なまでに研ぎ澄まされた勘で、敵の居場所が何となく分かるという者もいる。しっかり警備された場所に誰にも見付からずに侵入するのは難しい。

「まあ所詮は一地方都市の警備だし、それだけ警備がザルだったって考えもあるけどさ。違った場合も考えて一応調べてみたんだ。で、その結果なんだけど、アキラの偽者は普通に入ってきてた。ウダジマの権限で、ウダジマの客としてな」

　偽アキラはウダジマの来客として、正規の手段で防壁内に入っていた。これでは警備システムもお手上げだ。システム上、不正侵入ではないからだ。加えて防壁内に入った記録も、都市幹部の特権で限度はあるが抹消できる。高度な機密の取扱には、そういう権限も必要だからだ。

「その権限が正規のものだとすると、この部屋に偽アキラを呼んだのはウダジマ本人ってことになる。つまりこのウダジマが攫われた映像は、自作自演ってことだ」

予想外の話に驚くアキラに、シロウが更に続ける。

「そうするとウダジマはアキラの偽者と繋がってることになるから、殺された方の映像に映ってたウダジマも偽者の恐れが出てくる。アキラの偽者がいるんだ。ウダジマの偽者ぐらい用意できるだろう」

「……あいつ、生きてるのか？」

「まあ、確証は無いけどな。単にこのウダジマってやつが飛びっ切りの無能で、騙されてアキラの偽者を部屋に通して、そのまま攫われて殺されただけって可能性もある。でも曲がりなりにも都市の幹部なんだ。そこまでの無能じゃないだろう」

だから多分生きている。シロウはそう結論づけた。

そしてアキラもその説明に納得した。だからこそ、その顔は険しかった。

◆

シェリルがラティスからアキラについて質問されていた頃、その様子を遠隔で見ている者達がいた。ハルカとウダジマだ。

シロウの推測通り、ウダジマは生きていた。

ウダジマが少し怪訝そうにハルカに尋ねる。

「あんなことを知って何の意味があるのだ？」

シェリルと同じその疑問に、ハルカが答える。

「意味は無いです」

「何？」

「重要なのはアキラについて尋ねていること。そしてその反応の情報を得ることです。着用している強化服を介して、彼女からアキラに対しての認識を取得してるんです」

理解が追い付いていない顔をしているウダジマに、ハルカがもう少し補足する。

高性能な強化服には、その動きに着用者の意志を完全に反映させる為に、着用者の脳を読み取るものもある。そしてこの強化服は旧世界製ということもあって、その性能も格段に高い。ハルカはその機能を使って、シェリルからシェリルのアキラに対する認識をデータとして収集していた。

「こういう笑い話があります。ある有名人のモノマネコンテストに本人がこっそり出場したら、本人なのに優勝できなかったそうです。つまり本物であることと、本物らしいことは別なんです。私達に必要なのは、その、他者から見た本物らしさです。その為のデータを取得してるんです」

「そのデータでアキラの偽者を、本物より本物らしくする為か」

「はい。質問は彼女の脳にアキラの情報の想起を促す為のものです。分からないことでも推測させて答えさせているのもその為です。嘘を吐かれても構いません。重要なのは、アキラについて考えて、答えていることですから」

　詐欺師が吐く巧妙な嘘は、そのほとんどが本当の情報で構成されている。よってその嘘は、認識データとして十分に使える。流石に本当に適当に、質問とは無関係なことを答えられると使えないが、それは識別できるので収集データから除外できる。問題無い。ハルカはそう補足した。

　ウダジマはその説明に納得しながらも、更に聞く。

「しかし、そこまでしなければならないものなのか？」

「……しないよりは良《い》いと思いますよ？」

　ハルカはそう言って視線を後ろに向けた。そこには偽アキラが人形のように黙って立っていた。

「この現行バージョンは本当に見た目だけですからね。映像用の演技ならともかく、多少アキラを知っている人なら、少し話せば偽者だと分かってしまいます。実際に彼女には一目で見抜かれましたし、あのシジマという人にもすぐに気付かれました」

　ウダジマも偽アキラを見る。

「……まあ、そうだな」

「高ランクハンターには勘の鋭い人も多いと聞きます。彼と知り合いでなくとも、何か違うと気付く人もいるでしょう。第3奥部に乗り込んだハンターがこの現行バージョンの言動を見て、あれは本人じゃなかった、と言い出すかもしれません」

「それを防ぐ為にも、一定の本物らしさは必要ということか」

「少なくとも、本人らしくないことをしていると疑われても、その不自然さから偽者だと判断されるのではなく、相応の事情があってやったと思われるぐらいの、本物らしさが必要です」

「……分かった。君に任せよう」

その説明を聞いて、ウダジマも一応納得した。

「はい。頑張ります」

ハルカはそう答えながら、内心で思う。

(まあ私も、単にアキラを装うだけなら、ここまでする必要は無いと思うけどね)

ハルカは嘘は言っていない。しかし正確な説明をしたかといえば、それもまた違っていた。

「ところでウダジマさん。計画は順調なんですか？」

「…………順調だ」

ウダジマのその言葉は嘘ではない。しかし返答を遅らせる不安要素を含んでいた。

ハルカもそれぐらいのことは気付く。その上で軽く答える。

「そうですか。では私はやることがあるので」

ウダジマの計画が上手くいくならそれで良い。でもやっぱり保険は必要だ。ハルカはそう思いながら去っていった。

一人残ったウダジマが改めて偽アキラを見る。そしてその偽者の姿を通して、本物のアキラに思考を向ける。自分の計画を妨げる、特大の不安要素に。

「こいつさえいなければ……」

全て順調だった。こいつさえいなければ。ウダジマが改めてそう思う。

アキラさえいなければ、イナベとの権力争いにも問題無く勝っていた。だがそこにアキラが関わったことで全て覆された。

その所為で生じた劣勢を何とかしようと足掻いた結果、今、自分はここにいる。クガマヤマ都市を売り、坂下重工とまで敵対するこの立場に。

もう失敗は出来ない。既に自分は賭けに出てしまっている。それも身に余るものを賭け金に積んで。

たかが一地方都市の幹部程度の者が、しかも落ち目の者が、怪獣を制御下に置く者やハルカのような協力者を得る為には、それだけのものを積まなくてはならなかった。

　それだけ賭けてしまったのだ。勝てば良い。だが負ければ、待っているのは破滅だ。それはウダジマ自身がよく分かっていた。

「お前さえいなければ……！」

　その思いを目に乗せて、ウダジマは偽アキラを通して、アキラを睨んでいた。

◆

　ヒカルは日々の仕事に加えて今後の予定の調整などもあって、アキラ達が拡張現実で続けている会話から席を外していた。

　しかしアキラに呼ばれて再び会話に加わる。そしてウダジマが生きているかもしれないことを知らされて、また軽い目眩を覚えた。

「ウダジマさん……、生きてるの？　しかもアキラの偽者と繋がってる？　どうなってるのよ……」

　都市の幹部が、その都市を裏切って建国主義者に協力しているなど、クガマヤマ都市の人間であることに自負を持っているヒカルには、信じられないことだった。

「……アキラ。それ、どこまで確証がある話なの？」

「そう言われても、俺もシロウから聞かされただけだからな。シロウ。どうなんだ？」

　シロウがヒカルに資料を送る。

「その辺はそれを見て自分で判断してくれ。あ、一応言っておくけど、それ、思いっ切り不正な手段で手に入れた情報だから、取扱には注意してくれよ？」

　シロウが不正アクセスで手に入れた情報という意味でも、本来ヒカルの権限では閲覧できない内容という意味でも、確かに取扱に注意が必要なものだった。ヒカルは前者の方の理由で少し顔をしかめながら資料を確認する。

　そしてヒカルも、シロウの話には一定の信頼性があるという結論を得た。胸中を吐き出すように深い溜め息を吐く。

「……この情報、どこまで使っていいの？」

「借りもあるし、その辺の判断は任せるよ。役立ててくれ。いろいろとな」

「…………、分かったわ」

どこか意味深な会話をするシロウとヒカルに、分かっていないアキラが軽い気持ちで尋ねる。

「シロウ。いろいろって、例えば？」

「状況次第だけど、例えばクガマヤマ都市がこのウダジマの件を握り潰そうとしたとする。こちらはそれを黙認する代わりに、アキラの賞金を取り下げさせる、とかだな」

理解の追い付いていないアキラに、シロウが説明を補足する。

クガマヤマ都市がウダジマの裏切りに気付いた時、それをそのまま表に出すとは限らない。幹部が建国主義者に寝返ったなど、都市にとって大失態だからだ。

その辺りを上手く衝いて交渉すれば、アキラの賞金首指定の解除も容易になるかもしれない。シロウはそこまで説明した。そしてアキラもそれで納得し、それ以上は聞かなかった。

もっともその交渉は都市への脅迫とほぼ同義だ。それを実施した者は相応に厳しい立場を強いられる。加えてその交渉の前提となる情報は不正に入手したものなのだ。物凄く面倒なことになる。

しかしヒカルには、だからしない、という選択肢は無い。アキラの賞金首指定を解除して、坂下重工の件をシロウに解決してもらわなければ、ヒカルは詰むからだ。

その辺りを分かっていないアキラと、分かった上で自分にその手段を使うかどうかの判断を投げてきたシロウを見て、ヒカルが溜め息を吐きながら思う。

よし。イナベに投げよう。もうこうなったら一蓮《いちれん》托生《たくしょう》になってもらおう。

ヒカルは少々自棄糞《やけくそ》気味に、そう決めた。

ヒカル達を乗せたキャンピングカーがクガマヤマ

都市に到着する頃、アキラ達は一通りの話を終えたこともあって、ヒカル達との通信を切ろうとした。

そこにレイナからアキラに連絡が入る。

「アキラ。話があるわ。構わない？」

「ああ。大丈夫だ」

「分かったわ。じゃあまずは、先に言っておくわね。シズカさんは無事よ」

それを聞いたアキラが表情を険しくする。少なくとも、シズカの無事を確認しなければならない何かがあった、ということだからだ。

「何があった……？」

「シズカさんの店にアキラの偽者が現れたのよ」

「何だって……!?」

シズカは無事だと先に聞いておかなければ、驚くどころでは済まなかった予想外の話に、アキラの顔が険しく歪んだ。

第249話　旧領域接続者達

　シズカは今日も店を開けている。そしていつもと変わらない丁寧な接客で、今までと変わらない営業を続けていた。

　アキラの装備の件で、多数の高ランクハンターを顧客に抱える企業との伝を得たシズカだが、シズカの店の品揃《しなぞろ》えは変わっていない。高くともハンターランク30程度の者達用の装備が並んでいる。

　シズカを介してアキラとの伝を得たい営業達からは、仕入れを含めて協力するので、もっと金を持っている高ランクハンター向けの店に変えるようにも勧められた。だがシズカはそれを断った。長年店を支えてきてくれた客を、切り捨てるような真似はしたくなかったからだ。また、高ランクハンター向けの商売は、自分の手に余るとも考えていた。

　それによりシズカは、防壁の側どころか防壁内に店舗を構えることも可能な伝を得ながらも、今日も今まで通りの場所で今まで通りの営業を続けていた。

　接客を終えたシズカが呟く。

「アキラ。大丈夫かしら……」

　アキラの現状はシズカもエレナ達から聞いている。アキラは無事で、元気にやっていて、追い詰められた様子など感じられなかった。状況の改善に関しても、都市の幹部であるイナベが、アキラの賞金首認定を取り下げる為に動いている。そう聞かされている。

　それでも、アキラが身を隠さなければならない状況であることに違いは無い。シズカはアキラが心配だった。自分に出来ることが、アキラの身を案じることだけだとしても。

　しかしそれしか出来ない自分に自己嫌悪などはしない。シズカが微笑んで、自分にも言い聞かせるように言う。

「まあ、心配しか出来なくても、ちゃんと心配してあげますか。無事を祈っておいてくれって頼まれたしね」

普段のアキラなら、多分気恥ずかしい気持ちが勝ってそういうことは口にしない。恐らくそれだけ参っていたのだろう。そう思う。そしてだからこそ、シズカはそのアキラの頼みに応えようと、たとえ何の意味も無かったとしても、アキラの無事を祈った。

そこで店の扉が開き、ドアベルが鳴る。シズカは気を切り替えて客を迎えようとする。

「いらっしゃいませ……あれ？」

しかしそこには誰の姿も無かった。

「変ね……」

不思議そうにするシズカの前で、迷彩状態のままドアを開けた者がそれを解除する。現れたのはアキラの姿だった。

驚くシズカに、その者が申し訳無さそうに言う。

「シズカさん。すみません。実は少し話が……」

だがシズカは表情を普段の微笑みに戻すと、相手の話を遮って言う。

「あなた、誰？」

すると、その申し訳無さそうな表情が、表情筋の操作をやめたような無表情に変わった。自分が偽者だと見抜かれた偽アキラが、その無表情を浮かべて言う。

「分かるのか……」

そしてシズカに向けて更に一歩近付いた。

次の瞬間、偽アキラの顔面に痛烈な拳が打ち込まれる。偽アキラは砲撃にも勝るその一撃で吹き飛ばされ、店の棚を粉砕し、壁も突き破って、店の外まで飛び出した。

その一撃を放ったのはカナエだ。カナエはシズカの近くに迷彩機能で隠れた上で気配を消していた。そして不敵で、それ以上に楽しげな笑顔で、一瞬で間合いを詰めて拳を振るっていた。

もっとも偽アキラもその程度で敗れはしない。吹き飛ばされながらも体勢を立て直そうと、空中で両足に力を込める。そして強化服の接地機能を利用して無理矢理減速し、空中に摩擦の痕を残しながら滑って、立った状態で店の外の地面で停止した。そしてカナエに反撃する為に、勢い良く地を蹴って間合いを詰めようとする。

しかしそれを潰される。高速移動の起点となる両足を撃ち抜かれた。吹き飛ばされた勢いを完全に抑え切ったことで、動きが止まったその瞬間を狙われた。

撃ったのはレイナだ。カナエと同じく迷彩機能で隠れており、偽アキラに生じたそのほんのわずかな隙を見逃さずに、強力な銃弾を正確無比に撃ち込んでいた。

それでも偽アキラはまだ戦える。両足の負傷は風穴を開けられた程度ではない。骨が吹き飛び、残った肉と皮で何とか繋がっているほどに酷い。しかしそれほどの負傷であっても、モンスター並みの生命力と、旧世界製並みに高性能な回復薬の力であれば、すぐに完治する。

しかし流石に一瞬では治らない。そこを狙われる。迷彩機能を使用してレイナの側に控えていたシオリが、瞬《まばた》くよりも速く偽アキラとの間合いを詰める。足の負傷により高速移動を封じられた相手に刀を振り上げる。

偽アキラはそれを躱そうと、宙を殴ってその反動で自身を無理矢理その場から移動させようとした。しかし間に合わない。まずは縦に、次に横に、高速で振るわれた刃が偽アキラを両断した。

胴体を中心に四分割された偽アキラを、シオリが更に追撃する。両腕を斬り飛ばし、両足を斬り落とし、続けて首を薙《な》ぐ。そして既に左右に両断済みの頭部に刀を振るい、上下にも両断した。

ここまでされては流石にどうしようもない。偽アキラはその体を地面に撒き散らす前に絶命した。

安全を確認したシオリが、レイナに視線でそれを伝える。レイナが迷彩機能を解いてシズカの隣で息を吐き、二人を護る為にその場に残っていたカナエも警戒を緩めた。

「いやー、あっさりだったっすね」

その発言内容はともかく、仕事自体はきっちり済ませたこともあって、レイナはカナエを非難せずに軽く言う。

「良いことでしょ？　敵に手応えを期待するのは、護る相手が私だけの時にしておいて」

「へーいーっす」

レイナ達のあっさりした勝利は、この偽アキラが弱かったからではない。アキラに倒された個体ほどではないにしろ、シェリルを攫った個体と同程度の強さは持っていた。そのような相手に対して奇襲を成功させ、そのまま的確に追い詰めたレイナ達の実力あってのものだった。

シズカは一般人だ。レイナ達のように戦闘には慣れていない。それでも目の前で繰り広げられた派手な戦闘に対して、慌てず、騒がず、何度か深呼吸をして意識を整えると、落ち着いた様子でレイナ達に礼を言う。

「ありがとう。助かったわ」

そして店の惨状を見ながらわずかに苦笑した。

「それにしても……、私の所にも本当に来ちゃったかー」

シズカが偽アキラに狙われる恐れがあるので、それを防ぐ為に自分達を側に置いてほしい。店に現れたレイナからそう言われた時、シズカは少し考え過ぎではないかと思った。幾らアキラと付き合いがあろうとも、所詮自分は小さな個人商店の店長にすぎない。そう思ったからだ。

しかし自身の勘はレイナ達の頼みを引き受けることを勧めた。そして実際に偽アキラが出現したことが、勘の方が正しく、楽観視の方が間違っていたことを証明した。

レイナが申し訳無さそうに言う。

「すみません。流石に店の被害まで抑える余裕はありませんでした」

「良いのよ。助けてもらったのは私の方だもの。気にしないで」

シズカはそう言ってレイナを気遣った上で、冗談っぽく笑って続ける。

「それに、こういう時の為に損害保険に入ってるんだしね。まあ、契約の更新は断られそうだけど」

レイナもシズカに合わせて笑う。

「そうですね。良い交渉人とか紹介しましょうか？」

「そう？　そうねえ。まずは自分でやってみるわ。それで駄目だったらお願いするかも」

「分かりました」

店舗の被害など、自分が無事なことに比べれば些細なこと。レイナはそのシズカの気遣いに感謝した。そして意識を切り替える。

「それではアキラに連絡しようと思いますので、シズカさんも同席してもらって構いませんか？」

「分かったわ」

店の周囲が騒がしくなっていく。この地域の治安維持を請け負っている警備会社に加えて、都市の防衛隊まで現れる。レイナはそれらの対応をシオリに任せて、アキラに連絡を入れた。

◆

レイナから話を聞いたアキラが深い安堵の息を吐く。そして拡張視界に映るレイナとシズカに頭を下げた。

「レイナ。ありがとう。本当に助かった。シズカさん。巻き込んでしまって、本当にすみませんでした」

予想以上の反応を見せたアキラを見て、レイナは後ろめたいものを覚えた。自分のしたことを自覚しており、その必要性もあって後悔は無いが、それでも完全に割り切るのは難しかった。

そのレイナの内心を察して、シズカが笑ってアキラに言う。

「大丈夫よ。アキラの所為じゃないし、彼女のおかげで助かった。それで良いじゃない」

「それは……、そうかもしれませんが……」

シズカさんがそう言うのなら。いつもならそう答えているアキラも、流石に今回はそう言えなかった。代わりにシズカがそれを言う。

「良いのよ。それで。私がそう言ってるんだから。ね？」

シズカにそう優しく、そしてどこか窘めるように言われたことで、アキラは反論を封じられた。シズカがそう言うのなら。その言葉を受け入れて、表情を和らげる。

「……、はい」

「よろしい。アキラもいろいろ思うところはあるかもしれないけど、彼女のおかげで助かったことに違いは無いんだし、気にしないで」

「……？　はい」

　アキラは自分の所為でシズカを巻き込んでしまったことを気にしていたが、それはシズカに諭されたことで気にしないことにした。そして思うところに関して、それ以外に心当たりが無かったので、同じことを二度言われたような気がして少し不思議に思ったが、念押しされただけだろうと考えて普通に答えた。

　そして同じことを聞いたレイナも表情を和らげる。シズカの言葉はレイナへの気遣いでもあった。

　レイナがシズカを護ったのは、アキラに恩を売る為、大きな貸しを作る為だ。

　自分達がアキラと一緒にいても、つまり追加戦力としてアキラに協力しても、大した貸しにはならない。アキラは一人でも十分に強いので、追加戦力の価値は低い。下手をすれば自分達が足手纏いになって、貸しを作るどころか借りを作ってしまう。

　そう判断したレイナは、キャロルやエレナ達のように自分達もアキラに同行するのではなく、シズカの護衛をすることを選んだ。賞金首になった所為で身を隠さなければならなくなったアキラには出来なくなったことを、自分達が代わりにすることで恩を売ることにしたのだ。

　レイナ達もシェリルが偽アキラに攫われた情報は得ていた。もし、また誰かが狙われるとしたら、それは誰か。シェリルと同じく、アキラと親しい非戦闘員であるシズカではないか。レイナはそう判断して、シズカに護衛を申し出た。

　その判断が間違っていたとしても、シズカの護衛をするだけでもアキラへの一定の貸しになる。実際にシズカが狙われれば、そしてそれを防げばとても大きな貸しになる。そう考えた。

つまりレイナは、アキラの恩人を出しにして、アキラに恩の押し売りをしていた。そしてレイナもそれを自覚していた。

そこまでしてでもアキラに貸しを作らなければならない必要性は分かっていた。だが気が進まないことに違いは無かった。そして自分の事情がどうであれ、それを実行したことにも違いは無かった。その思いがレイナを苛《さいな》んでいた。

シズカの言葉は、そのレイナに向けたものでもあった。気にするな。理由は何であれ、そのおかげで助かったのだから。レイナの行いに後で気付くかもしれないアキラに、自分の行いに苛まれるレイナに、アキラとレイナの両方に、そう告げていた。

それを理解して、レイナは深く感謝した。

シズカが笑って言う。

「あ、都市の防衛隊の人が私からも話を聞きたいって言ってるから、私はこれで抜けるわね。アキラ。無事な姿を見られて良かったわ。ちゃんと無事を祈っておいたおかげかしらね？」

アキラはシズカから少しからかうように冗談っぽくそう言われて、気恥ずかしさを覚えて少々顔を赤くした。そのアキラの様子を見て、シズカはこの様子なら大丈夫そうだと思い、笑顔のまま拡張現実の通話から抜け出した。

気恥ずかしさの残った空気の中で、レイナが気を取り直して話を進める。

「あー、アキラ。それじゃあ、アキラの方の状況を教えてもらえる？」

「あ、ああ。分かった」

気恥ずかしさをごまかすように、アキラは自分の状況を話し始めた。

アキラの状況を知ったレイナは、その予想外の内容に真顔になっていた。

「坂下重工を敵に回したかもしれないか……。また随分なことをしたわね」

「俺もやりたくてやったんじゃないんだけどな。あ、そうだ。護衛なんだけど、シズカさんだけじゃなくて、シェリルも一緒に頼めないか？　出来ればで良いんだけど……」

「ええ。構わないわ」

「ありがとう。助かる。それじゃあ後でエレナさん達と合流して……、いや、エレナさん達はヒカルの護衛だから、レイナ達と合流するのは無理か？」

　話を聞いていたヒカルが答える。

「その辺はこっちで何とかしておくわ」

「そうか。悪いけど頼んだ」

　それで話は一区切りついた。その上でレイナが次の話をこの場でするかどうか迷う。アキラに大きな貸しを作ることには成功した。あとはその貸しを対価にして、あることを頼まなければならない。その内容を話すだけでも、大きな貸しを作っておかないと話せないほどの頼み事を。

　それほどの内容なので機会を見極めて話そう。そう考えていたレイナだったが、アキラの現状を聞いたことで、今がその絶好の機会ではないかと思い始めていた。

「……アキラ。前にアキラに頼みたいことがあるって言ったの覚えてる？」

「ああ。何だ？」

「聞いただけで面倒なことになりかねない話なんだけど……」

　レイナはそう言って他の者に視線を向けた。それを受けて、まずはエレナが席を外すことを選択する。

「私達は席を外した方が良さそうね」

　シェリルも同意を示す。

「そのようですね」

　この面倒事はアキラではなく、レイナの事情に関わること。であれば、自分達が首を突っ込む話ではない。エレナとサラとシェリルはそう判断した。

「アキラ。またね」

　最後にサラが笑ってそう言って、三人はアキラの拡張視界から姿を消した。

　続いてヒカルが答える。

「それじゃあ私は、さっき言った調整とかがあるから……」

これ以上の面倒事を抱えたくないヒカルは、自分の仕事を口実にして、この場からさっさと抜けることにした。エレナ達に続いて拡張現実の場から姿を消す。

残ったのは当事者であるアキラとレイナ、そしてどちらかといえば部外者であり、その上で残ることを選んだシロウとキャロルとトガミだ。

レイナがシロウ達に改めて確認を取る。

「じゃあ話すけど、良いのね？」

「良いぞ」

「ええ」

「ああ」

引き返すなら今の内。聞いてしまったら手遅れ。そう念を押したレイナに、三人はその短い返事で、改めて場に残る意志を示した。

シロウは坂下重工から脱走中であり、キャロルはアキラと同じく坂下重工を敵に回している。自分が既にそういう状況である以上、レイナから何を聞かされたとしても、それに比べれば些細なこと。それならば、アキラにも関わる話なら聞いておくべきだ。シロウとキャロルはそう考えていた。

一方トガミは、これがレイナ側の事情という点から残ることにした。自分には手に負えない話だったとしても、話を聞かなければその判断すら出来ない。レイナに協力することも出来ない。だから聞く。そう決めた。

レイナはそのトガミの覚悟に感謝した。笑って言う。

「分かったわ」

そして白いカードを取り出してアキラに見せる。

「アキラは旧世界の方のリオンズテイル社に繋がる端末の設置場所を知っているはず。その一つ目の場所に案内してほしいの」

察しの良い者はそれでレイナの話の危険性を理解した。だが察しの悪いアキラは詳しい説明を求める。

「……何で俺がそれを知ってるって思うんだ？」

そして聞かれた以上、レイナは答えなければならなかった。そのアキラの態度が、とぼけているだけなのか、それとも自覚が無いのか、レイナには分からないからだ。

「坂下重工を敵に回したことに比べれば大したことじゃない。その前提で話すわね？」

　レイナがその続きを口にする前に、アルファがアキラに笑って告げる。

『アキラ。取り敢えず何を聞いても落ち着きなさい。多分大丈夫だから』

『ん？　分かった』

　何を聞かされるか分からないが、アルファがそう言うのであれば大丈夫なのだろう。アキラはそう思って普通に話を聞こうとした。

　しかし失敗する。

「アキラは旧領域接続者よね？　それもリオンズテイル社との接続情報が脳に焼き付いた人のはずよ」

　事実と誤解、その両方に驚いて、アキラは吹き出した。

『アキラ。落ち着いて』

『あ、ああ……』

　アキラが何とか平静を保とうとする。

『……でも大丈夫なのか？　俺が旧領域接続者だってバレたんだけど……』

　旧領域接続者だと露見してしまうと、脳構造を解析する為に解剖される。以前にアルファからそう教えられたこともあり、アキラは少し焦っていた。

『大丈夫よ。駆け出しハンターだった頃のアキラなら、研究材料にする為に攫われていたかもしれないけれど、今のアキラにそんな真似をしたら、返り討ちに遭って殺されるだけでしょう？　割に合わないわ』

　旧領域接続者であることに、今のアキラと殺し合ってでも手に入れる価値は無い。だから大丈夫だ。アルファは笑ってそう説明した。

　アキラも一応納得する。

『……ま、まあ、そうか。そうだな。あの頃の俺ならともかく、今の俺なら……』

『ええ。大したことではないわ。少なくともレイナの言う通り、坂下重工と敵対したことに比べれば些事よ』

『……そ、そうだな』

　坂下重工と敵対することは、あの頃の自分が旧領域接続者だとバレた所為で、攫われて解剖されかねない状況になるより、悪い。それを理解して、アキラは少し表情を硬くした。

　そのアキラの少々不自然な様子も、吹き出してしまったことに比べれば大した反応ではない。レイナはさほど気にせずに話を続ける。

「私がどうしてそう思ったのか、その根拠を話していくわね。これは私がその結論に至った理由を説明するだけだから、間違っていても訂正しなくていいわ」

　レイナはそう言って、白いカードを改めてアキラに見せながら説明を始める。

　オリビアがイイダ商業区画遺跡でアキラに残したこのカードは、基本的に旧領域接続者でなければ使用できない。旧領域対応の情報端末などを使う手段もあるにはあるが、まだまだ高価な品であり、当時のアキラが持っていたとは思えない。また、オリビアがアキラに、本人には使えない物を残すとも思えない。よって恐らくアキラは旧領域接続者だと考えられる。

　しかしアキラが旧領域接続者であることは、オリビアがアキラにカードを渡す理由にはならない。ではその理由は何か。レイナはアキラが旧領域接続者になった過程にあるのではないかと考えた。

　何らかの理由で旧領域接続者として中途半端に目覚めた者が、その不完全な通信機能の所為で遺跡から大容量のデータを受信してしまい、過負荷で脳死するという事例がある。

　しかし全員死ぬとは限らない。旧領域接続者として完全に覚醒する者や、更には特殊な能力に目覚める者もいる。その中には、通常の旧領域接続者では入れない旧領域の特殊な領域への接続情報が、脳に焼き付く者もいる。

　レイナはアキラがこれに該当する者ではないかと考えた。どこかの遺跡で、旧世界のリオンズテイル社の接続端末に無自覚に繋げてしまい、死にかけて、生き延びて、その接続情報が脳に焼き付いたのではないか。しかもその接続端末は通常の物ではなく、上顧客用の特別な端末で、アキラはその権限を引き継いだのではないか。だからこそオリビアはアキラにこのカードを残したのではないか。レイナはそう考えた。

「このカードはそう簡単に手に入る物じゃないの。シオリがあんな真似をしてでも手に入れようとするぐらいには貴重品なの。あと、多分だけど、ヨノズカ駅遺跡を見付けたのって、アキラでしょ？　旧世界のリオンズテイル社に繋げた時に、支店や端末の場所の情報を手に入れて、それを基に未発見の遺跡を探したりしてたんじゃない？　違う？」

　これで手持ちの情報は全部出した。あとはアキラ次第だ。そう思い、レイナはアキラの返事を待つ。

　アキラはレイナの話を真面目に聞いていた。そして答える。

「悪いけど、その推測が合ってるかどうかは答えない。でもレイナが言うリオンズテイル社の接続端末の、その一つ目ってやつには心当たりがある。その場所を教えれば良いのか？」

　坂下重工を敵に回したことに比べれば些事とはいえ、旧領域接続者であることを暴露したのにもかかわらず、アキラから比較的好意的な返事が来たことに、レイナは内心で安堵した。笑って答える。

「あー、悪いんだけど、出来れば場所は教えずに、アキラにそこまで直接案内してほしいのよ。勿論、後で構わないわ。アキラの状況は分かってるし、私達の方もいろいろ準備が必要だからね」

「俺は良いけど……、レイナはそれで良いのか？」

　アキラの状況が解決する保証は無い。後で構わないとは、そこで言う後が、それが後の人生であれ、命であれ、それが存在する者に限り有効な頼み事だ。常識的に考えれば、坂下重工を敵に回した者に、そのような後がある確率は非常に低い。

　アキラもそれぐらいは理解している。だから一応、それで良いか尋ねていた。

そしてレイナもそれぐらいは理解している。少しだけ挑発的に笑って答える。

「ええ。だからそれまで、死んだりしないでね？」

それを受けて、アキラも勝ち気に笑って答える。

「当たり前だ」

アキラの状況を分かった上で、アキラもレイナもアキラの今後を前提とした約束をした。

話が一区切りしたところで、アキラが思い出す。

「あ、そうだ。リオンズテイル社といえば、俺達がいる店の外にリオンズテイル社の連中がいたぞ。あ、現代の方のやつだ」

「どういうこと……？」

「いや、俺もよく分からないんだけど……」

アキラはその時の様子を、拡張視界を介してレイナに見せた。するとレイナはしばらく難しい顔を浮かべた後、笑って礼を言う。

「教えてくれてありがとう。役に立ったわ」

「そうか。それでレイナは、あいつらが何であんな所にいたのか分かるか？」

「あー、ごめん。聞かないで。こっちでもいろいろあってね。あ、でも、もしその人達がアキラの邪魔をしたら、私のことを気にする必要は無いわ。好きにして」

パメラ達がそこにいる理由は推測できるが、事情があって話せない。だがアキラと敵対したのなら殺して構わない。そう答えたレイナに、アキラがもう少し尋ねる。

「あいつらはレイナ達とは無関係ってことか？」

「あー、そういう考えで構わないわ」

「ん、分かった」

交戦状態になってもレイナ達の関係者として扱う必要は無い。それだけ分かればアキラとしては十分だった。

キャロルはレイナの頼み事を聞いてから、ずっと何かを考えている様子を見せていた。そしてここで軽く笑って口を出す。

「レイナ。トガミ。取り敢えず話に区切りがついたなら、悪いんだけどこの辺にしてもらえない？」

こっちでも少し話すことがあるのよ」

「ん？　分かったわ。アキラ。またね」

「何かあったら連絡してくれ」

　レイナとトガミはそう言い残して、アキラ達との通信を切った。遠隔地の者が全員退席したことで、拡張現実での会話も終わる。リオンズテイル社の支店の中で、アキラがキャロルに少し不思議そうに尋ねる。

「キャロル。話って何だ？」

「ああ、ちょうど良いから私のことも話しておこうと思ってね」

　キャロルはそう言って一度シロウに視線を向けた。そして調子良く笑っているシロウを見て、席を外してもらうのは難しそうだと思い、また、恐らくシロウには既に気付かれていると考えて、それならばもう明示しておくことにした。

　キャロルが視線をアキラに戻して言う。

「私もアキラと同じで、脳に接続情報が焼き付いた旧領域接続者なの。私に焼き付いたのはミハゾノ街遺跡の情報だけどね」

　その予想外の話に、アキラは再び吹き出した。

　一方シロウは全く動じていない。その様子を見てキャロルが言う。

「やっぱりシロウは気付いてたのね」

「まあな」

　シロウがその根拠を思い浮かべる。

　ミハゾノ街遺跡の地下トンネルは高度に隠蔽されており、自分ほどではないにしろ、かなり高度な技術の持ち主でなければ見付けられないものだった。トガミがあの地下トンネルを発見できたのは、自分がその隠蔽を、渡した旧領域対応の情報端末を介して解除したからだ。

　しかしアキラ達は自力で発見しなければならない。だがアキラ達にあの隠蔽を見抜けるような技術があるとは思えない。よってアキラとキャロルのどちらかに、ミハゾノ街遺跡の接続情報が焼き付いている可能性があった。

　そして恐らくキャロルの方だと考えていた。キャロルの言動には、地下トンネルを発見できた理由を、そこらの者では不可能なそれを、自分に押し付けようとしている節があったからだ。

　それらの理由から、シロウはキャロルから教えられるまでもなく、その程度のことは推測していた。尚、アキラが旧領域接続者であることは、都市間輸送車両にいた頃から疑っていたので、今更驚かなかった。

「……っていうか、アキラは知らなかったのかよ」

「知らなかった……」

「旧領域接続者同士で組んでたんじゃなかったのかよ……」

　そこは外した。自分もまだまだ読みが甘い。そう思いながらシロウが続ける。

『アキラ』

『何だ？』

『お、ちゃんと返事をしたな。今までずっと無視してたのに』

『……まあ、もうバレたからな』

　実際には無視していたのではなく、そもそも今までアキラにはシロウの念話が聞こえていなかった。アルファが通信を遮断していたからだ。それを解除したにすぎない。アキラもその程度のことは理解しており、適当にごまかした。

　シロウがキャロルに視線を向ける。

「……キャロルは念話とか出来ない感じ？」

　シロウはキャロルにも念話を飛ばしていたが、返事どころか反応すら無かった。それをキャロルも理解する。

「あー、念話ってやつを飛ばしてるのね？　私も旧領域接続者だけど、接続先はミハゾノ街遺跡だけだから、多分私まで届いてないんだと思うわ」

「そういうことか。じゃあ……」

『こうかな？』

　今度はキャロルも明確な反応を示した。聴覚を介さずに頭の中に響いた声に驚いている。

『お、繋がった。大丈夫そうだな。アキラもキャロルに何か念話で言ってくれ。俺を仲介する感じでやってくれればこっちで繋げる』

『……こうか？　キャロル。聞こえるか？』

『ええ。聞こえるわ』

アキラの方でもキャロルの声が聞こえるようになる。これによりアキラ達はシロウを介して念話で会話が出来るようになった。

『慣れると近くの相手でもこっちで話す方が便利なんだよな。周りがうるさくても話せるし、聞き間違いも無いし、盗み聞きもされないし』

念話でそう言ったシロウに、キャロルが口で答える。

「私は口で話すわ。念話だと話がシロウに筒抜けなんでしょ？　じゃあアキラと内緒話するから、席を外してもらえる？」

「そう言われてもどこに行けば……」

シロウがそこまで言ったところで、側に控えていたオリビアが部屋を操作した。周囲に壁が出来て、この場が密室に変わる。

「……あー、どうも」

シロウは微妙な表情で礼を言うと、オリビアと一緒に部屋を出た。アキラはそのシロウの様子を見て、キャロルと一緒に軽く笑った。

「それで、内緒話って何だ？」

「アキラを護衛に雇った理由を話しておこうと思ってね。そっちの方も、坂下重工を敵に回したことに比べれば、大したことじゃなくなったから」

キャロルがその理由を話していく。

坂下重工がクズスハラ街遺跡を攻略する為に、遺跡の情報が脳に焼き付いた旧領域接続者を探しているという情報を得たこと。クズスハラ街遺跡に限らず、そこに繋がる地下トンネルがあるヨノズカ駅遺跡のような、他の遺跡の情報を持つ旧領域接続者も探している恐れが高いこと。

自分にはミハゾノ街遺跡の情報が焼き付いている。見付かってしまえばどうなるか分からない。自分がアキラを護衛に雇ったのは、それを恐れたからだった。そう説明した。

護衛は強ければ誰でも良い訳ではなかった。相手は坂下重工だ。高ランクハンターですら尻込みする。それどころかキャロルが狙われる理由を知れば、キャロルを坂下重工に売りかねない。

一度依頼を受けてさえくれれば、相手が何であっても退かない者。そしてキャロルが狙われる訳を何らかの理由で知ったとしても、それを口外しない者。キャロルが護衛に雇う者は、そういう者でなければならなかった。

そしてキャロルが知る中でそれに一番近い者は、アキラしかいなかった。

ドーラスは好い線を行っていた。だがキャロルに情報を売った点がまずかった。自分の体程度と引き換えに情報を漏らすような人間を、キャロルは信じ切れなかった。

話を聞いたアキラが、キャロルが自分を護衛に雇う理由を話せなかった事情に納得しながら思う。

「そうだったのか。あー、じゃあ悪いことしたな。キャロルが俺を雇ったのは、坂下重工に狙われた場合の備えだったのに、その俺を助けて坂下重工を敵に回す羽目になったのか。悪かった」

本末転倒にも程がある。アキラはそう思って謝った。

そして謝られたキャロルは逆に驚く。アキラに護衛を頼んだ時、嘘は吐かなかったとはいえ、坂下重工のことを隠していたのだ。詐欺に片足を突っ込んでいたどころの話ではないと思っていた。

それにもかかわらず、こちらを非難するどころか、自分に非がある態度を見せたアキラに感謝した。笑って答える。

「気にしないで。事情をちゃんと話さなかった私が悪いのよ」

「そうかもしれないけど……」

「じゃあついでだから、私の事情をもう少し話しておくわ。今度はちゃんと話すから、黙っててね？」

キャロルは少しいたずらっぽく笑ってそう言った。

「分かった」

それでアキラも不要に気にするのをやめる。代わりにアキラは、今度はちゃんと自身の秘密を話すキャロルの話を、ちゃんと聞いて、ちゃんと黙っておくことで、キャロルに応えることにした。

キャロルがアキラに自身の過去などを話していく。

昔は結構真面目にハンターをやっていたこと。ミハゾノ街遺跡の探索中に酷い頭痛を覚えて気絶し、目を覚ましたら遺跡内の景色が一変していたこと。それは旧領域接続者として受信したものが、拡張視界に表示されたからだったこと。

そしてその所為で当時の仲間を失い、その時の出来事から、自分が旧領域接続者だと露見しないように過去を捨てたこと。

キャロルという名前は、キャロルが別人として生きる為にその時に決めた偽名だった。今ではもうそれが自分の中でも自分の名前になったが、昔は別の名前だった。

身体強化拡張者になったのは、顔だけではなく体型も変える為。地図屋になったのは、余りに優秀な地図屋が旧領域接続者だと誤解されるのを逆手にとって、自分もそういう誤解を受けている者だと装う為。

副業で体を売り始めたのは、金が目的ではなく、旧領域接続者でなければ知り得ない情報を、他のハンターから聞いたことにしてごまかす為だった。

客が増えるほど、そちらの経由で知ったのだろうと思われる可能性も高まる。異性を誘惑する技術を磨き、体にも大金を注ぎ込んで魅惑の造形を作り上げて、ハンター稼業より稼げるほどに副業に精を出した。

ヴィオラのような質《たち》の悪い者と付き合いを持つようになったのも、情報の入手元をごまかす為だ。ヴィオラなら、そしてそのヴィオラと組んでいるような者ならば、それを知っていても不思議は無い。そう思わせる為だった。

そして気が付けば、過去を隠す為に被《かぶ》っていた悪女の仮面は、いつのまにか仮面ではなく、キャロル自身になっていた。

そのことを悔やむような良識は既にキャロルから

消《き》え失《う》せている。それでも昔を、真面だった頃の自分を懐かしむ気持ちは残っていた。

「私が言うのも何だけど、前の私はハンターやってるのが不思議なぐらい、清楚《せいそ》って感じだったのよ？」

「へー、そうだったんだ」

「あ、信じてないわね？」

「いや、別に嘘だとは言ってないって」

　そうは言いながらも、完全に信じるのは無理がある、とでもいうようなアキラの態度に、キャロルが楽しげに笑う。

「副業で、たまにその時の頃を思い出して清楚な格好をするんだけど、結構受けが良いのよ？　……あ、そういえばアキラには通じなかったわね」

「……あー、そうだったな」

　キャロルは以前にそのような清楚な格好でアキラと会ったことがあった。その時のアキラの反応は、キャロルがきわどいデザインの強化服を着ていた時と、全く変わらなかった。

　少なくとも、その時は。

　ふと思ったそのことをごまかすかのように、アキラが話を続ける。

「それにしても、キャロルの前の名前とか、俺に教えて大丈夫なのか？」

「大丈夫よ。アキラがべらべらしゃべらなければね」

　笑ってそう言ってきたキャロルに、アキラも笑って答える。

「分かった。黙っとくよ」

「お願いね？」

　長年誰にも言えなかったことを話し切ったキャロルは、その開放感でどこかすっきりした表情を浮かべていた。そしてその少し浮かれた気分の所為で、後で冷静になって考えると大分迂闊《うかつ》だったと思えることを口にする。

「……あ、そうだ。アキラは私と初めて会った時から凄く強かったけど、あの強さって何かサポートでもしてもらってるの？」

　一瞬、アキラが固まる。しかし浮かれていたキャロルはそれを見逃し、気付かずに続ける。

「ほら、レイナが言ってたでしょ？　アキラは旧領域接続者になった時に、リオンズテイル社の上顧客の権限を偶然引き継いだって」

　キャロルは以前からアキラが旧領域接続者ではないかと疑っていた。アキラの余りに、そしてどこか不可解な強さに、旧領域接続者の力で遺跡から地形情報などを得て、それを戦闘に活用しているのではないかと思ったのだ。

　飛び交う弾丸の一発一発すら含めた、リアルタイムの地形情報。そういうものを遺跡から取得し、極めて高性能な情報収集機器の代わりにする。旧領域接続者にはそのような者もいるという話を、キャロルは聞いたことがあった。そしてアキラもそうではないかと疑った。

　しかしアキラの強さは、既にその理由では辻褄が合わないほどに向上している。それでキャロルは、アキラが旧領域接続者であることも含めて、自分の考えを疑っていた。だがレイナの話を聞いたことで、旧領域を介して何らかのサポートを受けているのではないか、という考えに至ったのだ。

「そういうお得意様なら、そういうサービスがあっても不思議は無いかなーって思ったの」

　それを聞いたアキラは、キャロルから非常にわざとらしく目を逸らした。

「……さあな」

「そう」

　とても楽しげなキャロルに、アキラが視線を戻す。

「……一応言っておくけど、昔はともかく、最近は俺も結構自力で頑張ってるんだ。前にクズスハラ街遺跡で巨人みたいなやつと戦った時や、第3奥部に入る時に地下トンネルで戦った時は、全部自力で頑張ってたんだぞ？」

　少し言い訳がましくそう答えたアキラを、キャロルが笑って誉《ほ》め称《たた》える。

「そうなの？　凄いわ」

　アキラが深い溜め息を吐く。そして言う。

「……黙っててくれよ？」

「ええ。黙ってるわ」

秘密を共有して仲を深めた。そう思い、キャロルは上機嫌だった。

　そしてアキラも比較的機嫌を良くしている。自分が今まで、本来の自分の実力ではない力で戦ってきたことを、ようやく吐き出せたからだ。

　それでも一番重要な秘密は抱えたままだ。自分が旧領域接続者であることも、今までサポートを受けて戦ってきたことも、それに比べれば大したことではない。

　アルファの存在。それだけは教える訳にはいかない。

　今回のことは、ある意味でアキラにとっても、良い機会だった。アルファのサポートをごまかせる話を手に入れたのだから。

　アキラが目を逸らした時、その視線の先には、いつも通りの笑顔を浮かべているアルファの姿があった。

第250話　スガドメの提案

ミハゾノ街遺跡を出たハーマーズは、スガドメが手配した迎えの輸送機に乗ってクガマヤマ都市に戻った。そして執務室に呼び出される。

「休暇中にすまないな。体調は大丈夫かね？」

スガドメにそう問われたハーマーズが、揺るぎ無く答える。

「問題御座いません」

ハーマーズは移動中に高性能な回復薬を大量に服用し、体を出来る限り回復させていた。それでも万全な状態ではない。しかし今回は仕事。切り札でも奥の手でも使って完遂させる、自信と覚悟があった。

「結構。では仕事だ。今からツバキに会いにいく。護衛を頼む」

「……！　了解しました」

ハーマーズは聞かされた仕事の内容に驚きながらも、そこから生まれた疑問など全て後回しにして、まずは了解の意を返した。

２台の車がツバキの管理区域に向けて進んでいく。どちらも坂下重工の車両だ。片方の車両には道中の護衛を指示された部隊が乗車している。そしてもう片方の車両には、スガドメ、ハーマーズ、ヤナギサワの三人に加えて、スガドメが連れてきたある男が乗っていた。

ハーマーズは車内で他の者にミハゾノ街遺跡での出来事を話した。それを聞いたスガドメが言う。

「そうか……。シロウが……」

「はい。シロウがセランタルビルにいた理由は、間違いなくあの少女でしょう。彼女の身元などは不明ですが、クガマヤマ都市の部隊を襲撃したアキラの偽者に協力しているという情報も入っております。シロウが旧世界のリオンズテイル社の者を護衛に雇ったことや、本物の方のアキラまで指揮下に置いていることも考えますと、僭越《せんえつ》ながら、そろそろシロウの脱走を公にしてでも、シロウの確保に動いた方が良いのではないかと」

シロウがいまだ捕まっていない理由には、坂下重工が事態を隠蔽しながら動いている所為で、大規模な捕獲作戦に移れないという点も大きい。ハーマーズは自身の失態が公になることを許容してでも、そうするべきだと提案していた。

スガドメが軽く答える。

「まあ、検討しておこう」

「はい」

そう短く答えて、ハーマーズはスガドメに小さく頭を下げた。スガドメが検討すると答えた以上、検討の結果、しないことになったとしても、ハーマーズにそれ以上のことは言えなかった。

同じ話を聞いたヤナギサワは、普段の軽薄な笑顔をわずかではあるが硬くしていた。それは内心の驚きが強過ぎて、ヤナギサワであっても胸中の動揺を隠し切れなかったということだった。

それにめざとく気付いたスガドメが、何でもないことのように尋ねる。

「どうかしたかね？」

「……いえ、セランタルビルがそのような事態になったと聞き、少々動揺してしまいまして」

ヤナギサワはすぐに普段の笑顔に戻した。そして演技で溜め息を吐く。

「あのビルの管理人格とは、ビルの防衛を条件に取引をしたのです。それに失敗し、ビルに被害まで出てしまったとは……」

続けてハーマーズに何か言いたそうな視線を向けた。

「……それで、ビルにはどれほどの被害が出たのですか？　先程の話ですと、60階が丸ごと吹き飛んだように思えるのですが……」

「……いや、そこまでではない。外壁が少々吹き飛んだ程度だ」

「そうですか。それは良かった。それぐらいでしたらビルの修復も短期間で終わるでしょう。その程度の被害でしたら、ビルの管理人格との取引も継続できる可能性が残されています」

超人がそれに対抗できる存在と一緒に暴れたのだ。その程度の被害で済む訳が無い。ヤナギサワは視線でありありとそう伝えていた。

一方ハーマーズは微妙に目を逸らしていた。業務での行動であれば目を逸らすことはなかった。坂下重工の利益の為であれば、その程度のことなどこちらは気にしない。そう言い切ることが出来た。

また業務外のことでも、シロウの確保に成功していれば、被害に見合う十分な利益を得たと、堂々と言い返すことが出来た。そのどちらでもなかったことが、ハーマーズの目に表れていた。

そこにスガドメが口を挟む。

「君は既にツバキとの取引で大きな利益を得ているのだ。セランタルビルとの取引を失ったところで、大した損失でもないだろう。そこまで気にしなければならないのかね？」

「……単純に利潤を比較すればそうなるのですが、それでも失うには惜しい金額ですので。御社にとっては些細な額であっても、私にとっては大金なのです」

「そうか。では迷惑を掛けたのだ。当社で補填しよう。後で損害額の詳細を送ってほしい」

「いえいえ、そこまでして頂かなくとも」

ヤナギサワは軽くそう答えながら、内心で思う。

（……補填額算出用の情報の要求を口実に、探られているとは思いたくないが……）

スガドメが軽く言う。

「そうかね？　君にはツバキとの会談の席を急に用意させたのだ。その迷惑料を兼ねて、と思ったのだがね」

ハーマーズがセランタルビルに向かった時、実はヤナギサワも一緒に行こうとしていた。しかし急にスガドメから、ツバキと直接会う機会を出来る限り早く作るように要求されたことで、その調整作業の為に行けなくなってしまった。

断ることは出来なかった。断れば、ヤナギサワが今この状況でセランタルビルに行くことは、坂下重工の重役の頼みを断るほどの価値があると、スガドメに教えることになるからだ。それは出来なかった。だがその結果、セランタルビルの60階に大きな被害が出た。

ヤナギサワが思う。自分がそこにいれば、それは防げたかもしれなかったと。ハーマーズ達の戦闘により、実際に60階にどれほどの被害が出たかは分からない。しかしそこの施設が破壊され、施設の通信機能が停止し、その復旧に長期間掛かる場合、自分の計画に大きな支障が出ることになる。

また、その場にはシロウもいた。自分がそこにいれば、シロウと取引をすることも出来ただろう。その両方を、スガドメに潰された。そう思い、スガドメへの警戒を強める。

偶然だと思いたい。しかし偶然ではなかったとしたら、意図的に潰されたのだとしたら、一体どこまで気付かれているのか。思わずそう考えてしまう。相手は坂下重工の幹部だ。自身をその地位に就かせ、その席に留めるだけの能力を持つ者なのだ。有り得ないとは言い切れない。そう考える。

ヤナギサワがスガドメを見る。その表情からその裏にあるものを見通すことは、ヤナギサワでも出来なかった。

その内心を隠しつつ、ヤナギサワが話を続ける。

「迷惑料を兼ねて、と仰《おっしゃ》るのであれば、今回の会談を穏便に済ませていただけると助かります。彼女の機嫌を損ねて取引を切られるようなことになりますと、クガマヤマ都市だけでなく、御社にも被害が及びますので。正直に申しますと、前回は随分危険なところまでいきました」

「分かっている。私も彼女を怒らせる気は無い。彼女にとってとても良い話をするつもりだ」

「と、言いますと？」

「今は話せない。会談の場で一緒に聞くと良い」

「……分かりました」

一体何を話すつもりなのか。ヤナギサワはそう思いながらも、立場の差もあってそれ以上は聞けなかった。

そこにハーマーズが話を続ける。

「スガドメさん。危険という話が出ましたので再確認します。私の護衛対象に、そちらの二人は含めなくて良いのですね？」

　最悪の場合、ハーマーズはツバキとの会談の場からスガドメと一緒に脱出する。ヤナギサワと、同乗しているもう一人の男は見捨てる。ハーマーズはこの場の全員にそう告げていた。

　ヤナギサワが答える。

「私は構いません。しかしそこまで状況が悪化した場合は、私の仲介など無意味になることをお忘れ無く。つまり、私ではツバキは止められないということです」

　その場合はこちらもそちらを見捨てる。ヤナギサワはそういう意味を込めてそう答えた。

　もう一人の男も答える。

「私も構いませんよ。自分の身は自分で守ります。お気遣い無く」

　男はさらっとそう答えた後、今気付いたように言う。

「あ、その際に気を使わせないように、身元を含めて自己紹介ぐらいしておいた方が良いですかね？」

　男はそう言ってスガドメに視線を向けた。つまりその判断をスガドメに投げた。それを受けてスガドメが答える。

「御自由に。判断はそちらでお願いします」

「分かりました」

　その二人の遣り取りを、ハーマーズとヤナギサワが怪訝に思う。男がたかが自己紹介にすら坂下重工の重役の許可を求めたことに加えて、スガドメがその判断による責任を負うのを拒否したこと。その少々異様な遣り取りに、どこか不穏なものを感じていた。

　そしてその内容を男が口にする。

「対再構築機関《アンチリビルド》所属のマルオといいます。よろしく」

　ハーマーズが驚きを露わにする。ヤナギサワも流石に驚きを隠せず、少々顔に出してしまった、では済まないほどに表情を変えていた。

　対再構築機関《アンチリビルド》は統企連直下の組織であり、その任務は東部の現代文明が旧世界に呑み込まれるのを防ぐことにある。

旧世界とは、かつて滅んだ全ての文明の総称であり、滅んだ世界から英知の欠片を掻き集め、新たな文明を再構築する繰り返しの歴史のことだ。

つまり次の再構築は、現代の東部の滅びを前提とする。

我々は歴史にはならない。滅びの歴史に呑み込まれて、次の者達から旧世界と呼ばれることはない。統企連はその決意と覚悟、そしてその実現の為に、対再構築機関《アンチリビルド》を設立した。

東部で覇権を争う五大企業も、この点に関しては手を組んでいる。五大企業とはいえ、その各企業の繁栄は、その企業規模の余りの巨大さもあって、東部の繁栄を前提としている。その東部自体が自社の繁栄の為に滅んでは何の意味も無い。五大企業のそれぞれが多額の資金に加えて人材まで提供し、その上で対再構築機関《アンチリビルド》にその独自性まで許して、東部の存続に協力していた。

その対再構築機関《アンチリビルド》の人間がここにいる。それほどの事態が、下手をすれば東部が滅びかねない何かが、今ここで起こっているのか。ハーマーズはそれを口で説明するまでもなく、表情で表していた。

マルオはその顔を見て、いつものことだと思いながら宥めるように言う。

「あー、別に私がここにいるからといって、何か危機的なことが起こってる訳じゃありません。そういう事態を事前に察知する為に、何度も何度もやっているただの調査ですよ。調べた結果、今回も杞憂だった。知ってた。また無駄に調査費用を使いやがって。そういう文句を言われる為の、日常業務です」

マルオが冗談っぽく話を続ける。

「週刊、世界の危機！　じゃ、あるまいし、無いですよ。無い無い。ああいうのはフィクションです。思いっ切り誇張しても、年に多くて1回ぐらい少し大きな騒ぎがあって、それをこういう調査で集めた事前情報を基に、袋叩《ふくろだた》きにして潰すって感じです。

そういう騒ぎの兆候を逃がさない為の調査。それだけですよ。大したことじゃありません」

　そして笑い話のように続ける。

「でもまあ、対再構築機関《アンチリビルド》ってフィクションとかでそれなりに使われちゃってるんで、私達が身分を明かすと大騒ぎする人もいるんですよ。だから普通は余り話しません。今回はあれです。ハーマーズさんが懸念するような事態になっても、私も一応対再構築機関《アンチリビルド》の人間なので、自力で逃げるぐらいのことは出来ますから、その際は私のことはお気になさらずに、と、まあそういう意味です」

　それでハーマーズも納得した。安堵の息を吐く。

「そうか……。了解した」

　ヤナギサワも同様に安堵の息を吐く。しかしこちらは演技だった。

　面倒なことになった。いつもの軽薄な笑顔の下でそう思い、それを表に出さないことに苦心していた。

◆

　ツバキが管理する旧世界の都市は、周囲の荒れ果てた遺跡とはまるで違う、綺麗で洗練された旧世界時代と変わらない光景を今も残している。そしてその姿を、乱立する廃ビルに偽装した巨大な防壁で隠していた。

　その防壁にはクガマヤマ都市との遺物の取引で使用する倉庫がある。スガドメ達とツバキの会談はその倉庫で行われる。前回と同じ場所、坂下重工の部隊が皆殺しにされたその場所で、スガドメ達はツバキが現れるのを待っていた。

　倉庫内にいるのはスガドメ、ハーマーズ、ヤナギサワ、マルオの四人のみ。今回同行した部隊は、あくまでも道中の護衛であり、今は外で待機していた。

　ハーマーズが床を見る。坂下重工の部隊はこの場でツバキに一瞬で粉微塵にされ、この床に血肉を装備品ごと撒き散らした。

その痕跡は既に綺麗に掃除されていて、全く残っていない。だがそういう惨劇があったことはハーマーズも知っている。当時の部隊の実力も、坂下重工警備部所属の者として知っている。彼らが決して弱かった訳ではないことも。

「……スガドメさん。何があっても護ると約束しますが、彼女との接触が危険なことに違いはありません。万が一は、有り得ます。その危険を承知で、あなたが直々に彼女に会う必要はあるのですか？」

「無論だ」

スガドメは普通に、そして揺るぎなくそう答えた。

「そうですか……」

その必要性があってここにいる。スガドメがそう答えた以上、ハーマーズはその前提で動くしかない。自分も、ここで死んだ同僚達も、無駄に命を懸けた訳ではないと信じるしかなかった。

そのハーマーズの内心を察した上で、スガドメが続ける。

「この場で死んだ者達は、私の指示で派遣された。彼らが死ぬ危険性を理解した上で、私は彼らに指示を出し、私自身は安全な防壁内に留まった。つまり私は彼らの命よりも私の命を重視した。私の命の方が、彼らの命より高い価値があると判断した訳だ」

自分は全て分かってやっている。スガドメはそう断言して話を続けていく。

「その判断が間違っているとは思わない。今後も思わない。そして彼らの死が無駄だとも思わない。状況に対して必要なことをしたと断言できる。彼らの命は十分に貴重なものだった。だが私の命はそれ以上に貴重なものだった。そしてその貴重性に応じた使われ方をした。それだけだ。同じ理由で今回は私がここにいる。君も、だがね」

坂下重工の幹部の立場から、他の者の命を使い捨てにしたつもりは無い。全てはその必要性があってのこと。それは自分の命も変わらない。スガドメはそう説明した。

「その結果、君が懸念する万が一が起こって私が死んだとしても、それはそれで構わないのだよ。それは、それほどの事態が起こった、という事象にすぎない。その事態を基にして、後任が業務を引き継ぐだけだ。大した問題ではない」

自身の死を許容して自分はここにいる。その程度の覚悟は持っている。スガドメはそう話した。

「もう少し付け加えておこう。そもそも私がこの場にいなければ、そもそも彼女との会談が成立しない。坂下重工で一定以上の貴重性を持つ者が、たとえ相手が彼女であっても、この内容であれば生還を高確率で期待できる。そう思わせるほどの話だと、彼女に判断してもらわなければならない。その為には、最低でも私が出向く必要がある。他の貴重性に欠ける者を会談の場に派遣したところで、彼女は何も聞かずに殺すだけだ」

スガドメはそう、自身がここにいる必要性を説明した。

「だからといって、これほどの話ならば大丈夫だと、私が護衛もつけずに彼女に会おうとすれば、それはそれで彼女を軽視していると誤解される。よって君という強力な護衛が必要になる。それが君がここにいる理由だ」

そう言って、スガドメはハーマーズがこの場にいる必要性も説明した。

「君も私も、その必要性からこの場にいる。無意味に命を懸けている訳ではない。細かく話せばもっとあるのだが、長話をしている状況でもない。説明はこれぐらいで構わないかな？」

「十分です。至らぬ者へわざわざ御説明して頂き、感謝致します」

上司への畏敬の念を強めたハーマーズは、丁寧に頭を下げた。

一方ヤナギサワはスガドメへの警戒を強める。自分の命にも他人の命にも価値を見出せないが故の冷酷さ、ではなく、その命の価値を知り、理解し、実感した上で、同じことが出来る。その異常者を、同類を、危険視した。

マルオは何も反応を見せない。仕事柄、その手の者には慣れていた。

会合の時間になる。ツバキは前回と同じように、スガドメ達の前に突然姿を現した。しかし今回はそのことに驚く者はいない。平然としているスガドメ達に、ツバキが同じく平然と告げる。

「交渉役はどなたで？」

「私です。坂下重工のスガドメと申します。本日はこちらの急な要望にもかかわらず、この席を設けて頂けたことに、坂下重工を代表して感謝を……」

ツバキがスガドメの話を無視して告げる。

「では……」

前回は、他は不要ですね、と続いた。そして交渉役のマツバラと、即座にその場から退避したヤナギサワを除いて、他の者は皆殺しにされた。

しかし今回は異なった。

「……話は端的に願います。そして私に、あなたの命に貴重性を感じさせる内容であることを期待しましょう」

その言葉はツバキが先程のスガドメ達の話を聞いていた証拠であり、無価値な話であれば殺すという宣言でもあった。

だがスガドメは欠片も動じない。この場はツバキの領域。ツバキが自分達の話を聞いていることなど十分予想できる。むしろ先程の話は、聞かれている前提で、ツバキに対しても話していた。

「では早速。こちらでは正式な名称を把握していないこともあり、こちらでの呼称を多々含んだ内容になりますが、それは御理解を」

そう前置きして、スガドメが本題に入る。

「当社には貴方に第３奥部を提供する用意があります。如何でしょう？」

その余りに予想外な内容に、ハーマーズとヤナギサワは言葉を失った。マルオも流石に意外そうな表情を浮かべる。

しかしツバキの表情に変化は無かった。少し間を空けて言う。

「…………あの場所は、そちらの領域ではない。そちらに所有権があるような言い方は許容できない」

ツバキは口調に少々怒気を込めてそう答えた。ハ

ーマーズもそれを感じて警戒を強める。

　しかしスガドメにとって重要なのはそこではなく、ツバキの返事に間があったことだった。

　人間と管理人格では、思考に掛かる時間が根本的に異なる。ツバキが体感的に1年悩んで答えようとも、実時間では一瞬だ。つまり人では知覚不可能な短時間であり、実時間の基準では淀《よど》みなく返事が出来る。

　つまりツバキは意図的に返事を送らせた。それは先程の話が検討に値する内容であることを、その遅らせた時間を以て、人間の時間軸に合わせた演技を、考えた振りをすることで示したものだった。

　スガドメがその程度のことにも気付けない無能であれば、ツバキはスガドメの命を軽視し、不快感の演技は演技ではなくなり、無能が実現不可能な戯《ざ》れ言《ごと》をほざいただけとして、スガドメをそのまま殺していた。

　そしてスガドメはそのことを理解できない無能ではなかった。落ち着いて答える。

「失礼致しました。第3奥部の管理権限を部分的であれ貴方に移行する機会を提供できる、と訂正致します」

　ツバキが沈黙を返す。スガドメはそれを、検討の余地があるので話を続けて良い、と解釈した。

「具体的にはこうです。まず当社の部隊が第3奥部を制圧する。そして貴方に取り返される。これであの場所の管理権限は貴方に移る。貴方は第1奥部でも同様の手段で区域の管理権限を拡大させました」

「お前達にあの場所の制圧が出来るとでも？」

「全てを長期間、完全に、という意味でしたら、出来るとは言えません。しかし管理権限を貴方に移行することを可能にする下限であれば、つまり部分的に、短期間だけ、不完全でも、一応制圧状態にあると認識できる程度であれば、可能であると考えております」

　ツバキはまた沈黙を返した。スガドメが少し待ってから続ける。

「如何でしょう？　当社は貴方との関係改善を望ん

でおります。以前の契約内容の履行不備に対する補填、そして契約内容を多少変更した上での再契約の条件として、十分な内容だと思いますが」

現状で、スガドメから言うことはこれで全てだ。スガドメがツバキの返事を待つ。

そしてツバキは、再度少々の沈黙を挟んだ上で答える。

「………そちらに頼むことは何も無い」

「………そうですか。残念です。では今日はこれで失礼致します」

スガドメはツバキに丁寧に頭を下げて立ち去ろうとする。ツバキもそれを止めずにスガドメの生還を許したが、スガドメは危険を承知で一度立ち止まった。振り返ってツバキに言う。

「ああ、別件ですが、アキラというハンターが当社と揉めております。クガマヤマ都市との敵対を宣言したことで、賞金も懸けられています。必要ならば配慮致しますが、如何致しましょう」

その質問に対しては、ツバキは間を置かずに答える。

「不要だ。そちらに頼むことは何も無い」

「承知致しました」

スガドメはツバキにもう一度頭を下げてから、その場を立ち去っていく。ハーマーズもその後に続いた。

ヤナギサワはこの場でツバキにアキラのことを聞くべきか迷ったが、聞かずに立ち去ることにした。そしてマルオも立ち去る。ツバキは動かない。去っていくスガドメ達を黙って見送った後、姿を消した。

万が一は起こらず、スガドメ達は全員生還を許可された。


クガマヤマ都市に戻る車の中で、スガドメが思考を続ける。

(……十分な内容だったはず。私を無傷で帰したのがその証拠。なぜ彼女はこちらの提案を断った？)

第3奥部の管理権限はツバキにとって大きな価値

がある、という前提が間違っていたのか。坂下重工が部分的であれ第3奥部を制圧するのは不可能と判断されたのか。可能であっても、奪還後に管理権限がツバキに移行するほどではないと思われたのか。

　スガドメはそう様々な仮説を立てて自己検証していく。そしてツバキの言葉を思い返して、別の仮説を立てる。

（……或いは、既に同種の取引を、より良い条件で済ませている？）

　そちらに頼むことは何も無い。ツバキはそう答えた。つまり、他の者に頼んでいる可能性があった。

　その場合、ツバキの取引相手は現在第3奥部にいる建国主義者となる。そしてスガドメはそれを不思議には思わない。ツバキは旧世界の存在だ。建国主義者に協力して統企連に睨まれたところで、欠片も気にしないことは分かっている。

　そして別のことも思う。アキラのことだ。

（配慮は不要か……。読み間違えたか？）

　建国主義者に協力しているアキラは偽者。シロウに協力している方が本物。そこまではスガドメも気付いている。また以前にシロウは、ある者の協力さえあればツバキとの交渉ルートを構築できるとスガドメに報告したが、その人物がアキラであることもスガドメは見抜いていた。その上で考える。

　ツバキが第3奥部の建国主義者に協力しているのであれば、その活動の要になっている偽アキラを殺されるのは困るだろう。

　アキラの協力さえあればツバキとの交渉ルートを構築できる。理由は不明だが、シロウがそう判断するほどに、ツバキはアキラに対して友好的。ならばアキラを助けるだろう。

　つまり対象が偽者であれ、本物であれ、ツバキは自社に対してアキラへの配慮を求めるはず。スガドメはそう思っていた。しかしツバキは、配慮は不要と答えた。

　それがスガドメを悩ませる。自分はまだまだ状況を読み切れていない。そう自身を叱咤した上で、意識を切り替える。

（まあ良い。言質は得たのだ。配慮は不要と言うのであれば、その方向で進めるとしよう）

　得られた情報を基に、スガドメは状況を次に進めることにした。

◆

　クガマヤマ都市の上位区画にある自身の執務室で、イナベが頭を抱えている。そして非常に険しい表情で溜め息を吐くと、その理由を自分に直接報告したヒカルに視線を向ける。

「……それで、どうなのだ？　本当に何とかなりそうなのか？」

　ヒカルが真面目な顔で答える。

「申し訳御座いません。私には何とも。シロウはそう言っていた、としか」

「……そうだな」

　分かり切っていたことを思わず確認してしまったイナベは、その分かり切っていた返事を聞いて、更に溜め息を深くした。

　イナベも、ヒカルから直接会わなければ話せないという連絡を受けた時点で、相当の内容だとは思っていた。だがここまでだとは思っていなかった。

　アキラが坂下重工を敵に回した。それはそれほどに重い事態だった。

　一方ヒカルは、表向きは真面目な表情をしながらも、内心では少しすっきりしていた。自分だけで抱えられることではなく、また自分をこの状況に追い込んだ原因には、多少なりともイナベにもあるからだ。

　嘆いたところで状況は変わらない。その考えで、イナベが都市の幹部として意識を立て直す。

「……取り敢えず、アキラが坂下重工の者を攻撃した件は、私の方で扱う。君は黙っているように。アキラの賞金首認定解除は、私がこれから幹部会で提案する。ウダジマの話を出すかどうかはその時に決めよう。現状では確証は無い上に、情報源が情報源だからな。以上だ。業務に戻りたまえ」

「了解しました」

ヒカルは丁寧に頭を下げて退室した。一人に戻った部屋でイナベが顔をしかめる。

「それにしても……、ウダジマが生きていたとはな」

イナベはウダジマの生存を、ヒカルからシロウの推測として聞いたにすぎない。それでもイナベはウダジマの生存を確信していた。

「それも建国主義者に協力するとは……。追い詰められた者の行動など、予測できんということか」

今回の件の発端は、恐らく自分とウダジマの権力争いだ。それがここまでの事態に発展するとは。そう思い、イナベは少々責任を感じながら状況を嘆いていた。


レイナ達はエレナ達と合流した後、一緒に防壁内の自宅に戻っていた。当面の間、シェリルとシズカは安全の為にここで過ごすことになっている。ヒカルの護衛として雇われているエレナ達も、ヒカルが防壁内にいる時は護衛は不要ということで、シズカ達と一緒だ。

トガミは一緒ではない。アキラとキャロルはドラゴンリバーの拠点には戻れない。トガミだけ戻って第2奥部で一人で活動する訳にもいかない。その辺りをヒカルがドラゴンリバーと調整する兼ね合いで、別行動を取っていた。

シェリルが外の景色を見ながらエリオ達に連絡する。自分はアキラのおかげで無事なこと。しばらく拠点には戻れないこと。遺物販売店など、自分が現場にいなければ回らないものは、休業で構わないこと。そしてそれ以外の細かいことはエリオ達に任せることなどを伝えた。

「じゃあ、そういうことでお願いね。何かあったら連絡して」

「分かった。あー、ちょっと言い難いんだけど、ボスが攫われてから、徒党から逃げ出したやつが結構いるんだけど、どうする？」

「まあそれは仕方無いわ。徒党の金や装備と一緒に逃げたんじゃなければ放っておきなさい」

「一緒に逃げたやつは？」

「そいつらはいつも通りに対処よ。状況が状況だから無理はしなくていいけど、最低でもリスト化だけはしておいて」

「了解だ。それじゃあボス。そっちも気を付けてくれ。……一応聞いておくけど、大丈夫だよな？」

「当たり前よ」

シェリルがはっきりと答える。

シェリルが攫われる前、アキラの件で参っていた頃には聞けなかった自信に溢れたその声を聞いて、エリオは安心して通信を切ろうとした。しかしその前に思い出す。

「あ、そういえばシジマはどうなったんだ？　シジマの部下とかから絶対聞かれると思うんだけど」

「あー、ごめん。それは私にも分からないわ。一緒に攫われたけど、アキラに助けられた時は別行動だったから」

「そうか。分かった。そう伝えとく」

「ええ。お願いね」


徒党への連絡を終えたシェリルが、レイナに改めて礼を言う。

「レイナさん。匿ってもらえるだけでなく、服や情報端末まで用意していただいて、本当にありがとうございます」

シェリルはミハゾノ街遺跡で手に入れた防護服ではなく、レイナが用意した服を着ていた。先程使用した情報端末もレイナから貰ったものだった。

レイナが笑って軽い冗談のように答える。

「気にしないで。他にも必要な物があったら遠慮無く言ってちょうだい。大丈夫。全部アキラへの貸しにするから」

「……それはそれで困るんですけど」

レイナは冗談っぽく言っていたが、嘘ではない。シェリルもそれを察して苦笑いを浮かべた。


シズカはエレナ達から話を聞いていた。

「……そう。アキラが……」

アキラが坂下重工を敵に回したかもしれないのだ。

流石にシズカも笑顔は浮かべられなかった。

しかし事の深刻さに比べれば、そこまで険しい表情もしていなかった。エレナがそれに気付いて尋ねる。

「ええ。そうなのよ。シロウって人が何とかするとは言ってるんだけどね。シズカはどう思う？」

「そう言われてもね。私にも分からないわ」

シズカがそう答えたことに、エレナは逆に希望を持った。敢えて笑って答える。

「そう。そうね。まあ、私達は何とかなることを期待しましょうか」

非常に勘の良いシズカが、分からないと言っている。逆に言えば、坂下重工を敵に回したなどという、どう考えても致命的で絶望的なことに対して、どうしようもないとは答えていない。

つまり、何とかなる可能性は残っている。それならば、アキラならきっと。エレナはそう思い、同じことを思ったサラと、自分の考えに気付いたシズカと一緒に、笑ってアキラの無事を願った。

◆

拠点に戻ったハルカが難しい表情を浮かべている。それは偽アキラがシズカを狙ったことにあった。

（起動はしたけど意識の転送に失敗して、旧バージョンで動いちゃった……？）

少なくとも自分は指示していない。そう思いながら唸っていると、ヴィオラに声を掛けられる。

「だから彼女を狙うのはやめときなさいって言ったのに。シェリルが攫われた以上、シズカの方には護衛ぐらいつけるはずだって言ったでしょう？」

「私の指示じゃないです。そういうことを言うってことは、あなたの指示でもないんですね？」

「違うわ」

ハルカとヴィオラがウダジマに視線を向ける。それを受けてウダジマは首を横に振った。

「私でもない。私は君がシェリルを奪還されたので、代わりに彼女を狙ったものだと思っていたのだが、違ったのか」

「違います。すると旧バージョンの人格が勝手に動いただけですかね。曖昧な指示でも指示無しでも、独自の判断で動いてくれるのは利点ですけど、こういうこともあるのが欠点ですね。自己認識の度合いもバージョン間で結構違いますし」

　誰の指示でもないのなら、そういうことなのだろう。ハルカとウダジマはそう結論づけた。

　ヴィオラが話を続ける。

「それで、シェリルは取り返された訳だけど、シジマはどうする？」

「どうするって言われても……、私はもう彼には用はありませんし、好きにしてください」

「あの者を生かしておいたところで、アキラに対する人質にはならん。用済みなら処分するかね？」

「それなら私が良い利用方法を考えておくわ。シジマは私が自分と同じように攫われてきたと思ってるから、その辺から良い感じに使えると思うのよね」

　そう言って、ヴィオラはとても楽しげに笑った。

　ヴィオラはウダジマ達に攫われて協力させられているのではなく、初めからウダジマに協力していた。拘束着代わりの強化服を着ていなかったのも、その為だった。

　偽アキラがユミナの件の復讐に、非常にこだわっているのもヴィオラの所為だ。

　以前にヴィオラは自分がユミナの死に関わっているのではないかとアキラに疑われて、危うく殺されるところだった。その誤解は解けたが、アキラはヴィオラに銃口を押し当てたまま、次は誤解でも殺す、と宣言した。

　その時のアキラの殺意を、ヴィオラは偽アキラの人格形成の際に可能な限り注ぎ込んだ。その所為で偽アキラはユミナを殺された復讐に命を懸けるようになったのだ。その為であれば、シェリルすら殺そうとするほどに。

　そしてウダジマにとって、ヴィオラは自分にそこまで協力してくれた相手だ。軽く頷いて答える。

「そうか。あの者のことは任せた。……しかし何だな。今更な話だが、シェリルだけではなく、シェリルとシズカの両方を攫っておくべきだったか」

　そうしておけば、シェリルを取り返されても人質を片方失っただけで済んだ。そう思って判断の誤りを嘆いたウダジマに、ヴィオラが笑って言う。

「その辺は結果論よ。嘆いても仕方無いわ。両方攫うのを止めた私が言うのも何だけどね」

　偽アキラを使ってシェリルとシズカの両方を同時に攫わせると、その時点でアキラが二人いることになり、アキラの偽者がいることが確定してしまう。

　また、片方は他の者に攫わせるという手もあるが、それをするとアキラが自身の友人を自分で攫ったという印象が薄れてしまう。

　だから攫うのは片方だけにした方が良い。ヴィオラはウダジマ達にそう説明して、片方だけを攫うことを認めさせた。

　その上で、シェリルとシズカのどちらを攫うのかという話になったのだが、そこでヴィオラはシェリルを攫うことを支持した。

　表向き、シェリルはアキラの恋人だ。しかもアキラから物凄く入れ込まれていると考えられている。シェリルに入れ込んで、普通では考えられないほどに支援して、シェリルが率いる徒党を、シェリルファミリーと呼ばれる巨大組織に変えてしまったほどに。そう思われている。

　そういう背景もあって、攫う相手をシェリルにすることに、ハルカもウダジマも異存は無かった。

　ウダジマがその経緯を思い返して言う。

「分かっている。全員で決めたのだ。君に責任を取らせる気は無い」

「ありがと。助かるわ」

　ヴィオラは笑ってそう答えた。そして内心で思う。

(まあ、あの偽者がシズカを攫おうとしたのも、それに失敗したのも、多分私の所為だけど)

　ヴィオラはウダジマ達にはシズカではなくシェリルを攫うように言った。

　だがヴィオラは知っていた。アキラを追い詰める為ならば、死んでもらう為ならば、シェリルではなくシズカを攫った方が効果的だと。

(彼女の方を攫われると、アキラは彼女を助ける為に本当になりふり構わず第3奥部に突撃して、そのままあっさり死にそうなのよね。それじゃあ面白くないのよ)

だからこそ、シェリルとシズカの二択で、ヴィオラはシェリルの方を選んだ。アキラが攫われた相手を助けに行くにしても、十分な準備を済ませてから助けに行けるように、アキラにとって重要度の低い方を選んでいた。

その方が、騒ぎが大きくなる。面白くなる。ただそれだけの為に。

クガマヤマ都市だけでなく、多数の高ランクハンターに加えて、五大企業まで巻き込んだ大騒ぎ。自分がどれだけ策を練ろうとも、アキラがいなければ決して実現しなかった特大の大騒動。それを特等席で見る為に、ヴィオラは笑って命を懸けていた。

第251話　５０００億オーラムの賞金首

アキラはシロウの頼みでハーマーズを銃撃したことにより、坂下重工を敵に回した恐れが高くなった。

　一応、まだ確定はしていない。シロウも何とかすると言っている。それでもこの状況でシェリルやエレナ達と一緒にいると、巻き添えにしてしまう危険がある。そこで当面は別行動を取ることにした。

　今日はセランタルビルにあるリオンズテイル社の支店に泊まる。既に時刻は夜。昼間は大部屋だった室内は、今は3人分の部屋に変化しており、アキラ達はそれぞれの部屋で休んでいた。

　白い浴室の大きな浴槽に満たされたたっぷりの湯に浸かり、アキラが今日の疲れを取る。

『それにしても……、今日はいろいろあったなー』

　いつものように一緒に入浴しているアルファが笑って言う。

『ええ。大変だったわね。でも概《おおむ》ね良い結果で終わって良かったじゃない』

『……そうか？』

　少し疑問そうに聞き返したアキラに、アルファが魅惑の裸体を近付ける。そして笑顔で軽く、しかし疑問の余地は無い雰囲気で答える。

『そうよ』

　それでアキラも流された。

『そうか……。そうかもな……』

　坂下重工を敵に回したかもしれないが、自分の偽者を殺せたし、シェリルを助けることも出来た。坂下の件もシロウが何とかすると言っている。そう考えると、確かに総合的には概ね良い結果だったかもしれない。アルファもそう言っている。アキラはぼんやりとした頭でそう思った。

　アルファは嘘は吐いていない。しかし概ね良い結果とした判断基準はアキラとは異なっていた。

　今回の件でアキラはシロウへの借りをほぼ返し終えた。これでアキラがシロウの都合で動かされる懸念は大幅に低下した。

その過程でアキラはキャロルに助けられたが、キャロルはアキラに借りを返す側だ。アキラ側の借りにはならない。また、アキラはキャロルに対してかなり好印象を持ったが、その辺りの懸念は、アキラがユミナを殺した後は、ほぼ無視できるほどに低下している。アルファとしては許容範囲内だ。

　坂下重工を敵に回した件も、アルファはそこまで大きな問題とは思わない。アルファは現代側の存在ではない。坂下重工との敵対を、ヒカルやエレナ達ほど危険視しない。

　むしろ場合によっては好都合とすら考えている。アキラに自分の依頼を完遂させる過程で、坂下重工に、統企連に、現代側に、被害が出る確率もあるからだ。既に敵対しているのであれば、自分の依頼を完遂することでそれらを敵に回す恐れを、アキラが気にする必要は無くなる。

　勿論アルファも全く問題無いとは思っていない。だからこそ、概ね、良い結果だと答えていた。

『それでアキラ。これからどうするの？　しばらくはシロウに同行するの？』

『一応そう考えてるけど、アルファはどう思う？』

『アキラの好きにして構わないわ。ただもうシロウに借りは返したのだし、これ以上シロウに付き合うのなら、シロウの伝で強力な装備でも調達してもらうぐらいのことは、してもらった方が良いかもしれないわね』

『そうだな。聞いてみるか』

　もしシロウがまたハーマーズのような者と交戦させる気で自分を同行させるつもりなら、確かにそれぐらいの物は貰っても良いはずだ。アキラもそう思い、後でシロウと交渉することにした。

　入浴を終えたアキラがベッドに横になる。もう頭は寝る態勢に入っている。この頭でシロウと交渉など出来ない。明日にしよう。そう言い訳して、アキラは睡魔に身を委ねた。

　翌日、アキラがシロウに装備調達の件を持ち出すと、シロウもそれを前向きに受け止めた。シロウにはアキラに貸しを作る必要があり、また、自分の目的にアキラに協力してもらう意味でも、アキラが強くなるのは好都合だからだ。

「……分かった。そっちも何とかしてみる。アキラ。分かってるだろうけど、貸しだからな？」

「分かってる。まあ、シロウが坂下の件を何とかしたら、だけどな。その辺はシロウも分かってるよな？」

「分かってるよ」

ハーマーズを攻撃して坂下重工と敵対した件は、まだ未解決の状態だ。アキラとシロウのどちらが借りがある状態なのか決まるのは、その問題を何とかした後だった。

そこでアキラ達に賞金首速報が届く。その中身を確認したキャロルが、アキラに向けて笑う。

「アキラ。良かったわね」

「ああ」

アキラも嬉しそうに笑って返した。速報の内容は、クガマヤマ都市から懸けられたアキラの賞金が、取り下げられたことを伝えるものだった。

そこに賞金首速報がもう一度アキラに届く。

「ん？　また賞金首速報だ」

「そうなの？　私には来てないけど……」

不思議そうにそう言ったキャロルに続いて、シロウが言う。

「俺のところにも来てない。っていうか、ちょっと調べたけど、それ、アキラにしか来てないみたいだな。広域の汎用通知にはさっきのしかない」

「どういうことだ？」

「分からない。取り敢えず内容を確認しよう。俺達にも見せてくれ」

アキラは言われた通り、通知の内容を全員の拡張視界に表示した。そして一緒にその内容を見て、驚きの表情を浮かべる。

賞金首速報。新規賞金首認定のお知らせ。対象、アキラ。賞金額、５０００億オーラム。依頼元、坂下重工。懸賞理由、坂下重工への敵対行為。

クガマヤマ都市から懸けられた5億オーラムの賞

金は取り下げられたが、新たに坂下重工から５０００億オーラムの賞金を懸けられた。その内容に、流石にアキラも引きつった苦笑いを浮かべる。

「５０００億オーラムか……。金額がデカ過ぎて実感が湧かないな……」

　５０００億オーラムの価値は分からなくとも、現在クガマヤマ地方にいる高ランクハンターが、こぞって自分を狙う理由としては十分。坂下重工を敵に回すとは、そういうこと。状況は一変した。それぐらいはアキラも理解した。

　キャロルはアキラに何と声を掛ければ良いのか分からず、黙ってアキラを見ていた。同時に疑問も覚える。

　アキラに５０００億オーラムもの賞金を懸けるのであれば、なぜそこに自分の名前が無いのか。ハーマーズへの攻撃を坂下重工への敵対理由とするのであれば、自分にも賞金を懸けるはずではないか。首謀者にのみ賞金を懸けることになり、自分はアキラの配下とみなされて対象から外されたのか。それは流石に不自然ではないか。それらの疑問もまた、キャロルの口を止めていた。

　そしてシロウが険しい表情で口を開く。

「アキラ。俺の上司がその件で話があるってさ。繋げて良いか？」

　その予想外の内容が、逆にアキラに落ち着きを取り戻させた。真面目な顔で答える。

「……、分かった」

　シロウの操作で、アキラ達の拡張視界に、男が一人追加表示される。スガドメだ。

　スガドメは一度アキラ達に順に視線を向けた後、視線をアキラに戻した。

「私はスガドメ。坂下重工の者だ。まず、君に言っておく。これから話すことを君がどう解釈するかは自由だが、これは譲歩だ。本来ならばこのようなことはない。通常ならば、当社に敵対した者にいつものように対処する、通常の処理が行われる。しかし今回はシロウの頼みで行ったということを考慮して、手順を踏んでいる」

東部を統べる五大企業、その一社である坂下重工の重役。その独特の雰囲気にキャロルはたじろいでいた。普通に話しているだけの相手に、死刑宣告にも似た圧力を感じていた。シロウもその顔に緊張を滲ませている。

だがアキラだけは、じっとスガドメを見ていた。

そのアキラを、スガドメが同じく、じっと見ながら続ける。

「そこにシロウがいるだろう。引き渡してもらいたい」

「断る」

シロウが二度驚く。今シロウはオリビアによる護衛が一時的に停止している状態だ。アキラがスガドメの要求に従えば、シロウは詰む。スガドメからそのような要求が出されたことに、まずは驚いた。そしてアキラが即答で断ったことに、続けて驚いた。

スガドメが表情を変えずに続ける。

「断る理由は？」

「誰かを売らないことに理由がいるのか？」

「先程君に送られた賞金首速報は、明日公示されるものだ。効力も公示後になる。つまりまだ間に合う。公示前に当社との問題が解消されれば、取り消されるだろう。それでも返事は変わらないかね？」

「変わらない」

従わなければ殺す。その程度の脅しに屈するようであれば、アキラは今この場にいない。スラム街の路地裏から飛び出せずに、とっくに野垂れ死んでいる。そう脅されても屈せずに殺し合うことを選び、その通りに殺し合い、そして生き延びたからこそ、アキラは今この場にいるのだ。

そしてスガドメも自分の返事に即答したアキラの態度から、その精神性を理解した。その上で話を続ける。

「なるほど。では当社の部隊をシロウの回収に派遣したとする。現場にいたら君はシロウを護るかね？」

アキラがまた即答する。

「いや、護らないんじゃないかな？」

「おいっ!?　そこは護るって答えるところだろ!?」

シロウは思わず声を出した。アキラはスガドメから脅されても自分を売らず、5000億オーラムの賞金首認定の取り消しを条件に出されても返事を変えなかった。そのことにシロウは少々込み上げるものを感じていたのだが、それをあっさり取り消すようなアキラの返事に、思わず、だった。

アキラが面倒そうな表情をシロウに向ける。

「もうそこまでしてやる借りは無いぞ？　そう言っただろ？」

「いや、そうかもしれないけどさ!?　あの流れでそれはねえだろう!?」

「知るかよ」

坂下重工がシロウの回収に部隊を派遣するのなら、次は恐らく前回より強力になるだろう。つまり最低でもハーマーズと同等になる。そのような相手と大して借りも無いのにまた戦うなど、流石にアキラも御免だった。

アキラがスガドメに視線を戻して答える。

「まあシロウを護るかどうかはその時に考える。状況次第だな」

「なるほど」

2度目の質問で、スガドメはアキラを更に理解した。

「では君は明日の公布を以て賞金首だ。しかし先に言った通り、これは譲歩だ。そしてその譲歩の内容に君が気付かないままでは譲歩にならない。説明しておこう」

スガドメが全員の拡張視界に賞金首速報の内容を表示する。そしてそれを示しながら続ける。

「これは敢えて曖昧な内容にしてある。賞金首に指定されたのはアキラという人物だが、現状では二通りの解釈が出来る。つまり、本物のアキラである君と、恐らく第3奥部にいると思われる偽者だ。君はたとえシロウの頼みとはいえ、当社の人間を攻撃した。これは十分に当社への敵対行為に当たる。そして君の偽者も、建国主義者に協力している時点で当社の敵だ。どちらも当社が賞金を懸けるに値する」

アキラもキャロルもシロウも、スガドメの話を真剣に聞いている。

「ちなみに君の偽者は一人ではない。こちらでも二人ほど確認している。恐らくまだまだいるだろう。顔が同じだけの粗雑な模造品なら、どれだけいても不思議は無い。第３奥部にいる建国主義者を処理しなければ、何度でも現れるはずだ。つまり後者の解釈では、アキラの撃破とは、その建国主義者の一団の壊滅を意味する。解釈の正しさも、その結果に左右される。余罪も含めて解釈されるだろう」

　そこまで淡々と説明したスガドメが、改めてアキラに視線を向けて告げる。

「改めて言おう。これは譲歩だ。どちらの解釈になるか、その結果に君が干渉する余地を与えている」

　第３奥部にいる建国主義者を何とかすれば、アキラが坂下重工に対して行った敵対行為を、全て偽者の仕業だったことにしてやる。そう言われていることぐらいはアキラにも分かる。

　しかしそれを譲歩と捉えるかどうかは別問題だ。賞金を懸けておいて、要求に従えば取り消してやる、と言っていると捉えることも出来る。それは脅迫であり、アキラは脅迫には従わない。

　譲歩と脅迫。どちらとして捉えるか。今はアキラ自身も決めかねていた。その心のままに聞き返す。

「それでも俺が何もしなかったら？」

「構わない。これは要求ではない。好きにすると良い。その場合は第３奥部の建国主義者が他のハンター達により壊滅したとしても、アキラが倒されるまで賞金が支払われることはないがね」

　賞金は本物と偽者の両方のアキラの討伐を以て支払われる。そう解釈される。スガドメは平然とそう告げた。そしてその後に、急に態度を変えて、怠惰な者へ嫌味を言うように続ける。

「まあ好きにすれば良いとは言ったが、私の個人的な感想を言うのであれば、君の偽者は君の友人にも迷惑を掛けているのだろう？　このまま君が何もしなくとも、第３奥部の建国主義者は他のハンター達に倒されるのかもしれないが、友人を巻き込んだことに少しでも責任を感じているのであれば、待っていれば誰かが解決してくれるなどとは思わずに、少しは自分で何とかしたらどうだね？」

　そのスガドメの言葉に、アキラは非常に痛い所を衝かれたように顔をしかめた。少しは自分で何とかしろ。アルファに頼って生き延びてきたアキラには、とても厳しい言葉だった。

　そのアキラの反応で、スガドメはアキラが第３奥部の建国主義者を倒しに行くことを確信した。態度を戻して続ける。

「もう一つ伝えておこう」

　スガドメはそう言って一度視線をキャロルに向けた。

「彼女に賞金は懸けない」

　そして視線をアキラに戻して告げる。

「譲歩なのだからね。君に纏めておいた」

　アキラがキャロルと一緒に驚きの表情を浮かべる。ハーマーズを撃ったのに、キャロルには賞金が懸けられなかった。その理由はアキラへの譲歩だった。

「話は終わりだ。これで失礼する」

　通信を切ろうとしたスガドメを、アキラが呼び止める。

「あ、ちょっと待って」

「何だね？」

「……キャロルに賞金を懸けなかったことは感謝する。ありがとう」

　そう言ってアキラは頭を下げた。スガドメの提案は譲歩か、それとも脅迫か。それはスガドメがキャロルに賞金を懸けなかったことで、アキラの中でも譲歩になった。

　スガドメが少し意外そうな表情を浮かべる。

「どういたしまして」

　そしてわずかに笑うと、それだけ言って通信を切り、アキラ達の拡張視界から姿を消した。

　スガドメとの話を終えたアキラが、オリビアに出された飲み物を飲んで息を吐く。

「元の予定に戻った訳か……」

　元々アキラは自分の偽者を殺す為に第３奥部に乗

り込む予定だった。しかしその者をセランタルビルで殺せたので、危険な第３奥部にわざわざ行く必要は、一度は無くなった。だがスガドメの譲歩に乗ったことで、当初とは目的が少々変わったにしろ、再び第３奥部に乗り込む予定に戻った。

　向かいに座っているキャロルが尋ねる。

「それで……、第３奥部にはいつ乗り込むの？」

「明日賞金首速報が出て、俺が正式に賞金首になった後にしようと思ってる。上手くいけば、俺を狙うやつらと一緒に、第３奥部のやつらと戦えるかもしれないからな」

　向こうには怪獣もいるのだ。先に自分一人で第３奥部に乗り込んで建国主義者と戦うのは厳しい。

　しかし悠長に機会を待っていると、現在クガマヤマ地方にいる高ランクハンター達に、建国主義者を先に倒されてしまうかもしれない。それでは遅い。

　賞金首速報が出た直後であれば、高ランクハンター達と一緒に戦うことも出来るかもしれない。協力し合えるとは思っていないが、三《み》つ巴《どもえ》になるだけでも楽になる。アキラはそう考えていた。

　キャロルもアキラの考えを理解する。

「……、そう」

　そのキャロルのどことなく意味有り気な声を聞いて、アキラが言う。

「あ、言っておくけど、キャロルは連れていかないからな？」

　キャロルが敢えて笑う。

「……ええ。分かってるわ。流石に足手纏いだからね。奥の手も使っちゃったし」

　ついてこい。そう言われていれば、キャロルはついていった。一緒に行く場所が怪獣のいる第３奥部であろうとも、躊躇はしなかった。

　しかし、来るな、と言われれば行く訳にはいかない。アキラの意志に反してでも一緒に行くには、最低でも足手纏いにならないだけの力が必要だ。そしてその力は、今の自分には無い。それぐらいはキャロルも分かっていた。

　そこにシロウが笑顔で口を挟む。

「アキラ。俺は？」

「お前とも別行動だ。一人で行く」

「……ええっ!?」

当然自分は同行するものだと思っていたシロウは、思わずそう声を出した。

「いやいやいや、明日ならオリビアさんの修理も終わってる。俺を連れていかなくてどうするんだよ」

「お前に借りを作った所為でこんなことになってるんだろうが。もうお前に借りは作らない。だから連れていかない。俺一人で行く」

真面目な顔でそう言ったアキラだが、これは半分口実だ。

第3奥部は一度入るともう出られない恐れがあるが、恐らくアルファに頼めば何とかなる。ただしその際に同行者がいると、口止めではなく口封じが必要になる。だから今回は自分一人で行く。アキラは既にそう決めていた。

「あと、言っておくけど、シロウは今回の坂下の件を何とか出来なかったんだから、もう俺に貸しじゃなくて借りがある状態だからな。頼まれても置いていく」

「そ、そうか」

オリビアが一緒であれば、シロウにはアキラに力尽くでついていくという選択もある。しかしそれではアキラに貸しを作ることは出来ない。無理矢理ついていった時点でアキラへの借りとなるからだ。

仮に強引に同行して危ないところを助けても、それをアキラが借りと認識するかどうかは微妙なところだ。そう思い、シロウは難しい表情で次の手を思案する。

そこでキバヤシからアキラに秘匿回線経由で連絡が入った。

「ようアキラ。賞金首速報を見たぞ。賞金が取り下げられて良かったな。お前が第3奥部のやつらと真面に戦えるように、折角俺が支援してやろうとしてたってのに、無駄になっちまった」

キバヤシはそのことを残念に思って連絡したのではなかった。折角用意が調った支援を無駄にさせない為に、アキラを焚《た》き付《つ》ける為に連絡したのだ。

「だが賞金首指定が解除されたからって、連中が消えた訳じゃねえんだ。あいつらはシェリルを攫った上に、シズカも襲ったんだろ？　お前の偽者はその時に死んだみたいだが、当然お前なら、残った連中もただで済ませる訳無いよな？」

　そう挑発的に言っていたキバヤシに、アキラが落ち着いて答える。

「ちょうど良かった。その支援の件でちょっと話があるんだ。実はいろいろ状況が変わって……、シロウ。キバヤシの回線をさっきみたいに繋げてくれ」

　シロウが試しに言ってみる。

「もう俺に借りは作らないんじゃなかったのか？」

「じゃあ良いよ。今はお前が俺に借りがある状態で、それを認める気も無いし、借りを返す気も無いなら、俺もお前のことは知ったことじゃない」

「分かった分かった。やるよ。分かったたって……」

　悪い意味で非難の意思すら感じられないアキラの言葉に、シロウは内心で慌てながらも調子良く笑って、キバヤシとの通信を手早く繋げ直した。より強力な秘匿回線を介して、アキラ達の拡張視界にキバヤシの姿が表示される。

　そしてアキラがキバヤシに状況を説明する。説明が終わった時、キバヤシは床に倒れていた。足に力が入らず、呼吸も困難で、笑い声すら上げられないほどに、下手をすればそのまま笑い死にしかねないほどに大爆笑していた。

　キャロルはそのキバヤシに不愉快そうな目を向けている。一方アキラは逆に半ば呆れていた。小さく溜め息を吐いて言う。

「そこまで笑わなくても良いじゃないか……」

「……だ、だってお前……、さ、さ、坂下重工を敵に回したって……」

　キバヤシは何とかそう返事が出来るぐらいには回復したが、その余力でまた笑い出す。先程より余裕がある分、大きな笑い声を上げていた。

　アキラがまた溜め息を吐く。そしてキバヤシが落ち着くのを黙って待った。

しばらく経ち、ようやくある程度は落ち着いたキバヤシが、よたよたとした動きで椅子に座る。

「……よ、よし。もう大丈夫だ。待たせたな」

キバヤシはまだ平静さを取り戻していない。それでも会話が出来る程度には治まっていた。

「それにしても……、事情が何であれ、坂下重工に喧嘩を売ったとはな……。流石アキラだ！　ヤバいとは思わなかったのか？」

「その辺はさっきのキバヤシを見て認識を改めたところだよ」

「そうか！　そう！　坂下重工を敵に回すってのは、それぐらいヤバいんだぞ？」

「分かってる」

「いや！　分かってない！　全然分かってないぞ？　でもお前はそれで良いんだ！　それでこそアキラだ！」

キバヤシはどこまでも上機嫌だった。興奮を抑えながら話を続ける。

「どうせなら、そのまま坂下重工と敵対したままでも良いんだぞ？　それでも俺はお前をちゃんと支援してやる！　どうだ？」

「断る。別に好きで坂下重工と揉めた訳じゃないんだ。それにあの第3奥部のやつらを放っておくと、これからもシズカさん達に迷惑を掛けそうだからな。しっかり潰しておかないとまずい。それを考えれば、スガドメってやつの話は俺にとっても好都合なんだよ」

「そうかー。まあお前がそう言うのなら仕方無い。俺も無理強いはしないよ。お前には好きにさせるのが一番だからな。それで、俺の支援の件でちょっと話があるって言ってたが、何だ？」

「その支援だけど、明日第3奥部に行く前に何とかなるか？」

「明日か……。分かった。何とかする」

「助かる」

「じゃあ急いで準備をしないとな。これで切るぞ。明日、お前がまた俺を楽しませてくれるのを期待してるぜ？」

「その辺は俺もキバヤシの支援に期待するよ」

「任せろ！」

キバヤシはそう力強く答えると、アキラに輝くような笑顔を残して通信を切った。

アルファが笑って言う。

『あの様子なら、相当な支援を期待できそうね』

『そうだな……』

キバヤシはアキラへの支援として、何らかの装備類を提供すると言っていた。そしてそれが強力な物であればあるほど、キバヤシはアキラがそれを使って自分を大いに楽しませてくれると思っている。

そしてアキラもそれを理解している。きっとキバヤシは非常に強力な何かを用意したのだろう。何よりもキバヤシ自身が楽しむ為に。それはとても凄い物なのだろう。キバヤシがあそこまで笑顔を輝かせるほどに。

それだけは信じられる。その装備類を得た所為で自分が死んだとしても、キバヤシは大笑いするだろうが、それはそれとして、それだけは。そう思って、アキラは苦笑を零した。

そして意識を切り替える。

「じゃあシロウ。俺はもう行く。キャロルはどうする？」

「あれ？　私は連れていかないんじゃなかったの？」

「第3奥部にはな。都市まで送るぐらいはするよ。今は賞金首じゃないんだし大丈夫だろう。それに明日第3奥部に乗り込むとしても、今の内に近い位置には行っておきたい。都市に近い方がキバヤシの支援も受け取りやすいだろうしな」

自由行動が出来るのは、明日再び賞金首になるまで。その期間を有効に使う為に、アキラはもうセランタルビルを出ることにした。キャロルも頷く。

「分かったわ。行きましょう」

そのままアキラとキャロルは準備を済ませると、シロウとオリビアに見送られて店を出た。自動運転のバイクを引き連れてエレベーターに向かう。

そこにはまだパメラ達がいた。アキラ達の邪魔をせずに、左右に分かれてアキラ達を通す。アキラ達はエレベーターに乗ってビルを降りていく。

『アルファ。結局あいつらは何だったんだろうな』

『分からないわ。でも私達はもうビルを出るのだし、関係無いわね』

『……まあ、そうだな』

　気にしても仕方が無い。アキラはそう思いながら1階に下りる。そしてフロアで非常に意味有り気な視線を向けてくるビルの管理人格から目を逸らして、セランタルビルを出た。

　その後はバイクで宙を駆けて荒野に出る。夕焼けが荒野の空を焦がしていた。日が沈み、その日が再び上れば、アキラは５０００億オーラムの賞金首となる。それまでの束《つか》の間《ま》の時間を、キャロルはアキラの後ろで楽しんでいた。

第252話　ドーラスの覚悟

　ミハゾノ街遺跡を出たアキラは、一度キャロルと一緒にクガマヤマ都市まで戻った。そこからは別行動を取るつもりだったのだが、もう少し一緒に行動することになる。

　キャロルのキャンピングカーはヒカル達を降ろした後、自動運転でキャロルの自宅に戻っていた。アキラ達はそれに乗ってクズスハラ街遺跡の外周部に向かう。

　現在、クズスハラ街遺跡の外周部は非常に廃れていた。既に遺物はほぼ取り尽くされている上に、腕に自信があってもっと稼ぎたいなら第1奥部に行けばよく、そこまでの腕は無いのであれば、他の遺跡の方が安全に稼げるからだ。

　加えて最近の建国主義者の騒ぎで、多くのハンターからクズスハラ街遺跡自体が危険地帯とみなされている。それらの理由で遺跡の外周部には基本的に誰もおらず、明日第3奥部に乗り込むアキラが潜むにはちょうど良い場所になっていた。

「もう一度言っておくけど、第3奥部には連れていかないからな？」

「分かってるわ」

　既に日は落ちている。外周部に着いたアキラ達は車両を停めると、明日の準備を済ませて早めに就寝することにした。

　深夜、念の為に強化服を着たまま寝ていたアキラが、アルファに起こされる。

『アルファ。どうした？』

『汎用短距離通信でアキラにメッセージが届いたわ』

　その内容を確認したアキラは怪訝な表情を浮かべた。取引がしたい。交渉の結果次第では交戦になる恐れがあるので、指定の場所まで黙って一人で来てほしい。キャロルの護衛を引き受けた以上、護衛対象を巻き込むような真似はしないことを期待する。そう書かれていた。

『アルファ。相手は何人だ？』

『私達の周辺にいるのは、この送信元の人物だけよ』

『じゃあ仮に俺とキャロルの分断が目的でも、狙われてるのは俺か』

『そうなるわね。それで、どうするの？』

アルファはそう言ってキャロルに視線を向けた。つられてアキラもキャロルを見る。よく眠っていた。

『……向こうもキャロルを巻き込まないように気遣ってくれてるみたいだし、その気遣いに甘えておくよ』

アキラはアルファにサポートしてもらって気配を消すと、キャロルを起こさないように慎重に車から出た。そして指定された場所に向かう。乱立する廃ビルの一室で、一人の男が待っていた。

その男はドーラスだった。

「俺はドーラスという者だ。アキラだな？　こんな時間に呼び出して悪かった。こちらの要望通り一人で来てくれたことにも感謝する」

そう前置きして、ドーラスが早速本題に入る。

「まず、落ち着いて聞いてほしい。賞金首指定が取り消されて一安心だと思っているのだろうが、残念ながらお前は明日また賞金首に指定される。しかも今度はクガマヤマ都市からじゃない。賞金を懸けたのは坂下重工。賞金額は５０００億オーラムだ」

そのようなことを聞かされれば、普通はそれが嘘でも動揺する。しかし既にそれを知っているアキラは動揺しなかった。

ドーラスがそのアキラの反応を見て言う。

「驚かないってことは、知っていた訳か。じゃあ聞こう。坂下重工から賞金を懸けられることに、身に覚えはあるか？」

アキラは黙ったままだ。その反応で理解したドーラスが顔を険しく歪める。

「あるのか……。ってことは、５０００億オーラムの賞金は、お前の偽者に懸けられた訳じゃないんだな……」

ドーラスの推測は間違ってはいない。また、アキラはその詳細をドーラスに説明する必要があるとは思わなかった。よってドーラスの認識を前提に話が進む。

アキラが口を開く。

「それで、取引って？」

「お前が坂下重工の経済圏から脱出するのに協力してやる。その引き換えに、これ以上キャロルに関わるのをやめてほしい」

予想外の内容に、アキラが困惑を顔に出す。

「……どういうことだ？」

「どうもこうもない。坂下重工と敵対した以上、お前が生き残る手段は、他の五大企業の支配地域まで逃げるだけだ。そしてそんなことに協力するやつはいない。一緒に狙われるからな。でもこの取引を受けるなら、俺が協力してやる。それだけだ」

アキラがますます困惑を強くする。そしてその解決をアルファに求める。

『アルファ』

『嘘は言っていないわ』

『……つまり、どういうことなんだ？』

『何らかの理由で、彼はアキラにこれ以上キャロルに関わってほしくないのでしょうね』

アルファに疑問の解決を求めても、ドーラスが言っていること以上の情報は得られなかった。しかしアキラもそれで意識を切り替える。自分が相手の要求の内容を誤解しているのではないのであれば、返事は既に決まっていた。

「断る」

「……俺もハンターだ。ハンター相手の取引に嘘は言わない。何ならハンターオフィスを介して契約しても良い」

５０００億オーラムの賞金首を騙して同行すれば、殺す機会は幾らでも生まれる。そう疑われていると判断して、ドーラスは誤解を解く為にそう答えた。

しかしアキラは首を横に振る。

「いや、嘘だとは思ってない」

「それなら、なぜだ？」

「答える義理は無いな。あと、これ以上キャロルに関わるなってのは、俺じゃなくてキャロルに言ってくれ。別に俺の方からキャロルに付き纏ってる訳じゃない」

「……そうか」

それでドーラスも覚悟を決める。

「じゃあ、死んでもらうしかないな」

交渉の結果次第では交戦になる。その宣言通りに、ドーラスはアキラに殺意を向けた。

「一応、お前の気が変わることを期待して、理由を話しておく。俺はキャロルに死んでほしくない。それがお前を殺す理由だ」

ドーラスがアキラに向ける視線に怒気は無い。しかし覚悟を乗せた殺意は十分に満ちていた。

「キャロルがなぜお前を護衛に選んだのか、それは俺には分からない。だが俺には分からない何らかの理由があって、恐らく単に強いだけでは駄目な何かで、お前が選ばれたんだろう」

アキラはその理由を知っている。それを知らないドーラスが続ける。

「だが俺にはお前がキャロルの護衛に適しているとは思えない。むしろ逆だ。お前を護衛に雇った所為でキャロルは死ぬと思ってる」

ドーラスもキャロルが最高の護衛を雇ったのであれば諦めがついた。キャロルであれば、本来キャロルの資金ではとても護衛代を支払えない実力者であっても、その体で支払うことが出来る。自分の力量では不安だったのだろう。そう思うことが出来た。

しかしドーラスが、キャロルが護衛に選んだアキラのことを調べると、とてもそうは思えなかった。

「お前のことは調べたよ。スラム街の出身で、ハンターランク1から始めて、この短期間でここまで成り上がるなんて驚きだ。お前の才能は本物だろう」

その言葉に嘘は無い。調査結果はドーラスにアキラの才能を認めさせるものばかりだった。だがその内容はそれ以上に、ドーラスにアキラを危険視させた。

「だがお前がそこまで成り上がった過程には、常識外れの騒動しかない。しかも起こる度に規模が大きくなっている」

初めの頃はスラム街の中堅徒党の揉め事程度だった。それでも当時のアキラのハンターランクであれば、死んでも不思議は無いものだ。アキラはそれを生き延びた。そして大して間も置かず、スラム街の二大徒党の全面戦争が起こる。アキラもそれに関わっていた。

　それだけではない。ヨノズカ駅遺跡での騒ぎ。ミハゾノ街遺跡での騒ぎ。前回のクズスハラ街遺跡の第1奥部での騒ぎ。アキラが関わった、或いは偶然その場にいた騒ぎは、次の騒ぎになるほど、その規模を桁違いに大きくしていた。

「それを全て乗り越えたからこそ、この短期間でそこまで強くなったんだろうが、その騒動に巻き込まれて何人死んだ？　別に責めてる訳じゃない。全部が全部、お前の所為で起こった騒ぎって訳でもないしな。お前は単純に、そういう騒ぎに巻き込まれやすいやつなんだろう」

　大きな騒ぎになるほど巻き込まれる者も増える。たとえ一番の被害者が、アキラ自身であったとしても。

「だがお前がそういうやつである以上、お前の側にいるやつは、お前と一緒にそのデカい騒ぎに巻き込まれる。下手をすれば死ぬ」

　都市間輸送車両の騒ぎでは、上空領域のモンスターまで出現した。今回の騒ぎでは、坂下重工まで関わってきた。アキラの周りでどんどん大きくなっていく騒ぎは、もう高ランクハンターですら巻き添えになれば死にかねないほどに大規模になっていた。

　そしてキャロルがそれに巻き込まれて死ぬなど、ドーラスは許容できなかった。

「それで俺の知らないやつが死ぬ分には、俺が関わることじゃない。だがキャロルが死ぬなら話は別だ。ハンター稼業の矜持を捨ててでも助けようとしたやつが、そんな理由で死ぬのは我慢できない」

　別にドーラスはアキラに死んでほしい訳ではない。アキラが単に強いだけなら問題無かった。その上でひたすら騒ぎに巻き込まれる不運な者であっても、キャロルを巻き添えにしないように距離を取ってくれるのなら、それで良かった。

「だから、お前がこれ以上キャロルに関わるのなら、お前には死んでもらうしかない」

　そのどちらも駄目ならば、キャロルを不運から遠ざけられないのであれば、その不運を消すしかない。ドーラスはそう決意した。

　そしてアキラもドーラスの言い分に内心では理解を示す。自分を護衛に雇った所為でキャロルは何度も死にかけた。それはアキラも分かっていた。今まで黙って話を聞いていたアキラが、口を開く。

「……もう一度言っておく。そういう理由なら、それこそキャロルの方を説得した方が良いんじゃないか？」

「……したよ。駄目だったけどな」

「……そうか」

　相手はこの状況を避ける為に出来る限りのことをした。アキラもそれを理解する。しかしドーラスの要求は呑めない。

　自分が騒ぎに巻き込まれる人間であることは否定できない。その騒ぎに大切な人を巻き込みたくないのであれば、自分が離れるのが一番だということもアキラは分かっている。

　しかし分かることと出来ることは別だ。スラム街の路地裏から飛び出して、アキラは多くのものを得た。かつてのアキラにはあった、持たざる者の強さは、今のアキラには無い。失いたくない。そう思ってしまっている。

　だからこそ、失いたくないのであれば、失った強さを補って余りある強さが、その強欲を満たせるだけの強さが必要だ。その想いで、今の自分にその強さがあることを願って、アキラはドーラスと戦うことにした。

　ドーラスもアキラの雰囲気の変化に気付く。交渉はここまで。ここからは殺し合い。そう静かに思い、交戦前の話に入る。

「提案だが、銃は無しにしないか？　俺達が撃ち合えば、この辺は軽く吹き飛ぶ。キャロルに黙って出てきてくれたのは助かるが、流石にキャロルに気付かれる。気付いても巻き添えにならないように、キャロルが離れてくれれば良いんだが……」

「分かった」

　キャロルは逃げるどころか、アキラを助けようとするかもしれない。そうなってほしくない想いから、ドーラスはそこまで言わずに途中で言葉を止めていた。そしてアキラの返事が、その確率が高いとアキラも思っていることを、ドーラスに理解させた。

　先にドーラスが銃を床に捨てる。続いてアキラも自分の銃を全て外す。強化服の補助アームから銃が外れて床に落ち、両手の銃も足下に転がった。

「助かる。一応、情報収集妨害煙幕《ジャミングスモーク》も使っておきたい。強力なやつだから、これで俺達がここで戦っていることは、外からは完全に分からなくなる」

　アキラが頷く。ドーラスが情報収集妨害煙幕《ジャミングスモーク》を取り出して使用する。筒状の物体が床に放り投げられ、そこから発生した煙が室内に広がっていく。

　この情報収集妨害煙幕《ジャミングスモーク》が、ドーラスの情報収集機器用に調整されたものであれば、アキラだけ相手の位置や動きを掴み難くなって不利になる。それでもアキラが頷いたことに、その危険よりもキャロルを巻き込まないことを優先してくれたことに、ドーラスは感謝した。

「分かるよ。お前は強い。俺よりも」

　そう言ってドーラスが両刃のブレードを右手で握る。体の正面を相手に向けて、ブレードの刃先を床に向けた自然体のまま、アキラをしっかりと見て、言う。

「だが、差し違えられないほどじゃない」

　アキラも黒い片刃のブレードを両手それぞれに持って構えを取る。ドーラスが相打ち覚悟どころか、差し違える前提でこの場にいることは、既にアキラも気付いていた。

『アルファ。まずは俺だけでやらせてくれ』

　手を出さないでくれ、ドーラスの覚悟に応じて自分も自力で、とは言えない。アルファの依頼を達成する前に死ぬ訳にはいかないからだ。

　それでもせめて自力で倒す。アルファのサポートが無い状態で勝つことで、ドーラスの覚悟に出来る限り応じる。そう決めて、アキラは自身の意識を研ぎ澄ませていく。

『分かったわ』

　そのアキラの覚悟に応えて、アルファも出来る限り手出しはしないことにした。

　辺りに情報収集妨害煙幕《ジャミングスモーク》が充満していく。強化服の力で超人的な身体能力を持つ者達が戦えば、ブレード戦であってもその余波は大きく、交戦中であることがビルの外にまで伝わってしまう。情報収集妨害《ジャミング》煙幕《スモーク》が十分に広がるまで待つ必要がある。

　その待ち時間が静かに過ぎていく。そしてそれが終わり、既に覚悟を決めたドーラスが静かな声で言う。

「じゃあ、始めよう」

　その宣言で、アキラ達は交戦を開始した。

　ドーラスがアキラとの間合いを一歩で詰める。普通に歩けば十数歩は必要な距離を、傍目からは普通に一歩進んだだけのような動きで、まるで空間の方がドーラスの歩幅に合わせて縮まったかのように、一歩でアキラの前に来る。

　しかもその動きは余りに自然で、散歩のように穏やかで、攻撃の予兆に欠けていた。相手の動きは見えているのだが、勢い良く駆けてくるような激しい動きには見えず、攻撃の予備動作とはとても思えないものだった。

　しかし実際にはドーラスは弾丸のような速さでアキラに急接近している。それでもアキラにはドーラスが普通に歩き出したように、その一歩目のように見えていた。それはドーラスがアキラの体感時間に追い付いた上で、自身の動きを普通の動作に偽装したからだった。

　ここにはアキラとドーラスしかいない。よって相手の動きの速度を、他の動く何かから相対的に判別することは出来ない。その状態で、同じ時間軸で、日常の動作で動けば、それを見る者は相手の動きがどれだけ速くとも、戦闘時ではない日常の体感時間で普通に動いているように錯覚してしまう。

戦闘開始直後という、どうしても相手の動きに集中しなければならない状況では、他のものに意識を向けるのを相対的に軽視しなければならない状況では、その錯覚は更に強まる。

相手が正面から近付いてきているのにもかかわらず、その動きがはっきり見えているのにもかかわらず、攻撃の為に近付いてきていると認識させない移動方法。アキラがそのドーラスの不意打ちにようやく気付いたのは、間合いを詰め終えたドーラスがブレードを振るおうとする直前だった。

アキラが全力で後方に飛び退く。高速で振るわれた刃が、床すれすれから跳ね上がってアキラの眼前を駆け抜けていく。アキラは回避行動で崩れた体勢を即座に立て直し、両手のブレードを構え直す。そして攻撃を避けられた所為で隙を見せているような態勢のドーラスに、すぐに反撃しようとする。

だがそこでアキラは再び不意を衝かれる。ドーラスはブレードを振るい終えた体勢のまま、大振りを外した後の隙が生じたような体勢から、体勢だけは変えずに体の動きを止めたまま、まるで自身の座標軸の方を動かしたように全体を動かして、アキラに急接近した。

これは強化服の接地機能を応用した移動方法だ。足の裏の力場装甲《フォースフィールドアーマー》の出力を厳密に調整し、力場の不均衡を意図的に作ることで、任意の方向への移動力を生み出していた。それにより足の関節を動かさずに、自身の体を移動、回転させていた。

ドーラスはアキラに一歩で近付いた時にも、この技術を使っていた。普通は床を蹴って低空で跳躍でもしなければ、歩幅の関係で十数歩の間合いを一歩で詰めることは出来ない。それをドーラスはこの移動方法により、床に足を着けたまま滑らせることで、アキラとの間合いを一歩で、普通の歩みの動作で詰めていた。

ドーラスが再度ブレードを振るう。ブレードを振るい終えて隙の生じた自身の体勢を、体の座標軸ごと無理矢理変えて隙を消し、その高速回転の勢いを乗せて再びアキラを狙う。

再度振るわれた刃を、アキラは今度は左手のブレードで防御した。砲弾を防いだような衝撃を味わったが、第3奥部のモンスターも斬り裂けるブレードは、その程度で折れるほど脆くはない。刃の鋭さで一点に集中した衝撃を、しっかりと受け止める。

そして右手のブレードで反撃する。しかし避けられる。ドーラスは床の上を滑るように後方へ移動していた。

それをアキラが追う。跳躍し、宙を横に蹴り、体の縦軸を床に合わせて水平状態で斬り払う。横薙ぎの一閃《いっせん》を上下から放たれるという、通常の斬り合いでは有り得ない斬撃がドーラスを襲う。

ドーラスは歴戦のハンターとして、銃撃戦以外の戦いも数多く経験し、積み重ねている。しかしその経験の中でも、このような方向から斬撃を放ってくる相手はごく稀だ。慣れが圧倒的に足りていない。

だがそれでも、ドーラスはその不可解にも思える斬撃を、防ぎ、躱す。更に上下左右から放たれる未経験の攻撃を、相手から続けざまに放たれる致命の一撃を、潜り抜けた死線の感覚で捉えて回避する。

その上で反撃する。死線を越えて踏み込んで、命と引き換えに鋭さを上げた、相打ち狙いの一撃を放つ。

それをアキラも防ぎ、躱す。ハンター歴の短さから戦闘の経験自体はドーラスより少なくとも、死線を潜り抜けた数だけならばアキラも負けていない。ドーラスが繰り出す、予備動作を限界まで除去した予測困難な一撃を、アキラは現実解像度の操作で相手のわずかな初動を察知して回避する。

続けざまにドーラスは、ブレードを右から左へ振るう。加えて途中で体全体を高速で逆回転させることで、前の斬撃を振り終える前に、左から右へアキラを斬ろうとする。その余りに異様で超高速な斬撃も、アキラは体感時間の操作により、自身の意識をその速度に追い付かせて防御する。そして反撃する。

足場の位置や高さどころか、方向や角度すら自在に変える三次元の攻撃を繰り返すアキラ。対して、床の上という二次元の動きに限定されながらも、その上でのみ可能な高度な技術を駆使して相手を翻弄するドーラス。二人の互角の攻防が続く。

ドーラス自身が認めているように、総合的な実力はアキラの方が上だ。それでも互角の攻防になるのは、両者の勝利条件の違いにあった。

初めから相打ち狙いのドーラスは、アキラが死ねばそれで勝ちだ。しかしアキラは相手を倒した上で生き残らなければならない。その差がドーラスの踏み込みを深くして、アキラの踏み込みを浅くする。

アキラがドーラスの首を両断しても、その時点ではドーラスは生きている。切断された首から下を強化服の遠隔操作で動かせば、十分相打ちに持ち込める。頭を貫き、刀身から放出されるエネルギーで脳を焼いて即死させても、強化服の自動操縦や先行入力による操作で攻撃は可能だ。殺された後でも差し違えることが出来る。

ドーラスを縦に一刀両断するなどして、相手を即死させた上で強化服も一緒に破壊する方法もある。しかしそれほどの一撃を入れる為には、アキラもそれだけ深く踏み込まなければならない。当然ドーラスの攻撃もそれだけ躱し難くなり、そのまま相打ちにさせられてしまう。

倒した上で、生き残る。その勝利条件を満たす為に、アキラはどうしてもドーラスより踏み込みを浅くせざるを得なかった。

一方ドーラスは全て深く踏み込んでの相打ち狙いの一撃だ。敢えて防御をおろそかにして、そこから生まれた余力を攻撃に注ぎ込んでいる。

それだけの一撃だ。中途半端に防げば大きく体勢を崩してしまい、そのまま勝負を決められてしまう。防ぐにしろ躱すにしろ、アキラはその致命の一撃にしっかり対処しなければならず、反撃の機会を大きく削られていた。

互角の攻防が続く。二人の周囲に斬撃の嵐が吹き荒れる。壁や床や天井がその余波で刻まれていく。

二人とも刀身から斬性を帯びたエネルギーを飛ばして攻撃している訳ではない。だがどちらもブレードの強度と切れ味を上げる為に、刀身に大量のエネルギーを注ぎ込んでいる。その刃を達人の技量で振るうことで、その斬撃の余波として散ったエネルギーも斬性を帯び、間合いの外まで切り裂いていた。

これが銃撃戦であったならば、戦闘前にドーラスが言っていた通り、二人の周囲は戦いの余波で消し飛んでいた。ブレード主体の近接戦闘だからこそ、この程度の被害で済んでいる。

斬撃の嵐の余波、飛び散る斬性の力場を強化服で防ぎつつ、互いにブレードを振るい続ける。刃そのものを直接喰らわなくとも、余波までは躱しきれない。しかもその余波は、廃ビルとはいえ旧世界製の建物を斬れる威力なのだ。高性能な強化服の強力な力場装甲《フォースフィールドアーマー》であっても、防ぐ度に相応のエネルギーを消費する。

加えてドーラスはアキラより強化服のエネルギー消費が激しい。ドーラスは初めから相打ち狙い。生還など捨てている。自分の体など勝負がつくまで保てば良いという考えで、強化服の出力を着用者の命を無視する設定で限界まで上げていた。

当然ながら体への負荷は非常に高いものになる。歩くだけで手足が千切れかねないほどに。その過負荷を事前に大量に服用しておいた回復薬で補って、ドーラスは何とか戦っている。

強化服のエネルギーと、体内に残存している回復薬による治療効果。そのどちらが切れてもドーラスは詰む。戦闘開始から60秒。その間にエネルギーと回復薬の効果の減り具合を感覚的に把握したドーラスが、理解する。この調子だと、回復薬の効果が切れるのが先だと。

それならば。そう判断したドーラスは、この瀬戸際の攻防で更に深く踏み込んだ。この攻撃を避けられれば致命的な隙が生じて自分は死ぬが、どちらにしろこのままでも自分は死ぬ。それならば、まだ間に合う内に、まだ生きている内に賭けなければならない。そう判断し、前の攻撃を避ける為に大きく飛び退いていたアキラとの間合いを、一歩で詰める。

この一歩は高速移動に特化した一歩。滑るような歩行ではなく、全力で床を蹴っての超低空での跳躍。

その上でブレードを上段に構えた大振りの一撃。それをドーラスは渾身の力で振り下ろす。

その一瞬の中、極限の集中による時が止まったような世界の中で、ドーラスはアキラの動きを見た。アキラはドーラスの一撃を左手の黒い刃で防ごうとしていた。防いだ上で右手の刃で反撃してドーラスを斬ろうとしているように見えた。

それは悪手だ。ドーラスが思わずそう思う。躱せないと判断しての行動だろうが、この一撃は片手では防げない。防げたとしても大きく体勢を崩し、反撃する余裕も無くなる。その隙を衝いて追撃すれば殺せる。

（……勝った！）

その思いのまま、ドーラスはブレードを振り下ろした。強力な刃が激しく衝突し、生じた衝撃変換光が辺りを照らす。

次の瞬間、アキラの両手の黒刃と、ドーラスのブレードが折れて割れ砕けた。

（……何!?）

ドーラスの推測通り、ドーラスの一撃をアキラが左手の黒刃だけで防ぐのは無理だった。そしてアキラもそれは分かっていた。左手の黒刃はドーラスのブレードの動きを鈍らせる為のもの。アキラはドーラスの一撃を受け止め切れずに押し流されつつ、そうやって威力を受け流しつつ、右手の黒刃をドーラスのブレードに上から叩き付けていた。

ドーラスのブレードは両刃だが、その刃の強度は左右どちらも同じではない。切断力を高める為に力場装甲《フォースフィールドアーマー》の出力を、斬る方の刃に偏らせている。交戦中にそれを見抜いたアキラは、相手がブレードを振るった時に、逆側の刃を狙えば破壊できると考えた。

勿論、その猶予は一瞬だ。その一瞬を、アキラは極限の集中による体感時間と現実解像度の操作で見切り、捉えていた。

ブレードが折れた時の衝撃で、アキラもドーラスも大きく体勢を崩す。だがこれが予想通りの結果だった者と、予想外の結果だった者では、生じた隙の大きさも異なった。前者であるアキラが一手先を取る。相手との間合いを瞬時に詰めながら、折れた刃でドーラスを狙う。

その刹那の中、ドーラスは眼前に迫る黒い刃を見ながら、自身の敗北を理解した。

(駄目だったか……。振られる訳だな……)

手遅れ。この状態では差し違えることも出来ない。負けた。自分ではキャロルを助けることは出来なかった。

だがこういう結果になった以上、あの時自分がキャロルに振られたのは、キャロルを本気で助けようとしていることを信じてもらえなかったからではなく、単に自分の実力不足を見抜かれたからだったかもしれない。それならば仕方無い。ドーラスはそう思って、死を受け入れた。

しかし、そこでまたドーラスには予想外のことが起きる。アキラがドーラスの眼前でブレードを止めたのだ。

困惑した顔でドーラスが尋ねる。

「……何の真似だ?」

「取引がしたい」

アキラは真面目な顔でそう答えた。取引を断られた相手からそう言われたことに、ドーラスが困惑を深める。

「……取引は断るんじゃなかったのか?」

「そっちが提案した取引は断る。これは俺からの提案の取引だ。好きな方を選んでくれ。このまま俺に殺される。キャロルを庇って死ぬ。どっちが良い?」

怪訝な表情で黙っているドーラスに、アキラが話を続けていく。

「俺はどっちでも良い、なんて言う気は無い。キャロルを庇って死ぬ方を選んでくれると、とても助かる。無理強いはしない。強制できることでもないしな。でもキャロルを助ける為に俺を殺そうとしたんだろ? 俺を殺せなかった以上、キャロルを庇って死ぬ方が良いんじゃないか?」

ドーラスは黙ってアキラをじっと見ている。アキラが視線を強めて告げる。

「何も言わないのなら、このまま俺に殺される方を選んだって判断するぞ」

それでもドーラスは黙ってアキラをじっと見ている。一度死んだ身だ。このままアキラに殺されても問題は無かった。それよりも、生き延びる選択をした場合に何が起こるのか、アキラがなぜこのようなことを言い出したのかを、見極める方が重要だった。

沈黙が流れる。無回答と判断するのに十分な時間は既に過ぎている。それでもまだドーラスが生きている時点で、アキラがドーラスを生かしておきたいと考えていることは明白だ。

その場合のアキラの利益は何なのか。この得体の知れない人物は、坂下重工を敵に回してでもクガマヤマ地方に留まろうとする者は、何を考えているのか。ドーラスはアキラの様子からそれを探っていた。

そして交渉事が苦手なアキラが先に口を開く。

「……別に変な裏は無いよ。俺の代わりにキャロルを護ってほしいだけだ」

そしてどこか観念したように胸中を語っていく。

「そっちの言い分も分かるよ。巻き込みたくない人を巻き込みたくないのなら、手遅れになる前に俺の方から離れれば良いんだ。実際にキャロルを巻き込んだしな」

アキラもそれは理解している。しかし出来るかどうかは別の話だ。

「……でも、俺の方からはしたくない」

これ以上アキラに関わると命が幾らあっても足りない。だからもう自分には関わらないでほしい。仮にシズカがアキラにそう言ったならば、アキラは深々と頭を下げて謝罪し、シズカとの縁を切る。

しかしまだそのようなことは言われていない。それは事実であり、口実でもある。そしてアキラはその口実で、シズカと今も交流を続けている。まだ、去れとは言われていないのだから、と。

そして、そのようなことは恐らく決して言わないシズカの優しさに、自分は甘えている。そう理解した上で、アキラはスラム街の路地裏を飛び出してから得た大切なものを、手放せなかった。失いたくなかった。

　交渉事に不慣れなアキラから出た短い言葉から、ドーラスはそのアキラの内心を大体察した。その上で言う。

「強欲だな」

「……ああ。分かってる」

　自分に関わる危険性ぐらいはアキラも分かっている。実際にシズカは偽アキラに襲われて、危ないところだったのだ。大切な人の身を案じるのであれば、自分から関係を断ち切るか、ずっと側で護るべきだと分かってはいる。

　それにもかかわらず、自分はどちらもせずに我を通している。その上で今まで通りの関係が続くことを願っている。強欲だと、自分でも改めて思った。

　ドーラスが大きく息を吐く。そして告げる。

「分かった。裏が無いならそれで良い。俺も死にたい訳じゃないし、死ぬにしてもこの場で殺されるよりキャロルを庇って死んだ方が良い。取引成立だ」

「助かる」

　アキラも大きく息を吐いた。ドーラスに突きつけたままのブレードも下ろした。そして思う。

（……今度は、何とかなったか。俺も少しは強くなったってことか）

　自分を差し違えてでも殺そうとした者を、殺さずに勝った。ユミナの時には出来なかったことを成し遂げたことで、アキラは少しだけ、自分を許した。

　そのアキラを見て、アルファはいつものように微笑んでいた。


　戦闘を終えたアキラ達は回復薬を飲んで体を治し、銃を拾って廃ビルを出た。そこでドーラスが軽く言う。

「まあ、何だ。強欲だとは思うが、その為に頑張ってるとは思うぞ？　じゃなきゃ一人でここに来たりはしねえ」

『ええ。アキラは頑張ってるわ』

　アルファも笑ってドーラスの言葉に賛同した。ドーラスが更に続ける。

「それにどれだけ強欲でも、それに見合う強さがあれば、結構何とかなるもんだ。負けた俺が言うのも何だが、お前は勝ったんだから、それだけの強さはある。坂下重工から賞金を懸けられた件も、意外に何とかなるんじゃないか？」

　ドーラスはそれを気休めの言葉として言ったのだが、アキラは普通に頷いた。

「ああ、それは明日何とかする予定だ」

　坂下重工から懸けられた賞金を取り下げさせるなど、普通はどう考えても無理だ。しかしドーラスはアキラの返事から、その普通の態度から、嘘ではなく本当に何とかなる可能性があるのだと思い、驚きを顔に出した。

「……何とかなるのか？」

「上手くいけばな」

「そういうことは先に言ってくれ……」

　それを先に聞いていれば、アキラと戦う必要は無かったかもしれない。だが今聞いたから信じたのであって、戦う前に聞いたとしても信じられず、結局は戦いになったかもしれない。ドーラスはそう考えて、先程の戦いが無駄だとは思わなかったが、それはそれとして思う。それでも先に聞きたかった、と。

　そのモヤモヤから目を逸らす為に、ドーラスが別の話題を振る。

「アキラ。お前はキャロルに何回ぐらい手を出したんだ？」

　キャロルはアキラを護衛に雇うほどに信用している。それならば相当体を重ねたのだろう。次の代金がとんでもない額になるほどに。幾らぐらいになっているのだろうか。ドーラスはそう思って、軽い興味で聞いてみた。

　すると予想外の返事が来る。

「俺はキャロルに一度も手を出してない」

「……は？　嘘だろ？」

「嘘じゃない」

　ドーラスが余りに意外なその内容に驚く。思わず否定してしまったが、嘘ではないことは何となく分かった。

「……何で？」

「何でって言われても……」

「誘われたりしなかったのか？」

「断った」

「…………何で？」

「だから何でって言われても……、まあ、あれだ。ヤバい中毒性とか依存性でもありそうで、怖いからだ」

　アキラはそう言って、キャロルに嵌まって破滅したババロドという男のことを軽く話すと、自分はそうなりたくないからだ、と付け加えた。

　それを聞いたドーラスが頷く。

「なるほど……」

　だが頷いたのは、その話を聞いて納得したからではなかった。

（……もしかしてあれか？　あいつは自分を買ったやつは信用しないってことなのか？　じゃあ初めから詰んでたじゃねえか……）

　それならば、自分を信用しなかったキャロルが、アキラは信用したことも一応辻褄が合う。つまり自分に実力があろうが無かろうが、キャロルは自分を振っていた。そう思い、ドーラスはキャロルの悪女振りに、今更ながら大きな溜め息を吐いた。

　寝ていたキャロルが目を覚ます。そしてアキラが車内にいないことに気付いて少し慌てていると、アキラがドーラスを連れて戻ってきた。キャロルが起きたのは、その気配を感じてだった。

「アキラ。どこ行ってたの？　それに何でドーラスが……」

　怪訝そうにそう聞いてきたキャロルに、アキラが何でもないことのように答える。

「ああ、キャロルを庇って死にたいみたいだから連れてきた」

「えっ？」

　キャロルが思わず視線をドーラスに向ける。ドーラスは照れもせず、むしろ面倒事を引き受けたような態度で言う。

「ちょっとあってな。勝手に庇って勝手に死ぬだけだから気にするな。嫌なら殺せ。アキラ。それでも良いよな？」

「まあ、キャロルがそこまで嫌なら仕方が無い」

キャロルはドーラスがアキラに許可を求めたことから、経緯は不明だが、ドーラスはアキラに雇われるような形式で自分を護ることになったと理解した。そしてアキラが雇ったのであれば、どのような事情であれ、自分が拒否することではないと判断する。

「別に嫌だとは言ってないわ。そんなことを急に来て急に言われたから、少し驚いただけよ」

「そうか」

ドーラスもそれだけを答えた。

アキラがベッドに戻る。

「じゃあ俺は寝る。細かいことを聞くのは後にしてくれ。おやすみ」

そしてそれだけ言って、何も説明せずにそのまま寝てしまった。

キャロルが少しだけ怪訝な顔でドーラスに尋ねる。

「……それで、どういうことなの？」

「後でアキラに聞いてくれ。俺もハンターだ。ハンター同士の取引の内容を漏らす気は無い」

経緯の詳細を話す権利はアキラの方にある。ドーラスがそう答えたことで、キャロルもそれ以上聞くのはやめた。

ドーラスがソファーに座って息を吐く。

「まあ、俺が取引を受けたのは、キャロルの気を引く為じゃないよ。俺から言えるのはそこまでだな」

「……、そう」

ドーラスの言葉は嘘ではない。キャロルもそれは理解した。

「キャロルも寝た方が良いんじゃないか？　明日は忙しくなりそうなんだろ？」

「そうね。そうするわ。おやすみ」

「ああ、おやすみ」

ベッドに戻ったキャロルは再び眠るまでの間に、ドーラスが自分を護ることになった経緯を考えてみた。しかし結局分からないまま眠りに就いた。

翌朝、一応キャロルはアキラに昨日のことの経緯を聞いてみた。アキラは夜中にドーラスから連絡が来て、キャロルを護って死にたいと言うので、会って連れてきた、とだけ答えた。

隠し事が苦手なアキラの様子と、詳細はアキラから聞けという態度を崩さないドーラスから、キャロルはそれ以上のことがあったのは確実だと思いながらも、それ以上は聞かなかった。

事実がどうであれアキラがそう言っており、誰かに騙されたり脅されたりしている訳でもないのであれば、キャロルはそれで良かった。

第253話　追加の支援

クガマヤマ都市から懸けられたアキラの賞金が取り消されたことに、ウダジマは難しい表情を浮かべていた。

（これでアキラが第3奥部に乗り込む理由は無くなったか……。どうする……？）

建国主義者に寝返ったと宣言したアキラは偽者。賞金が取り消された以上、クガマヤマ都市はそう判断し、それを明示したことになる。

これで本物のアキラが無実を証明する為に、第3奥部に乗り込んで偽者を殺す必要は無くなった。それはウダジマにとって、アキラを第3奥部に誘い込んで殺すことが困難になったことを意味していた。

ウダジマがハルカに尋ねる。

「君はミハゾノ街遺跡でアキラと戦ったのだろう？　実際どうだったのだ？　アキラはどれぐらい強かったのだ？　惜しいところまで追い詰めたのか？」

あと少しで殺せるようであったならば、アキラを第3奥部に誘い込むのではなく、現行バージョンの偽アキラを何度も派遣する方法も良いかもしれない。そう思ったウダジマだったが、ハルカは首を横に振る。

「惜しいどころか勝負になりませんでした。あのバージョンの個体でも、私がサポートすればセランタルビルを護っていた都市の部隊を蹴散らせるぐらいには強かったのですが、完敗でした」

「そこまでか……」

セランタルビルの防衛には、理由は不明だがヤナギサワが随分力を入れており、都市から非常に強力な部隊が派遣されていた。その部隊を蹴散らせるほどの力があっても、アキラには勝ち目が無い。そう聞かされてウダジマは頭を抱えた。

そして思わず悔やむ。あの時に殺せていればと。

以前アキラはババロドの体を使った襲撃者によって自宅を失った。そしてその襲撃を指示したのはウダジマだった。

その時のアキラであれば、アキラが新たな装備を手に入れる前であれば、旧バージョンの偽アキラでも殺せたはずだ。ウダジマは思わずそう考えてしまっていた。

そしてそれが出来なかったのは、その時のウダジマには、坂下重工を敵に回す覚悟がまだ無かったからだった。

アキラが都市間輸送車両に乗ってツェゲルト都市に向かった時、ウダジマはそれにアキラが乗っていることを承知の上で、自身も同じ車両でツェゲルト都市に向かった。それはその程度の理由で予定を変えることなど許されない相手と会う為だった。

道中、ウダジマは車両が巣級《ネスト》の巨虫類《ジャイアントバグズ》の群れに襲われるという騒ぎはあったものの、無事にツェゲルト都市に辿り着くと、今度はリオンズテイル社の仲介で更に東に向かった。

基本的に東部は五大企業によって分割統治されている。そしてどの五大企業も自社の経済圏に強い影響力を持っている。

しかし最前線はその限りではない。その更に東の未踏領域から現れる天災のようなモンスターに対抗する為に、統企連全体の支配地域のような扱いになっている。それにより最前線に近い東側の場所になるほど、その地域が特定の五大企業の経済圏であっても、その影響力は比較的小さくなっていた。

そのような理由もあり、ある五大企業の傘下の者が、他の五大企業の者と直接会って密談するような場合には、可能な限り東側の場所にするのが常だ。ウダジマもそれに倣って出来るだけ東に移動していた。

そしてウダジマはある場所である者と会い、あることを提案された。

単に遠方の者と話すだけならば、技術の発達により拡張現実などを用いて、まるで本人が本当にすぐ側にいるかのように話すことが出来る。それにもかかわらず、安全な防壁の外に出てモンスターだらけの荒野を通り、遠方から直に足を運んで直接会いに行くという行為の意味は強い。

　ウダジマの密談相手もそれを実行したウダジマに敬意を表し、その労力に見合うだけの提案をした。ただしその内容は坂下重工を完全に敵に回すものだった。

　そしてその時のウダジマには、アキラとイナベに追い詰められていたとはいえ、加えて以前から坂下重工には不満と否定的な感情を覚えていたとはいえ、流石に坂下重工を完全に敵に回すほどの覚悟は無かった。しかし相手の提案を完全に断る訳でもなく、考えさせてくれ、と答えてクガマヤマ都市に戻った。

　だがウダジマが都市に戻ってすぐに、アキラはハンターランク70にもなり、更にそれに見合う装備まで手に入れようとしていた。慌てたウダジマは急いでアキラの殺害を試みる。そして現状の手札を駆使して、何とかアキラに新装備が届く前に、手駒にアキラを襲撃させることは出来たが、殺害には失敗した。

　それでウダジマも覚悟を決めた。

この短期間でここまで強くなったのだ。これ以上アキラを生かしておく訳にはいかない。アキラが更に強くなる前に、完全に手遅れになる前に、坂下重工を敵に回してでも、アキラを殺さなければならない。そう考えた。

　追い詰められたウダジマは賭けに出た。その結果は、まだ出ていない。


　東側での密談の時点で坂下重工を敵に回す覚悟を決めていれば、既にアキラは殺せていた。ウダジマはそう思って悔やんだが、悔やんだところで過去は変えられないと意識を切り替える。

　アキラがそこまで強いのであれば、やはりアキラを殺す為には、何とかしてアキラを第3奥部に誘い込む必要がある。どうすれば良いのかと悩むが、良い案は出てこない。

（シェリルを奪還されていなければ、アキラを誘《おび》き寄《よ》せるのに使えたかもしれんが……。いや、その場合でも怪獣がいる場所に誘き寄せる材料としては弱いか……。シェリルが攫われた後でもアキラに動きは無かった……）

　確かにアキラはシェリルに入れ込んでいるが、その為に怪獣のいる第3奥部に乗り込むほどではない。セランタルビルでシェリルを助けたのも、本物のアキラにとって偽アキラは大して強い相手ではなかったから。ウダジマはそう解釈していた。

　手詰まり。ウダジマはそう思って顔をしかめると、その状況を打開する為に新たな情報を求めた。

「ハルカ。アキラの新しい情報は入っていないか？」

「少し待ってください。今調べます。……えっ？　坂下重工がアキラに５０００億オーラムの賞金を懸けるらしいという情報が入ってます」

「何だと？　坂下重工が？　……いや待て、それはどちらに対してのものだ？　こちらが用意した偽者か？　それとも本物のアキラに対してか？」

「そこまでは分かりません。でもその情報を基に、いろいろ動いている人はいるようですね」

「アキラの動きは？」

「クズスハラ街遺跡の外周部に向かったようです。その後の足取りは分かりません」

　ウダジマが怪訝な顔で思案する。仮にアキラと坂下重工の間で問題が発生し、アキラに賞金が懸けられたとする。その場合それを事前に知ったアキラが取るべき行動は、坂下重工の経済圏からの脱出だ。クズスハラ街遺跡の外周部に潜伏する意味など無い。

　そうすると、やはり賞金は偽アキラに対してのものになる。アキラが遺跡の外周部に何の用があるのかは不明だが、坂下重工に狙われた者が隠れる場所ではないことは確かだ。ウダジマはそう結論づけた。

　そしてそれならばと、別の案を考える。

「新バージョンの個体は、あとどれぐらいで稼働する？」

「最低でもあと8時間は掛かります」

「そうか。では調整が済み次第、遺跡の外周部に向かわせよう。セランタルビルでの話を聞く限り、アキラは自分の偽者を殺すことに固執しているようだからな。上手くいけば第3奥部まで誘い込めるかもしれない」

「分かりました。やっておきます」

「頼んだ」

　そこでウダジマがふと思う。

「そういえば……、君はセランタルビルに何をしに行ったのだね？　それも現行バージョンの個体やシェリルまで連れて」

「あー、詳しくはこちらの事情で話せないんですけど、あそこにいるリオンズテイル社とちょっとありまして。現行バージョンとシェリルは私の護衛として同行させました」

　ハルカはそうさらっと嘘を吐いた。そしてウダジマは何となく聞いただけということもあって、その嘘を見抜けなかった。

「そうか。リオンズテイル社も何かをしているのだったな。我々への協力も所詮はその何かの片手間にすぎないのだろうが、何をやっているのだか……」

　ウダジマはそちらについても少し考えてみた。しかし何も分からなかった。

◆

　坂下重工がアキラに５０００億オーラムの賞金を懸けたことを知らせる賞金首速報が一般に公布されるまで、残りわずかとなった。

　最後の準備を進めるアキラの下に、その要となる者が到着する。キバヤシからの支援物資を持ってきたトガミだ。

　トガミはドーラスを見て、この場に知らない者がいることを少々不思議に思ったが、今はそれどころではないと考えて話を進める。

「アキラ。まずこれがエレナさん達から……、いや、ヒカルから……、いや、イナベ？　シェリル？　からか？　まあそっちからの品だ」

　２挺のＯＦＸ複合銃がアキラに渡される。ヒカルがイナベから付与された権限でエレナ達に貸し出した物だ。防壁内にいる自分達よりも、アキラが持っていた方が良い。そう判断したエレナ達がアキラに渡すように頼んでいた。

　1挺20億オーラムの品だ。本来は又貸しなどしてはいけない。しかしヒカルは見て見ぬ振りをし、イナベも紛失時の賠償をシェリルファミリーがすることで黙認した。

　トガミはそこまでの説明は省いたが、アキラも名前が出た者の好意であることぐらいは分かった。そのことに感謝して、ＯＦＸ複合銃をバイクに取り付ける。

「それでこれが……」

　そう言って、トガミが持ってきた大きなトランクを開けようとした時、トガミの情報端末からシロウの声がする。

「それは俺が用意した。アキラ。これは貸しだからな」

「借りを返したんじゃなくてか？」

「ああ。貸しだ。これをたった一日で用意するなんて、俺じゃなきゃ無理だよ」

　トランクの中には一本のブレードと、エネルギーパックと回復薬が入っていた。シロウがそれらの品の説明をする。

「それはＨＢＴＮシリーズって呼ばれてる装備一式のブレードだ。坂下重工が最前線で活動するハンター向けに売ってる一流品。つまり最前線でも通用する装備って訳だ」

　アキラが湾曲した鞘《さや》からブレードを抜くと、紅《あか》い片刃の刀身が現れる。そしてその鏡面にアキラの興味深そうな表情を映し出した。

　このＨＢＴＮブレードは緋緋色金《ひひいろかね》製で、その切れ味は魔法の域に達している。更に力場装甲《フォースフィールドアーマー》などで消費するエネルギー効率も、その高エネルギーの負荷による媒体自体の崩壊を防ぐエネルギー耐性も極めて高い。シロウが説明した通り、最前線でも通用する一品だ。

　トランクの中に一緒に入っていたエネルギーパックと回復薬は、ＨＢＴＮブレードと同じ最前線向けの品で、シロウがついでに調達した物だった。

「当たり前だが、そこらのやつが手に入れられる品じゃない。お前に懸けられた賞金の５０００億オーラムでも買えない。ＨＢＴＮシリーズはコロンじゃないと買えない品だからな」

　最前線向けの装備が欲しい。その以前からのアキラの望みは、ブレード一本ではあるが、シロウによって今、叶った。

「時間があればシリーズ一式揃えられたんだが、流石に昨日の今日じゃ、これが限界だ。言っておくけど、この短時間でこのブレードだけでも用意することだって、俺じゃなきゃ不可能だ。それを、俺が、何とかしたんだ。そもそも時間があっても本来お前じゃ絶対に手に入らない品だ。だから、これは、貸しだ」

　借りを一括返済した上で、更に貸しになる。それだけのことをしたのだと、シロウは力説した。そしてアキラも一応理解は示す。

「借りは返してもらった。その上で貸しになるかどうかは、こいつがどれだけ役に立つか次第だな」

「お前なあ……」

　そう不満そうな声を出したシロウだが、そこにアキラが釘を刺すように続ける。

「坂下重工を敵に回すのは、そんなに軽いことなのか？」

　そう言われてしまえば、シロウも不満の声を抑えるしかなかった。アキラが続ける。

「まあ、このブレードのおかげで上手くいくことを期待してろよ。そもそも俺にどれだけデカい貸しを作っても、その俺が死んだら意味が無いだろ？」

「そうだな……」

　シロウの溜め息がトガミの情報端末を介して響く。それはシロウが、これでも現時点ではまだアキラへの貸しにはなっていないことを、渋々認めた証拠だ。それをアキラに分かりやすく伝えていた。

　最後にトガミが弾倉を一つ、アキラに渡す。

「これがキバヤシからのやつだ」

　キバヤシがアキラに用意したのは、このたった一つの弾倉だった。少し大きめだが拡張弾倉ではなく、しかも弾は６発しか入っていない。

それを受け取って興味深そうに見るアキラの横で、それが何であるか気付いたドーラスが驚きを露わにする。

「……それ、まさか、対滅弾頭か？」

「……らしいな」

トガミが少々緊張した様子でそう答えた。

キバヤシがアキラへの支援として用意したのは、対滅弾頭だった。勿論無許可だ。

対滅弾頭はその余りの威力により、その地域の統治企業から所持、販売、使用に制限を設けられている。つまり対滅弾頭を無許可で保持した時点で、アキラはクガマヤマ地方を経済圏とするクガマヤマ都市を敵に回したことになる。同様に、オーラム経済圏の主である坂下重工に対しても不正を働いたことになる。

しかしアキラは既に条件付きとはいえ坂下重工を敵に回している。それに比べれば大したことではないとして、キバヤシは嬉々《きき》として対滅弾頭を密かに調達し、トガミに連絡してアキラに渡すように頼んでいた。

アキラも対滅弾頭の威力は知識として知っている。よく用意できたと思いながら、同時に不思議に思う。キバヤシならシロウのように、これを調達した際の苦労などを、自分にいろいろ言ってきてもおかしくないと思ったのだ。

しかしキバヤシはトガミに同行して自分で渡すこともせず、この場で連絡してくる様子も無い。それがアキラには少し不思議だった。

「トガミ。キバヤシはこれを俺に渡す時になったら自分に連絡しろとか、言ってなかったか？」

「いや、言ってなかったぞ」

「そうか……。あいつなら、こんな貴重な物を苦労して用意したんだから、これを使って俺を楽しませろ、ぐらい言ってきそうだと思ったんだけどな」

それを聞いたトガミが少し考えて言う。

「下手にいろいろ言うと、アキラが対滅弾頭を出し惜しみするとでも思ったんじゃないか？　貴重な物だってことは確かだしな」

「……あー、ありそうだ」

アキラがキバヤシの考えを推測してみる。

対滅弾頭は非常に貴重な物だ。それを使えば使うほど自分への大きな借りになる。折角用意した対滅弾頭を、アキラがそう考えて出し惜しみすると、騒ぎもそれだけ小さくなって楽しめない。

しかし対滅弾頭を貴重な物ではないとごまかすのは流石に無理だ。だから下手に入手の苦労などをアキラに話して、いろいろ常識不足なところがあるアキラに、対滅弾頭の貴重さを自覚させるのはやめておこう。気にせずにどんどん使え、などと言っても逆効果になりそうだから、初めから何も言わないでおこう。

そもそもアキラと直に会ったり、通信越しでも話したりすると、またろくに話も出来ないほど大笑いしてしまうかもしれない。だからここは、少々残念だが、アキラと話すのはやめておこう。

そうしておくのが一番楽しめそうだ。

そうアキラはキバヤシの考えを、今までのキバヤシとの付き合いもあって、多少被害妄想気味に推測し、もうキバヤシのことは気にしないことにした。

アキラがアルファの指示通りに準備を済ませる。強化服のエネルギーパックを最前線向けの物と交換し、ＨＢＴＮブレードを身に着け、回復薬を事前に服用して、４挺あるＲＬ２複合銃の一挺《いちちょう》に対滅弾頭の弾倉を装着した。そしてバイクに跨がると、出発前にキャロル達に声を掛ける。

「それじゃあ俺はもう行く。キャロル。一応言っておくけど、ついてくるなよ？　都市に戻れ。ドーラスが護衛するから第２奥部にいても大丈夫だろうとか考えて、何かあった時に備えて近くで様子を見ようとか、思うなよ？」

「分かってるわ」

アキラに釘を刺されたキャロルは笑ってそう答えた。もっとも釘を刺されていなければ、ドーラスという強力な戦力もあることから、迷わず都市に戻ったかどうかは微妙なところだった。

トガミが真面目な顔でアキラに言う。

「アキラ。俺はまだお前に借りを返してない。踏み倒させるんじゃねえぞ」

　借り貸しの話であれば、不正に入手された対滅弾頭を、坂下重工に敵対した重罪人に渡す手伝いをした時点で、トガミはアキラに十分過ぎるほど借りを返している。キバヤシもトガミにそういう話をしてこの件に協力させた。

　それでもトガミはアキラにそう言った。死ぬな。そういう意味で。

　アキラが笑って答える。

「ああ、ちゃんと後で返してもらうよ」

　死なない。アキラがしっかりそう答えたことで、トガミも笑って返した。

　別れを済ませたアキラが前を見る。アキラの前で、アルファがいつものように笑っている。

『それじゃあアキラ。行きましょうか。覚悟は良い？』

　アルファは少し挑発的に笑ってそう言った。行き先は第３奥部。一度は死ぬ気で逃げ帰った場所だ。それでもアキラは力強く笑って返した。

『ああ。覚悟は俺の担当だからな！』

　そのアキラの覚悟を乗せて、バイクが勢い良く走り出す。今までで最も過酷な死地に向けて、アキラはいつも通りに、今まで通りに、変わらずに向かっていった。

◆

　バイクで宙を走るアキラの姿が遺跡の空に消えていく。そのアキラを見送ったキャロル達に通知が届いた。賞金首速報だ。

　その内容を確認してトガミが苦笑する。

「これであいつも５０００億の賞金首か……」

　５０００億オーラム。とんでもない大金だ。トガミもそう思う。だがこれがアキラを殺すのに適した額かどうかは、トガミにも分からなかった。

　キャロルがそのトガミの内心を察して笑う。

「私なら５０００億オーラム程度でアキラと戦う気

にはなれないけどね。トガミは？」

「俺も御免だ」

「ま、そうよねー。ドーラスは？」

「俺も御免だな。５０００億オーラム必要なほど金には困ってないし、キャロルを買うのにそれだけ金が必要になっても、アキラと戦うより普通にハンター稼業で稼いだ方が良い」

　さらっと聞かれたのでさらっと答えてしまったドーラスだったが、それでキャロルは理解した。

「ああ、そう答えるってことは、アキラと戦ったのね？」

　ドーラスが吹き出す。トガミも意外そうな顔をドーラスに向けた。

　キャロルから少々非難気味の視線を向けられて、ドーラスが白状するように言い訳する。

「どうしても気になったんだよ。俺だって自分の強さに自信はある方だ。それなのにキャロルは護衛に俺じゃなくてアキラを選んだだろう？　アキラがどれぐらい強いのか確かめたくもなるだろう」

　キャロルはその返事から昨日の出来事、ドーラスが自分を護ることになった経緯を推測した。

　ドーラスはアキラの強さを確かめようとアキラと戦い、負けて、殺されるところだったのだろう。それを自分の護衛をすることを条件に見逃してもらったのだろう。

　アキラのことだ。自分に護衛として雇われたにもかかわらず、逆に巻き込んでしまった。そう思ってそのことを気にしていたのだろう。しかも第３奥部に行く以上、自分と一緒にはいられない。そこでドーラスの提案を受け入れたのだろう。

　キャロルを庇って死にたいみたいだから連れてきた、というアキラの言葉も、それで辻褄が合う。そう考えてキャロルは納得した。軽くからかうような笑顔をドーラスに向ける。

「殺されなくて良かったわね？」

「全くだ。あいつは強かったよ。単に俺より強いだけじゃない。多分あいつは切り札や奥の手を持ってるタイプだが、それを使わずに俺に勝ちやがった。

完璧に負けた。キャロルが俺じゃなくてアキラを選んだのも、あの強さなら納得だ」

　ドーラスはそう、本音を交えてごまかした。その所為でキャロルも、ドーラスがアキラと差し違えてでもキャロルを助けようとしたことには気付けず、ドーラスもそれを自分からキャロルに教えるほど恥知らずではなかった。

　そして話を逸らす為にトガミに話を振る。

「そういえばトガミはキャロルとはどういう関係なんだ？」

「知り合いだ。アキラと一緒にハンター稼業をして知り合った」

「そうか。それで、キャロルには何回ぐらい手を出したんだ？」

「……一度も出してない」

　ドーラスが思わず意外そうな顔を浮かべる。

「お前もか……」

「お前も？」

「いや、アキラにも聞いてみたんだが、アキラもそうだったんだ」

　トガミはそれで納得したが、ドーラスは怪訝な顔のままだった。

　そしてドーラスは、何となくキャロルはトガミにも気安いように感じて、アキラとトガミの共通点を考えると、少し難しい顔でキャロルに尋ねる。

「……もしかして、キャロルは年下が好みなのか？」

　キャロルが意味深な笑顔で答える。

「そうかもね」

「そうか……」

　やはり自分は初めからいろいろと詰んでいたようだ。ドーラスが改めてそう思って大きな溜め息を吐く。

　そのドーラスを見て、キャロルは楽しげに笑っていた。

◆

　アキラがバイクでクズスハラ街遺跡の空を駆けて

いく。つい先程遺跡の外周部を出発したばかりだが、遠慮無く加速しているので既に第1奥部に入っていた。

　その時点でアキラにも賞金首速報が届く。

『これで俺も５０００億オーラムの賞金首か。俺も随分成り上がったもんだな』

　そう言って苦笑したアキラに合わせて、アルファも少し楽しげに笑う。

『そうね。昔はたった３００オーラムの為に襲われたこともあったのにね』

『全くだ。俺の価値も上がったもんだ』

　悪名の方向ではあるにしろ、桁違いの箔《はく》が付いたことに違いは無い。懸けられた賞金は、ある意味でアキラの成り上がり振りを、今までで一番強く示していた。

　そのまま遺跡を更に奥側に進んだところで、シズカから通信が入る。

『アキラ。シズカから通信が入ったわ。繋ぐ？』

　アキラの位置はそろそろ第2奥部に入ろうとしている。ここからは融合体も出現するので忙しくなる。シズカと悠長に話す余裕があるかは微妙なところであり、アルファは一応確認を取った。

　そしてアキラは迷わず答える。

『ああ。繋いでくれ』

　アルファを介してシズカの声が念話でアキラに届く。

『アキラ。私よ。……賞金首速報を見たわ。坂下重工の件、何とかするって聞いていたけれど、駄目だったの？』

　流石にシズカもこの内容を明るい声では話せなかった。アキラを心配して、酷く真面目で真剣な声を出していた。

　そのシズカの自分を案じてくれる声を聞いて、アキラはシズカを心配させない為に、そして自身に言い聞かせる為に、意気を上げて、笑って元気な声で、力強く答える。

『いいえ。今から何とかするところです。大丈夫です。俺に坂下から賞金が懸かったことも含めて、今から頑張って何とかします』

　そして軽い冗談のように、それでも本心も含めて、余裕の声で続ける。

『それでお願いがあるんですけど、またちょっと俺の無事を祈っておいてくれると助かります。俺も頑張りますけど、流石にこれを何とかするのは大変なんで』

　そのアキラの声を聞いてシズカも理解する。アキラは絶望など欠片もしていない。自棄にもなっていない。そして今回のことも、今まで何度もあった苦難を乗り越えるように、頑張って乗り越えようとしている。

　それならば、今自分がアキラの為にすることは、自分もそれが上手くいくと心から思ってアキラを励ますことだ。その想いで、シズカがいつもの優しく明るい声で言う。

『分かったわ。ちゃんと祈っておくわね。だからアキラも頑張って』

『はい！』

　アキラは力強く答えた。シズカから、無理をするな、ではなく、頑張って、と言われたのだ。既に覚悟を決めていたアキラだが、やる気は更に上がった。

　シズカとの通信を終えたアキラに、アルファが笑って告げる。

『それじゃあアキラ。頑張ってね。来るわよ』

『ああ。アルファもしっかりサポートしてくれ』

『任せなさい』

　シズカと話している間に、アキラは既に第2奥部に突入していた。そして前方に多数の融合体の反応を捉えていた。

　第3奥部から出現する融合体の群れは、先日は高ランクハンター達によって第2奥部の奥側で倒されていた。だが今は第1奥部との境目辺りまで侵攻しており、そこに展開している都市の防衛隊と激しい戦闘を繰り広げていた。

　アキラはその攻防の前線を高速で踏み越えた。当然ながら多数の融合体が攻撃目標を防衛隊からアキラに切り替える。獣の下部の融合体であるバオレギレが、鳥類と魚類の混ざった体の融合体であるドレデマスが、地上から、空から、エネルギーの奔流をアキラに向けて放出する。

その無数に放たれた光波を、アキラはアルファのサポートによるバイクの巧みな運転で掻い潜る。更に反撃する。両手と補助アームを用いて3挺のRL2複合銃を構えると、大量のエネルギーを注ぎ込んだS弾《ショックバレット》を撃ち放つ。加えてバイクに搭載した2挺のOFX複合銃から光弾を放出する。

融合体にS弾《ショックバレット》が効果的なことは実証済み。以前に使用していたC弾《チャージバレット》では山ほど喰らわせても倒せなかった融合体が、S弾《ショックバレット》による高い衝撃伝播性により、細胞単位で破壊されて死んでいく。

OFX複合銃は既に切り札の状態に展開済み。その上でバイクの大容量エネルギータンクによる威力の底上げ。加えてアルファのサポートによる高度なエネルギー制御。それらで威力を上げた光弾は、着弾した融合体を吹き飛ばし、容易く消失させた。

邪魔な敵を蹴散らしながら、アキラがバイクで第2奥部の空を駆けていく。第3奥部に突入するまで、あとわずかだ。

◆

アキラとの通信を終えたシズカが、一緒に話を聞いていた者達に笑いかける。

「何か、アキラは大丈夫みたいね」

それでエレナもサラもシェリルも安堵の息を吐いた。勿論、全て丸く収まったという意味ではないことは分かっている。それでも、坂下重工から5000億オーラムもの賞金を懸けられたという、本来どう考えても絶望的な状況が、アキラの頑張り次第で解決できる状況まで改善していることは分かったのだ。そしてそれならば、アキラなら。そう思ったのだ。

エレナが軽く呆れたように笑って言う。

「全く……、アキラはいつもこんな感じよね」

シェリルも頷いて言う。

「全くです。本当に、アキラはいつもこんな感じです。だから、今回も大丈夫ですよ」

　それは何の根拠も無いただの楽観視だ。それを分かった上でシズカ達は笑い合う。そしてサラがシェリルに軽く尋ねる。

「ちなみに、例えばどんなことがあったの？」

「そうですね。まずは……」

　そのままシズカ達は自分が知っているアキラの出来事を話し始めた。そして自分が知らなかった話を聞かされて、そのとんでもない内容に半分呆れたように談笑する。

　そんなことがあっても、結局アキラは無事だった。いつものことだ。そう、後で笑い話に出来るように、アキラが生きて帰ってくるように、一緒に笑い合うことで、シズカ達は皆でアキラの無事を願った。

第254話　第3奥部の激戦

アキラがクズスハラ街遺跡の空をバイクで駆けていく。多数の融合体を倒しながら、第3奥部を目指して突き進む。

奥に行くほど融合体の数が増えるが、それらを倒すのがアキラの目的ではない。進むのに邪魔なものだけ倒していけば、今のアキラであれば融合体の群れは大して強力な障害ではなかった。第2奥部と第3奥部の境目辺りまで問題無く辿り着く。

アルファが真面目な顔で言う。

『アキラ。第3奥部に入るわよ』

ここからが本番だと、アキラも気合いを入れ直す。

『分かった』

そのアキラの視界の先には、旧世界の建造物が立ち並ぶ第2奥部の光景が変わらず広がっていた。だが次の瞬間、その景色がどこまでも真っ白なものに変わる。周囲の色無しの霧の濃度も一気に極端に上昇した。第3奥部に入ったのだ。

アキラが背後を見る。直前まで通っていたはずの旧世界の都市の姿はどこにも無い。前方と同じように、白い世界がどこまでも広がっていた。

『……これで、そう簡単には出られなくなった訳か……。……よし。アルファ。あのレグロスとかいう怪獣を探そう』

アキラがここに来た目的は第3奥部の建国主義者を倒すことだが、厳密には建国主義者の壊滅に大きく貢献する成果を上げることだ。

坂下重工から賞金を懸けられた方のアキラの討伐、本物のアキラにとっては偽アキラの討伐が、その偽アキラが所属している建国主義者の壊滅と同義であったとしても、相手は組織だ。その規模は不明。東部のどこにどれだけの数の拠点があるのかも分からない。それを個人で潰せと言われても、極めて難しいことぐらいはアキラにも分かる。下手をすれば東部を虱潰しに探さなければならない。

よって自分に求められているのは、その勢力の大幅な低下であり、その為の貢献となる。アキラはそう解釈していた。

　そしてその貢献は、最低でも、自分に懸けられた５０００億オーラムの賞金を解除させるほど、大きなものでなければならない。そこまでの成果を稼ぐ為にはどうすれば良いか。そう考えてアキラが出した結論は、レラグロスの討伐だった。

　流石にあれを倒せば、自分の賞金を取り下げさせるのに十分な成果になるだろう。というよりも、それで駄目ならどうしようもない。アキラはそう考えていた。

　勿論、アキラもそれが可能かどうかは別の話だと分かっている。相手は怪獣だ。前回は死ぬ気で逃げるしかなかった相手なのだ。前回と同じ条件ならば、流石に無理だとアキラも思う。

　しかしキバヤシのおかげで対滅弾頭が手に入った今ならば、何とかなるかもしれない。アルファも自分を止めなかった。賭けるに足る可能性はあるのだろう。それならば、あとはその賭けに勝つだけだ。今まで何度も勝ってきたように。アキラはそう覚悟を決めてここに来た。

　それはそれとして、一度は死ぬ気で逃げた相手を自分から探しに行くことに、流石にアキラも表情を少し硬くしていた。

　しかしそれをアルファが止める。

『いえ、アキラ。まずは様子を見ましょう』

『えっ？　……ああ、分かった』

　アキラは不思議に思ったものの、アルファがそう言うのであればと、その指示に従った。取り敢えずバイクを地面に降ろして停車させる。

『それで、何でまずは様子見なんだ？』

『あの怪獣とは出来るだけ有利な条件で戦いたいからよ。アキラ。逸る気持ちは分かるけれど、急げば良いというものでもないわ。細かい説明は省くけれど、ここは私を信じてちょうだい』

　自信を感じさせる笑顔でそう言ったアルファに、アキラも笑って返す。

『別に疑ってないよ。そもそも初めからアルファを頼りにしてるんだ。それで勝率が上がるなら、様子見でも何でも言ってくれ』

『ありがと』

　その後アキラはアルファの指示通りに、非常に濃い色無しの霧の中に身を潜めた。ただしその場に留まるのではなく、バイクから降りてゆっくりと歩いて移動していた。

　高濃度の色無しの霧が索敵を極めて困難にするとはいえ、早く動けばそれだけ見付かりやすくなる。そして一度捕捉されてしまえば、そこにいると気付かれてしまえば、追跡から逃れるのも難しい。前回アキラがレラグロスに見付かってしまった後、バイクで全速力で距離を取っても、ずっと追われていたのはその所為だ。

　余りに真っ白で何も無い世界を進んだことで、アキラの方向感覚は既に狂っている。情報収集機器による方角測定も当てにならないのは、前回の探索で判明している。

　今自分はどこにいるのか、アキラは全く分からない。だがそれを恐れはしない。アルファを信じて進んでいるからだ。

　そしてそれは、敵と遭遇しても同じだった。

『アキラ。モンスターよ。倒すわ。でも銃は使わないで。今は目立ちたくないの』

『了解だ。……じゃあ、これか』

　アキラがＨＢＴＮブレードを鞘から抜く。白い世界に紅い刀身が揺らめいた。

『ええ。シロウが用意したこのブレードがどの程度役に立つのか、今の内に確認しておきましょう』

　ブレードを構えながら、アキラが敵にゆっくり近付いていく。まだモンスターにはアキラの存在を気付かれていない。バイクをその場に残し、迷彩機能を使って姿を隠しつつ、高濃度の色無しの霧に紛れて気配を消して、慎重に距離を縮めていく。

　そしてアキラの情報収集機器でも相手の姿を視認できる距離まで近付いた。敵は2体。片方はバオレギレ。もう片方はアキラには初見の融合体だ。両生類の本体の背中から異形の人型を生やしている。どちらも全長は30メートルほどだ。

　アキラが更にモンスターとの距離を詰めていく。既にいつ気付かれてもおかしくないほど近付いている。それでもその緊張から動きを乱せばその瞬間に気付かれる。アキラは意識を乱さず、集中して、ギリギリまで気配を消していた。

　そして遂に気付かれる。その瞬間、アキラは地を蹴って高速で移動した。アルファのサポートによって促されるままに、まずはバオレギレに狙いを定めると、低空での跳躍に合わせて上段に構えたブレードを、相手の頭部に向けて勢い良く振り下ろした。

　紅い刃がバオレギレを両断する。その刀身と、そこから放たれた斬性のエネルギーの波が、バオレギレの巨体を一瞬で斬り裂いていた。

『アキラ。倒したわ』

『おおっ！　一撃か！』

　極限の体感時間操作による、止まったような世界の中で、アキラは自分が振るったＨＢＴＮブレードの、その性能に驚いていた。

　バオレギレは単に両断した程度で死ぬような存在ではない。Ｃ弾《チャージバレット》を山ほど浴びせて原型を失わせても、体を再生させて襲ってくるような相手だ。その異常なまでの生命力は、その相手をしたアキラもよく分かっている。左右に別たれた程度であれば、当然のように切断面を接着して、何事も無かったかのように反撃してきても不思議は無い。

　しかしアルファは倒したと言った。それならば倒したのだ。それも一撃で。その事実に、アキラも流石に驚きを隠せなかった。

　単に一撃で倒したというだけなら、エレナ達も第2奥部でＯＦＸ複合銃を使って一撃で倒している。しかしその個体は第3奥部の外に出たことで大幅に弱体化したものだ。どちらも一撃で倒したといっても、その意味はまるで違う。

　そして第3奥部の個体を倒すのには、ハンターランク78のタツカワが愛機である非常に強力な赤い人型兵器を使っても、二撃必要だった。

　それがこのＨＢＴＮブレードであれば一撃だ。道理でシロウがあれだけ恩着せがましく言ってくる訳だ。アキラはそう思いながら、残るもう一体の融合体もこの勢いで倒そうとした。

　しかしそこでアルファから指示が出る。

『アキラ。下がって』

　アキラは即座に飛び退いた。一瞬遅れて両生類の融合体が全身から光を放つ。それは高エネルギーの光波だった。その余りの威力に、近くにあったバオレギレの死体が焼き尽くされるどころか消失する。

　全方位に放たれた光波は回避は不可能。アキラもそれを喰らう。しかし指向性が無い光波は周囲全てに広がる分、バオレギレが放つエネルギーの奔流とは異なり、距離による威力の減衰を受けやすい。加えてこの場は濃密な色無しの霧で満たされている。高速で飛び退いたアキラに届くまでに、光波の威力は半減していた。

　加えて放出時間も極めて短い。ほぼ一瞬だ。アキラはその一瞬に合わせて、対エネルギー力場《フォースフィールド》障壁《シールド》を展開していた。その上でその瞬間だけ出力を限界まで上げていた。タイミングを誤れば光波の直撃を受けて丸焦げになるが、アルファのサポートを受けているアキラが、その見極めを間違えることはない。しっかり防ぎ切った。

　そしてまた一瞬で融合体との距離を詰める。光波は来ない。全方位に強力なエネルギーを放つだけあってそのエネルギー消費は非常に激しく、連続での使用は出来ないからだ。

　両生類の融合体が光波を放つ代わりに、背中から生やしている異形の人型でアキラを迎撃しようと、その長い腕をアキラに向けて振るおうとする。だが間に合わない。融合体よりも早く、アキラが再びＨＢＴＮブレードを振るう。

　魔法の域に達した切れ味を持つ刃が、両生類の融合体を両断する。バオレギレ以上の生命力を持つ相手だったのだが、今度もこの一撃で倒し切った。

『アキラ。こっちもこれで倒したわ。もう大丈夫よ』

　アキラが息を吐く。そしてブレードを見る。

『どっちも一撃か。凄い性能だな』

流石は最前線向けの装備だと、アキラはその性能に改めて感嘆していた。そして視線を両生類の融合体に向ける。

『アルファ。こっちのやつはあっちのやつと比べてどれぐらい強かったんだ？』

どちらも一撃で倒したこともあり、アキラはこの初見の融合体がバオレギレと比べてどの程度強かったのか、計りかねていた。

『単純に比べることは出来ないのだけれど、まあ5倍ぐらいね』

『そんなにか……！』

『これはエネルギーの保有限界量が少ないタイプなの。だから遠隔で常時エネルギー供給を受けられないと著しく弱体化するのだけれど、その分だけそれが可能な場所なら強いのよ』

十分なエネルギー供給を受けられる場所ならバオレギレより強いが、それが出来ない場所ではバオレギレより弱くなる。そういう個体だとアルファは説明した。

『単純に比べられないってのはそういうことか。でもここならそんなに強いやつですら、このブレードなら一撃か……』

『シロウのおかげで良い物が手に入ったわね』

『ああ。これなら少しぐらいは借りにしてやっても良いかもな』

シロウの所為で坂下重工に賞金を懸けられる羽目になったとはいえ、そのおかげで手に入れた物の予想以上の性能に、アキラは上機嫌だった。

『あ、そういえば、あいつがさっき放ったやつだけど、大丈夫なのか？　今目立つのはまずいんだろう？』

『大丈夫よ。あれは全方向に放つ分、射程が短いの。あの程度なら色無しの霧に吸収されて、遠くのモンスターには察知されないわ』

『そうか。良かった』

『それじゃあ、また移動しましょう』

バイクを呼び寄せて、アキラが再び第3奥部を移動する。また融合体と遭遇したが、今度も手早く始末した。そしてしばらく経った頃、アルファの指示で足を止める。

『アキラ。あっちを見て』

　アルファに指定された場所は色無しの霧で隠された領域であり、本来アキラには視認できない。しかしアルファのサポートにより拡張視界に表示することで、アキラにもその場所が鮮明に見えていた。

　それでもそこにあるのは、どこまでも広がる真っ白な世界だけだった。アキラが首をかしげる。

　だが次の瞬間、都市間輸送車両がまるで空間の壁を突き破ったかのように突如出現した。アキラに見えているのは、その車両の前半分だけだ。車両の後ろ半分は見えず、前部と後部の境目はぼやけて見えていた。

『な、何だ？』

『高ランクハンター達が都市間輸送車両で第3奥部に乗り込んできたのよ。車両のぼやけて見える部分は通常の空間と拡張空間の境目よ。人型兵器程度の大きさの物なら、その境目に接触した瞬間に拡張空間側に呑み込まれるのだけれど、流石に都市間輸送車両ぐらいの大きさになると、通常の空間側にも残ることが出来るわ。それを利用して通常の空間と拡張空間の連絡路を作ったようね』

『つまり第3奥部の出入口を作った訳か……』

　高ランクハンター達が第3奥部に乗り込まない理由は、そこには怪獣がいるという武力面での問題ではなく、第3奥部からの脱出手段が確立されていないから。そういう話はアキラも聞いていた。

　そして出入口が出来た以上、第3奥部から出られなくなるという問題は無くなった。

『そうすると……』

　アキラの推測通りの光景が始まる。都市間輸送車両の前部から多数の人型兵器が出てきたのだ。車両にはクガマヤマ都市に来た高ランクハンター達の、大部分が乗り込んでいた。

　第3奥部から出現する融合体の群れが、都市の防衛隊が展開している第2奥部と第1奥部の境目辺りまで到達していたのは、今までそれらを倒していた高ランクハンター達が、第３奥部に乗り込む準備の為に融合体の間引きをやめていたからだった。

『……アルファ。これ、まずいんじゃないか？　あいつらに怪獣を倒されたら、俺が稼ぐ成果が……』

『アキラ。慌てないで。今は様子見よ。あれを見て』

その方向を見たアキラが思わず表情を硬くした。白い世界の果てから、その白さを塗り潰すかのような規模の、融合体の群れが迫ってきていた。

『高濃度の色無しの霧により索敵が困難な状況とはいえ、流石に都市間輸送車両で乗り込めば遠距離のモンスターにも気付かれるわ。対滅弾頭を使っても程度の差はあれど同じよ。私のサポートがあっても、アキラがあの量のモンスターの群れを相手にしながら怪獣と戦うのは無理。だから彼らに減らしてもらいましょう』

『様子見ってそういうことか……』

怪獣とあの群れの両方を一度に相手にするなど、対滅弾頭が幾らあっても足りない。だから怪獣と真面に戦える状況になるまで様子見。群れの数が激減するまでは高ランクハンター達に頑張ってもらう。自分が戦うのはその後。あの群れを相手にすれば、高ランクハンターとはいえ流石に消耗する。消耗した状況なら自分を狙う者も減る。いろいろと好都合だと、アキラも理解した。

『ええ。そういうことよ。一応もう少し離れておきましょうか』

『分かった』

目立ってしまえば、あの群れに自分も襲われることになる。その思いで、アキラは気配を消してゆっくり移動した。

◆

都市間輸送車両で第３奥部に乗り込んだ高ランクハンター達と、第３奥部の融合体の群れによる激戦が始まる。

第３奥部の融合体は、今までハンター達が第２奥部で戦った個体より格段に強い。だがその強力な個体でも、タツカワであれば自身の愛機を以てたった一人で数十体の群れでも蹴散らせる。

勿論高ランクハンター達全員が、タツカワと同等の実力を持っている訳ではない。それでも一人で蹴散らせる数が数十体から十数体に減る程度だ。誰もがハンターとしては桁違いに強い。それだけの実力の持ち主達が、都市間輸送車両で大勢乗り込んできたのだ。その集団の戦力は途方も無く高い。

だが融合体の群れも、個体の力は高ランクハンターに遠く及ばなくとも、それを相殺する桁違いの数で応戦する。十数で駄目なら数十で、数十で駄目なら数百で、数千で、白い地面を塗り潰す途方も無い数で襲いかかる。

拡張空間は広大だ。それだけの量の融合体を納める空間は十分にある。たとえその空間内にまばらにしかいなくとも、一箇所に集結すれば都市間輸送車両の周辺を埋め尽くす数になる。

強力な機体を操るハンターが、もはや狙わずに撃っても当たる群れに、残弾を使い切る勢いで連射する。

「大量だ！　これ、幾らクガマヤマ都市があの管理人格との取引で儲けてるっていっても、この汎用討伐の支払で倒産するんじゃねえか？」

５０００億オーラムの賞金を懸けられているのはアキラ、或いは偽アキラを含めた建国主義者の一団だが、融合体を倒しても汎用討伐依頼として金は支払われる。現在融合体の討伐料は、そこらのモンスターとは比較にならない額になっていた。

通信経由で聞いた仲間のその威勢の良い声に、別の者が答える。

「問題ねえよ！　その時は坂下重工が支払うさ！」

クガマヤマ都市がクズスハラ街遺跡奥部の攻略を進めているのは、坂下重工の意向。都市に来た高ランクハンター達の間では、それはもう確定事項になっていた。

坂下重工がアキラに５０００億オーラムの賞金を懸けたのも、その考えを裏付けるもの。賞金は実際には第３奥部の建国主義者に対して懸けられている。

坂下重工はクガマヤマ都市に対して、それほどまでに強い支援を実施している。そう判断されていた。

「クガマヤマ都市には俺達への支払で倒産してもらおうぜ！　それぐらいは稼がねえと、坂下重工に俺達の力を認めさせるには足りねえよ！」

「そうだな！」

　仲間同士で笑い合い、ハンター達が意気を上げて攻撃を続行する。無数の強力な銃弾、砲弾、ミサイル、レーザーが、あらん限りの力で融合体を粉砕していく。

　やる気をみなぎらせているハンター達だが、その目的は金ではない。５０００億オーラム程度の小銭など、この場のハンター達の眼中には無い。

　それが個人に対して懸けられたもので、それを受け取るのも個人であれば、確かに桁違いに稼ぐ高ランクハンター達にとっても、５０００億オーラムは大金だ。

　しかし実際には第3奥部の建国主義者に対しての賞金である以上、その賞金はこの場のハンター達全員に、その活躍に応じて分配されることになる。大した金にはならない。下手をすれば経費で消える。

　それ以前に、第3奥部の建国主義者に対しての賞金であれば、５０００億オーラムという金額は安過ぎる。以前の建国主義者による騒ぎ、ティオルが建国主義者を名乗って起こした騒動では、５００億オーラムの賞金が懸けられたのだ。膨大な量の融合体に加えて怪獣まで出現した今回の騒ぎが、その10倍で済む訳が無い。

　それに対して賞金は10倍でしかないのだ。自身の稼ぎに敏感なハンター達が、やる気をみなぎらせる理由としては、この金額では弱い。

　では勝っても端金しか貰えないのにもかかわらず、なぜここまで意気が高いのか。それはハンター達が坂下重工からの関心を稼ぎに来たからだった。

　悪く表現すれば、この場の者達は高ランクハンターとはいっても、所詮は最前線では戦えない二流にすぎない。そして最前線でも戦える一流に、そこでも活躍できる超一流になることを目指している。

しかしその道程は長く、遠い。多くのハンターが生涯を掛けても高ランクハンターに成れないように、多くの高ランクハンターが生涯を掛けても一流にはなれない。到達できるのはほんの一握りだ。

　坂下重工にその実力を認められれば、そこに辿り着ける可能性が一気に高まる。企業は優秀なハンターへの支援を惜しまない。貴重な遺物が手に入る高度な遺跡ほど、強力なモンスターが徘徊している。それを倒せる人材は常に不足しているからだ。

　坂下重工の支援を得られれば、コロンでの先払いを要求され、届くまで年単位で待たされるような、その上でその価値がある装備さえ、オーラムで、そして短期間で手に入る。坂下重工によって立ち入りが制限されている特別な遺跡に入ることも出来るようになる。一流のハンターへの道程を、大幅に短縮することが出来る。

　その坂下重工との伝を得る為に、自分にはそれだけの価値があると示す為に、ハンター達はこの千載一遇の機会を逃すまいと、全力を尽くしていた。

　その全力を喰らい、無数の融合体が消し飛んでいく。だが消し飛んだ分だけ、広大な拡張空間の向こうからすぐに追加が現れる。それをハンター達が更に攻撃する。

　弾切れの心配は無い。予備の弾薬は都市間輸送車両に山ほど積み込んでいる。一度戻って補給すれば良いのだ。ハンター達は地を覆う融合体の群れに、全火力を惜しげも無く撃ち込み続けた。

　都市間輸送車両の司令室では、メルシアがそのハンター達を少し心配そうな様子で見ていた。

　実際には、メルシアが心配しているのはその中のたった一人。多数の融合体を相手に赤い人型兵器で暴れ回るタツカワだ。

「タツカワ！　ちょっと離れ過ぎよ！　もっと車両の近くで戦って！」

　通信を介してそれを聞いたタツカワが、自身が操る赤い機体で近くの融合体を殴り飛ばしながら答える。

「大丈夫だって！　この辺ならまだ通信も繋がってるし、遠隔でのエネルギー供給も正常だ！」

「良いから！　下がりなさい！　ゴチャゴチャ言うと機体の制御を乗っ取るわよ？」

「分かった分かった」

　メルシアが本気であることを察したタツカワは、大人しく指示に従った。融合体の群れに一機で突撃して、手当たり次第に蹴り飛ばし殴り飛ばしていたのをやめる。そして高速で後退しながら両手の指を砲に変形させると、光弾を放っての引き撃ちに切り替える。

　するとそのタツカワの様子を見た他のハンター達も、車両から離れ過ぎたと判断して後退していく。

「ほら、俺が下がったから他のやつらも下がっちまったぞ？　良いのか？　メルシア」

　戦線が後退したことで、融合体が放つエネルギーの奔流が、都市間輸送車両にも数多く当たるようになった。だがメルシアは全く気にしない。

「良いのよ。そもそもこの程度で劣勢になるようなら撤退一択。帰る？」

　挑発的にそう言ったメルシアに、タツカワが威勢の良い声を返す。

「冗談言うな！」

　十分に下がったタツカワが反撃に移る。光弾を連射して複数の融合体を吹き飛ばし、再度突撃して拳で、蹴りで、敵を粉砕する。

　そのタツカワに周囲の融合体がエネルギーの奔流を放つ。しかしタツカワの機体はそれを軽々と防いだ。都市間輸送車両から常時遠隔でエネルギー供給を受けている機体の力場装甲《フォースフィールドアーマー》は、この程度の攻撃では傷一つ付かない。光弾もエネルギー切れを気にせずに撃ち放題だ。

　戦線を下げてもハンター達は欠片も揺るがない。成果を稼ごうと嬉々として戦っている。数え切れないほどの融合体の群れに対して完全な優勢であり、劣勢には程遠い状態だ。

　タツカワもやる気をみなぎらせて自機を操り、多大な戦果を作り出していく。そして要となっている都市間輸送車両を見て、軽く言う。

「それにしても都市間輸送車両なんてよく調達できたな。凄《すげ》え金が掛かったんじゃないか？」

「ええ。１０００億オーラムぐらい掛かったわ」

予想外の金額にタツカワが軽く噴き出す。

「せ、１０００億？」

チームの運営をメルシアに任せっ切りにしているタツカワは、今回の計画の準備もメルシア任せだった。その所為で都市間輸送車両の調達費用が具体的に幾らだったのか知らなかった。

「ず、随分掛かったな……。大丈夫なのか？」

「大丈夫よ。一緒に乗り込んだ他のハンターチームとは、今回の件で得た金の何割かをこっちに渡す契約をしてるからね。最悪でも多少の赤字で済むわ」

この都市間輸送車両を調達したのはドラゴンリバーであり、その実質的な運営を任されているメルシアだった。そしてメルシアはドラゴンリバーの主導で、他のハンターチームと協力して第３奥部に乗り込む計画を立てた。

その際メルシアは自分達の取り分を少々強欲に提示した。他のハンターチームはそれに難色は示したものの、第３奥部の成果をドラゴンリバーに独占されるよりはましだと判断して、メルシアの計画に乗った。

公表されている中では、第３奥部から生還したのはタツカワだけであり、そのタツカワが率いる以上、仮に計画が失敗したとしても、第３奥部から脱出できない事態にはならないだろう。そういう考えも他のハンターチームの判断を後押しした。

タツカワが前線に出ているのもその為だ。タツカワが他のハンター達と同様に車外で戦っているからこそ、他のハンターチームも安心して戦っている。流石に生還不能な場所にドラゴンリバーのトップを出しはしないだろう。そう考えているのだ。

それを分かった上で、メルシアはタツカワを下がらせた。それだけタツカワのことを心配していた。

それはそれとして、軽く挑発するように言う。

「まああんたが無様な戦いをして、欠片も稼げないようなことになれば別だけど」

　タツカワも調子良く笑って言い返す。

「大丈夫だ！　お前が俺を止めない限り、そんなことにはならねえよ！」

　そして言葉通りの活躍を見せる。数十体の融合体が赤い機体に光弾で吹き飛ばされ、格闘戦で撲殺されていく。すぐに同数の追加が現れるが、それもすぐに同様に撃破する。またすぐに追加が来るが、またすぐに撃破する。タツカワはドラゴンリバーを率いる者に相応《ふさわ》しい戦い振りを、メルシアにも、ドラゴンリバーの者達にも、他のハンターチームの者達にも見せ付けていた。

　タツカワがここまでの力を発揮できるのは、本人の技量が大前提とはいえ、機体が都市間輸送車両から遠隔でエネルギー供給を受けていることが大きい。

タツカワはその力に満足しながらも、何となく思う。

「１０００億オーラム掛けただけはあるな。でもメルシア。そこまで掛かるなら都市間輸送車両で乗り込まずに、第３奥部には地下トンネルを使って入っても良かったんじゃないか？」

「一応そっちも検討したんだけど、やめたわ。あっちの経路を使うには、あのシロウって子の協力が必要だからね」

「……頼めば良いだろ？」

　第３奥部に続く地下トンネルは隔壁で閉じられているが、シロウなら開けられる。開ければ大型車両や人型兵器なども問題無く通行できる。メルシアならばその程度の交渉ぐらい簡単だろう。タツカワはそう思って不思議そうに聞き返していた。

　しかしメルシアは首を軽く横に振った。

「ちょっと調べたんだけどね。あの子は坂下重工の人間で、しかも今は脱走中の身みたいなの。だからあの子に協力を求めると、下手をすると坂下重工に睨まれるのよ」

「あー、それは無理だな」

「それに安全性を考えるなら、地下トンネルを通るより都市間輸送車両を使った方が良いの。車両から遠隔でエネルギー供給を受けているから、タツカワも機体のエネルギー残量を気にせずに全力を出せるでしょう？　第3奥部で戦うならそっちの方が安全だわ」

「まあそうだな」

「一応言っておけば、あんたが何だかんだ理由を付けて第3奥部に乗り込むような真似をしなければ、私も都市間輸送車両を調達するような真似まではする気は無かったんだけどね」

　メルシアはそう言って通信越しにタツカワを睨み付けた。タツカワがスッと目を逸らす。すると赤い機体の頭部がその動きに連動して動き、横を見た。ちょうど融合体がいたので殴り飛ばした。

　メルシアが小さく溜め息を吐く。そして気を切り替えて笑う。

「まあ折角用意したんだから、ちゃんと活用してちょうだい。たっぷり暴れて、しっかり稼いでね？」

「了解だ。任せろ」

　タツカワは笑ってそう調子良く答えると、その言葉を嘘にしない活躍を見せる。3桁を超える融合体が短時間で粉砕され、その増援も皆殺しにされていき、白い世界を塗り潰していた色が、徐々に薄れていった。

◆

　第3奥部に乗り込んだハンター達と、それを迎え撃つ融合体の群れによる戦闘を、アキラが離れた位置から見ている。戦況は、ハンター達の優勢に傾いていた。

『凄いな……。これなら普通に全滅させそうだ』

　これだけの数だ。流石に撃退は無理でも、大幅に数を減らしてくれるだけでも助かる。そう考えていたアキラだったが、ハンター達はアキラの想像以上の強さと奮闘振りを見せており、この様子であればアキラには融合体の群れが全滅するのは時間の問題に思えた。

　アルファも笑って同意を示す。

『そうね。この調子で数を減らせば、アキラが怪獣と戦う時にも邪魔にはならないでしょう。頃合いを見計らってこちらも動きましょうか。アキラ。来たわ』

　アキラがアルファに促されて白い世界の奥を見る。濃い色無しの霧に遮られて、ハンター達はまだその存在に気付いていない。だがアキラはアルファのサポートのおかげで見えている。

　そこには都市間輸送車両に向けて突進する怪獣の、レラグロスの姿があった。

『来たか……！　まあここまで騒いでるのに来ないはずがないよな』

　いつでも動けるように、アキラがバイクに跨がる。

『アルファ。いつ動く？』

『もう少し待って。まだ早いわ』

『了解』

　深い呼吸を繰り返して、アキラは平静さを保ちながら集中し、意識を研ぎ澄ませていく。

　その間に怪獣は都市間輸送車両にどんどん近付いていく。そしてハンター達にもその存在を捉えられる距離まで近付くと、足を止め、大口を開き、膨大なエネルギーの奔流を放った。放出された極大の光線が広がり、都市間輸送車両も、ハンター達の機体も、融合体の群れも呑み込んでいく。

　だがその光で焼け焦げたのは融合体の群れだけだった。都市間輸送車両は上空領域のモンスターの砲撃にも耐える力場装甲《フォースフィールドアーマー》で、ハンター達の機体は対エネルギー防御に特化した装甲で、怪獣が放った光線をしっかり防いでいた。

　この距離では光線を放っても減衰により効果が薄いと判断した怪獣が、再び車両に向けて移動を開始する。遠くにいるので一見鈍重に見えるが、実際にはその巨体からは考えられないほど速く進んでいた。

　そして怪獣が再び光線を放つ。より近い位置から放たれたことで威力を増したエネルギーの奔流に、車両とハンター達が再び呑み込まれる。しかし今度もしっかり防がれた。

　もっとも防いだだけだ。このままでは車両もハンター達も、遠距離から一方的に光線を何度も喰らうことになる。しかしハンター達は怪獣に向かってはいかない。車両の近くで待ち構えている。

『アルファ。何であいつらはあの場に留まってるんだ？　防げてるっていっても、あれじゃあ的になるだけだろう？』

『恐らくその距離から撃っても無駄だと思わせて、もっと距離を詰めてくるのを待っているのよ』

対エネルギー防御に特化した装甲であれば、怪獣の光線にも耐えられる。勿論、その防御の為に大量のエネルギーを消費するのだが、都市間輸送車両は荒野の長距離移動の為に膨大なエネルギーを保持している。この光線を防ぎ続けるだけならエネルギー枯渇の心配は無い。

またハンター達の機体は、その車両から無線でのエネルギー供給を受けていると考えられる。それならば車両の近くにいる限りエネルギー切れは無い。

もっともその所為でハンター達も車両から離れられない。車両ごと怪獣に近付けばその問題も解決するが、それは出来ない。これ以上前に進むと拡張空間に完全に呑み込まれてしまい、第3奥部から出られなくなるからだ。

だから怪獣が痺《しび》れを切らして近付いてくるのを待っている。勿論、間合いの管理に失敗して怪獣から体当たりでも喰らえば、頑丈な都市間輸送車両でも大破は免れない。その前に、十分に近付いてきた怪獣に、ハンター達と車両の砲で一斉に攻撃して勝負を決めるつもりなのだろう。アルファはそうアキラに説明した。

『そういうことか……。じゃあ俺達が動くのはその少し前ぐらいか……ん？』

事態が動く。怪獣が都市間輸送車両に向けて再び移動を開始する。そちらはアルファの予想通りだ。だがハンター達の動きは違った。車両の周囲に展開していた機体が、軽い混乱にも見える動きを見せた後、どこか慌てた様子で車両に戻っていく。

そしてその車両が後退を始めた。車両の前部、第3奥部側の姿がどんどん小さくなっていく。

『……えっ？　撤退？　どういうことだ？　怪獣の

攻撃が効いてたのか？』

　困惑した様子を見せるアキラの隣で、アルファも怪訝な顔を浮かべていた。

『いえ、そういうことではなさそうね』

『じゃあどうして……』

『分からないわ』

　アルファはそれだけ答えてから、その表情を真面目なものに変えた。

『でも好都合よ。アキラ。様子見は終わりよ』

　それでアキラも意識を切り替える。

『分かった』

　なぜこうなったのかは分からない。だがアルファの言う通り、好都合なことに違いは無い。融合体の群れは怪獣の光線の巻き添えを喰らって消滅した。ハンター達は撤退したので、怪獣討伐の先を越される心配も無くなった。つまり今は、誰にも邪魔されずに怪獣を倒せる絶好の機会なのだ。

『次の光線を放てるようになるまで、まだ少し時間が掛かるはず。その間に出来る限り近付くわ。飛ばすわよ？』

『ああ、行こう！』

　体感時間を操作した上で念話で行う、実時間では一瞬の会話が終わる。その瞬間、アキラを乗せたバイクが、その性能が許す限りの加速を以て、怪獣に向けて走り出す。

　アキラの怪獣討伐が始まった。

第255話　怪獣の撃破方法

　都市間輸送車両が第３奥部に突入した後、車両後部の第２奥部側では、多数のハンターがモンスターの群れと戦っていた。

　こちらのハンター達は主に歩兵だ。車両の屋根から撃ったり、飛行バイクで周囲を飛んだりして戦っている。各ハンターチームは人型兵器の部隊など、野外戦闘での主力を第３奥部に送り、それ以外の戦力をこちらに配置していた。

　クズスハラ街遺跡の中を巨大な都市間輸送車両で強引に突破してここまで来たのだ。当然ながら一帯のモンスターを強く刺激している。既に第２奥部に出ていた融合体だけでなく、以前から第２奥部にいた他のモンスターに加えて、第１奥部のモンスターまで集まっている。

　しかしハンター達は苦戦などしていない。クガマヤマ都市に来た高ランクハンターチームの大半が参加している以上、主力でなくともそれだけの戦力が揃っていた。

　そこにはロットブレイクのトップであるゼロスもいた。ゼロスは数多くの高ランクハンターを率いているだけはあり、強化服でも自チームの人型兵器並みに強い。しかしそれほど強いからといって、怪獣が出現する第３奥部で人型兵器に交じって戦うのは、戦力不足ではなく連携などの問題で難しい。よって第２奥部側で戦っていた。

　同様の理由で第２奥部側に配置されたハンターは他にもおり、車両後部の戦力は十分。第２奥部のモンスターなど、山ほど出現しても何の問題も無い状態が続いていた。

　そこで哨戒《しょうかい》に出ていた部下からゼロスに通信で報告が入る。その内容を聞いたゼロスは少し難しい表情を浮かべると、車両の司令室にいるメルシアに連絡を入れた。

「ロットブレイクのゼロスだ。哨戒に出した部下から報告があった。本物か偽者かは分からんが、アキラがこっちに向けて高速で移動している。どうする？」

「敵性と判断して殺して」

「良いのか？　ドラゴンリバーでアキラを匿ってたんだろ？　そういう話を聞いたから、一応そっちに連絡を入れたんだが」

「仮に本物だったとしても、曲がりなりにも坂下重工から賞金を懸けられている状態で、連絡無しでこっちに来る馬鹿の面倒まで見てられないわ」

「そりゃそうだ。了解」

ゼロスがメルシアとの通信を切る。

（……まあ、偽者だろう）

そう思い、その前提で、他のハンターチームにもアキラの接近を伝える。そして自分のチームの者に指示を出す。

「アキラの偽者が接近してくる。偽者だからって油断するな。クガマヤマ都市であっさり死んだやつは弱かったが、ミハゾノ街遺跡に出現したやつは、セランタルビルに展開していた都市の防衛隊を一人で壊滅させたぐらいには強かったらしいからな」

「了解だ。殺せば５０００億オーラムか？」

調子良くそう返事をしてきた仲間に、ゼロスが冗談っぽく残念そうに言う。

「残念だが、そうなってもドラゴンリバーの取り分で減っちまう。だからって手を抜くんじゃねえぞ？　なに、派手に飲み食いするぐらいは残ってるさ」

「分かってるって。しっかりぶっ殺すよ。あれが強い方の偽者でも問題ねえ。ゼロスもいるし、こっちに配置されたやつだけでも楽勝だ。防衛隊を倒した程度のやつに負けはしねえよ」

「当然だ。まあ、油断だけはするんじゃねえぞ？」

ゼロスはそう言って仲間達と笑い合った。だが内心で思う。

（偽者なら問題無い……。本物だったら、面倒なことになりそうだが……）

ゼロスはババロドがチームの機密をキャロルに売った件で、アキラと会ったことがあった。

ゼロスの小細工で非常に不利な条件を強いられた

のにもかかわらず、アキラはババロドに明確な実力差を示して完勝した。その強さはゼロスも認めるところだ。

　ただゼロスがアキラに懸念を抱くとすれば、問題はその強さではなかった。少なくともその時点でのアキラの強さは、明確に自分より格段に低いと感じていた。だがその上で、では自分がアキラと戦えば確実に勝てるのか、と自問すれば、そうだ、とは言い切れなかった。

　特大の不確定要素。強いかどうかは別にして、何が起こるか分からない何か。それをゼロスはアキラから感じていた。

　そして気になってアキラの経歴を調べてみると、短期間で異様なほど強くなっていることが分かった。その過程で通常では考えられない頻度で、大きな騒ぎに巻き込まれていることも分かった。

　例を挙げれば、アキラがツェゲルト都市に向かう都市間輸送車両の護衛をした時には、その前後のたった数週間で、ハンターランクを20も上げていた。驚異的、では済まない実力向上だ。

　前にアキラと会ってから、既にその数週間が再度経過している。今のアキラの実力は果たしてどれほどか。

　そして曲がりなりにも５０００億オーラムの賞金を懸けられた今回の件も、アキラの経歴を考えれば、所詮アキラにとっては、過去に何度もあった騒ぎの一つにすぎないのではないか。

　油断するな。仲間にそう釘を刺す程度には、ゼロスは本物のアキラを警戒していた。

　その後、報告通り都市間輸送車両の後方から偽アキラが出現する。外見は強化服も含めて本物のアキラと同じ。空中走行可能なバイクまで同じ。４挺のＲＬ２複合銃と、２挺のＯＦＸ複合銃を装備しているところまで同じだった。その状態で宙を高速で駆けて接近してくる。

　ハンター達が次々に偽アキラを銃撃する。避けようの無い弾幕に偽アキラが呑み込まれる。ただし距離による威力の減衰に加えて、強力な力場《フォースフィールド》障壁《シールド》などの所為で撃破には至らない。しかし確実に被弾していた。

その状態で偽アキラの方も反撃する。しかしハンター達にはまるで効果が無い。距離の所為で銃撃の威力が下がっているのは偽アキラも同じ。加えてこの場にいるのは全員高ランクハンターだ。装備も非常に高性能な物ばかり。その程度で負傷はしない。

更に都市間輸送車両の屋根には、車両の力場《フォースフィールド》装甲《アーマー》と一体化した設置式の簡易防壁も並べられている。ＯＦＸ複合銃を奥の手の状態で撃ったところで、軽々と防ぐことが出来る。

杞憂だったか。為《な》す術《すべ》も無く弾幕を浴びる偽アキラを見て、ゼロスはそう思って安堵の息を吐いた。

だが次の瞬間、ゼロスが一気に警戒を高める。同時に車両の高性能な索敵システムが警報を発した。

その警報の理由は、偽アキラが構えるＲＬ２複合銃にあった。１挺だけ、特別な弾丸を使用できるように最大まで展開されたその銃からは、その威力を予想させるだけのエネルギーが漏れていた。

「退避しろ！」

ゼロスは仲間達にそう大声で指示しながら簡易防壁の後ろに退避する。他のハンター達も遅れずにそれに続く。

そして偽アキラが発砲する。撃ち放たれた弾丸はまるで空間を貫いたかのように突き進み、高濃度の色無しの霧による射程の縮小や弾速の低下など物ともせずに、高速で一直線に都市間輸送車両の装甲に着弾した。

その瞬間、その場に破壊の球が生成される。内部に超高密度のエネルギーを内包した光球だ。爆発により極度に圧縮された色無しの霧によって、強いエネルギー遮断効果を持つ膜が生まれ、本来ならば地の果てまで届くエネルギーを、その内側に留めていた。

その直径20メートルほどの光球が崩壊し、中身のエネルギーを放出する。何もかも吹き飛ばすかのような閃光が一帯を呑み込んだ。

その閃光が晴れた時、周囲は派手に吹き飛んでいた。色無しの霧による減衰効果により、光球が生成された時点でその威力を大幅に低下させながらも、破壊の球の内側に比べれば微々たる破壊であっても、その威力は周囲の頑丈な旧世界製の建物を消し飛ばすのに十分なものだった。

　だが都市間輸送車両は無事だ。車両のシステムは警報を発するのと同時に、力場装甲《フォースフィールドアーマー》の出力を限界まで上げていた。それにより上空領域のモンスターからの砲撃にも耐えるほど強靭になった力場《フォースフィールド》装甲《アーマー》は、この一撃にも耐えていた。

　ゼロス達も何とか無事だった。車両の力場《フォースフィールド》装甲《アーマー》と一体化した簡易防壁のおかげだ。

　それでもゼロスは非常に険しい表情を浮かべる。

「……今のは、対滅弾頭か。そんな物まで持ってやがるとは……」

　面倒なことになるかもしれない。ゼロスはその懸念が当たってしまったことに顔をしかめながら、情報収集機器で偽アキラを探す。しかし見付からない。

（……いない。どこだ？　逃げた？　近くに隠れている？　相手の対滅弾頭はあと何発残ってる？　近距離から相打ち覚悟で撃たれたらどうしようもねえぞ……）

　アキラの偽者が建国主義者と同じ思考の持ち主であれば、思想の為に死は恐れない。その距離で使えば自分も死ぬので使えない、という考えは通用しない。速やかに殺す為に、ゼロスは必死に偽アキラを探していた。

　他のハンター達も偽アキラを探しているが、見付からない。先程の対滅弾頭の攻撃の余波により、大気などの状態が酷く乱れており、情報収集機器の精度が一時的に落ちている。その所為で、近くにはいないとも断定できない。とにかく探し続ける。

　そしてゼロスに偽アキラ発見の報告が届く。だがそれは余りにも意外な場所だった。

「車内だと!?　どうなってる!?」

　車内にいる仲間から届いた、その余りに予想外の内容にゼロスは一瞬混乱したものの、すぐに指示を出す。

「急いで全力で殺せ！　何でも使って最大火力で攻撃しろ！　車両の被害は気にしなくて言い！　そいつは対滅弾頭を持ってる恐れがある！　それを使われるよりましだ！　俺もすぐにそっちに行く！」

ゼロスは仲間にそう告げながら駆け出すと、屋根にある出入口へ全速力で駆け出した。そのまま車内に入り、急いで仲間の下へ向かう。

そして仲間の所に到着した時、偽アキラは既に倒されていた。仲間に負傷者も出ていなかった。思わず安堵の息を吐く。

「……全員無事か？」

「ああ。俺達は大丈夫だ。指示通り派手にやったから車両に多少の被害は出ちまったが……」

「気にするな。無事が一番だ」

男が偽アキラの死体を怪訝そうに見る。

「それにしても……、こいつはどっから入ってきたんだ？」

「分からん。対滅弾頭で車両の外壁に穴でも空いて、そこから入ったのか？　だがそこまでの威力なら車両自体にもっと被害が出ているはずだが……」

ゼロスもそう言って怪訝な顔を浮かべていたが、取り敢えず偽アキラを倒したことに違いは無いので、今は意識を切り替えてドラゴンリバーに連絡を入れようとした。

だがそこで逆にドラゴンリバーからハンター達に連絡が入る。

「アキラの偽者が車内に入り込んだ！　対滅弾頭を持ってる恐れがある！　すぐに倒してくれ！」

もう自分達が倒した。そう思ったゼロス達だったが、送られてきた偽アキラの位置を見て驚く。ゼロス達がいる場所を含めて12箇所もあったのだ。思わず偽アキラの死体に目を向ける。

「……こいつだけじゃないのか!?」

それに答えるように、ドラゴンリバーの者の声が続く。

「全員倒しても油断するな！　何人いるか分からない！　倒し終えたら車内を限無く調べて安全を確保してくれ！」

アキラがいると、それが偽者でもここまでの騒ぎになるのか。それとも本物も近くにいるのか。どちらにしろ嫌な予感が当たってしまった。そう思い、ゼロスは顔をしかめた。

偽アキラが車内に侵入した上に、対滅弾頭まで持っている恐れがある。その報告を受けたメルシアが即座にタツカワに指示を出す。

「タツカワ！　一時撤退よ！　戻ってきて！」

「えっ!?　何だ急に？　何があった？」

第3奥部ではレラグロスが出現し、あとは間合いを見極めてハンター達で総攻撃を掛けるだけ、という状況だった。そこでの撤退指示に流石にタツカワも戸惑い説明を求めた。

だがメルシアは荒々しい口調で撤退を急《せ》かす。

「良いから！　早く！　今すぐ！」

「わ、分かった」

説明する暇が無いほど、その問答をしている場合ではないほど、急を要するのだろう。タツカワはメルシアの様子からそう判断すると、指示通りに都市間輸送車両に戻っていく。

そのタツカワの機体を見た他のハンター達も、戸惑いながらも後に続く。撤退しなければならない状況には思えないが、自分達が第3奥部から脱出できる保証の扱いでもあるタツカワが車両に戻る動きを見せた以上、この場に留まっていると帰還できなくなる恐れがあるからだ。

大人しく車両に戻ったタツカワが、機体からは降りずに再度説明を求める。

「それでメルシア。何があった？」

「アキラの偽者が最低でも12人車内に侵入したの。しかも対滅弾頭を持ってる恐れがあるわ。車両がそんな状態でレラグロスの相手までしてられない。車両の安全を確保して、仕切り直しよ」

「そういうことなら仕方ねえな。分かった。俺もアキラの偽者を排除する」

「駄目。タツカワは大人しくしてなさい」

「いや、そういう訳にはいかねえだろう」

「言ったでしょ？　アキラの偽者は対滅弾頭を持ってるかもしれないの。危険過ぎるわ」

「だからこそ、俺がやるんだよ」

危険だからこそ、タツカワに偽アキラの相手はさせられない。危険だからこそ、ドラゴンリバーを率いる者として自分がやらなければならない。通信越しに視線を合わせて、どちらも退かずに自分の意志をぶつけ合う。

そして今回はメルシアが降りた。ハンター稼業は命賭け。ならばこそ、危険なことを他の者にやらせるだけの者に、ついていく者などいない。そのタツカワの主張が通った。

「……分かったわ。でも！　出来る限り安全にやること！　あと！　私もそっちに行くから、合流するまで勝手に動かないこと！　良いわね！」

「了解だ。急げよ」

「すぐ行くわ！」

笑うタツカワに向けて、メルシアは自棄になったように声を荒らげて通信を切った。そして機体から降りて大人しく待っていたタツカワと合流すると、再び声を荒らげる。

「さあ！　やるわよ！　何かあったら、絶対あんたを庇って死んでやるからね！」

「死なせねえって。行こう」

表情に違いはあれど、タツカワとメルシアは意気を上げて偽アキラの討伐を始める。あの頃の、二人だけのチームだった時のように。

◆

高ランクハンター達が融合体の群れを殲滅した後に撤退したことで、アキラは良くも悪くもレラグロスと一対一で戦う機会を手に入れた。

自身に懸けられた賞金5000億オーラムを坂下重工に取り下げてもらう為には、それに匹敵する成果が必要。アキラは、悪く言えばその成果を独り占めにする為に、単独でのレラグロス撃破を目指す。

その余りの強さに怪獣とまで呼ばれる破壊の権化に

向けて、空を駆けるバイクで、最大加速で一直線に、自分から向かっていく。

　当然ながらレラグロスに気付かれる。しかし即座にエネルギーの奔流を放たれることはない。既にハンター達に使用しており、再度の使用までには時間が掛かる。アキラはその隙に怪獣との距離を詰めていく。

　だがアキラの方も、ハンター達の戦いを離れた位置から見ていたこともあって、レラグロスとの間合いをすぐには詰められない。怪獣の大口から光が漏れ出す。光線を放つ前兆だ。

　レラグロスに十分に近付いていれば、懐に潜り込んで躱すことも出来る。十分に離れていれば、距離による減衰と拡散により、対エネルギー防御に特化した力場障壁《フォースフィールドシールド》で防ぐことも出来る。今のアキラはそのどちらも出来ない中途半端な距離にいた。

『アルファ！　これ、間に合わないぞ!?』

『そのようね。避けられないし、防ぐしかないわ』

『どうやって？』

『こうするの』

　アキラがアルファに促されてＲＬ２複合銃を構える。対滅弾頭が装填されたその銃は、既にアルファの操作で展開状態になっていた。そして怪獣の大口を狙って撃ち放つ。放たれた対滅弾頭が白い世界を一直線に貫き飛んでいく。

　わずかに遅れてレラグロスが光線を放つ。真面に喰らえばアキラは消し飛ぶ。塵も残らない。

　しかしその途方も無いエネルギーの光線は、同じく途方も無いエネルギーの光球に激突し、その流れを激しく乱した。エネルギーの濁流が四方八方に分かれて白い世界に飛び散っていく。

　対滅弾頭はレラグロスに命中する前に爆発し、光線の射線を遮る形で光球を生み出していた。生成された光球の直径は10メートルほど。第3奥部の余りに濃い色無しの霧により、その程度の大きさに留まっていた。

　それでもアキラを光線の直撃から防ぐには十分な大きさだ。そして小さくなった分だけ光球内のエネルギー密度は上昇しており、レラグロスが放った光線を喰らっても消し飛ばされずにその場に残り、障害物としてエネルギーの奔流の流れを大きく変えていた。

もっともそれだけでアキラがレラグロスの光線から完全に逃れられた訳ではない。エネルギーの奔流の威力は凄《すさ》まじい。その一部、四散した支流の余波だけでも、融合体の群れを消し飛ばす威力がある。

だがその程度であれば、対エネルギー力場《フォースフィールド》障壁《シールド》をアルファが厳密に制御することで、何とか防ぐことが出来る。そのおかげでアキラは無事だった。

それでもアキラは顔を引きつらせる。レラグロスの光線の威力に対しての恐怖は勿論だが、その怪獣に向けて突き進んでいる以上、アキラはその光線を防ぐほどのエネルギーを持つ光球に向けて、突き進んでいる形になっているからだ。

当然ながらこの勢いで突き進めば、アキラは光球に激突して消し飛ぶ。限界まで体感時間を操作した世界の中で、アキラは近付いてくる光球の恐怖に顔を歪めていた。

そこでアルファがバイクを操作する。進行方向を最大出力で捻《ね》じ曲《ま》げて光球との激突を回避した。一瞬安堵したアキラだったが、それも束の間。光球が破裂し、内容物を撒き散らす。

桁違いに高濃度な色無しの霧により、放出されたエネルギーが周囲を焼き焦がすことはなかったが、爆発の衝撃を完全に吸収するまではいかなかった。爆発によりレラグロスの巨体を揺らすほどの暴風が吹き荒れる。

当然アキラもその暴風を浴びて吹き飛ばされる。しかしアルファによる巧みな運転と、バイクの強力な力場障壁《フォースフィールドシールド》により、風を上手く受け流して耐え切った。体勢を立て直したバイクの上で、アキラが思わず声を出す。

「し、死ぬかと思った……」

それに対してアルファが笑顔で言う。

『アキラ。この程度で死ぬようでは話にならないわよ？』

レラグロスに向けて再び加速するバイクの上で、アキラが半分自棄になって笑う。

「……分かってるよ！」

死を感じたことに嘘は無い。だがアキラの戦意は欠片も揺るいでいなかった。

アキラが再びレラグロスとの距離を詰めていく。そして光線を再度使用される前に間合いを詰め終えた。これで再び光線を放たれても、巨大な頭の正面に出ない限り喰らうことはない。

しかし怪獣の攻撃を封じた訳ではない。レラグロスは巨大な腕、或いは前足でアキラを襲う。対エネルギー防御に特化した力場障壁《フォースフィールドシールド》では絶対に防げない、大質量の一撃がアキラに迫る。

レラグロスが余りに巨大な所為で、その巨体を視界に収められる距離から見れば、その動きは一見鈍重にも感じられる。しかし実際には機敏かつ高速な動きでアキラを狙っていた。

ビル並みに太い腕が、暴風どころか衝撃波を発生させる速度で振るわれる。それをアキラはバイクで宙を機敏に駆けて回避する。直撃を喰らえば即死。掠《かす》っても致命傷。ギリギリで躱しても衝撃波を喰らう。その攻撃を出来る限り大きく避けて、最悪でも衝撃波を喰らうだけに済ませて、それを力場《フォースフィールド》装甲《アーマー》で耐えて避け続ける。

対滅弾頭でも使わなければ防ぎようのない光線だけは喰らわない。その間合いを維持して、アキラはレラグロスの猛攻にひたすら耐えていた。

勿論、怪獣の攻撃に耐え続けるだけで勝てる訳が無い。アキラがしていることは時間稼ぎだ。そしてその時間を稼ぎ終える。

『アキラ。やるわよ』

『了解！』

アキラが再度、対滅弾頭を装填したＲＬ２複合銃を構える。ＲＬ２複合銃は対滅弾頭に対応しているが、流石に連射までは出来ない。アキラが必死に稼いでいたものは、対滅弾頭の再発砲までに必要な時間だった。

この距離なら確実に当たる。その思いでアキラは力強く笑い、撃ち放った。

　レラグロスの背中に着弾した対滅弾頭が光球を生成し、更に爆発して閃光を放ち、膨大なエネルギーを撒き散らす。

　勝った。そう思ってアキラは笑みを深めた。

　だがその閃光が晴れた時、アキラの前に現れたのは、その健在振りを見せ付ける怪獣の姿だった。

　勿論無傷ではない。着弾箇所は大きく抉れており、強固な皮膚は吹き飛び、焼け焦げた内部を露出させている。酷い負傷と呼んで差し支えない状態だ。

　しかし殺せていない。致命傷でもない。そもそも倒れてすらいない。その巨体で白い世界にしっかりと立っている。

「えぇー……」

　アキラはその予想外の光景に、驚くよりも、期待外れの成果に不満を零すような声を零した。

　そしてその怪獣の派手な外傷が徐々に治っていくのを見て、慌てて負傷箇所を銃撃する。３挺のＲＬ２複合銃でＳ弾《ショックバレット》を連射し、２挺のＯＦＸ複合銃で光弾を撃ち込む。

　しかし大して効いていない。負傷が悪化するどころか、被弾が続いている状態で尚、レラグロスが対滅弾頭で負った傷は、ゆっくりとだが治りつつあった。

　そしてレラグロスが反撃に出る。回復し切っていない所為で流石に動きを鈍らせながらも、腕で、脚で、尾で、大口で、体当たりで、何度もアキラに襲いかかる。

　アキラは銃撃をやめて再び回避に専念する。怪獣の動きが鈍ったことで少々躱しやすくなったが、それだけだ。避け続けている間にも、レラグロスの負傷は急速に治癒が進んでいた。

『……アルファ。これ、どうすれば良いんだ？　対滅弾頭でも倒せないならどうしようもないぞ？』

　流石にアキラも顔を険しくする。対滅弾頭で大きな負傷を与えても、次を撃つまでの間にそのほとんどを治されてしまえば、何度撃っても効果は薄い。しかも対滅弾頭は6発しかなく、もう2発も使ってしまった。その思いが顔に出ていた。

一方アルファは笑顔のままだ。

『効いていない訳ではないわ。あのハンター達も対滅弾頭でレラグロスを倒すつもりだったはずよ』

『どうやって？』

『十分に近付いてきたら、対滅弾頭で一斉射撃。それなら流石に消し飛ぶでしょう。万一それでは倒せなかったとしても、致命傷は確実。高ランクハンターがあれだけいるのだし、あとは数で押し切れるわ』

実際にハンター達はその手段でレラグロスを倒すつもりだった。その為には大量の対滅弾頭が必要だが、ドラゴンリバーを始めとする高ランクハンターのチームであれば、その調達もそこまで難しくはない。

対滅弾頭の入手には様々な制限が課せられているとはいえ、大量に調達されれば緩みも出る。ここまでの威力の弾丸など、本来クガマヤマ地方では不要な物。下手に入手しようとすると要らぬ疑いも掛けられる。だが今であれば、レラグロスを倒すのに使うという正当な理由もある。対滅弾頭を手に入れやすい状況になっていた。

それこそ、キバヤシが他のハンターに渡す名目で入手した物を、アキラに横流しできるほどに。

よって高ランクハンター達にとっては、単にレラグロスを倒すだけなら、そこまで難しいことではなかった。第3奥部に突入するのを躊躇した理由は、怪獣とすら呼ばれるほど強力なモンスターがいるからではなく、そこからの脱出方法が判明していないから。それは負け惜しみではなく事実だった。

もっとも対滅弾頭による一斉射撃でレラグロスを倒したところで、自身の実力を坂下重工に示したことにはならない。そしてそれぐらいはハンター達も分かっている。

実際にはいきなり一斉射撃をするような真似はせず、レラグロスを間合いに収めた時点で各自が自分の判断で突撃し、対滅弾頭を使わずに、或いは少量の使用に抑えて倒す予定だった。一斉射撃は、それでは倒せなかった場合の備えだ。

よってハンター達は辛勝にしろ完勝にしろ、最低でも勝つつもりだった。そう思っていたところにメルシアから一時撤退の指示が出たことで、非常に驚いていた。

　そして撤退の理由を聞いて納得もした。現在、対滅弾頭を手に入れやすい状況であることは分かっている。その状況で偽アキラが対滅弾頭を使用した以上、他の偽アキラも対滅弾頭を持っている恐れは否定できない。一度退いて全ての偽アキラを倒し、安全を確保して仕切り直すことに、反論する者はいなかった。その辺りも、アキラが一人でレラグロスを倒す状況になった理由だった。

　アキラはアルファの説明に納得はした。だが顔は険しいままだ。

『……それで、数で押し切れない俺はどうすればいいんだ？』

　アキラが持っているＲＬ２複合銃は４挺。つまりＳ弾《ショックバレット》を撃つのを諦めれば、最大で一度に４発まで対滅弾頭を撃てる。それはそれで物凄い威力なのだが、対滅弾頭による一斉射撃には遠く及ばない。

　そしてハンター達がレラグロスを倒すのに、対滅弾頭による一斉射撃を前提にしていたのであれば、たかが４発の対滅弾頭では倒せないことになる。アキラには、アルファの説明は、自分ではレラグロスを倒せない理由を詳しく話しているようにしか聞こえなかった。

　アルファもアキラがそう考えていることぐらいは分かっている。ここからはアキラでもレラグロスを倒せる理由を話していく。

『あの怪獣の皮膚は、都市間輸送車両の装甲のようなものなの。遺跡から遠隔で供給されるエネルギーを使って、極めて強力な生体力場装甲《フォースフィールドアーマー》を常に維持しているのよ』

『つまりその装甲を何とかしないと駄目ってことか』

『そういうこと。では、何とかなるか試してみましょうか』

　アキラもそれでアルファの意図を理解した。

『分かった』

そして笑ってＨＢＴＮブレードを鞘から抜くと、高速で宙を駆けるバイクから、アルファの指示で勢い良く跳躍する。そのまま強化服の身体能力で宙を駆け、レラグロスの背中に弾丸のように向かい、着弾と同時に紅いブレードを全力で振るった。

怪獣とは最前線付近に棲息する桁違いに巨大なモンスターへの呼び名だ。その怪獣に、その最前線向けのブレードが、アルファのサポートを受けた絶技を以て振るわれる。紅い刃は、現代科学を逸脱し、魔法の領域に踏み込んだ旧世界の技術を以て、レラグロスの強固な皮膚を切り裂いた。

『よし！　斬れる！』

アキラが思わず力強く笑う。この程度の負傷など、レラグロスにとっては掠り傷ですらない。山のような巨体のごく一部に刻まれた、ほんのわずかな裂傷にすぎない。しかしその意味は大きい。この裂傷は、同じくその巨体に比べれば塵に等しい大きさの、対滅弾頭の通り道だからだ。

ＨＢＴＮブレードでレラグロスの生体力場《フォースフィールド》装甲《アーマー》に隙間を作り、その隙間を狙って対滅弾頭を体内で爆発させる。これがアキラの数少ない対滅弾頭でもレラグロスを倒せる手段であり、それが可能なことは今証明された。

アキラが再度ブレードを振るおうとする。しかし足場にしているレラグロスが激しく動いたことで体勢を崩し、断念した。再度跳躍してバイクに戻る。

あの巨体だ。怪獣の表面に張り付いていれば攻撃を無力化できるのではないか。そう思っていたアキラだが、今ので無理だと理解した。

その巨体からは考えられない速度で動く怪獣の表面は、大地震を超えるほどに揺れている。強化服やバイクの接地機能でも耐えられない。それを無理矢理耐えようとすると、恐らくその負荷でバイクは壊れる。この状況で移動力の要であるバイクを失えば、死は免れない。それを考えれば、怪獣の周りの宙を移動するのが一番安全だ。

アルファもそう考えて、怪獣の表面には降りずに、周囲を飛び回っていたのだろう。アキラはそう考えながら、再び怪獣の攻撃から逃げ回る。

『アルファ。どうする？　また対滅弾頭を撃てるようになったら勝負を決めるんだろうけど、４挺全部に装填しておくか？』

対滅弾頭をレラグロスの内部で爆発させれば、１発でも倒せるかもしれない。しかし倒せないかもしれない。それを踏まえて最大の威力でやるのであれば、４挺全てのＲＬ２複合銃で撃った方が良い。

ただしそうすると、対滅弾頭を撃ち終えるまでＲＬ２複合銃が使えなくなる。対滅弾頭を装填し、発砲に備えて銃を展開してエネルギーの充填をしている状態で、Ｓ弾《ショックバレット》まで撃てるほど柔軟な構造はしていないからだ。

つまり最大威力を求めると、一時的にＲＬ２複合銃を攻撃に使えなくなる。しかしＳ弾《ショックバレット》など幾ら撃ってもレラグロスには通じないのだ。それならば構わないのではないか。アキラはそう思ったが、一応アルファにそれで良いか聞いてみた。

しかしアルファは、その逆の指示を出す。

『いいえ。アキラ。対滅弾頭の弾倉を銃から抜いて』

『……？　分かった』

怪訝に思ったアキラだが、まずは指示通りにする。対滅弾頭の弾倉を抜かれたＲＬ２複合銃が、通常の形態に戻っていく。

『それで、何でだ？』

『あれを見て』

アルファが指差す先、本来アキラでは認識できない色無しの霧の向こうをアルファのサポートで見て、認識して、アキラが顔を険しくする。

『あいつは……！』

それは偽アキラだった。空中走行可能なバイクで宙を駆けて、一直線にこちらに向かってきていた。

都市間輸送車両を大きく避けて第３奥部に突入した偽アキラは、通常の空間と拡張空間の座標の食い違いにより、第３奥部側では車両から大きく離れた位置に出現していた。その所為でこの場に到着するのに時間が掛かっていた。

即座にアキラが偽アキラに向けて銃を構え、発砲する。４挺のＲＬ２複合銃と２挺のＯＦＸ複合銃による一斉射撃が、まだ遠い位置にいる偽アキラを襲う。拡張弾倉の装弾数を生かした常識外れの桁数の弾丸と、バイクの大容量エネルギータンクによる高出力の光弾が、白い世界を貫いて飛んでいく。

　わずかに遅れて、偽アキラも展開済みのＲＬ２複合銃をアキラに向けて発砲する。こちらが撃ったのは、たった一発の銃弾だ。

　膨大な数の弾丸と、高出力の光弾。そして一発の銃弾が、互いの射線で激突する。次の瞬間、その射線上に破壊の光球が生成された。

　偽アキラが撃ったのは対滅弾頭であり、この偽アキラは都市間輸送車両を撃った個体だった。

第256話　今日はついてる

旧領域を介して偽アキラをサポートしていたハルカが、対滅弾頭をアキラに迎撃されたことに驚愕する。

「嘘でしょ……!?」

それは本来有り得ないことだった。

対滅弾頭は基本的に、標的に着弾するか事前に設定した距離を飛ぶまで、射線上にある全ての物を貫いて直進する。

それを無理矢理止めるには、それだけの障害物が必要になる。上空領域のモンスターの砲撃すら防ぐ都市間輸送車両の装甲。生体力場装甲《フォースフィールドアーマー》を遺跡のエネルギーで強化している怪獣の皮膚。或いは、同じ対滅弾頭。そういう物でなければ、対滅弾頭は止められない。

つまりアキラが驚異的な射撃能力を以て大量の銃弾を対滅弾頭に全て命中させたところで、対滅弾頭はそれら全てを、まるで何も無かったかのように貫くだけのはずなのだ。

しかし迎撃された。普通の弾で対滅弾頭を防がれてしまった。その認めざるを得ない事実に、ハルカは驚愕するしかなかった。

アキラがその有り得ないことを実現させたのは、当然ながらアルファのサポートによるものだ。

アルファはＳ弾《ショックバレット》の衝撃波を利用して、ただでさえ常識外れに高濃度な色無しの霧を、ある一点に凝縮させていた。それにより超高密度の色無しの霧に特有の事象が発生する。対滅弾頭が爆発した際に光球が生成される原因。その莫大なエネルギーさえ抑え込む指数関数的な減衰効果。それを持つ点が生成される。

そしてその点を偽アキラが撃った対滅弾頭の射線上に置くことで、アルファはＳ弾《ショックバレット》による対滅弾頭の迎撃という、本来有り得ないことを実現させた。

勿論それを成功させる為には、高ランクハンター向けの大容量の拡張弾倉を生かして超高速で連射される弾丸の一発一発を、狙った箇所にわずかな狂いも無く命中させるという、神がかり的な射撃能力が必要となる。そのようなことは不可能だと、ハルカが思い付きもしないほどに。

　だがアルファはそれを成功させた。しかしそのアルファでさえ、それを成功させるには、ＲＬ２複合銃が４挺必要だった。３挺分のＳ弾《ショックバレット》では色無しの霧を圧縮させるのには足りなかった。アルファがアキラに対滅弾頭の弾倉を取り外させたのは、その為だった。

　アキラには、今、そこまで奇跡的なことが起こったことは分からない。それでも偽アキラに対滅弾頭を使われて、それを迎撃したことぐらいは分かる。思わず顔を引きつらせる。

『対滅弾頭か……！　俺の偽者まで持ってるのかよ！　対滅弾頭って凄く貴重な物なんじゃなかったのか？』

　それに対してアルファは笑って言う。

『貴重な物なのは確かよ。でもこう言っては何だけれど、経緯はどうであれ、アキラですら持っている物だもの。アキラの偽者が持っていても不思議は無いわね』

『……それもそうか』

『あと、一応言っておくけれど、対滅弾頭を迎撃するなんて普通は無理なの。あれは私だから出来たこと。また撃たれても、また迎撃すれば良いなんて考えないでね。アキラ。光球が破裂するわ。備えて』

『おっと』

　光球が破裂し、内部のエネルギーを爆風として放出する。その激しい強風にアキラは敢えて逆らわず、流れに乗って受け流した。そしてバイクの体勢を立て直す。

『アルファ。俺の偽者はどうなった？』

『あそこよ。撃って』

『了解！』

　体勢を立て直したアキラが即座に銃撃を再開する。無数の銃弾と光弾が宙を貫いて偽アキラを襲う。

　偽アキラは空中走行可能なバイクで宙を機敏かつ

不規則に動き、アキラの照準から逃れようとする。しかしアルファによる精密射撃からは逃れられない。立て続けに被弾する。

　だが偽アキラはその状態で反撃する。流石に対滅弾頭ではないが、アキラと同じように無数の弾丸と光弾を連射する。

　それをアキラは完全に防ぐ。バイクの高速移動で大きく躱し、避け切れない銃弾は迎撃する。光弾は対エネルギー力場障壁《フォースフィールドシールド》を、被弾の瞬間だけ、その位置だけ出力を大きく上げて対処した。

　そこにレラグロスの攻撃まで加わる。巨大な質量による連撃が周囲の大気を掻《か》き乱《みだ》し、暴風を発生させる。アキラはその吹き荒れる強風の中で、迫り来る怪獣の巨大な腕を躱し、ビルのように太い尾を回避した。

　その隙に偽アキラが距離を詰めてくる。対滅弾頭は一応迎撃は可能とはいえ、近距離から撃たれればどうしようもない。アキラはそれを防ぐ為に、この場にある一番の障害物である怪獣の巨体で、偽アキラの射線を塞ごうとする。そして偽アキラの方は、アキラを射線に捉える為にアキラの後を追う。

　その結果、アキラと偽アキラは、暴れ回る怪獣の周囲を高速で回り続けることになった。

　その変則的な二対一の状態での銃撃戦が続く。アキラは拡張弾倉を空にする勢いでひたすらに撃ち続け、そのほとんどを偽アキラに命中させている。

　それでも偽アキラは倒せない。流石に被弾により体勢を崩しながらも、アキラが怪獣の攻撃を避けている間に立て直し、執拗にアキラを追い続けていた。

　その状況に、そしてそれとは別の懸念に、アキラは険しい表情をずっと浮かべている。

『なあアルファ。あいつ、幾ら何でも頑丈過ぎないか？』

　幾ら強いとはいえ、相手は怪獣ではないのだ。融合体にも通用する弾丸と光弾を、これほど浴びせているのに倒せないのは流石におかしい。そのアキラの疑問にアルファが答える。

『恐らくあの偽者も、遺跡のモンスターのようにエネルギーを遠隔で供給されているのよ。それで力場装甲《フォースフィールドアーマー》などの出力を常に限界まで上げているのでしょうね』

『そういうことか……』

　怪獣を従えているような相手なのだ。それぐらい出来ても不思議は無い。アキラはそう考えて、その疑問については納得した。

　その時、レラグロスの体が輝き始める。両生類の融合体との戦闘で、それが攻撃の予兆であることを知っているアキラは、即座に全力でその場から離脱した。

　わずかに遅れてレラグロスがその巨体全てから光波を放つ。全方位に高エネルギーを放出する回避不能の一撃だ。エネルギーを線状に放出する光線よりは低威力とはいえ、融合体を群れごと消し飛ばす威力を持っている。その閃光にアキラも偽アキラも呑み込まれる。

　だがアキラはそれに耐え切った。すかさず怪獣から離れて威力を減衰させた上で、対エネルギー力場障壁《フォースフィールドシールド》を、アルファの制御により最大出力で張ったおかげだ。

　そして偽アキラの方もそれに耐え切った。遺跡から遠隔で補給されるエネルギーを用いて、強引に防御した。体が多少焼け焦げて、一部は炭化までしているが、それもモンスター特有の驚異的な生命力で治っていく。

　アキラは閃光が晴れた後にその偽アキラの様子を見て、まずは顔を引きつらせた。そして改めて警戒する。人の形状をしていても、モンスターだと思って戦わないと不意を衝かれてしまう。縦に両断した程度では死なないと思って戦った方が良い。そう自身に言い聞かせる。

　また、怪獣の攻撃をその巨体に張り付いて無力化するのも、やはり無理だと理解する。その巨体の上にいれば、今の閃光で焼き殺されていたからだ。

　そしてアキラは、疑問ではなく懸念の方で再び顔を険しくした。

『なあアルファ……。俺の考え過ぎとか、勘違いかもしれないんだけどさ。あの俺の偽者って、俺がセランタルビルで殺したやつじゃないか？』

木っ端微塵どころか粉微塵にして消し飛ばしたのだ。頭だけになっても生きていたとか、頭を確実に吹き飛ばしたが、脳は別の部位にあったとか、そういう、実は、という余地が無いほどに殺し切ったはずなのだ。それはアキラ自身よく分かっている。

だがそれにもかかわらず、アキラの勘のようなものは、あれはあの時の偽者だと自身に告げていた。それがどうしても気になってしまったアキラは、自分でも変なことを言っていると分かった上で、アルファに聞いた。アルファに聞いて、違うと言われれば、アキラも気の所為だったと思い直せるからだ。

しかしアルファはアキラの考えを否定しなかった。

『アキラがそう思うのなら、そうかもしれないわね』

『……えっ？　でも殺したよな？』

『肉体を破壊しただけで、人格までは殺せなかったのかもしれないわ。意識を別の体に転送して逃げていたのかもね』

『意識を転送って……、そんなこと出来るのか？』

『技術的には可能よ。相手がその技術を持っているかどうかまでは分からないけれどね』

『……もしそうなら、あいつ、生きてたのか……』

それを理解したアキラから黒い感情が湧き出し、アキラの表情を塗り潰そうとする。だがそれをアルファが止める。

『アキラ。落ち着いて』

『……悪い』

アルファに指摘されて、アキラも冷静さを取り戻した。今はそれどころではないことぐらい、アキラも分かっている。指摘されれば、理性が勝つぐらいには。

『でもどうすればいいんだ？　あいつを何とかしないと怪獣は倒せないし、そのあいつはセランタルビルの時より強くなってるし、しかもあいつをここで倒しても、その意識の転送ってやつで、別の体でまた襲ってくるんだろう？　切りが無いぞ？』

そう言って悩むアキラに、アルファが少し考えて言う。

『一応、怪獣とあのアキラの偽者を大幅に弱体化させた上で、他の偽者はともかく、あの偽者を殺し切る方法はあるわ。ただし、デメリットも大きいから、ちょっと賭けになるけれど』

　賭けになる。その程度のことで今更臆するアキラではない。すかさず聞き返す。

『どうすればいいんだ？』

『第3奥部に通信障害を発生させるの。それで弱体化も出来るし、意識の転送も防げるわ』

　レラグロスと偽アキラは遺跡から遠隔でエネルギー供給を受けているが、恐らく一定のエネルギーを消費した状態で、エネルギー供給の要請を遺跡に送信する仕組みになっている。

　供給されるエネルギーが事実上無尽蔵であっても、それを受け取る側には限界がある。そういう仕組みにしておかなければ、保有限界を超えるエネルギーを供給されてしまい、その過負荷で自滅するからだ。

　通信障害を発生させれば、エネルギー供給要請を遺跡側に送信できなくなる。遺跡からのエネルギー供給を止められる。怪獣も偽アキラも消費したエネルギーは回復せず、使った分だけ弱体化していく。

　そして意識の転送も通信だ。通信障害下では転送に失敗する。その状態で肉体を破壊すれば、逃げ場の無くなった人格も殺し切ることが出来る。

　ただし、そこまでの通信障害を発生させた場合、当然ながらアキラも影響を受ける。つまり、アルファとの接続も切れてしまう。敵は大幅に弱体化するが、それはこちらも同じこと。それでもやるか、という問題が、まずあった。

　その説明をして、アルファが更に続ける。

『あと、長くなるから説明は省くけれど、他にも幾つか問題が出るかもしれないのよね』

『やめておいた方が良いってことか？』

　アキラにそう聞き返されたアルファは、また少し考えた。そして少しからかっているような笑顔で答える。

『そうね。最近のアキラはついているようだし、賭けても良いかもしれないわね？』

予想外のことを言われたアキラは、思わず怪訝な顔を浮かべた。

『……そうか？　ついてるか？　家は吹き飛ばされるし、都市から賞金を懸けられるし、坂下重工にも賞金を懸けられて、それを何とかする為に怪獣と戦う羽目になってるし、ついてるって感じじゃないだろう』

『家の件とクガマヤマ都市から賞金を懸けられた件は、最近の出来事ではないわ。坂下重工の件は、アキラがシロウを助ける選択をしたからよ。運は関係無いわね。それにセランタルビルでは、運良くシェリルを助けることが出来たわ』

『それはまあ……、そうかもしれないけど……』

いまいち納得できていないアキラに、アルファが笑って告げる。

『第一、今まで通りのアキラの不運が今も起こっていたら、多分こんな状況では済まないわ。キバヤシが対滅弾頭を用意するのは間に合わず、シロウからブレードも手に入らず、ハンター達にもモンスターの群れにも狙われながら、レラグロスとアキラの偽者の両方を相手にする。それぐらいの状況になっていても不思議は無いわね』

それを聞いて、アキラは納得してしまった。自分でもそれを面白く思い、思わず軽く吹き出してしまう。

『……そうだな。今日はついてるみたいだ。あれだ。今まで不運をぶん殴り続けてきた甲斐が、ようやく回ってきたってことか？』

『そうかもね』

アキラがアルファと一緒に笑い合う。そして決断した。

『分かった。アルファ。やってくれ』

なぜアルファにそれが出来るのか。そのようなことは今更聞かない。アルファが出来るというのであれば出来るのだ。その思いで、この状況でアルファのサポート無しで戦う覚悟を決めて、アキラは通信障害の発生をアルファに頼んだ。

『分かったわ。大丈夫。今のアキラなら勝てるわ。だから頑張って』

　笑ってアキラを励ますアルファに、アキラも力強く笑って返す。

『ああ。頑張るよ』

　アルファが頷く。そして告げる。

『始めるわ。５、４、３、２、１……』

　アキラはカウントが進む間に、バイクの運転や銃の設定など、アルファに任せていたものを、全て自分で行うように変更する。銃の準備も済ませる。バイクのＯＦＸ複合銃も、切り札から奥の手の状態に変える。

『ゼロ』

　そしてその声と同時に、アキラの視界からアルファの姿が消えた。通信障害によりアルファとの接続が切れたのだ。

　もうアルファのサポートは無い。ここからは自力での戦い。自力で出来ることしか出来ない。それを理解しているアキラは、自力で出来る全力を出す為に、限界まで踏み込んで戦う為に、戦い方を変えた。バイクを反転させると、追ってくる偽アキラと距離を取り続けていたのをやめて、最速で自分から接近していく。

　アルファのサポートが無い以上、もう対滅弾頭の迎撃は出来ない。自力での拙い運転で、偽アキラに距離を取られて対滅弾頭を使われれば死ぬ。それを防ぐ為に、アキラは偽アキラに接近戦を挑んだ。

　今は通信障害が起こった直後。遠隔でのエネルギー供給が急に停止したことに、偽アキラが驚いた隙を衝く。アキラはそう考えていた。

　勿論、確実に隙が生じる保証は無い。エネルギー供給が停止しても、残存エネルギーが十分にあるので、偽アキラは大して慌てないかもしれない。それはアキラも分かっていたが、今はそれに賭けた。今日の自分はついている。アルファも大丈夫だと言っている。その思いで賭けに出た。

　そしてまずはその賭けに勝つ。偽アキラは動きを乱し、明らかな驚きを顔に出していた。

偽アキラが驚いた理由は三つ。今まで逃げ回っていたアキラが急に自分から突撃してきたこと。遠隔でのエネルギー供給を受けられなくなったこと。そして、通信障害によりハルカのサポートが消えたことだ。全てが突然のこと。偽アキラの驚きは大きかった。

特に動きを乱したのには、最後の理由が大きい。濃密な色無しの霧の中を、アキラを追ってバイクで機敏に動くのは、高度な運転技術を必要とする。バイクの運転を、それが可能なハルカに任せていた状態で、その高い運転技術が突如失われたのだ。どうしても動きは乱れる。

その隙にアキラが勝負に出る。加速するバイクから強化服の身体能力で跳躍して更に加速し、超高速で偽アキラとの間合いを詰める。そしてＨＢＴＮブレードを振りかぶった。

偽アキラが慌ててアキラを迎撃しようとする。３挺のＲＬ２複合銃と２挺のＯＦＸ複合銃を、アキラに向けて撃ち放つ。

だが撃ち落とせない。ハルカのサポートを失った偽アキラの射撃能力は著しく低下しており、アキラを正確に狙えない。

加えてアキラのバイクから奥の手の状態のＯＦＸ複合銃が、自壊しながら特大威力のレーザーを、超高密度のエネルギーの光柱を放ってくる。それが偽アキラの意識を、対エネルギー力場障壁《フォースフィールドシールド》での防御に向けさせて、射撃の精度を更に落としていく。

それでも偽アキラはアキラに多少は被弾させた。だが今のアキラはその程度で倒せる存在ではなかった。

アキラはシロウから手に入れた最前線向けのエネルギーパックを強化服に装着している。その上で同じく最前線向けの回復薬を大量に服用していた。そして強化服の出力を無理矢理に、安全基準を明確に逸脱するほどに上げていた。

アキラの強化服はその制御システムをアルファによって改造されており、その基本性能を格段に上げている。その上で、着用者を過負荷で殺すような設定も、強化服自体が自壊するような動作も可能になっている。

　アキラはそのギリギリの設定で動いていた。最前線向けのエネルギーパックであれば供給自体は可能だが、強化服側の限界を超える大量のエネルギーを、改造された制御システムで辛うじて制御して、強化服の崩壊を防ぐ。そこまでして上げた出力による着用者への負荷は、最前線向けの回復薬の治癒効果で無理矢理押さえ込む。

　それにより今のアキラの強化服の力は、ほんのわずかな時間だが、最前線向けの強化服の性能に届いていた。大量の銃弾を正面から浴びても、動きを乱すことなく突き進めるほどに。

　それでも流石に対滅弾頭を防げるほどではない。偽アキラが対滅弾頭を撃とうと、既に展開済みのＲＬ２複合銃をアキラに向けようとする。厳密には、他の３挺のＲＬ２複合銃と一緒にアキラに向けようとしていたのだが、この銃だけ遅れていた。

　それはその銃の重さの所為だった。対滅弾頭の発砲には、その負荷に銃自体が耐える為に、銃本体を力場装甲《フォースフィールドアーマー》で十分に強化する必要がある。その力場の関係で銃は重たくなっており、その重量、動き難さの所為で、他の３挺よりわずかに遅れてアキラに向けられた。

　そしてその遅れは、この状況では致命的だった。展開済みの銃を前に向け終えた偽アキラが、対滅弾頭を撃ち放つ。だが既にアキラは、相手の対エネルギー力場障壁《フォースフィールドシールド》を自身という物理でぶち破り、その銃口よりも内側に入り込んでいた。

　アキラが渾身の力でＨＢＴＮブレードを振り下ろす。

　偽アキラは通信障害により遠隔でのエネルギー供給を受けられなくなったとはいえ、今はその直後ということもあって残存エネルギーは十分で、その頑丈さ自体は通信障害前と大して変わっていない。

　その偽アキラを、紅い刃は相手のバイクごと一刀両断した。

　だがアキラはこれで勝ったとは全く思っていな

かった。相手の頑丈さや生命力がモンスターと同じなら、両断した程度では油断など出来ない。このHBTNブレードであれば融合体も一撃で倒せたが、偽アキラもそうだとは限らない。アルファがいれば、これで倒せたかどうか確認も出来るが、今はそれも出来ない。

　倒せたかどうか分からない以上、攻撃を続けるしかない。せめてバラバラに斬り刻んで、反撃される恐れを完全に消すぐらいはしなければならない。アキラはそう思って追撃を入れようとする。

　しかし出来ない。体が動かない。アキラ自身も強化服も限界で、追撃を入れる余力など残っていなかった。

　せめてもう一撃。このブレードの切れ味なら、大して力を入れなくとも斬れるはず。そう思い、アキラは酷く鈍い体を何とか動かそうとする。

　しかし間に合わなかった。偽アキラが撃った対滅弾頭が、後方の離れた位置で爆発する。近距離で爆発する設定に変えておけば相打ちぐらいには持ち込めたのだが、慌てていた偽アキラにその余裕は無く、通信障害の所為でハルカが遠隔で変更するのも無理だった。離れた位置で生成された光球が破裂し、暴風を撒き散らす。その風に、アキラも偽アキラも吹き飛ばされた。

　アキラが吹き飛ばされながらバイクを遠隔で操縦する。アルファとの接続すら解除される通信障害だが、近い距離であれば繋がる。以前に第1奥部で起こった通信障害の時も、近い位置にいたティオルの念話は聞こえていた。バイクの運転ぐらいなら問題無い。自分の下に呼び寄せる。

　アキラは宙を駆けるバイクに飛び乗ると、まずは回復薬を追加で服用した。最前線向けの高性能な回復薬が、アキラの体を速やかに治していく。強化服の出力も通常に戻した。そして状況を確認する。

（あの偽者はどうなった……？　怪獣は……？）

　偽者の方は倒したと思いたい。怪獣の方はこれから倒さなければならない。まだ戦いは終わっていない。その思いでアキラは油断無く周囲を見渡した。

そしてレラグロスが動きを見せる。吹き飛ばされて離れたアキラに向けて、大口を開けて勢い良く突進してきた。アキラは急いでバイクを加速させ、怪獣の攻撃を避けようとする。

しかしそこで怪獣が予想外の動きを見せる。近付いてくる怪獣の進行方向が、アキラの方向とは微妙にずれていたのだ。そしてそのずれは近付くほど大きくなる。それは怪獣の狙いがアキラではないことを示していた。

アキラもそれに気付いて怪訝な顔になる。レラグロスは何を狙っているのか。アキラはそれを探り、怪獣の視線の先にそれを見付けた。それは両断された偽アキラだった。

そして怪獣が、その大口で偽アキラを一呑みにした。

一体何をやっているのか。アキラはそう思い、ますます怪訝な顔をした。だがあることに気付いて驚きを顔に出す。

「まさか……！」

そして怪獣がアキラに視線を向ける。その目には今までの怪獣からは感じられなかった憎悪が宿っていた。そしてその怪獣から念話が届く。

『何なんだお前は！　何で俺の邪魔をする！　俺の偽者なら、俺を真似るなら、ユミナの仇を取る邪魔をするんじゃねえ！』

それは自分のことを本物のアキラだと思っている言葉だった。セランタルビルで殺したはずの偽者の思考だった。偽アキラは怪獣に敢えて食われることで、意識を怪獣に転送していた。

偽アキラはアキラに両断されたが、その時点ではまだ生きていた。致命傷ではあったが、死んではいなかった。融合体を斬った時とは異なり、アルファのサポートが無い状態で繰り出した斬撃は、相手を一振りで即死させる領域には届いていなかった。

それでも致命傷には違いない。そのままでは死ぬ。通信障害の所為で、遠距離の体に意識を転送することも出来ない。肉体の死と同時に、その中の意識も消え失せる。

そこで偽アキラは怪獣を操って自分を食わせた。暴風で吹き飛ばされながらも、右腕で左側を掴んで左右の体が別々の方向に吹き飛ばされるのを防ぎ、一呑みにさせた。そして怪獣との距離をゼロにして、無線ではなく有線で意識を転送することで、この通信障害下でも意識の転送を成功させた。

　聞こえた念話から、アキラも偽アキラの意識が怪獣に転送されたことを理解する。

　尚、念話自体は、偽アキラはアキラに向けて何度も送信していた。だがアキラがそれを聞いて冷静さを失わないように、アルファに遮断されていた。アルファのサポートが無くなったことで、聞こえるようになったのだ。

　アキラが大きく息を吐く。怪獣に成り果ててでも目的を達成しようとする意志だけならば、アキラも称賛する。だがそれは、別の者が、別の目的で行う場合に限る。自分の偽者が、今言った理由で行うのであれば、アキラが覚えるのは怒りしかなかった。

「……まあ良いさ。どっちみち怪獣の方も殺すつもりだったんだ。手間が省けた。纏めて死ね！」

　湧き出す感情に突き動かされて、アキラは怪獣に、偽アキラに向けてバイクを走らせる。巨大な腕や振り回される尾を掻い潜って、その懐に入り込もうとする。

　しかし怪獣が繰り出したのは、腕でも尾でもなかった。大口を開き、そこから光線を放ったのだ。驚くアキラの姿が、閃光に呑まれて消える。

　アキラは考えが甘かった。

　通信障害を発生させる前、レラグロスは全身から光波を放っていた。その為にどの程度のエネルギーが必要なのかは分からないが、光線を放つのと同程度のエネルギーは必要だろう。そして通信障害によりエネルギーの遠隔補給が出来なくなった以上、再度光線を放つ為のエネルギーは補給できない。つまり光線も光波も、もう使えない。アキラはそう考えていたのだ。

　その考えは概ね正しかったのだが、厳密には、同じ威力で放つことはできないだけだった。アキラを殺す程度の威力であれば、残存エネルギーの枯渇を恐れなければ可能だった。そしてその程度のことなど、偽アキラは恐れなかった。

殺した。偽アキラがそう確信する。

しかし考えが甘かったのは偽アキラも同じだった。閃光が晴れた時、そこには少々焦げてはいるが、無事なアキラの姿があった。

光線を喰らう直前、避けられないと悟ったアキラは、対エネルギー力場障壁《フォースフィールドシールド》を、バイクのエネルギーも使って最大出力で展開していた。

もっともそれで耐えられるのは一瞬だ。だがアキラはその一瞬でブレードを構えると、再び渾身の力で紅い刃を振るい、怪獣が放ったエネルギーの奔流を斬り裂いていた。以前オリビアがやったように。

勿論アキラとオリビアでは実力がまるで違う。それでも大幅に弱体化した怪獣が相手であれば、そして今の装備であれば、今のアキラであれば可能だった。

驚く偽アキラの隙を衝き、アキラが宙を蹴って怪獣の懐に潜り込む。バイクは先程の攻撃で壊れてしまったが、既に十分近付いていたこともあり、強化服の力だけで怪獣まで届いた。

そして再びブレードを振るう。弱体化した怪獣の皮膚を、紅い刃は前回よりも長く深く斬り裂いた。

その裂け目の上に着地したアキラが、すぐに全力で跳躍して怪獣から離れる。同時に空中でブレードを仕舞い、ＲＬ２複合銃に持ち替える。

４挺のＲＬ２複合銃は既に最大まで展開済み。対滅弾頭も装填済みだ。アキラはアルファが通信障害発生のカウントを進めている間に、対滅弾頭の弾倉を装着して、１発だけ装填して、外して別の銃にまた取り付けるのを繰り返し、４発の対滅弾頭の同時使用の準備を済ませていた。両手と補助アームを使い、４挺全ての銃で、先程斬り裂いた怪獣の皮膚の隙間を狙う。

アルファのサポート無しで、補助アームを使っての精密射撃は、今のアキラでも難しい。だが外す訳にはいかない。集中し、体感時間と現実解像度の操作を限界まで実施して、時が止まり、怪獣の皮膚の隙間以外が白く染まった世界で、アキラは自分に出来る最高の精度で対滅弾頭を撃ち放った。

「ぶっ飛べ！」

４発の対滅弾頭が白い世界を飛んでいく。そして正確に、怪獣の皮膚の隙間に吸い込まれた。

次の瞬間、世界に巨大な光球が生成される。４発分の対滅弾頭のエネルギーは凄まじく、その破壊の球は怪獣を内側から呑み込んだ。そして大爆発を引き起こす。ただでさえ弱体化した状態での、内側からの桁違いの規模の衝撃だ。到底耐えられる訳も無く、怪獣は偽アキラの意識ごと、その極大の破壊に呑み込まれて、消滅した。

アキラも吹き飛ばされる。発砲直後から全力で離れようとしていたが、第３奥部の桁外れに濃密な色無しの霧でも吸収し切れなかった衝撃を浴びて、白い世界を弾丸のように飛んでいく。事前に強化服の力場装甲《フォースフィールドアーマー》の出力を上げておかなければ、アキラも死んでいた。

そして随分飛ばされた後、アキラは空中で体勢を立て直すと、そのまま地面に降りた。大きく息を吐いて、先程まで自分がいた方向を見る。

「やった……か？」

アルファのサポートが無い状態では、アキラには色無しの霧の向こうの様子は分からない。多分倒した、としか言えない。

一応、耳を澄ますように集中して念話を聞き取ろうとする。もし偽アキラが生きていれば、念話で何かを喚《わめ》いているかもしれないと思ったのだ。

しかし何も聞こえなかった。1分ほど集中しても何も聞こえない。

「勝ったか……」

その静寂から、アキラも偽アキラを怪獣の体ごと、そして意識ごと殺し切ったことを確信し、覚えた満足感で表情をわずかに緩めた。そしてその顔を少し難しいものに変える。

「…………じゃあ、どうしようかな」

第３奥部は通信障害のままだ。自力で第３奥部から脱出することは出来ない。そしてアルファに通信障害を解除してもらうように頼むには、通信障害が治まらないと出来ない。つまり手詰まりだった。

「……まあ、待つしかないか」

流石にアルファも通信障害をずっと続けることはないだろう。ある程度時間が経ったら、一度解除して状況を確認するはずだ。アキラはそう考えて、取り敢えず待つことにした。回復薬を飲み、ＲＬ２複合銃を通常の形態に戻して、周囲を警戒しながら時間が過ぎるのを待つ。

しばらくすると状況に変化が起こる。風が吹き始めたのだ。それは何らかの爆発によって生じた一時的なものではなく、風が強い日という感じのずっと続くものだった。しかもその風は徐々に強くなっていた。

「何だ何だ……？」

アキラが戸惑っている間に更なる変化が起こる。今度は地面が横に滑るように動き出したのだ。

このまま動く地面に流されても大丈夫か。頑張って逆方向に走っておくべきか。アキラが迷っている間に、風の速度も地面の速度もどんどん速くなっていく。そして強風に煽《あお》られたアキラが体勢を崩し、強化服の接地機能の操作を誤った瞬間、アキラの足は地面から離れ、そのまま風に乗って飛ばされてしまった。

「おおっ……!?」

強風とはいっても、対滅弾頭の爆発で生じたものに比べれば微風《そよかぜ》だ。アキラは空中で体勢を立て直す。そしてもう飛ばされてしまったのだからと、そのまま流れに身を任せた。

10秒ほど宙を舞ったアキラが再び地面に着地する。地面はもう動いておらず、風もやんでいた。だがアキラは何となく違和感を覚えていた。軽く上を見上げる。すると青空が見えた。

「えっ……？」

今までは第3奥部で上を見ても、どこまでも白い世界が広がっているだけだった。しかし今は空が見えた。慌てて周囲を見ると、地平線の先に無数のビルが見えた。辺りをぐるりと見ても同じで、しかもはっきり見えていた。

そして気付く。そこまで遠方の景色など、本来は色無しの霧に遮られて見えないはずなのだ。だがその答えは情報収集機器の表示が示していた。周囲の色無しの霧の濃度が、ほぼゼロになっていたのだ。

「どうなってんだ……？」

アキラが軽く混乱しながら、また空を見上げる。すると空に、あるものを見付けた。銀色の立方体だ。一辺は10メートルほどで、空に浮かんでいた。

そのアキラの視線を遮るようにアルファが現れる。そして笑顔で言ってくる。

『アキラ。ちゃんと勝てたのね。良かったわ。体は大丈夫？　怪我は無い？』

「……えっ？　あ、ああ。大丈夫だ」

『そう。あの怪獣を相手に怪我も無しに勝てたなんて、やっぱり最近のアキラはついていたようね？』

少しからかうような調子の良い態度でそう言ってきたアルファに、アキラも冗談のように笑って返す。

「そうだな」

アルファが戻ってきて、たわいない会話もしたことで、アキラも落ち着きを取り戻した。そして改めて現状の疑問を口に出す。

「アルファ。何か空が見えるし、何か浮かんでるし、どうなってるんだ？」

『細かく話すと長くなるから、今は簡単に説明するわね。第3奥部の拡張空間が通常の空間に戻ったのよ。強風とか地面が動いたのはそれが理由よ』

「そうだったのか……」

『あと、あっちを見て』

そう言ってアルファが指差した先には、大きめの建物があった。建物は先程の強風と地面の移動の所為で半分倒壊していた。

『あそこにウダジマがいるわ』

空に浮かんでいる銀色の立方体は何なのか。色無しの霧が無くなったのはなぜなのか。アキラにはまだ聞きたいことが残っていたが、ウダジマの居場所を教えられたことで、それらは全て棚上げになった。

「あそこか……」

それだけ言って、アキラは歩き出す。今回の件の元凶とも言えるウダジマがいる建物までは、すぐだった。

第257話　歪んだ想い

ウダジマ達の拠点は第3奥部の中に建造されていた。ウダジマはそこから偽アキラを介して状況を確認していたのだが、通信障害の所為で出来なくなる。更に拡張空間の解除に伴って建物ごと移動し、加えて強風に煽られて拠点ごと吹き飛んでいた。

揺れが収まったのは、地面に叩き付けられて転がった拠点が2回転して止まった後。それでも半壊で済んでいるのは、拠点がそれだけ頑丈に作られていた証拠だった。

ウダジマはそこまで頑丈ではないが、無事だった。室内が回転する中、ラティスにしっかり抱えられていた。ようやく揺れが収まったところで、ラティスがウダジマを丁寧に降ろす。

「お怪我は御座いませんか？」

「あ、ああ……。大丈夫だ。助かった。それにしても、何が起こったのだ？」

「分かりません。すぐに調べさせます」

ラティスが部下達に指示を出す。以前にラティスが、クロエも乗っていた巨大な荒野仕様車両から重装強化服を着て飛び立った時に、同行していた者達だ。尚、その際に重装強化服を着た状態でクロエと会話し、自分は坂下重工が大嫌いだと言っていた者は、ウダジマだった。

そして部下達の報告を受けたラティスが、ウダジマに告げる。

「通信障害は回復したようです。ですが、派遣した個体との通信が繋がりません。レラグクロス。アキラと交戦中の新バージョン。ドラゴンリバーの都市間輸送車両で交戦中の旧バージョン。全てです」

「何だと……!?　た、倒されたというのか？」

「恐らく」

ウダジマは明らかな狼狽を見せた。

都市間輸送車両に送った方は、所詮は外見だけ模したものにすぎない。あれだけの高ランクハンター達が相手では、倒されるのも理解できる。

しかしアキラと戦っていた方は、遺跡からエネルギーまで取得可能な新バージョンだ。第3奥部で戦えば、そこらの高ランクハンターなど軽く上回る力を持っていた。加えて対滅弾頭まで持たせた。しかもレラグロスと一緒に戦わせた。アキラを確実に殺せる状況だったはずだった。

それでも負けた。アキラ一人に倒されてしまった。嘘だ。有り得ない。信じられない。その思考がウダジマの頭に渦巻く中、別の部分が誤報ではないと告げる。

アキラは、その有り得ないことを実現させる人間だと、だからこそ自分はアキラをあれほど危険視していたのだと、自身に告げていた。

そのウダジマの様子を、ラティスはじっと見ていた。そして部下から追加の報告を受ける。

「ウダジマ様。アキラがこちらに向かっております。如何なさいますか？　迎撃にしろ、逃走にしろ、速やかな対応が必要です」

アキラが来る。その報告にウダジマは一瞬体を震わせた。だが恐怖に呑まれることはなく、事態の解決策を思案する。

「…………ハルカは？」

「通信障害発生後に、ここを出てから未帰還のままです。連絡も取れません」

この通信障害下でも、偽アキラの近くであれば繋がってサポートできるかもしれない。ハルカはそう言い残して拠点から出ていっていた。

「……そうか。分かった」

ハルカの力があってもアキラには勝てない。それはもう証明されている。しかし逃げることはできるかもしれない。ウダジマはそう考えた。だが連絡が取れない以上、ハルカも死んだのだろうと判断して、そちらの案を諦める。

「……では、迎撃だ」

「畏まりました」

ウダジマの判断に従い、ラティスはすぐにアキラを迎え撃つ準備を始める。並行して、クロエに状況を報告した。

◆

青空の下、白い地面の上をアキラが進む。

周囲を軽く見渡すと、地平の先に無数のビルの姿が見える。そこが第2奥部と実際の第3奥部の境目だと考えて、そこまでの距離を調べてみると、大して離れていなかった。

周囲の色無しの霧の濃度は、東部では考えられないほど低くなっている。そのおかげでアキラの高性能な情報収集機器であれば、調べる先が地平の先であろうとも、計測の誤差はミリ単位だ。

「第3奥部って……、本当はこんなに狭かったんだな」

そのことに驚くアキラに、アルファが笑って言う。

『だから拡張空間で広げる必要があったのよ』

「うーん。でも土地って荒野に幾らでも余ってないか？　旧世界の技術ならモンスターなんてどうとでもなるだろ？」

『アキラ。その頃は、そこは荒野ではなかったのよ』

「あ、なるほど」

アキラはそれで納得して、更に先に進む。そして目的地である建物を見る。

「なあアルファ。あの建物は何であんなにボロボロなんだ？」

『あれは第3奥部の建物ではなくて、外から資材を運んで建てたものだからね。そこまで頑丈ではないわ。それに、建てたというより、置いたという感じだから、床の縮小と強風で吹き飛ばされて転がったのでしょうね』

「そういうことか……」

地面は移動していたのではなく、実際には縮小していた。それで地面から剥がれたところに強風を浴びて転がれば、あそこまで壊れても不思議は無い。

以前に第3奥部に来た時に見た、立体映像と力場障壁《フォースフィールドシールド》で作られたビルも、その辺の対処かもしれない。実物のビルであれば拡張空間を解除した時にぶつかり合って酷いことになる。立体映像と力場障壁《フォースフィールドシールド》のビルならば、あれほどの数があっても、一度消してまた出せば良いだけだ。アキラは何となくそう思った。

「……あれっ？」

　更に進んだアキラが、また何となく空を見る。

『どうしたの？』

「あー、いいや。後にしよう」

　空に浮かんでいた銀色の立方体が無くなっていた。アキラは少し気になったが、もうウダジマがいる建物の前まで来ていたので、その件は後回しにした。

「アルファ。早速だけど、またしっかりサポートしてくれ」

『任せなさい』

　怪獣は倒したとはいえ、相手はその怪獣を従えていた集団なのだ。油断は出来ない。アキラはそう気を引き締めて建物に侵入した。

　そしてアルファの案内で内部を進んでいくと、格納庫のような場所でウダジマを発見する。だがそこでアキラが見たものは、ウダジマがラティスと揉めている光景だった。

　ウダジマは残る戦力全てでアキラを迎え撃とうとしていた。ラティス達と、自分達をここまで運んできた重装強化服だ。重装強化服は中身無しで運用する。着用して戦った方が強いのだが、全員で一度に襲いかかる場合の総合的な火力の方は、そちらの方が高いと判断した。

　アキラが一人でレラグロスを倒せるほど強いとはいっても、流石に消耗しているはずだ。今なら倒せるかもしれない。仮にアキラから逃げることを選んで、それに成功したとしても、次は怪獣を倒せるほどの者が準備万端の状態で襲ってくるのだ。それならば今倒すべきだ。ウダジマはそう考えていた。

　消耗していてくれ。油断していてくれ。休憩の為に適当な建物に入った。その程度の考えで来ただけにしてくれ。自分を殺しに来た訳ではないのであれば、隙を衝けるはずだ。ウダジマはそう願いながらアキラを待っていた。

だがそこでラティスから余りに予想外なことを言われる。

「ウダジマ様」

「何だ？　アキラが来るのか？」

「いえ、そうではなく、大変申し訳無いのですが、我々はこれで失礼致します」

「………は？　な、何だと!?　どういうことだ!?」

狼狽《うろた》えるウダジマに、ラティスが丁寧に告げる。

「先程連絡が入りました。ウダジマ様との御契約、厳密にはウダジマ様に協力するよう依頼主と交わした契約は、現時点を以て終了致しました。よって我々の業務はここまでとなります」

ウダジマは驚きながらも何とか状況を把握しようとする。

「……計画は失敗したとみなされたということか？　まだだ！　まだやりようはある！　まだ終わってはいない！」

「申し訳御座いません。我々はそれを判断する立場におりません。また、既に次の業務を指示されております。この場に留まる訳には参りません。御容赦を。お詫《わ》びという訳では御座いませんが、重装強化服は全て置いていきます。お好きにお使いください」

唖然とするウダジマにラティスはそう言うと、部下達と共に丁寧に頭を下げた。

「ではウダジマ様。当社の御利用、誠に有り難う御座いました。またの御利用を、心からお待ちしております」

「……ま、待て！」

ウダジマが思わず呼び止める。だが意味は無かった。最後の挨拶を済ませたラティス達は、ウダジマを残してその場から俊敏に立ち去った。

アキラはその様子を、迷彩機能で隠れながら少し離れた場所から見ていた。去っていくラティスとアキラの目が合う。それはラティスがその迷彩を見破れるほどの実力者だと示していたが、ラティスはアキラにそれ以上の関心を示さずに、部下達と一緒に去っていった。

アキラが軽い困惑を顔に出す。

「どうなってるんだ……？」

『執事服を着ているところから判断して、レイナ達と同じリオンズテイル社の者なのでしょうね。ウダジマとの契約が終了したという話をしていたわ。それで、もうウダジマを護る理由が無くなったのでしょう』

「こんな時に契約が終了するなんて、何があったんだ？」

『そこまでは分からないわ。まあ敵が減ったことに違いは無いのだし、ついていたってことにしておきましょう』

　怪訝な顔をしていたアキラだが、アルファにそう言われたことで意識を切り替えた。笑って返す。

「そうだな。やっぱり今日はついてるみたいだ。行こう」

　もう自分の存在はバレてしまっている。そう思ったアキラは迷彩を解いてウダジマに近付いていく。

　だが常人であるウダジマは、それでようやくアキラに気付いた。驚きを顔に出すと、恐怖を怒りで吹き飛ばすように大声で言う。

「殺せ！」

　その指示で、７機の重装強化服がアキラを一斉に攻撃する。巨大な銃を撃ち放ち、小型ミサイルを大量に発射し、レーザーで部屋を掃射する。この重装強化服は自動操縦でも並の高ランクハンター程度なら倒せる性能を持っている。その一斉攻撃だ。辺りは一瞬で砲火に包まれた。

　だが今のアキラは一人でレラグロスを倒すほどの実力を持っている。加えて今はアルファのサポートを受けている。その程度の攻撃は通じない。俊敏に動いて銃弾を躱し、Ｓ弾《ショックバレット》を連射して相手の体勢を崩し、その隙に間合いを詰めてブレードを振るう。重装強化服は次々に両断され、わずかな時間で全滅した。

　そしてアキラとウダジマだけが残る。アキラはブレードを仕舞うと、普通に歩いてウダジマに近付いていく。

　一方ウダジマは、追い詰められた表情でわずかに下がる。走って逃げ出すことも出来ずにいた。

殺される。そう思うウダジマだったが、アキラは迷っていた。

（あー、どうしようかな……）

偽アキラに対しては、殺したい、という考えのアキラだったが、ウダジマに対しては、死んでほしいという程度でしかなかった。そして今は偽アキラを殺し切ったこともあって、ウダジマへの殺意はもう少し弱まっていた。この場で殺してしまうよりも、生かしてイナベに渡した方が、面倒事が少なくて済むのではないか。そう思って迷うほどに。

しかしそのアキラの考えなど、ウダジマには分からない。死を悟ったウダジマが自暴自棄になって叫ぶ。

「……クソッ！　お前さえ……、　お前さえ殺せていれば……！　イナベめぇ……！」

「いや、別にイナベに頼まれてお前を殺す訳じゃないんだけど」

アキラの妙な律儀さが、ウダジマの誤解を解こうとした。しかしウダジマは信じない。聞こうともしない。

「お前もイナベも、そこまで坂下にへつらうか！」

「いや、別に坂下重工にへつらってる訳じゃ……」

「ではユミナとやらの仇を取りに来たのか？　私を殺せば仇を取ったことになるとでも思っているのか？　馬鹿が！　お前の偽者が言っていたように、私とイナベの権力争いに巻き込まれて死んだと思っているのだろうが、そんなものは上辺の理由にすぎん！」

ウダジマがユミナの話をしたことで、アキラの目付きが変わる。しかし自暴自棄になっているウダジマはそれに気付かず、声を張り上げて話を続ける。

「全ては坂下重工の意向だ！　知らなかったのなら教えてやる！　クガマヤマ都市は、坂下重工が作った警報装置だ！　クズスハラ街遺跡が再稼働した時に、真っ先に被害を受けることで、それを伝える為のな！」

ウダジマが話していることは都市の機密であり、

坂下重工の機密でもある。本来は決して話してはいけないことだ。だがもう死ぬと思っているウダジマは、抱えていた秘密を吐き出すように大声を出していた。

「お前に分かるか!? 自分の住んでいる都市が、いつか滅んで役目を終えるだけの存在だと分かった時の、私の絶望が！」

かつてはウダジマも、自分がクガマヤマ都市の者であることに誇りを持っていた。そして敬愛する自慢の都市を更に素晴らしいものにする為に、努力を重ね、出世し、都市の幹部にまで上り詰めた。そして高い地位に就いたことで様々な機密を扱うようになり、都市の真実を知ってしまった。

だがそれを知ったところで、ウダジマにはどうしようもない。相手は坂下重工だ。一介の地方都市の幹部がどうこう出来る存在ではない。その無力感はウダジマの心を捻じ曲げ、ウダジマにある思いを抱かせていく。一つは坂下重工への憎悪。そしてもう一つは、クガマヤマ都市の崩壊だ。

坂下重工に利用される為だけの存在など、滅んでしまえば良い。ウダジマの都市への想いはその強さのまま反転し、そう考えるようになった。

もっとも流石にウダジマも、住民諸共《もろとも》消え失せれば良い、とまでは思っていない。そこで何かが起こった時に都市の者達が速やかに都市を見切って脱出できるように、他都市への避難や脱出方法などを充実させる方向で活動した。

しかしその方向性は、都市の防衛力を高めることでクガマヤマ都市を存続させようとするイナベの考えと、完全に相反していた。イナベとウダジマ。根本的な部分で決定的に分かり合えない二人による権力争いは、都市内部を二分するほどにまで激化した。

そしてその勝者はウダジマになるはずだった。アキラさえ、いなければ。

お前さえいなければ。その感情を吐き出すように、ウダジマが声を荒らげる。

「ユミナというハンターの死も、その原因となったクガマヤマ都市の権力争いも、所詮は坂下がクズスハラ街遺跡を手に入れる為の過程にすぎん！　ああ、彼女はお前が殺したのだったな！　どのような理由で殺したのかは知らんが、坂下の所為でその者を殺す羽目になったのにもかかわらず、その坂下の都合で動く道化に成り下がったのはどんな気分だ？」

　アキラは黙ってウダジマの話を聞いている。

「お前など、所詮は駒にすぎんのだ。私を殺し、自分をごまかす満足感を得ると良い。お前に彼女の仇は取れない。お前などに坂下は倒せない。私を殺し、それ以上は何も出来ない自分を呪って生き続けると良い」

　恨め恨め。呪え呪え。全ては坂下重工の所為だ。そう言って、ウダジマはアキラに呪いを掛けようとする。

　坂下重工は東部を支配する五大企業の一社。それを倒すことなど到底不可能。有り得ないことだ。

　だが目の前にいる者は、その有り得ないことを実現させる存在だ。そのような者が坂下重工に憎悪を抱けば、或いは。

　ウダジマはそう思い、坂下重工の打倒という呪いを、自分には出来なかったことを、アキラに賭けようとした。

　しかしその呪いはアキラには届かなかった。アキラが深い溜め息を吐く。そしてどこか呆れているようにも見える態度で言う。

「何か勘違いしてるな」

「何？」

「そりゃお前も、都市の権力争いも、お前が言う通り坂下重工も、ユミナが死んだ理由の一つなんだろう。でもその所為でユミナが死んだ訳じゃない。そもそも俺はユミナの仇を取る為にここに来たんじゃない。俺がお前を殺すのは、お前が裏で俺を殺そうとして部隊を送ってきたり、賞金を懸けたりしたからだ。ユミナのこととは無関係だ。あの偽者とは違って、俺はお前の所為でユミナが死んだとは欠片も思ってない。ユミナを殺したのは俺なんだからな」

　アキラはウダジマに、そして自身にもそう言うと、ウダジマに向けて歩き出す。

「お前は関係無い。あの時に、殺し合う選択をしたのは俺とユミナだ。俺とユミナだけだ」

　生かしてイナベに引き渡しても良いかもしれない。そう思ったアキラは、もうどこにもいなかった。

「殺したくないのなら殺さなければ良かった。死にたくないのなら逃げれば良かった。選べたんだ。そっちも」

　ユミナの死を、誰かの、何かの所為にした以上、殺さなければならなかった。

「でも選んだんだ。俺も、ユミナも。選んだんだ。俺とユミナが。俺とユミナだけが！」

　仮にアキラがユミナの死を何らかの所為にしてしまった場合、アキラはそこに至る全ての過程を、憎み、呪わなければならなくなる。それこそ、ユミナと出会い、救われたことすらも。

「部外者が！」

　それは嫌だった。

「関係者面して！」

　だからこそ、歪みに歪んだ想いは、逆に他の全てを切り離した。アキラとユミナ。それ以外の全てを。ユミナとの最後を、自分とユミナだけのものにする為に。

「踏み込んでくるんじゃ！」

　そこに踏み込んできた者に、アキラが渾身の力で拳を放つ。

「ねえ！」

　歪んだ想いを乗せた拳がウダジマに直撃する。その瞬間、ウダジマは消し飛んだ。戦闘能力としては一般人でしかない者が、高ランクハンター向けの強化服での一撃を喰らったのだ。当然の結果だった。

　ウダジマを殺した後、アキラはわずかに項垂れてその場に立っていた。そしてアルファはそのアキラの側にいた。

　少しの間を開けて、アキラが深く長い溜め息を吐く。その表情に怒気や殺意のようなものは無い。どちらかといえば、やらかしたことへの軽い後悔のようなものが浮かんでいた。

「…………やっちゃったー」

先程のアキラの行動を非常に乱暴に要約すれば、ついかっとなって、となる。それを自分でも認めるほどに、自身の歪みを客観視できる程度には、アキラは落ち着きを取り戻していた。そしてその冷静さがアキラを凹ませていた。

アルファが笑ってアキラを励ます。

『まあ良いじゃない。建国主義者に協力した方のアキラの討伐という意味では、多分その首謀者だったウダジマを殺すことは間違いではないわ』

『いや……、まあ……、そうなんだろうけどさ……』

そのウダジマを感情に流されて殺してしまったことで、実際にウダジマが首謀者だったかどうかの証拠は大幅に消えてしまった。生かしてイナベに引き渡していれば、多くの情報を手に入れられたはずだった。

もっともアルファにとっては、その辺りのことなど大したことではない。それよりも、ユミナの件がアキラにとってどれだけの地雷なのか確認できたことの方が重要だ。だからアルファはアキラを止めなかった。

『やってしまったことは仕方無いわ。気を切り替えていきましょう』

そう言われてアキラも意識を切り替える。意図的にもう一度深い溜め息を吐いて、顔を上げて、それで終わりにして、このことを無駄に不必要に引き摺るのをやめた。

『……、そうだな』

そして視線を横に向ける。

「流石に俺でも分かるぞ。お前、攫われたんじゃなくて、初めからウダジマに協力してたな？」

そこにはヴィオラが立っていた。いつも通りの質の悪い笑顔で答える。

「それは違うわ。協力してたんじゃなくて、潜入してたのよ」

「それを信じるとでも思ってるのか？」

「あら酷い。信じてくれないの？　これでも嘘だけは吐かないって評判なんだけど」

「次は誤解でも殺す。そう言ったはずだぞ？」

「そうだったわね」

ヴィオラは余裕の態度を崩さない。アキラはそのヴィオラの様子に、ヴィオラには自分に殺されない策でも何かあるのだろうかと疑った。

だが実際には、ヴィオラは無策でこの場に立っていた。ではなぜ、のこのこと出てきたのか、と問われれば、自分はそういう人間だから、としかヴィオラも答えようがない。

この特大の大騒ぎを、特等席で見たい。最前列で見たい。齧《かぶ》り付《つ》いて見たい。その自身の性《さが》に逆らえず、逆らわず、ヴィオラはこの騒ぎに加担したのだから。

そのヴィオラの態度も含めてアキラは迷う。ウダジマを殺してしまった以上、ヴィオラは代わりの重要な証拠となる。悪くいえば、アキラはウダジマを殺してすっきりしたことで、どうするべきか迷う余裕を改めて手に入れていた。

そしてその上で、流石に殺しておいた方が良いのではないか、という考えも強く残っていた。ヴィオラがそれほどまでに質の悪い者であることは、アキラも分かっている。

やっぱり殺しておくか。そうも思うが、決め切れない。邪魔な者など皆殺しにしてしまえば良い、という考えでは、殺したくない者を殺さずに済ませる力は手に入らない。そういう思考も今のアキラにはあった。

迷ったアキラが助言を求める。最後に決めるのは自分だが、自分だけで考えても良い考えは浮かばない。いろいろと経験を積んだことで、アキラもそう考えることが出来た。

『アルファ。キャロルに繋いでくれ。出来るか？』

第3奥部の異常に濃い色無しの霧は晴れたとはいえ、第2奥部も第1奥部もそこらの場所より高い濃度の色無しの霧が漂っている。クガマヤマ都市まで通信が繋がるかどうかは微妙なところだ。アキラはそう思っていた。

しかしアルファはあっさり答える。

『大丈夫よ。繋げたわ』

アキラから連絡を受けたキャロルが、真面目な声を出す。

「アキラ。どうしたの？　どうなったの？」

この状況でアキラから連絡が来るならば、恐らく全て片付いたか、もうどうしようもなくなったかの、どちらかだ。キャロルはそう考えて、緊張した様子を見せていた。

「えっと、取り敢えず俺は無事だ。レラグロスって怪獣も、俺の偽者も倒した」

キャロルが大きな安堵の息を吐く。そして明るい声で続ける。

「そう。良かったわ。っていうか、こういう言い方も何だけど、対滅弾頭があったとはいえ、アキラはあの怪獣を本当に倒したのね。流石っていうか……」

「あ、ちょっと良いか？　実はキャロルに聞きたいことがあって……」

話が長くなりそうだったので、アキラはキャロルの話を遮って、先に自分の話を伝えた。

状況を理解したキャロルが、少し考えてから答える。

「……えっと、殺す気ならとっくに殺してると思うから、殺した方が良いかどうかって話じゃなくて、ヴィオラを生かしておく価値を探してるって前提で答えるわね？」

「ああ。頼む」

「ちょっと変な言い方になるけど、ヴィオラは別にアキラに敵意は持ってないのよ」

「……いや、それはどうなんだ？」

思わず怪訝な声でそう聞き返したアキラに、キャロルが話を続けていく。

「まあ聞いて。確かにヴィオラはアキラが死んでも構わないと思っているし、アキラが死ぬようなことも平気でするけれど、アキラを殺したいとは思っていないし、死んでほしいとも思っていないの。そう思われることをしたとしても、それは手段であって、目的ではないってこと」

アキラは難しい表情でキャロルの話を聞いている。キャロルはアキラと話しながらヴィオラとも通信を繋ぎ、通信の設定を変えて二人の拡張視界に姿を現した。その状態で話を続ける。

「そういう意味で、ヴィオラはアキラに敵意は持っていないってことよ。もしアキラを殺すことが目的なら、ヴィオラはもっと別の手段を取っているわ」

「だとしても、ヴィオラを生かしておく理由にはならないと思うけど」

「ええ。それだけならね。それでヴィオラの目的なんだけど、ヴィオラは大きな騒ぎを見て楽しみたいってだけなの。それだけの為に、本当に何でもする、物凄く質が悪くて性格も悪い人間なんだけど、ヴィオラがやりたいことは本当にそれだけなのよ」

「ますます殺した方が良い気がしてくるんだけど」

「それだけならね。ただヴィオラもアキラと関わるようになってから、桁違いに大きな騒ぎを何度も経験して、前みたいな小さな騒ぎでは満足できなくなってるの。そしてアキラがいれば、次はもっと大きな騒ぎが起こるかもって思うようになってるから、その辺を衝いて上手く交渉すれば、利用価値はあると思うわ」

小さな、今のヴィオラでは満足できない規模の騒ぎであれば、その有能さを以て騒ぎを事前に潰すことぐらい、今のヴィオラなら許容するだろう。

そして大規模な騒ぎが起こったとしても、アキラを生かしておけば、前回を上回る騒ぎを期待できるとして、その騒ぎがアキラの勝利で終わるように協力してくれる可能性は十分にある。

その辺りの利益を考慮すれば、ヴィオラを生かしておく価値は、あるにはある。キャロルはそう説明した。

アキラもその説明を聞いて理解する。つまりヴィオラはキバヤシの同類なのだ。ただでさえ悪評を持つキバヤシを、物凄く悪質かつ悪辣にした者がヴィオラなのだ。そう理解した。

そしてその理解がアキラを悩ませる。キバヤシとは確かにいろいろあったが、そのキバヤシのおかげで助かったことが多いのも確かだ。そのことを考えればヴィオラも生かしておくべきか。そう悩む程度には、アキラはヴィオラに利用価値を見出した。

　そして悩む程度には、だからといって、やっぱり殺しておいた方が良いのではないか、とも思っていた。

　キャロルはその悩むアキラの様子を見て少し考えると、追加の判断情報をヴィオラから引き出そうとする。

「ヴィオラ。今回の件で、そうした理由はともかく、何かアキラの利益になるようなことはした？」

「したわ」

「具体的には？」

「シズカがアキラの偽者に攫われないようにしたわよ」

　それを聞いたアキラが鋭い視線をヴィオラに向ける。

「嘘を吐くな。俺の偽者からシズカさんを護ったのはレイナ達だ」

「ええ。彼女を攫うのに、ちゃんと失敗したでしょう？」

　意味が分からずに怪訝な顔をするアキラに、ヴィオラが補足を入れる。本来はシェリルとシズカの両方を攫う予定だったこと。それを自分が口出ししてシェリルだけに変えたこと。そうすることで、後でシズカを攫おうとしても、失敗するように仕向けたこと。それをアキラに説明した。

　キャロルは、そうした理由はともかく、と言って、そうした理由の方まではヴィオラから聞き出そうとしなかったが、ヴィオラは笑ってそちらも答えた。シズカの方が攫われると、アキラが無策で第３奥部に突撃する恐れが高くなる。それではつまらなくなるからだ、と、正直に答えた。

　それを聞いたアキラが物凄く難しい表情になる。

『アルファ……』

『嘘は言っていないようね』

『そ、そうか……。…………じゃあ、どうしようか』

『アキラが決めなさい。こういう選択に正解は無いわ』

『…………分かった』

理由はともかく、シズカはヴィオラのおかげで助かった。それがアキラのギリギリの判断を後押しした。真面目な顔でヴィオラに告げる。

「ヴィオラ。さっきキャロルが言っていた通り、普通の騒ぎは起こる前に事前に潰すし、それが出来ないデカい騒ぎの時は俺の方に協力するのなら、生かしておいてやる」

「良いわ。取引成立ね」

ヴィオラはあっさりそう答えた。

『アルファ』

『本心ね』

アキラがまた深い溜め息を吐く。そして半分無駄だとは思いながら釘を刺す。

「嘘だと思ったら、誤解でもすぐに殺してやるからな」

「怖い怖い。誤解されないように気を付けるわ」

アキラに睨まれても、ヴィオラの質の悪い笑顔は欠片も揺るがなかった。

「じゃあ早速だけど、これを渡しておくわね」

通信でヴィオラから資料が送られてくる。

「何だこれ」

「前に頼まれた調査報告書よ。ババロドの体でアキラを襲った人物の裏に、誰かいるのか調べてくれって私に頼んだでしょう？」

そうだった、と思いながらアキラが資料を見る。もっとも、どうせ裏にいたのはウダジマだろうと考えており、初めは内容にそこまで興味を持っていなかった。しかしそこに書かれていたことに、アキラが意外そうな顔を浮かべる。

「……ヴィオラ。これ、本当か？」

「私が調べた限りではね」

少々信じ難い内容だが、これが事実であれば辻褄も合う。アキラがそう思って唸っていると、そこに通知が届く。賞金首速報だ。

討伐完了のお知らせ。アキラを名乗り、レラグロスを制御下に置く建国主義者に協力した討伐対象は、第3奥部の状況から考えて、撃破されたと判断する。賞金は成果に応じて配分する。成果を出した者は、その内容をハンターオフィスに提出すること。未提出の者に賞金は支払われない。通知の内容を要約すると、そういうことが書かれていた。

キャロルが笑ってアキラに言う。

「この記載内容なら大丈夫ね。討伐対象がちゃんとアキラの偽者に限定されるように、記述が修正されてるわ」

「これで坂下の件も何とかなった訳か」

アキラも安堵の息を吐いて顔を綻ばせる。坂下重工から懸けられた５０００億オーラムの賞金は、この通知を以て正式にアキラから外された。

第258話　騒ぎは続く

偽アキラ達に都市間輸送車両の内部に入り込まれたタツカワ達だったが、その撃破自体はあっさり片付いた。車内の偽アキラ達は単に外見がアキラと同じだけの粗悪品。高ランクハンター達に襲われれば一溜まりも無い。

しかしそれで安全が確保できた訳ではない。そもそも内部に侵入されたこと自体、考え難いことなのだ。それを考えれば、車内のどこかにまだ隠れている恐れは残っている。車両の中を隈無く調べて、ここまで調べれば流石に大丈夫だろうという根拠の下に、一定の安全を確保するのに時間を取られる。

そしてそれがようやく終わった時には、既に手遅れだった。第３奥部への再突入を決めたタツカワ達の前で、第２奥部側から見えていた第３奥部側の景色である、旧世界の都市の光景が消える。代わりに現れたのは、白い地面と青い空しかない、広い広い空き地だった。

ハンター達はその光景に困惑しながらも、様相を大きく変えた第３奥部を調べ始める。しかし自分達が倒すはずだったレラグロスの姿はどこにもなかった。更に賞金首速報が届く。討伐完了を伝えるその通知は、レラグロスが既に誰かに倒されていたことを、ハンター達に理解させた。

宙を飛ぶ赤い機体の中でタツカワが頭を抱える。

「まさか俺達が下がっていた間に、誰かに先を越されるなんてな……」

車両に残っているメルシアが、通信越しに明るい声を響かせる。

「やられたわね。あの短時間でレラグロスを倒すなんて、どこの誰の仕業かしら」

「メルシア。何でちょっと嬉しそうなんだ？」

そう不満そうな声を返したタツカワに、メルシアが少し声を強めて答える。

「先を越されたのは残念だけど、おかげでタツカワが無茶をする機会も無くなったからね。……どうせ何だかんだ理由を付けて、あの怪獣と一人で殴り合うつもりだったんでしょう？」

　そう言って通信越しに厳しい視線を向けてきたメルシアから、タツカワが目を逸らす。実際にタツカワはそのつもりであり、機体が車両から遠隔でエネルギー供給を受けている状態であれば可能だった。そして対滅弾頭を使わずに怪獣を殴り殺せば、坂下重工に自身の確かな力を示せたことも事実だった。

「取り敢えず戻ってきて。周辺の調査だけならタツカワがやる必要は無いわ。あんたはドラゴンリバーのリーダーなんだから、そういう雑務は出しゃばらずに他の人に任せておきなさい」

「了解だ」

　そう言ってタツカワが車両に戻ろうとした時、機体の索敵機器が大規模な部隊の反応を捉える。

「何だ？　クガマヤマ都市の部隊か？」

「……いいえ。違うわ。あの反応は……」

　都市間輸送車両の後方から出現した反応は、坂下重工の部隊のものだった。

◆

　ヴィオラを連れてウダジマの拠点を出たアキラに、ヒカルから連絡が入る。

「アキラ！　今どこにいるの!?　そっちの状況は!?　あ、坂下重工さんと揉めた件は解決したから大丈夫よ！　あの賞金は全部アキラの偽者に懸けられたことになったわ！　安心して！　それでアキラの状況は!?　今どこにいるの!?」

　その随分とまくし立てるヒカルの態度に、アキラは少し押されながらも、自分の状況と位置をヒカルに伝えた。するとヒカルが更に声を荒らげて言う。

「そう！　分かったわ！　じゃあ迎えに行くからそこにいて！　あと！　坂下重工さんの部隊が第３奥部に向かっているけど、敵じゃないんだから大人しくしててね！　絶対よ！　絶対よ！　絶対だからね！」

　ヒカルは早口でアキラにそう告げると、返事も聞かずに通信を切った。アキラが少し怪訝な顔を浮かべる。

「何だったんだ……？」

アルファが笑ってアキラを落ち着かせる。

『取り敢えず、迎えに来ると言っているのだから、大人しく待っていましょう。襲われる心配も無いようだしね』

『そうだな』

既にアキラも坂下重工の部隊の反応を捉えていた。しかしヒカルから念入りに釘を刺されたこともあって、大規模な部隊がこちらに向かってくるのを見ても、不必要に警戒することはなかった。

多数の人型兵器や大型輸送機などが第3奥部に到着する。輸送機からは人員の他に工作機械や物資なども降ろされる。坂下重工は第3奥部の制圧を始めようとしていた。降ろされた物資はその為の拠点作成の物だった。

アキラがその様子を眺めていると、三階建ての建物ぐらい軽く積み込めそうな他の機体よりは、比較的小型の輸送機が近くに着陸した。そしてそこからヒカルが降りてくる。

ヒカルは非常に緊張した様子を見せていた。地雷原を歩いても、ここまで緊張はしないのではないか、というぐらい緊張していた。

「アキラ。待たせたわね。じゃあ、乗って」

「あ、ああ」

アキラはヒカルの気迫にたじろいで、何も聞かずにヒカルに続いて機内に乗り込もうとする。ヴィオラもその後に続こうとしたが、そこでヒカルと一緒に降りてきたマルオに止められた。

「あ、ちょっと待ってくれ。少し聞きたいことがあるんだ」

マルオはアキラとヴィオラのそれぞれに、どちらかを選ぶように一度視線を向けた後、ヴィオラに向けて軽く笑う。それを受けて、ヴィオラもマルオに笑って返す。

「それで、聞きたいことって何かしら？」

「取り敢えず、こっちが知りたそうなことを全部。建国主義者に攫われたらしいけど、あなたなら逆に相手からいろいろ聞き出してるはずだって、イナベって人から教えてもらったんだ。あなたならウダジマの居場所ぐらい見当がついてるかも、とも言ってたよ」

「ああ、そういうこと。分かったわ。ウダジマなら死んだわよ。アキラに殺されたわ」

　ヒカルが思わずアキラを見る。アキラはスッと目を逸らした。ヒカルに状況を伝えた時、アキラは自分がウダジマを殺したことや、ヴィオラがウダジマに協力していたことまでは話さなかった。今話すと面倒なことになりそうだと思ったからだ。

　マルオがあからさまに演技っぽく文句を言う。

「えー、殺しちゃったのー。こーまーるー。困るなー。そういう情報源は生かしておいてもらわないと。何か聞かれるとまずいことでもあったの？」

「いえ、ついかっとなって殺しちゃってたわ。アキラはそういう人だから」

「あー、そういうことかー。困るなー。凄く困っちゃうなー。ウダジマがあんなことをした事情とか、何であんなことが出来たのかとか、いろいろ調べたかったのに」

　ヒカルのアキラを見る視線が強くなる。アキラはその非難の視線を、目を逸らして遣り過ごそうとしている。

　だがそこでヴィオラがあっさり言う。

「それなら大丈夫よ。ウダジマを騙して潜入してた私が、ちゃんと調べてたから」

「おっ？　そうなの？　イナベはそんなこと言ってなかったけど」

「潜入したことはイナベにも教えてないからね。私の行動は自由裁量。事後報告で良いってことになってるのよ」

「へー」

　そこでヴィオラが、ある資料をマルオに送信した。その一部はアキラにも送ったものだった。

「それがその報告内容の一部。あ、値段交渉は後にしてあげるけど、その情報は有料よ？」

「お気遣いどうも」

現時点では価値も不明な情報に対しての、面倒な値段交渉を後回しにしてくれたことに、マルオは軽くそう礼を言って資料を閲覧した。そしてとても興味深そうな表情を浮かべる。

「これ……、本当？」

「裏取りぐらいそっちでやったら？　坂下重工なら簡単でしょう？」

ヴィオラは調子の良い態度でそう答えた。だがマルオの返事を聞いて態度を一変させる。

「ああ、私は坂下重工の者じゃない」

「えっ？」

「対再構築機関《アンチリビルド》所属のマルオといいます。よろしく」

ヴィオラが驚きを露わにする。

ヴィオラはマルオのことを、坂下重工の機体から降りてきたことや、過度に緊張しているヒカルの様子から、坂下重工でもかなり上位の立場の者だと判断していた。その上でヴィオラは自身の性《さが》もあり、そのような立場の者に軽い態度を取ることが出来ていた。

だが流石に対再構築機関《アンチリビルド》の者を相手に同じ態度は取れなかった。しかしヒカルのように緊張はしない。それどころか、逆に笑い出す。

ヴィオラは今回の騒ぎで、自身の性をある程度満足させていた。だからこそ、これほどの騒ぎはそう簡単に起こるものではないと冷静に考えて、次の騒ぎまで10年でも20年でも待つつもりだった。

しかしその予想に反して、もう次の騒ぎは始まっているようだった。それも、対再構築機関《アンチリビルド》の者が首を突っ込んでくるような、大騒ぎが。

流石はアキラだ。そう思い、耐え切れず、ヴィオラはとても面白そうに笑っていた。

突然笑い出したヴィオラを見て、マルオが軽い困惑を顔に出す。そしてアキラに尋ねる。

「あー、その、彼女は大丈夫なの？」

アキラは落ち着いていた。ヴィオラがキバヤシの同類だと理解したアキラは、ヴィオラが急に笑い出した理由にも心当たりがあった。軽く答える。

「気にしないでくれ。そいつはちょっとイカれてるんだ」

「酷いこと言ってくれるわね」

「事実だろ？」

「……、そうね！」

　肯定されるとは思わなかったアキラは、呆れた目をヴィオラに向けた。その目は、以前、笑い転げていたキバヤシに向けたものと、同じものだった。


　アキラがヒカルと一緒に輸送機に入る。ヴィオラはウダジマの拠点の中をマルオに案内する為に、別行動を取っていた。

　機内でヒカルが大きな溜め息を吐き、アキラに少々非難気味の視線を向ける。

「アキラ。ウダジマさんを殺したこと、何で私に黙ってたの？」

　事前に教えてくれていれば、こちらも心構えが出来た。対応を考えることも出来た。ヒカルはそう思って、アキラに険しい顔を向けていた。

「あー、その辺はヒカルじゃなくて、後でイナベにでも話せば良いかなーって思って。ヒカルはウダジマの件には余り関わりたくないんだろ？」

　気遣いの言葉ではある。しかし交渉事に不慣れなアキラからは、その言い訳は今考えました、という雰囲気がだだ漏れだった。そしてそれを感じ取ったヒカルが思わず追及してしまう。

「否定はしないけど、そんな理由なら手遅れじゃない？」

「そ、そうだな……。あー、でもそれだけじゃなくて……」

　ヒカルから厳しい視線で追加の言い訳を要求されたアキラが、求められたものを口にする。

「……変なことを言って変に勘繰られるのもまずいかなって思って……、実はウダジマがちょっとヤバめなことを言ってて……」

「何を言ってたの？」

「えっ？　聞きたいの？　言っても良いけど、俺は止めたぞ？　良いんだな？」

その言い訳は今考えました、という雰囲気はアキラから消えていない。しかし嘘を言っている様子も無かった。

ヒカルはそれを感じ取って我に返る。そして落ち着きを取り戻すと、ウダジマが言っていたという話は、アキラが言う通り、自分が聞くのは危険な内容だと察した。

「分かったわ。黙ってて」

「分かった。黙ってる」

両者の要望が噛《か》み合《あ》ったことで、この話はこれで終わりになった。それによりヒカルは、アキラへのいらだちで一時的に忘れていたことを思い出した。途端に緊張を高めて、強い口調でアキラに釘を刺す。

「アキラ。絶対に失礼の無いようにしてね」

「誰か待ってるのか？」

「絶対に、失礼の無いようにしてね」

「わ、分かった」

ヒカルの気迫に押されたアキラは、大人しくヒカルについていく。そして機内のある部屋に案内された。

そこにはスガドメが待っていた。護衛としてハーマーズも一緒にいる。それでアキラもヒカルの態度の理由を理解する。一地方都市の職員でしかない者が、五大企業の幹部と会っているのだ。緊張しない訳が無かった。

尚、ヒカルがアキラの案内役になったのは、アキラの警戒を軽減させる為であり、その効果を期待したスガドメの指示だ。イナベとの二択だったが、より高い効果を期待してヒカルが選ばれた。

また、ヒカルがスガドメのことをアキラに伝えなかったのも、忘れていたのではなく、スガドメからの指示だった。事前に教えないことで、会わないという選択肢をアキラに与えない為だ。

ヒカルの胃を犠牲にして、スガドメは穏便にアキラを呼び出していた。

「直接会うのは初めてということで、初めましてと言っておこう。スガドメだ。詳細な役職は教えられないが、坂下重工のそれなりに高い役職に就いている。指揮系統上、シロウの上司でもある」

「えーっと、アキラだ」

　アキラは簡単にそれだけを答えた。そして視線を感じてそちらを見ると、ヒカルが胃が捻じ切れたような顔をしていた。

　そんな顔をされても。アキラはそう思いながら視線をスガドメに戻す。高い地位にいる者に対する適切な受け答えなど、アキラには出来ない。ヒカルを気にして媚《こ》びへつらう訳にもいかない。アキラは少々気の毒に感じながらも、ある意味でヒカルを見捨てて、ヒカルから目を逸らした。

　通信越しとはいえ、スガドメは既にアキラと話した経験がある。アキラの態度を気にせずに話を続ける。

「君を呼び出した本題に入る前に、幾つか話しておこう。まず、君が当社と敵対した件については解決した。もう君に責は問わない。ただし賞金首速報で伝えた通り、賞金が欲しいのであれば、君はハンターオフィスに君の成果を報告する必要がある。その辺りは君の責任で実施してほしい。当社は関わらない。良いかね？」

　これはアキラにも分かった。レラグロスを倒した成果の分の賞金が欲しいのであれば、その成果の内容を、つまりどうやってレラグロスを倒したのかを、ハンターオフィスに教える必要がある。

　そしてアキラは対滅弾頭を使ってレラグロスを倒したのだが、それをどうやって入手したのかを聞かれると、問題が発生する恐れがあった。

　キバヤシが対滅弾頭を真っ当な手段で入手したのであれば問題無い。だが不正な手段で手に入れたのであれば、対滅弾頭の使用を公表するのは、アキラにもキバヤシにも不利益になる恐れがある。

　その追求に坂下重工は関与しないと言っているが、アキラの方から自白してしまえば、不正に応じた対処は必要になる。関与しないと言っている以上、その際の助けも無いと考えて良い。

　それでも、多少の注意で済む程度の話であれば、賞金を求めても良いかもしれない。後でキバヤシと相談しよう。アキラはそう考えて頷いた。

「分かった」

「次に、君が持っているそのブレードだが……」

スガドメがアキラのＨＢＴＮブレードを指差して言う。

「それは当社から盗まれた物だ。返してもらおう」

「えっ？　……いや、これは俺がシロウから貰った物なんだけど……」

「承知している。だから返してくれれば、君の責は問わない」

返却するのであれば、知らなかったで済ませてやる。返さないのであれば、窃盗犯の一味として扱う。スガドメはそうアキラに告げていた。

アキラは大きな溜め息を吐き、諦めてＨＢＴＮブレードを外して前に突き出した。ハーマーズが前に出てそれを受け取り、部屋の大型のトランクの上に置く。

「結構だ。では本題に入ろう。君に依頼がしたい。先に報酬について話そう。報酬は前払い。ＨＢＴＮシリーズ一式を提供する」

ブレードだけとはいえ最前線向けの装備を失って項垂れていたアキラが、それを聞いて頭を上げる。

ブレード一本だけでもあそこまでの力を手に入れられたのだ。装備一式揃えばどれほどの力を得られるか。それだけの報酬を、前払い。そう思い、アキラが驚きと喜びを顔に出す。

だがその顔も、すぐに険しく怪訝なものに変わる。それだけの報酬を前払いするほどの依頼とは何なのか。一体何をさせるつもりなのか。その内心が顔に出ていた。

スガドメはその予想通りの反応に手応えを覚えながら、依頼の内容をアキラに話していく。

「依頼内容は、シロウに関するものだ。現時点ではまだその方向性は確定しておらず、その方向性の調査を含めての依頼となるが、協力、救出、捕獲、殺害のいずれかになるだろう」

シロウの殺害すら考慮に入れたその依頼内容に、

アキラは驚くことしか出来なかった。

◆

オリビアを連れたシロウが、ハルカと一緒に第3奥部を駆けている。第3奥部の制圧を進めている坂下重工の部隊に見付からないように、全員迷彩機能を使用しており、加えてシロウとハルカの二人掛かりで部隊やハンター達の索敵をごまかしていた。

そのハルカの手には、銀色の立方体が握られていた。

ウダジマが死に、第3奥部にいた怪獣も倒され、そこにいた建国主義者もいなくなった。アキラも賞金首ではなくなった。

しかし何も終わってはいない。全ては次の出来事へ続く過程にすぎなかった。

【通常状態】

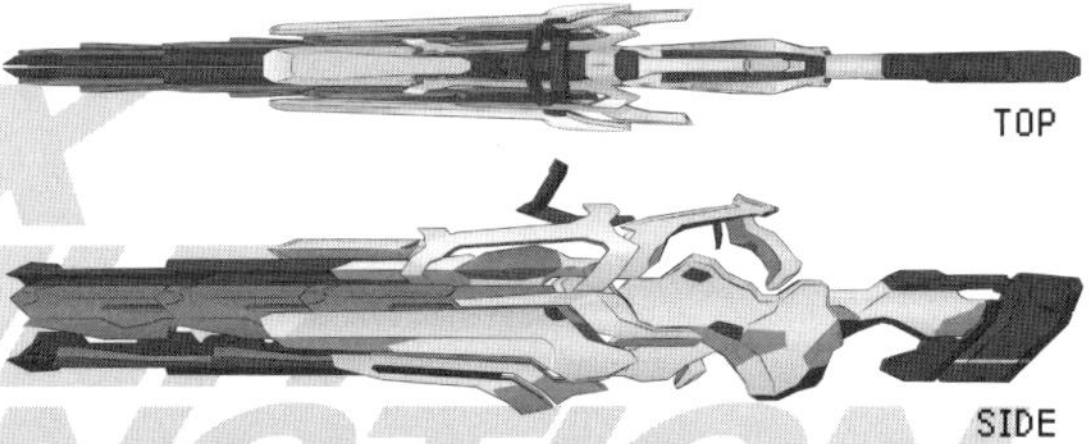

TOP

SIDE

OFX MULTI-FUNCTION GUN

【展開状態】

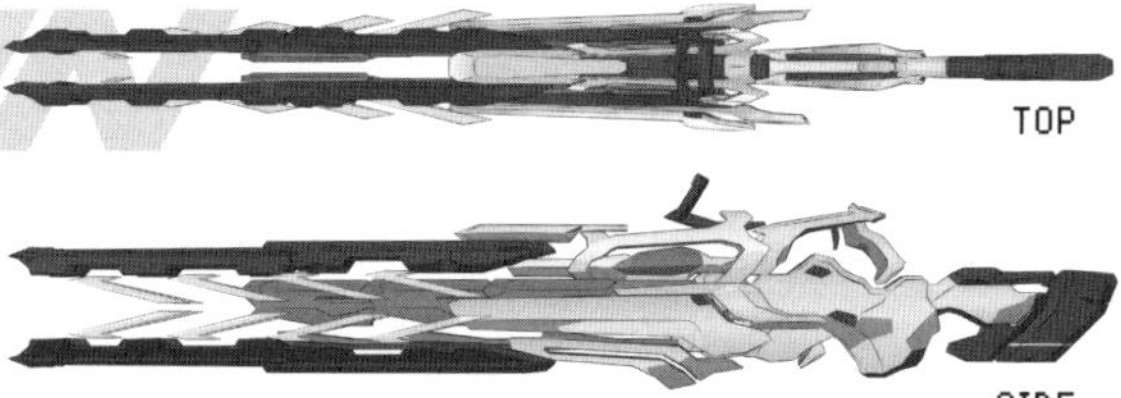

TOP

SIDE

OFX複合銃

高ランクハンター向けの複合銃。一挺20億オーラム。変形により威力を向上させる機能を有している。人型兵器用の銃のように巨大化させることも可能だが、整備業者に出さないと元の大きさに戻せなくなる。

>Episode
008

下 偽アキラ

武器解説
Weapon Guide

FRONT BACK

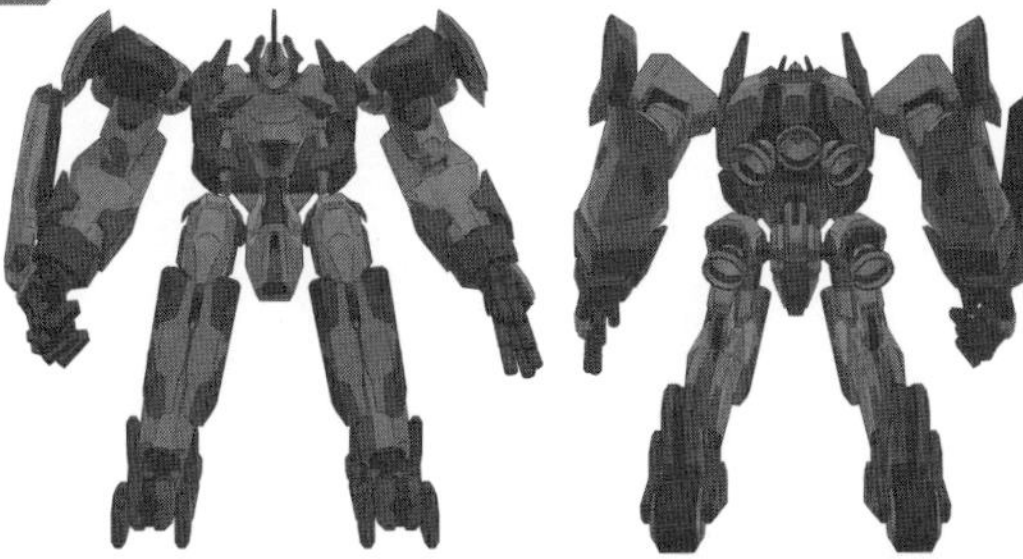

タツカワの人型兵器

ドラゴンリバーの隊長・タツカワが搭乗する大型人型兵器。格闘戦も可能な機体は極めて頑丈。両手の指を砲口に変形させることで、光弾を発射することも出来る。

TATSUKAWA'S HUMANOID WEAPON

RIGHT SIDE

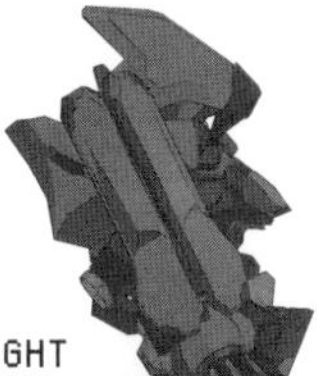

LEFT SIDE

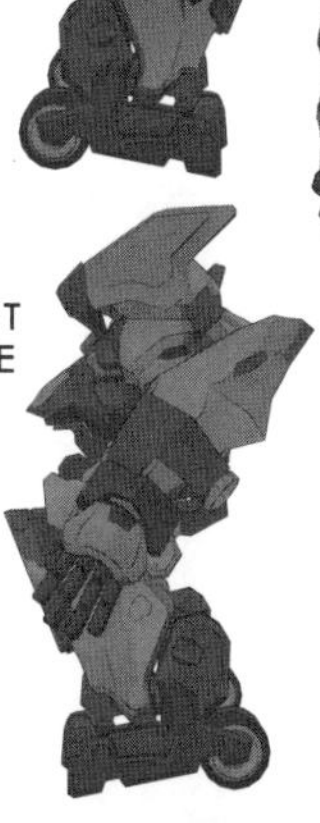

「本題に入ろう。君に依頼がしたい。
依頼内容は、シロウに関するものだ」
著 ナフセ
イラストレーション 吟
世界観イラスト わいっしゅ
メカニックデザイン cell
電撃の新文芸
リビルドワールド
Rebuild World
NEXT EPISODE >>> IX
The advanced civilization that once
the world has crumbled away, and a long time
People rallied the fragments of wisdom and glo
all over the world and spent a long time rebuilding hu
書籍版オリジナル展開で贈る、新エピソード!!
2025年、発売予定!!

電撃の新文芸

リビルドワールドⅧ〈下〉

偽《にせ》アキラ

著者／ナフセ

イラスト／吟《ぎん》　世界観イラスト／わいっしゅ　メカニックデザイン／cell

2024年5月17日　初版発行

発行者／山下直久
発行／株式会社ＫＡＤＯＫＡＷＡ
〒102-8177　東京都千代田区富士見2-13-3
0570-002-301（ナビダイヤル）
印刷／図書印刷株式会社
製本／図書印刷株式会社

【初出】……………………………………………………………………………………………………
本書は、2018年にカクヨムで実施された「電撃《新文芸》スタートアップコンテスト」で《大賞》を受賞した
『リビルドワールド』を加筆・修正したものです。

ISBN978-4-04-914866-4　C0093　Printed in Japan

ファンレターあて先
〒102-8177
東京都千代田区富士見2-13-3
電撃の新文芸編集部

「ナフセ先生」係
「吟先生」係「わいっしゅ先生」係
「cell先生」係